MON AMIE ADÈLE

Sarah Pinborough est scénariste pour la BBC et écrit également pour les adolescents. En 2009, elle remporte le British Fantasy Award dans la catégorie Meilleure nouvelle et, en 2014, dans la catégorie Meilleure novella. Son premier roman, *Mon amie Adèle* (Préludes), a été traduit en 25 langues et est considéré comme la révélation du thriller de l'année 2017.

SARAH PINBOROUGH

Mon amie Adèle

TRADUIT DE L'ANGLAIS PAR PAUL BENITA

PRÉLUDES

Titre original :

BEHIND HER EYES
Publié par HarperCollins*Publishers*, Londres, 2017.

Couverture : © Mark Owen / Arcangel.

Préludes est un département de la Librairie Générale Française.

© Sarah Pinborough, 2017.
© Librairie Générale Française, 2017, pour la traduction française.
ISBN : 978-2-253-25998-5 – 1re publication LGF

*On peut garder un secret à trois,
à condition que deux soient morts.*

Benjamin FRANKLIN

Pour Tasha

*Les mots n'y suffiraient pas. Alors, merci pour tout,
la tournée est pour moi.*

# PREMIÈRE PARTIE

1

AVANT

Me pincer et me dire JE SUIS RÉVEILLÉ une fois par heure.

Regarder mes mains. Compter mes doigts.

Regarder l'horloge (ou la montre), ne plus la regarder, la regarder de nouveau.

Rester calme et concentré.

Penser à une porte.

2

PLUS TARD

Il faisait presque jour quand ce fut enfin terminé. Une traînée de gris sur la toile du ciel. Des feuilles mortes et de la boue accrochées à son jean. Son corps si faible et douloureux tandis que sa sueur refroidissait dans l'air humide. Une chose avait été faite, qui ne pouvait plus être défaite. Un acte terrible et nécessaire. Une fin et un commencement désormais à jamais noués ensemble. Il s'attendait que le monde reflète ce changement, mais la terre et les cieux gardaient les mêmes tons voilés, les arbres ne tremblaient pas de colère. Le vent ne gémissait pas. Pas de sirène au loin. Les bois n'étaient que les bois, la terre n'était que la terre. Il poussa un long soupir qui – et ce fut une surprise – lui fit du bien. Propre. Une nouvelle aube. Un nouveau jour.

Il marcha en silence vers les restes de la maison au loin. Il ne regarda pas derrière lui.

3

MAINTENANT

Adèle

J'ai encore de la terre sous les ongles quand David rentre enfin. Je la sens qui pique ma peau écorchée. Mon ventre se noue, mes nerfs se tendent alors que la porte se ferme. Pendant un moment, nous nous contentons de nous dévisager, chacun à un bout du long couloir de notre nouvelle et belle maison, séparés par une longue étendue de bois parfaitement verni, puis, titubant légèrement, il se dirige vers le salon. Je respire un grand coup et je le rejoins, tressaillant à chacun des chocs durs de mes talons sur le plancher. Je ne dois pas avoir peur. Il faut arranger ça. Que *nous* l'arrangions.

— J'ai préparé le dîner, dis-je sans montrer mon angoisse. Un Stroganoff, c'est tout. Il tiendra jusqu'à demain si tu as déjà mangé.

Il ne me regarde pas, scrutant nos étagères que les déménageurs ont remplies de livres sortis des cartons. Je m'efforce de ne pas penser à la durée de son absence. J'ai nettoyé le verre brisé, balayé et frotté le sol, avant de m'occuper du jardin. Toutes les traces de rage ont été effacées. Je me suis rincé la bouche après chaque verre de vin que j'ai bu quand il n'était pas là, il ne sentira rien. Il n'aime pas que je boive. Juste un verre ou deux quand nous sommes en société. C'est tout. Mais ce soir, je n'ai pas pu me retenir.

J'ai pris une douche, sans réussir à enlever complètement la terre sous mes ongles, et j'ai enfilé une robe bleu pastel avec des chaussures à talons assorties. J'ai soigné mon maquillage. Plus de larmes, plus le moindre signe de dispute. Je veux que nous nous débarrassions de ça. C'est notre nouveau départ. Un autre commencement. Il le faut.

— Je n'ai pas faim.

Il se tourne enfin face à moi et je lis un mépris silencieux dans ses yeux. Je ravale une soudaine envie de pleurer. Ce vide est pire que sa colère. Tout ce que j'ai eu tant de mal à construire est en train de s'effondrer. Je me moque qu'il soit encore soûl. Je veux juste qu'il m'aime comme avant. Il ne remarque même pas tout ce que j'ai fait depuis qu'il s'est rué dehors. Les efforts que ça a exigés. À quel point j'ai travaillé. À quel point j'ai *essayé*.

— Je vais me coucher, dit-il.

Il ne me regarde pas dans les yeux et je sais qu'il veut dire dans l'autre chambre. Deux jours après notre nouveau départ, il ne veut pas dormir avec moi. Les fissures entre nous s'élargissent, bientôt nous ne pourrons plus nous atteindre. Il me contourne prudemment. Je veux lui toucher le bras, mais j'ai trop peur de sa réaction. On dirait que je le dégoûte. À moins que ce ne soit son dégoût de lui-même qui déborde et déferle sur moi.

— Je t'aime, dis-je, doucement.

Je m'en veux de dire ça. Il ne répond pas, comme si je n'étais pas là, et monte l'escalier d'une démarche incertaine. J'entends ses pas qui s'éloignent, une porte qui se ferme.

Après un moment passé à fixer l'endroit où il n'est plus, à écouter mon cœur se briser, je retourne dans la cuisine pour éteindre le four. Je ne vais pas garder le Stroganoff. Il aura le goût amer du souvenir de ce soir. Le dîner est foutu. Nous sommes foutus. Je me demande parfois s'il veut en finir et me tuer. Se débarrasser de l'albatros autour de son cou. En moi aussi quelque chose veut peut-être le tuer.

J'hésite à prendre un autre verre de vin interdit, mais je résiste. J'ai déjà assez pleuré et je ne supporterais pas un nouvel accrochage. Demain matin, ça ira peut-être mieux entre nous. Je remplacerai la bouteille et il ne saura jamais que j'ai bu.

Je regarde le jardin dehors avant d'éteindre enfin les lumières extérieures. Je me retrouve face à mon propre reflet. Je suis une belle femme. Je prends soin de moi. Pourquoi ne peut-il plus m'aimer ? Après tout ce que j'ai fait pour lui, pourquoi notre vie ne peut-elle être telle que je l'avais espérée, voulue ? Nous avons de l'argent. Il a la carrière dont il rêvait. Je n'ai fait que m'employer à être une épouse parfaite, à lui donner une vie parfaite. Pourquoi ne peut-il oublier le passé ?

Je m'autorise encore quelques minutes de pleurnicheries pendant que je nettoie et frotte le plan de travail, puis je prends une profonde inspiration et je me ressaisis. J'ai besoin de dormir. De bien dormir. M'assommer avec un cachet. Demain sera différent. Il le faut. Je lui pardonnerai. Comme toujours.

J'aime mon mari. Je l'aime depuis l'instant où j'ai posé les yeux sur lui et je ne cesserai jamais de l'aimer. Je ne renoncerai pas. C'est impossible.

4

Louise

« Pas de nom, d'accord ? On évite le boulot, les trucs ennuyeux. On parle vraiment. »
— Tu as réellement dit ça ?
— Oui. En fait, non… C'est lui.
J'ai le visage en feu. Deux jours plus tôt, ça paraissait romantique à quatre heures et demie au beau milieu de cet après-midi au Negroni, maintenant ça tient plutôt du mauvais film à l'eau de rose. Une femme de trente-quatre ans entre dans un bar où elle se fait baratiner par l'homme de ses rêves qui se révélera être son nouveau patron. L'horreur. Je suis morte de honte.
— Bien sûr que c'est *lui*.
Sophie éclate de rire et s'efforce aussitôt de s'arrêter.
— «On évite les trucs ennuyeux. » Comme, par exemple, cet infime détail, mon mariage. Désolée, ajoute-t-elle en voyant ma tête. Je sais que ce n'est pas drôle, sauf que ça l'est quand même un peu. Et je sais aussi que tu manques d'entraînement avec les hommes en général, mais comment tu as fait pour zapper qu'il

était *marié* ? Le truc du nouveau patron, je ne te le reproche pas. C'est juste de la malchance.

— Ce n'est vraiment pas drôle, dis-je, en souriant malgré tout. Et c'est vrai, les hommes mariés, c'est ton truc, pas le mien.

— Exact.

Je savais qu'elle me ferait du bien. On rigole toujours ensemble. Sophie est actrice de profession – même si nous ne parlons jamais du fait que depuis des années elle n'a joué que deux rôles de cadavre à la télé. En dépit de ses aventures, elle est mariée depuis une éternité à un producteur de musique. On s'est rencontrées aux cours de préparation à l'accouchement et depuis, malgré des vies très différentes, on est restées copines. Ça fait sept ans et on picole encore ensemble. Du vin.

— Excepté que maintenant, tu es comme moi, dit-elle avec un clin d'œil. Tu couches avec un homme marié. Je me sens déjà moins moche.

— Je *n'ai pas* couché avec lui. Et je ne savais pas qu'il était marié.

Ce qui n'est pas tout à fait exact. À la fin de la soirée, j'ai commencé à avoir des doutes. Cette façon de se coller à moi quand nous nous sommes embrassés, alors que le gin nous tournait la tête. Et soudain, le recul. Le remords dans son regard. L'excuse. Je ne peux pas. Tous les indices étaient là.

— D'accord, Blanche-Neige. Je suis juste tout excitée parce que tu as failli coucher. Ça faisait combien de temps, au fait ?

— On ne va pas parler de ça. Me déprimer un peu plus ne m'aidera pas à traverser mon épreuve actuelle, dis-je avant d'avaler une gorgée de vin.

J'ai besoin d'une autre cigarette. Adam est bordé et endormi, il ne se réveillera pas avant le petit déjeuner et l'école. Je peux me détendre. Il ne fait pas de cauchemars. Il n'est pas somnambule. Merci, mon Dieu, pour ces petites marques de clémence. Je continue :

— Et c'est entièrement la faute de Michaela. Si elle avait annulé *avant* que je me pointe là-bas, rien ne serait arrivé.

Néanmoins, Sophie n'a pas tort. Ça fait des années que je ne me suis pas approchée d'un homme à moins d'un mètre cinquante. Alors, imaginez, me bourrer avec un inconnu et lui rouler des pelles. La vie de Sophie n'est pas comme ça. Toujours entourée de nouvelles têtes, des gens intéressants, « créatifs », qui boivent jusqu'au bout de la nuit et, en gros, vivent comme des adolescents. Être une mère célibataire qui s'échine à joindre les deux bouts à Londres avec un salaire de secrétaire à temps partiel dans un cabinet médical ne m'offre pas exactement un nombre faramineux d'opportunités d'envoyer tout balader. Pas question de sortir tous les soirs dans l'espoir de rencontrer un type, n'importe lequel, hein, pas le Mec Parfait. Quant à Tinder, Match, ce genre de sites, très peu pour moi. Je me suis plus ou moins habituée à être seule. À mettre tout ça en attente un moment. Un moment qui est en train de se transformer en vie par défaut.

— Voilà qui va te remonter le moral.

Elle sort un joint de la poche de sa veste en toile rouge.

— Crois-moi, ajoute-t-elle, tout te paraîtra plus drôle avec ça.

Ma réticence la fait sourire.

— Allez, Lou. C'est l'occasion rêvée. Tu t'es surpassée. T'as roulé un patin à ton nouveau patron marié. C'est du pur génie. Il n'y a plus qu'à trouver quelqu'un pour écrire le scénario. Et je jouerai ton rôle.

— Trouve-le vite alors. Si je me fais virer, j'aurai besoin de ce fric.

Je ne peux pas me battre contre Sophie et je n'en ai pas envie, alors nous voilà bientôt assises sur le minuscule balcon de mon minuscule appartement, du vin, des chips et des cigarettes à nos pieds, en train de nous repasser l'herbe en gloussant bêtement.

À la différence de Sophie, qui n'est pas tout à fait sortie de l'adolescence, planer ne fait absolument pas partie de mon quotidien – quand on vit seule avec un gosse, on n'en a ni le temps ni l'argent –, mais rire vaut toujours mieux que pleurer. Je me remplis donc les poumons de fumée illégale.

— Ça ne pouvait arriver qu'à toi, dit-elle. Tu t'es réellement cachée ?

J'acquiesce, souriant en imaginant la scène vue par ses yeux.

— Je ne voyais pas quoi faire d'autre. J'ai foncé aux toilettes et j'y suis restée. Quand j'en suis sortie, il était parti. Il ne commence que demain. Le Dr Sykes lui faisait les honneurs de la grande visite guidée.

— Avec sa femme !

— Ouais, avec sa femme.

Je me rappelle à quel point ils avaient l'air bien ensemble. Un très beau couple. C'est un souvenir bref, atroce.

— Et combien de temps t'es restée aux toilettes ?

— Vingt minutes.
— Vingt… ? Putain, Lou.

Il y a un silence puis, sous l'effet du vin et de l'herbe, le fou rire nous prend toutes les deux. Il dure un moment.

— J'aurais adoré voir ta tête, dit Sophie.

— Ouais, eh bien, je ne suis pas pressée de voir *sa* tête quand il verra la mienne.

Elle hausse les épaules.

— C'est lui qui est marié. La honte est pour lui. Il n'a rien à te reprocher.

Bien qu'elle m'absolve de ma culpabilité, je la sens qui s'accroche, avec le choc. Le coup au ventre à cause de la femme que j'ai entraperçue à ses côtés avant de me réfugier aux toilettes. Sa femme superbe. Élégante. Cheveux sombres, peau dorée à la Angelina Jolie. Cet air mystérieux. Exceptionnellement mince. Le contraire de moi. Cette image d'elle s'est gravée au fer rouge dans ma cervelle. Je ne l'imagine pas paniquer ni aller se planquer aux chiottes pour *qui que ce soit*. Ça me touche un peu trop pour un simple après-midi à picoler, et pas seulement parce que j'ai perdu toute confiance en moi.

Le problème, c'est qu'il m'a plu – vraiment. Je ne peux pas l'avouer à Sophie. Cela faisait si longtemps que je n'avais pas parlé avec un homme. Comme ça. J'étais si heureuse de draguer quelqu'un qui me le rendait bien. J'avais oublié cette excitation à l'idée de quelque chose de potentiellement nouveau. À quel point c'est génial. Ma vie est, d'une manière générale, une interminable et sempiternelle routine. Je réveille Adam et je l'emmène à l'école. Si je travaille – j'ai tendance à y aller le plus tôt possible –, il prend son petit déjeuner à la cantine. Si je ne travaille pas, il m'arrive de passer une heure ou deux dans des boutiques solidaires à chercher des fringues d'occasion qui pourraient convenir au luxe subtil du cabinet. Ensuite, c'est ménage, cuisine et courses jusqu'au retour d'Adam et le début de la nouvelle séquence : devoirs, goûter, bain, dîner. Pour finir, une histoire dans le lit avec lui puis du vin et du mauvais sommeil pour moi. Quand il passe le week-end chez son père, je suis trop crevée pour faire autre chose que de rester au lit à regarder des débilités à la télé. L'idée que cela pourrait être ma vie jusqu'à ce qu'Adam ait au moins quinze ans me terrifie en sourdine, alors je n'y pense pas. Cependant, rencontrer *l'homme-du-bar* m'a rappelé à quel point c'est bon d'éprouver quelque chose. En tant que femme. Je me suis sentie vivante. J'ai même pensé à retourner dans ce bar histoire de voir s'il n'y revenait pas lui aussi pour m'y chercher. Mais bien sûr, la vie n'a rien d'une comédie romantique. Il est marié. Et moi, j'ai été idiote. Je ne suis pas amère, je suis triste. Je ne peux pas parler de ces choses à Sophie, car elle aurait de la peine pour moi et je ne veux pas de sa pitié. Et puis, c'est plus facile de trouver ça drôle. *C'est* drôle. Ce n'est pas comme si je passais mes soirées à gémir sur mon célibat, comme si c'était impossible d'être complète sans un homme. En général, je suis plutôt heureuse. Je suis adulte. Ça aurait pu être bien pire. Il ne s'est pas passé grand-chose et ce pas grand-chose était une erreur. À moi de gérer.

Je ramasse une poignée de Doritos, Sophie en fait autant et on s'exclame à l'unisson : « Ronde, c'est maigre en mieux ! » avant de bourrer nos bouches de chips au point de quasiment suffoquer alors que nous éclatons de nouveau de rire.

Je me revois me cachant aux toilettes, paniquée et incrédule. C'est drôle. Tout est drôle. Ça le sera peut-être moins demain matin quand je devrai me coltiner la réalité, mais pour le moment je peux en rire. Si on ne peut pas rigoler de ses propres conneries...

— Pourquoi tu fais ça ? demandé-je un peu plus tard, quand la bouteille de vin est vide entre nous et que la soirée tire à sa fin. Coucher avec d'autres types ? Tu n'es pas heureuse avec Jay ?

— Bien sûr que je le suis. Je l'aime. Et ce n'est pas comme si je le faisais tout le temps.

C'est probablement vrai. C'est une actrice : elle exagère parfois pour les besoins de l'intrigue.

— Pourquoi le trompes-tu ?

Étrangement, nous n'en avons jamais parlé. Elle sait que cela me gêne, pas parce qu'elle le fait – ce sont ses affaires –, mais parce que je connais et apprécie Jay. Il lui fait du bien. Sans lui, elle serait foutue... pour ainsi dire.

— Mes besoins sexuels sont plus importants que les siens, finit-elle par dire. Et, de toute manière, le mariage n'a rien à voir avec le sexe. Le mariage, c'est vivre avec son meilleur ami. Jay est mon meilleur ami. Cela dit, ça fait quinze ans. Le désir ne peut pas perdurer. Je veux dire, on le fait encore, de temps en temps, mais c'est plus ce que c'était. Et un enfant, ça change la donne. On passe tant d'années à se voir l'un l'autre comme des parents et plus comme des amants que c'est dur de retrouver la passion.

Je pense à mon propre mariage si bref. Le désir n'est jamais mort entre nous. Ce qui ne l'a pas empêché de partir avec une autre au bout de quatre ans alors que notre fils en avait à peine deux. Sophie a peut-être raison. Je ne crois pas avoir jamais considéré Ian, mon ex, comme mon meilleur ami.

— Je trouve ça un peu triste.

Et ça l'est.

— Parce que tu crois au véritable amour et au bonheur perpétuel comme dans les contes de fées. La vie n'est pas comme ça.

— Tu crois qu'il t'a trompée, ne serait-ce qu'une fois ?

— Il a eu des flirts, je le sais. Une chanteuse avec qui il a travaillé il y a longtemps. Il a dû y avoir un truc entre eux pendant un moment. Mais quoi qu'il en soit, ça ne nous a pas affectés. Pas vraiment.

À l'entendre, ça paraît si raisonnable. Alors que j'ai bien cru devenir cinglée après la trahison d'Ian. À cause de la souffrance et de cette impression d'être une loque. Je me trouvais minable, bonne à rien. Et laide. Et même si la fille pour laquelle il m'a plaquée n'a pas duré non plus, cela n'a rien arrangé pour moi.

— Je ne crois pas que je comprendrai un jour, dis-je.

— Tout le monde a ses secrets, Lou. Tout le monde devrait avoir le droit de garder ses secrets. On ne peut pas tout connaître d'une personne. Ce serait de la folie d'essayer.

Je me demande, après son départ et en nettoyant les restes de notre soirée, si ce ne serait pas Jay qui l'a trompée en premier. Peut-être que c'est ça le secret au cœur de ses rendez-vous galants dans des chambres d'hôtel. Peut-être que c'est juste pour se sentir mieux ou pour lui rendre discrètement la monnaie de sa pièce. Qui sait ? J'y pense trop, sans doute. C'est ma grande spécialité, trop penser. Chacun ses oignons. Elle a l'air heureuse et ça me suffit.

Il n'est que dix heures et demie et je suis épuisée. Je passe dans la chambre d'Adam pour m'offrir le réconfort de le voir plongé dans un sommeil paisible, lové sur le côté sous sa couette *Star Wars,* son Paddington coincé sous un bras. Je referme la porte et je le laisse tranquille.

Il fait nuit quand je me réveille debout devant le miroir de la salle de bains. Avant de vraiment comprendre où je suis, je sens l'élancement dans mon tibia là où je me suis cognée au petit panier de linge sale dans le coin. Mon cœur bat fort et la sueur perle sur mon front. À mesure que la réalité s'installe autour de moi, la terreur nocturne se dissipe, ne laissant que des fragments dans ma tête. Mais je connais. C'est toujours le même rêve.

Un immense bâtiment, comme un vieil hôpital ou un orphelinat. Abandonné. Adam est pris au piège quelque part à l'intérieur et je sais, *je sais,* que si je ne parviens pas à le rejoindre, il va mourir. Il m'appelle, apeuré. Quelque chose de mauvais vient le chercher. Je cours dans les couloirs pour tenter de l'atteindre. Sur les murs et les plafonds, les ombres s'étirent, comme si elles faisaient partie de cette chose vivante terriblement maléfique qui habite ici. Elles s'enroulent autour de moi, m'emprisonnent. Tout ce que j'entends, c'est Adam qui pleure et qui crie tandis que j'essaie d'échapper aux fils sombres et poisseux qui sont bien décidés à me garder, à m'étouffer et à m'entraîner dans d'éternelles ténèbres. C'est un rêve horrible. Il s'accroche à moi comme les ombres le font dans le cauchemar. Les détails peuvent changer d'une nuit à l'autre, en revanche, le récit est toujours le même. Même si je l'ai fait des centaines de fois, je n'arriverai jamais à m'y habituer.

Les terreurs nocturnes n'ont pas commencé à la naissance d'Adam, je les ai toujours eues, mais avant lui je ne me battais que pour ma propre survie. En y repensant, ça valait beaucoup mieux, même si je ne le savais pas à l'époque. Elles sont le fléau de ma vie. Elles annihilent toute possibilité d'une bonne nuit de sommeil alors qu'être une mère célibataire est déjà assez éreintant.

Cela faisait un moment que je n'avais pas été aussi loin. En général, je me réveille, désorientée, soit devant mon lit, soit devant celui d'Adam, souvent en plein milieu d'une phrase incompréhensible, et terrifiée. Cela arrive si souvent que ça ne le trouble même plus s'il se réveille. À vrai dire, il a le sens pratique de son père. Et, heureusement, mon sens de l'humour.

J'allume la lumière et mon reflet me fait gémir. Des cercles noirs me tirent la peau sous les yeux. Le fond de teint ne les cachera pas, je le sais. Pas en plein jour. Génial. Je me dis que peu importe ce que pense de moi *l'homme-du-bar* alias *oh-merde-c'est-mon-nouveau-patron-marié*. Avec un peu de chance, il sera assez gêné pour m'éviter toute la journée. Il n'empêche, mon estomac est encore noué et j'ai mal au crâne à cause du vin et des cigarettes. *Courage,* me dis-je. *Tout ça sera oublié d'ici un jour ou deux. Contente-toi de faire ton boulot.*

Il n'est que quatre heures du matin. Je bois un peu d'eau puis j'éteins et je retourne me coucher en espérant au moins somnoler jusqu'à ce que le réveil sonne à six heures. Je refuse de penser au goût de sa bouche. À quel point c'était bon, même si brièvement, d'avoir cette bouffée de désir. De sentir cette connexion avec quelqu'un. Je fixe le mur en envisageant de compter les moutons et soudain je m'aperçois que je suis excitée à l'idée de le revoir. Je serre les dents en me traitant d'imbécile. Je ne suis pas une femme comme ça.

5

Adèle

Je lève la main en souriant pour lui dire au revoir quand il part pour sa première vraie journée au cabinet. La vieille dame qui habite la maison voisine de la nôtre nous considère avec approbation alors qu'elle sort son petit chien, tout aussi frêle, pour sa promenade matinale. Nous avons toujours l'air d'un couple si parfait, David et moi. J'adore ça.

Pourtant, en fermant la porte, je laisse échapper un soupir de soulagement. Même s'il ne peut pas me voir, cette expiration ressemble à une petite trahison. J'adore avoir David ici avec moi, mais nous ne sommes pas encore de retour sur le terrain ferme que nous avions créé pour nous-mêmes. L'atmosphère est remplie de non-dits. Heureusement, c'est assez grand ici pour qu'il ait la possibilité de se cacher dans son bureau et que nous puissions faire semblant de croire que tout va bien tout en nous évitant prudemment.

Cependant, je me sens un petit peu mieux que le soir où il est rentré soûl. Nous n'en avons pas discuté le lendemain matin, bien sûr. Nous ne parlons pas trop ces temps-ci. Au lieu de cela, je l'ai laissé à ses papiers et je suis allée nous inscrire tous les deux au club de gym du coin aux tarifs évidemment exorbitants, puis j'ai fait le tour de notre nouveau quartier chic pour m'en imprégner. J'aime savoir situer les lieux. Être capable de les *voir*. Me les représenter précisément dans leur environnement. Ça me met à l'aise. Ça m'aide à me détendre.

J'ai marché pendant près de deux heures, repérant mentalement les boutiques, les bars et les restaurants jusqu'à ce qu'ils soient parfaitement localisés dans ma tête, leurs images évocables à la demande, puis j'ai acheté du pain chez un artisan boulanger, des olives, du jambon tranché, du houmous et des tomates séchées dans une épicerie de luxe – le tout à un prix indécent qui a vidé mon porte-monnaie pour les courses – et je nous ai préparé un petit pique-nique à l'intérieur, même s'il faisait assez beau pour s'asseoir dehors. Je ne pense pas qu'il veuille déjà aller dans le jardin.

Hier, nous sommes allés au cabinet et j'ai charmé l'associé principal, le Dr Sykes, ainsi que tous les autres médecins et infirmières que nous avons rencontrés. Les gens réagissent à la beauté. Bien que cela puisse paraître vaniteux, c'est la vérité. David m'a dit un jour que les jurés écoutaient d'une oreille plus favorable le témoignage d'individus séduisants que celui de personnes laides ou simplement banales. C'est juste la chance d'avoir la peau et les os qu'il faut, mais j'ai appris que la magie fonctionnait. Il n'est même pas nécessaire d'en dire beaucoup. Il suffit d'écouter et de sourire et les autres se mettent en quatre pour vous. J'aime être belle. Prétendre le contraire serait un mensonge. Je travaille dur afin de le rester pour David. Tout ce que je fais, c'est pour lui.

D'après ce que j'ai pu voir, son nouveau cabinet de consultation est le deuxième plus grand de l'immeuble, comme celui qu'il aurait dû avoir s'il s'était installé dans Harley Street. La moquette est crème et profonde, le bureau, spacieux, est convenablement ostentatoire et, dehors, la réception est très luxueuse. La blonde et séduisante – si on aime ce genre – secrétaire derrière ce bureau-là a détalé avant que nous ne puissions être présentés, ce qui m'a agacée ; pour sa part, le Dr Sykes n'a pas paru le remarquer : il faut dire qu'il était en train de me parler et rougissait parce que je riais à ses plaisanteries exécrables. En dépit de mon état émotionnel, je pense m'en être brillamment tirée. David a dû être satisfait lui aussi, car après cela il s'est un peu radouci.

En guise d'accueil informel, nous dînons ce soir chez le Dr Sykes. J'ai déjà choisi ma robe et je sais comment je vais me coiffer. J'ai bien l'intention de rendre David fier de moi. Je peux être la bonne épouse. L'épouse du nouvel associé. Malgré mes soucis actuels. Je me sens beaucoup plus calme depuis que nous avons déménagé.

Je lève les yeux vers l'horloge dont les tic-tac résonnent à travers le vaste silence de la maison. Il n'est que huit heures du matin. Il doit tout juste arriver au bureau. Il ne me passera pas son premier appel avant onze heures et demie. J'ai du temps. Je monte dans notre chambre pour m'allonger sur la couette. Je ne vais pas dormir. Mais je ferme les yeux. Je pense au cabinet. Au bureau de David. La moquette crème. L'acajou verni de son bureau. La petite éraflure sur un coin. Les deux canapés étroits. Les sièges fermes. Les détails. Je respire profondément.

6

Louise

— Tu es bien jolie aujourd'hui, dit Sue sans trop cacher sa surprise alors que j'enlève mon manteau pour l'accrocher dans la salle réservée au personnel.

Adam m'a dit la même chose tout à l'heure, et sur le même ton, un peu désorienté par mon chemisier en soie tout juste acheté d'occasion et mes cheveux lissés, tandis que je lui glissais un toast dans la main avant de partir pour l'école. Bon, l'effort est flagrant, je l'admets. Toutefois, ce n'est pas *pour* lui. C'est même plutôt *contre* lui. Des peintures de guerre. Un masque derrière lequel je me cache. Et puis, je ne parvenais pas à me rendormir, il fallait bien que je m'occupe.

Normalement, des matins comme celui-ci, j'aurais emmené Adam à la cantine de l'école et je me serais pointée la première pour préparer le café de tous les autres employés avant qu'ils ne débarquent. Mais aujourd'hui, bien sûr, Adam s'est réveillé de mauvaise humeur : il râlait pour un oui ou pour un non. Après, il ne retrouvait plus sa chaussure gauche. Résultat, alors que j'étais prête depuis des heures, il a fallu se dépêcher pour arriver à l'école à temps.

Mes paumes sont moites et j'ai un peu la nausée, mais je souris. J'ai fumé trois cigarettes sur le chemin de l'école au cabinet. D'habitude, j'essaie de garder la première pour la pause café en milieu de matinée. Bon, je dis d'habitude... Dans ma tête, je ne fume jamais avant la pause. En réalité, j'en grille souvent une avant de venir.

— Merci. Adam est chez son père ce week-end, alors je vais peut-être aller boire un verre ce soir après le travail.

Je risque d'en avoir besoin. Je demanderai à Sophie si elle veut m'accompagner. Bien sûr qu'elle viendra. Elle aura hâte de savoir où en est ma petite comédie romantique. J'ai essayé de répondre à Sue sur un ton normal, mais même à moi ma voix me paraît bizarre. C'est ridicule. Il faut que je me ressaisisse. Ce sera bien pire pour lui que pour moi. Ce n'est pas moi qui suis mariée. Je ne fais jamais *ce* genre de choses. Ce n'est pas une activité normale pour moi, comme ça l'est, par exemple, pour Sophie. Néanmoins, je suis franchement mal, aux prises avec beaucoup trop d'émotions contradictoires. Même si ce n'est pas ma faute, je me sens minable, stupide, coupable et furieuse. Les prémices de la première histoire d'amour qui me tombe dessus depuis une éternité, et c'était du toc. Pourtant, malgré tout ça – *et* le souvenir de sa femme splendide –, je ressens aussi une pointe d'excitation à l'idée de le revoir. Une vraie gamine timorée, sans cervelle.

— D'après Elaine, là-haut, ils sont tous en réunion jusqu'à dix heures et demie, me dit Sue. On est tranquilles un moment...

Elle ouvre son sac.

— ... et je n'ai pas oublié qu'on est vendredi et que c'est mon tour. Ta da ! Deux rouleaux au bacon !

Ces deux heures de répit sont un tel soulagement que je suis heureuse de voir ces sachets maculés de graisse. C'est pourtant bien la preuve du sinistre de ma vie, si ce petit déjeuner du vendredi constitue un des sommets de ma semaine. Cela dit, *c'est* du bacon. Certaines parties d'une routine sont moins démoralisantes que d'autres. Je croque à belles dents, savourant le pain chaud et la viande salée. J'avoue, j'adore manger. Quelle que soit mon humeur. Que je sois effondrée, énervée, éplorée ou simplement parce que c'est bon. Je mange. Certaines divorcent et perdent dix kilos. Moi, c'est le contraire.

La journée de travail officiel ne commence que dans vingt minutes, alors nous nous asseyons à la petite table avec des mugs de thé et Sue me parle de l'arthrite de son mari et du couple gay qui habite la maison voisine de la leur et qui apparemment fait l'amour sans arrêt. Je souris et je me laisse bercer en tâchant de ne pas sursauter à chaque ombre qui passe dans le couloir.

Je vois un peu trop tard le ketchup qui coule. Une traînée rouge vif qui vient orner mon chemisier en plein milieu de la poitrine. Sue s'est déjà précipitée, frottant et tamponnant avec des mouchoirs en papier puis avec un linge mouillé. Le résultat est catastrophique : la tache s'est étalée, rendant transparente une bonne partie de mon corsage, et il y a une auréole rose pâle. J'ai les joues qui brûlent et la soie qui me colle au dos. La journée va être comme ça. Je le sens.

Je refuse en rigolant toute nouvelle tentative de sa part et je fonce aux toilettes où je me contorsionne pour passer le tissu sous le séchoir à mains. Même si ça ne marche pas complètement, au moins la dentelle de mon soutien-gorge – un peu grisâtre d'avoir été tant lavé – n'est plus visible. Petites marques de clémence.

Je suis bien obligée d'en rire. Pour qui est-ce que je me prends ? Je ne suis pas faite pour ça. Mon truc, c'est de lire des histoires de *Rescue Bots* ou d'*Horrible Henry* à Adam, pas de jouer la femme fatale. Mes talons de douze centimètres me font déjà mal. J'ai toujours cru que ça pouvait s'apprendre, cette capacité à marcher impeccablement sur des talons aiguilles et d'être toujours bien habillée. J'ai même eu ma phase élégante pendant les années en boîtes de ma jeunesse, mais maintenant c'est surtout pull, jean et Converse… avec une queue-de-cheval. Le tout assaisonné d'une envie permanente envers celles qui peuvent encore se donner cette peine. Envers celles qui ont une *raison* de se donner cette peine.

Je parie qu'elle porte des talons hauts, me dis-je en rajustant ma tenue. Du coup, avoir abandonné mon pantalon et mes chaussures plates me paraît d'autant plus idiot.

Les téléphones sont silencieux ce matin et pendant que l'horloge tictaque avec application vers dix heures et demie, je me distrais en surlignant dans le système les dossiers concernant les rendez-vous de lundi et en dressant une liste des autres pour le restant de la semaine. Pour certains – les cas les plus complexes –, il a déjà une copie de leurs notes, mais je veux paraître efficace, donc je fais en sorte que toute la liste soit facile à trouver. Puis j'imprime les divers mails dont j'estime qu'ils sont importants ou qu'ils ont été oubliés par l'administration. J'imprime aussi et je plastifie une liste de numéros de contact : l'hôpital, la police et divers autres services dont il pourrait avoir besoin. C'est en fait assez apaisant. *L'homme-du-bar* s'efface, remplacé par *mon-patron*, même si, dans ma tête, son visage se confond de manière assez alarmante avec celui du vieux Dr Cadigan qu'il a remplacé.

À dix heures, j'entre déposer tout ça dans son bureau et je branche la machine à café dans le coin pour qu'il en ait du tout frais en arrivant. Je vérifie que les femmes de ménage ont bien mis du lait dans le petit frigo caché dans un meuble, façon minibar d'hôtel, et que le sucrier est plein. Après ça, je ne peux m'empêcher de jeter un œil aux photos dans des cadres en argent sur son bureau. Il y en a trois. Deux de sa femme seule et une autre, plus ancienne, où ils sont ensemble. C'est celle qui m'attire et que je prends. Il a l'air si différent. Si jeune. Le début de la vingtaine tout au plus. Ils sont assis devant une grande table de cuisine, enlacés et hilares. Ils semblent si heureux, si insouciants. Il la contemple comme si elle était la chose la plus importante sur cette planète. Elle a les cheveux longs, et non pas tirés en arrière dans un chignon comme sur les autres photos, et même en jean et tee-shirt elle est d'une beauté saisissante. Mon ventre se noue. Je parie qu'elle ne se tartine jamais au ketchup.

— Bonjour ?

Je suis tellement surprise en entendant le léger accent écossais que je manque d'en faire tomber la photo. Je la repose sur le bureau et là, c'est la belle pile de papiers que je viens de dresser qui évite de justesse une envolée spectaculaire. Il est sur le seuil et mon rouleau au bacon a aussitôt envie de franchir celui de ma bouche. J'avais oublié ! Il est trop beau. Des cheveux presque blonds avec un éclat pour lequel je serais prête à tuer. Assez longs devant pour qu'on puisse y enfoncer les doigts, et pourtant très élégants. Des yeux bleus qui vous transpercent. Une peau qu'on a envie de toucher. J'ai la gorge coincée. C'est un de ces hommes qui vous coupent le souffle. Et qui vous donnent très, très chaud.

— Vous êtes censé être en réunion jusqu'à dix heures et demie, dis-je en espérant qu'un trou s'ouvre dans la moquette et m'engloutisse dans l'enfer de la honte.

Je suis dans son bureau en train de regarder les photos de sa femme comme une espèce de folle. Oh, merde.

— Oh, merde, dit-il, me volant les mots de la tête. C'est vous.

Il a blêmi, ses yeux s'écarquillent. Il semble choqué, sonné, terrifié. Tout ça en même temps.

— Écoutez, dis-je, c'était vraiment pas grand-chose, on avait bu, on s'est un peu laissé emporter et ce n'était qu'un baiser. Croyez-moi, je n'ai aucune intention d'en parler à qui que ce soit et je crois que si nous faisons tous les deux comme si ça n'était jamais arrivé, il n'y a aucune raison pour que nous ne puissions pas nous entendre et d'ailleurs personne ne saura jamais…

Les mots déboulent à toute allure, impossibles à retenir. Je continue à bafouiller comme ça pendant que la sueur décolle mon fond de teint.

Il referme très vite la porte derrière lui. Il paraît désorienté et alarmé. Comment le lui reprocher ?

— Mais… que faites-vous ici ?
— Ah…

Dans tout ce charabia, j'ai évidemment oublié l'essentiel.

— Je suis votre secrétaire et votre réceptionniste. Trois jours par semaine, en tout cas. Les mardi, jeudi et vendredi. J'étais en train de déposer quelques dossiers sur votre bureau et j'ai vu…

Un hochement de tête vers les photos.

— Je, eh bien…

La phrase reste en suspens. Je peux difficilement lui dire : *Je vous examinais de plus près, votre femme superbe et vous, comme une espèce de cinglée.*

— Vous êtes ma secrétaire ?

Comme s'il avait reçu un bon crochet au ventre.

— *Vous ?*

Pas au ventre. Plus bas. Je commence à avoir de la peine pour lui.

— Je sais, dis-je en haussant les épaules avec une grimace qui se veut comique. Il y avait une chance sur sept milliards.

— C'est une autre femme qui m'a accueilli le mois dernier quand je suis venu voir le Dr Cadigan.

— Plus âgée, l'air un peu coincé ? C'était Maria. Elle fait les deux autres jours. Elle est à moitié à la retraite maintenant, mais elle est ici depuis toujours et le Dr Sykes l'adore.

Il ne s'est pas avancé dans la pièce. Il a, à l'évidence, beaucoup de mal à admettre la situation.

— Je suis bel et bien votre secrétaire, dis-je plus lentement, calmement. Pas une espèce de tordue qui cherche à vous harceler. Croyez-moi, ce n'est pas terrible pour moi non plus. Je vous ai vu brièvement hier quand vous êtes passé. Pas longtemps. Parce que j'ai tout de suite été me… cacher.

— Vous cacher…

Un silence. Qui semble interminable pendant qu'il digère ça.

— Oui, dis-je avant d'ajouter à ma grande honte : Dans les toilettes.

Après ça, le silence dure encore un peu.

— Pour être honnête, finit-il par dire, j'en aurais sans doute fait autant.

— Si on s'était tous les deux cachés en même temps aux toilettes, ça n'aurait pas servi à grand-chose.

Il éclate de rire, un son assez inattendu.

— Non, j'imagine que non, dit-il en levant ces yeux d'un bleu si superbe. Vous devez me prendre pour un salopard. *Je* trouve que je me suis conduit comme un salopard. Normalement, je ne… eh bien, je ne cherchais rien en venant dans ce bar et je n'aurais pas dû faire ce que j'ai fait. Je me sens très mal. Je ne sais pas ce qui m'a pris. Je ne fais pas ce genre de choses d'habitude. Je n'ai pas la moindre excuse.

— Nous étions soûls, c'est tout. Et vous n'avez rien fait. Pas vraiment.

Non mais, tu t'entends ? Je me souviens de la honte dans sa voix quand il s'est écarté, marmonnant des excuses avant de filer dans la rue. C'est peut-être pour ça que je n'arrive pas à avoir une mauvaise opinion de lui. Ce n'était qu'un baiser, après tout. C'est juste ma cervelle, cette idiote, qui a imaginé autre chose.

— Vous vous êtes arrêté et c'est ça qui compte. Ce n'était franchement pas grand-chose. Honnêtement. Oublions ça. À partir de maintenant. Je ne tiens pas plus que vous à me sentir gênée.

— Vous vous êtes cachée aux toilettes…

Ses yeux bleus sont chaleureux et perspicaces.

— Oui, et une façon d'éviter de me gêner serait de ne plus jamais mentionner ce pénible épisode.

Je souris. Il me plaît toujours. Il a commis une erreur stupide. Ça aurait pu être pire. Il aurait pu venir chez moi. Je pense à ça une seconde. D'accord, ça aurait été génial sur le coup, mais abominable sur le long terme.

— Alors, on reste amis, dit-il.

— On reste amis.

On ne se serre pas la main. Il est bien trop tôt pour le moindre contact physique.

— Je m'appelle Louise.

— David. Ravi de vous rencontrer. Officiellement.

Nouveau moment de gêne entre nous, puis il se frotte les mains et jette un regard vers son bureau.

— On dirait que vous tenez à ce que je sois occupé. Vous ne seriez pas du quartier, par hasard ?

— Si. Enfin, j'y habite depuis dix ans, je ne sais pas si ça fait de moi quelqu'un du quartier.

— Vous pourriez m'en parler ? Des problèmes locaux, des barrières sociales ? Des coins chauds, ce genre de choses ? Je voulais y faire un tour en voiture, mais ça va devoir attendre. J'ai un rendez-vous cet après-midi avec quelqu'un de l'hôpital et ensuite un dîner avec les autres associés.

— Oh, je peux vous donner un vague aperçu. Dans mon jargon de profane, cela dit.

— Bien. C'est ce que je recherche. J'envisage de faire du travail bénévole certains week-ends, de l'aide sociale. Ce serait un avantage d'avoir le point de vue d'un habitué du coin sur les causes possibles d'addiction spécifiques à ce quartier. C'est ma spécialité.

Je suis un peu décontenancée. Aucun des autres médecins ici ne fait dans le social. C'est un cabinet privé plutôt réservé à une clientèle qui a les moyens. Quels que soient les problèmes dont souffrent nos patients, ils n'ont rien à voir avec la misère matérielle. Tous les associés sont des experts dans leurs domaines et acceptent, bien sûr, les cas que leur envoient des généralistes, toutefois, ils ne se baladent pas dans les rues en travaillant pour la gloire.

— Eh bien, c'est le nord de Londres, donc, pour l'essentiel, très classe moyenne. Mais pas loin de là où je vis, il y a un grand ensemble HLM. C'est là-bas que se concentrent les problèmes. Chômage massif des jeunes. Drogues. Et ainsi de suite.

Il récupère son attaché-case sous le bureau pour en sortir un plan du quartier.

— Servez-nous un café, s'il vous plaît, pendant que j'étale ça sur le bureau. Vous m'indiquerez les endroits à voir.

Nous parlons pendant près d'une heure. Je lui montre les écoles, les centres de soins, les pubs les plus sordides, le passage souterrain où trois personnes se sont fait poignarder en un an et où tout le monde sait qu'il ne faut pas laisser les gosses y aller parce que c'est là où les junkies dealent et se shootent. Je suis surprise d'en savoir autant sur le quartier où je vis et plus encore de tout ce que je révèle de ma vie au fur et à mesure. Au moment où il jette un coup d'œil à la pendule, il sait que j'ai Adam, où est son école et que mon amie Sophie habite dans une de ces grandes maisons divisées en appartements au coin du meilleur établissement d'enseignement secondaire du coin. Je suis toujours en train de parler quand soudain il se raidit en voyant l'heure.

— Désolé, il faut qu'on s'arrête, dit-il. C'était fascinant.

Le plan est couvert de cercles au stylo à bille et il a jeté des notes sur une feuille de papier. Il écrit très mal. Comme tous les médecins.

— Eh bien, j'espère que ça vous sera utile.

Je ramasse mon mug et je m'écarte. Je ne m'étais pas rendu compte que nous étions si proches. La gêne revient.

— C'est génial. Merci.

Nouveau regard vers la pendule.

— Il faut que j'appelle… chez moi.

— Vous pouvez le dire, vous savez, *ma femme,* fais-je en souriant. Je ne vais pas me consumer sur place.

Il est plus mal à l'aise que moi. Et il y a de quoi.

— Désolé. Et merci. De ne pas penser que je suis une merde. Ou, du moins, de ne pas montrer que vous me prenez pour une merde.

— De rien, dis-je.

— Vous pensez que je suis une merde ?

44

Je souris.

— Je serai à mon bureau si vous avez besoin de moi.

— Bon, je l'ai bien mérité.

Ouf, me dis-je en regagnant ma place de réceptionniste et en attendant que mes joues refroidissent, *ça aurait pu plus mal se passer*. Et je ne reviens pas travailler avant mardi. Tout sera redevenu normal d'ici là, notre petit moment d'égarement balayé sous le tapis de la vie. Je passe un pacte avec mon cerveau pour ne plus y penser. Je vais m'offrir un vrai week-end décadent. Au lit. De la pizza à bon marché, quelques pots de glace et peut-être une saison entière sur Netflix.

La semaine prochaine, c'est la dernière de l'école avant les interminables vacances d'été où je vais devoir passer le plus clair de mon temps à devenir une atroce partenaire de jeux, consacrer mon salaire à payer ma part du centre de loisirs, essayer de trouver de nouvelles façons d'occuper Adam pour qu'il ne reste pas scotché à un iPad ou à un smartphone, tout ça avec l'impression d'être une mauvaise mère parce que je n'arrive pas à tout faire. Mais, au moins, Adam est un bon gosse. Il me fait rire tous les jours et, même quand il pique une de ses crises, je l'aime tant que mon cœur me fait mal.

Adam est l'homme de ma vie, me dis-je en levant les yeux vers la porte du bureau de David tout en me demandant quelles douces idioties il est en train de murmurer à sa femme, *et c'est largement assez.*

7

AVANT

Sous de nombreux aspects, le bâtiment rappelle à Adèle sa maison. Sa maison, comme elle était *avant*. Cette façon d'être planté dans le paysage comme une île au milieu de l'océan. Elle se demande si l'un d'entre eux – les médecins, les avocats de ses parents morts ou même David – y a pensé avant de l'envoyer pour un mois dans ce coin paumé du fin fond des Highlands. L'un d'entre eux s'est-il même rendu compte à quel point il évoquerait la demeure qu'elle a perdue ?

Il est vieux, ce bâtiment, avec ses briques écossaises, solides et grises, qui défient le temps. Quelqu'un a dû en faire don au fonds Westlands, à moins qu'il n'appartienne à un membre du conseil d'administration, elle n'en sait rien. Elle n'a pas demandé et elle s'en fiche un peu. Impossible d'imaginer une famille seule vivant là-dedans : elle finirait par n'en utiliser que quelques pièces, comme cela se passait chez elle. Grands rêves, petites vies. Personne n'a besoin d'un truc aussi immense. Avec quoi allez-vous le remplir ? Une maison doit être pleine d'amour et certaines – comme la sienne, par exemple – n'en contiennent pas assez. Au moins, un centre thérapeutique donne un but à toutes ces salles. Elle repousse les souvenirs d'enfance, quand elle courait dans les couloirs et les escaliers, jouant à cache-cache toute seule et riant aux éclats, une enfant à moitié oubliée. Il vaut mieux se dire que c'était juste trop grand chez elle. Il vaut mieux penser à des vérités imaginées qu'à de vrais souvenirs.

Cela fait trois semaines et elle est encore en pleine confusion. Ils lui disent tous qu'elle a besoin de faire son deuil. Mais ce n'est pas pour ça qu'elle est là. Le problème, c'est le sommeil. Elle *refuse* de dormir. Avant qu'ils ne l'envoient ici, elle se traînait à travers les journées et les nuits, bourrée de café, de Red Bull ou de n'importe quel autre stimulant qu'elle pouvait trouver pour éviter de s'endormir. Ils disaient que c'était « normal » pour quelqu'un qui vient de perdre ses parents. Ne pas dormir, c'était bien le moins. Elle se demande encore comment ils pouvaient être aussi sûrs de ce qui est « normal » dans ces circonstances. Qu'est-ce qui faisait d'eux des experts ? Et pourtant, oui, ils veulent la faire dormir. Comment leur expliquer ?

Le sommeil s'est retourné contre elle, un serpent qui la mord la nuit.

Apparemment, elle est ici pour son propre bien ; quant à elle, elle le ressent encore comme une trahison. Elle n'est venue que parce que David a insisté. Elle déteste le voir s'inquiéter et elle lui doit bien ce mois après ce qu'il a fait. Son héros.

Elle ne fait aucun effort pour s'intégrer, même si elle jure le contraire à David et aux avocats. Oui, elle utilise les salles d'activités et elle parle aux psys – ou plutôt, elle les écoute –, même si elle a des doutes sur leurs capacités professionnelles. Tout ça lui paraît un peu trop hippie. *Baba cool,* aurait dit son père. Il n'avait déjà pas apprécié sa première thérapie tant d'années auparavant et elle a l'impression de le trahir en se retrouvant ici. Elle aurait préféré un véritable hôpital ; ses avocats, en revanche, estimaient que c'était une mauvaise idée, et David aussi. Westlands pouvait être considéré comme une « retraite ». Si on l'avait envoyée dans une institution plus officielle, cela aurait pu être dommageable pour les affaires de la famille. Voilà donc pourquoi elle est ici. Ce qui n'aurait sans doute pas plu à son père.

Après le petit déjeuner, la plupart des résidants, ou des patients ou quel que soit le nom qu'on leur donne, vont faire une balade. La journée est belle, pas trop froide, pas trop chaude. Le ciel est dégagé, l'air est pur. Pendant un instant, elle est tentée d'y aller, sachant qu'elle traînera seule derrière, puis, quand elle voit les visages excités du groupe rassemblé devant les marches du perron, elle change d'avis. Elle ne mérite pas d'être heureuse. Où l'a conduite tout son bonheur ? Sans compter que l'exercice va la fatiguer et elle ne veut pas dormir plus qu'elle ne le doit. Le sommeil vient beaucoup trop facilement.

Elle attend de lire la déception sur le visage du chef de groupe, Mark, l'homme à la queue-de-cheval. « Ici, Adèle, on s'appelle tous par son prénom. » Après quoi, elle les plante là et repart derrière le bâtiment en direction du lac.

Elle en a fait à moitié le tour lorsqu'elle l'aperçoit, à une dizaine de mètres. Assis sous un arbre, il est en train de tisser une chaîne de marguerites. Cette scène curieuse la fait sourire, ce jeune type tout maigre avec son tee-shirt de geek et son jean, les cheveux bruns tombant sur son visage, qui se concentre tellement sur un truc de petite fille… Aussitôt, elle s'en veut de ce sourire. Elle ne devrait pas sourire. Jamais. Elle hésite un moment et envisage de tourner les talons, mais c'est alors qu'il lève les yeux et la voit. Une hésitation, puis il lui fait signe. Elle n'a pas d'autre choix que de le rejoindre, et ce n'est pas si grave. Il est le seul ici qui l'intéresse. Elle l'entend la nuit. Ses hurlements et les paroles délirantes qui n'ont aucun sens. Les chocs quand il se cogne ici ou là. Les infirmiers qui se précipitent pour le remettre au lit. Tout ça lui est familier. Elle s'en souvient très bien. Les terreurs nocturnes.

— On dirait que les câlins en groupe sur la lande, c'est pas ton truc, dit-elle.

Son visage est tout en angles, comme si les chairs n'avaient pas eu le temps de le remplir, mais il doit avoir le même âge qu'elle, un an de plus peut-être. Donc, dans les dix-huit ans, sauf qu'il porte encore un appareil dentaire.

— Non. Toi non plus, j'imagine ?

Il zozote un peu.

Elle secoue la tête, maladroite. Elle n'a pas entamé une seule conversation avec qui que ce soit depuis son arrivée ici.

— Je te comprends. Je ne voudrais pas me retrouver trop près de Mark. Sa queue-de-cheval doit être un vrai nid à poux. Il a porté la même chemise pendant trois jours la semaine dernière. Ce mec n'est pas propre.

Elle trouve ça assez drôle et laisse le sourire étirer ses lèvres. Elle qui ne pensait pas s'attarder, elle se surprend à s'asseoir.

— Tu es la fille qui peint des feux, dit-il. Je t'ai vue en salle d'art.

Il la regarde et elle se dit que ses yeux sont encore plus bleus que ceux de David ; c'est peut-être parce qu'il a la peau si pâle et les cheveux presque noirs. Il insère une nouvelle marguerite dans sa chaîne.

— J'y ai réfléchi, reprend-il. Peut-être que tu devrais peindre de l'eau. Ça pourrait être thérapeutique. Tu pourrais leur dire que les feux représentent tes ennuis, tout ce qui t'est arrivé, et que l'eau, c'est ton effort pour t'en débarrasser. Pour les éteindre.

Il parle vite. Son cerveau doit penser vite. Alors que le sien lui fait l'effet d'être englué dans de la mélasse.

— Pour quoi faire ?

Elle ne peut imaginer éteindre quoi que ce soit.

— Pour qu'ils arrêtent de te demander de *t'ouvrir,* dit-il avec un sourire et un clin d'œil. Donne-leur quelque chose et ils te laisseront tranquille.

— Tu as l'air de savoir de quoi tu parles.

— J'ai déjà séjourné dans des endroits comme ça avant. Tends la main.

Elle obéit et il glisse le bracelet de marguerites tressées autour de son poignet. Il ne pèse rien, pas comme la lourde montre de David qu'elle porte à son autre bras. C'est un geste délicieux et l'espace d'une brève seconde elle oublie sa culpabilité et sa peur.

— Merci.

Ils se taisent un moment.

41/6172/6

Le Livre de Poche s'engage pour l'environnement en réduisant l'empreinte carbone de ses livres. Celle de cet exemplaire est de : 350 g éq. CO₂
Rendez-vous sur www.livredepoche-durable.fr

Composition réalisée par PCA

Achevé d'imprimer en France par
CPI BRODARD & TAUPIN (72200 La Flèche)
en juillet 2019
N° d'impression : 3035134
Dépôt légal 1ʳᵉ publication : mars 2019
Édition 04 - juillet 2019
Librairie Générale Française
21, rue du Montparnasse – 75298 Paris Cedex 06

DEUX FEMMES, UN HOMME, COMBIEN DE POSSIBILITÉS ?

L'HEURE ZÉRO
AGATHA CHRISTIE
N° 5676

Quelle drôle d'idée ! Rassembler pour les vacances sous le même toit l'ex-Mrs Strange et Kay, la nouvelle tenante du titre... c'est de l'inconscience, pour ne pas dire plus. D'ailleurs, si ces tigresses ne se sont pas encore écharpées, c'est qu'elles se retiennent. Les vertus calmantes de l'air marin, sans doute. Mais les choses n'en resteront pas là. Deux Mrs Strange sous le même toit, c'est une de trop...

*MARI ET FEMME,
QUI ÊTES-VOUS DONC ?*

LES APPARENCES
GILLIAN FLYNN
N° 33124

*Amy et Nick forment en apparence un couple modèle.
Victimes de la crise financière, ils ont quitté Manhattan pour
s'installer dans le Missouri. Un jour, Amy disparaît et leur
maison est saccagée. L'enquête policière prend vite
une tournure inattendue : petits secrets entre époux
et trahisons sans importance de la vie conjugale font de Nick
le suspect idéal. Alors qu'il essaie lui aussi de retrouver Amy,
il découvre qu'elle dissimulait beaucoup de choses, certaines
sans gravité, d'autres plus inquiétantes. Après* Sur ma peau
et Les Lieux sombres, *Gillian Flynn nous offre une véritable
symphonie paranoïaque, dont l'intensité suscite une angoisse
quasi inédite dans le monde du thriller. Best-seller
international,* Les Apparences *a fait l'objet d'une adaptation
cinématographique de David Fincher avec Ben Affleck
sous le titre* Gone Girl.

VOUS AVEZ AIMÉ CE LIVRE ?
Découvrez ou redécouvrez au Livre de Poche

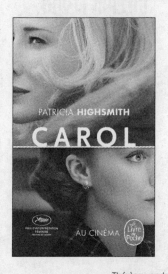

QUAND UNE AMITIÉ NAISSANTE SE TRANSFORME EN RELATION TOXIQUE

CAROL
PATRICIA HIGHSMITH
N° 4424

Thérèse, vendeuse dans un grand magasin, rencontre Carol, qui est belle, fascinante, fortunée. Elle va découvrir auprès d'elle ce qu'aucun homme ne lui a jamais inspiré : l'amour. Une passion naît, contrariée par le mari de Carol, lequel n'hésite pas à utiliser leur petite fille comme un moyen de chantage. Second roman de Patricia Highsmith, Carol fut refusé en 1951 par son éditeur américain en raison de la hardiesse du sujet. Ce livre est la preuve que l'auteur n'est pas seulement un maître du genre policier, mais avant tout une romancière de premier ordre, qui, avec pudeur et sensibilité, nous parle ici d'un amour revendiquant sa liberté.

DU MÊME AUTEUR
AUX ÉDITIONS PRÉLUDES :

Si je mens, tu vas en enfer, 2019.

récompensera de vos efforts. C'est une chance d'avoir de si grands éditeurs qui m'ont donné des notes aussi géniales. Le récit est tellement meilleur grâce à vous.

Je dois aussi remercier Baria Ahmed, ma pote, d'avoir repéré, alors que le livre avait déjà été corrigé plusieurs fois, que j'avais fait référence à un hôpital à Perth, en Australie, au lieu de Perth, en Écosse. Bien vu !

Enfin, bien sûr, un dernier – mais pas moindre – merci à tous les lecteurs qui ont choisi *Mon amie Adèle*. J'espère sincèrement que vous l'avez apprécié. C'est grâce à vous que ce boulot en vaut la peine.

Sarah

REMERCIEMENTS

Bon, c'est dur de savoir par où commencer : la liste est si longue. Au Royaume-Uni, merci à ma fabuleuse agente et amie, Veronique Baxter chez David Higham, et aussi à toute l'équipe des droits pour l'étranger qui a réussi à vendre ce livre dans tellement de pays. Et, bien sûr, un immense merci à tous ces éditeurs qui l'ont acheté ! J'ai une dette éternelle envers Natasha Bardon, mon éditrice chez HarperFiction, qui m'a donné une chance de lui parler de ce projet et d'avoir ensuite fait en sorte que ce roman soit publié. J'en ai autant à l'égard des équipes de la publicité et du marketing qui ont toutes été si enthousiastes. Je suis très, très heureuse d'avoir une nouvelle maison avec vous tous.

Aux États-Unis, un grand merci à Grainne Fox chez Fletcher & Co pour le boulot hallucinant et pour avoir gardé la tête froide pendant que je couinais et gloussais, et je suis tout aussi heureuse que Flatiron Books soit ma nouvelle demeure sur l'autre rive de l'océan. Un grand merci à Christine Kopprasch, mon éditrice, pour avoir voulu le livre et avoir eu foi en lui, et aussi à Amy Einhorn pour son soutien. Encore une fois, comme chez HarperFiction, ça a été un tel bonheur de travailler avec toute l'équipe de Flatiron. Je n'aurais pu rêver mieux. Espérons que mon livre vous

Comment certains parviennent-ils à faire durer leur couple ? À quels compromis faut-il consentir quand la magie des débuts se fait la malle ? Quel pacte passe-t-on avec l'autre lorsque surgissent les difficultés ?

Dans *Mon amie Adèle*, ce n'est pas vraiment la notion d'infidélité en tant que telle que j'ai voulu analyser – même si le thème y est présent –, mais plutôt les réactions des femmes impliquées. Ce qui m'a frappée lorsqu'une de mes amies a été confrontée à l'infidélité de son mari, c'est de voir à quel point elle est devenue obsédée par cette autre femme. Comment était-elle, où vivait-elle, était-elle plus âgée, plus jeune, plus mince – qu'avait-elle de si spécial qu'elle-même n'avait pas ? Elle était davantage obnubilée par elle qu'en colère contre son mari. J'imagine que l'autre femme était tout autant obsédée par mon amie. Il n'était plus du tout question de l'homme. Seulement de ces deux femmes.

Mon roman explore donc les secrets au cœur des relations amoureuses et la fascination que des femmes peuvent exercer sur d'autres femmes.

Tout cela peut sembler très cynique, mais je sais qu'il existe des mariages heureux, que deux personnes peuvent être faites l'une pour l'autre. Seulement, si j'écrivais là-dessus je serais l'auteur de comédies sentimentales, et non de thrillers sombres et dérangeants.

J'espère sincèrement que vous avez aimé *Mon amie Adèle* autant que j'ai aimé l'écrire. Aussi perturbant que ce livre puisse être par moments, je pense que certains passages vous auront fait sourire en coin.

Sarah Pinborough,
mars 2016.

Postface

Chers lecteurs,

Quelques mots à propos de *Mon amie Adèle*...
Par où commencer ? Il est rare de pouvoir déterminer la genèse d'un roman et d'évaluer ce qui vous pousse à inventer telle ou telle histoire. En général, c'est assez instinctif et il est difficile de dire sur quoi vous écrivez tant que le livre n'est pas terminé. Tout ce qui se dissimule sous les lignes, les éléments grâce auxquels l'histoire tient la route... Car la plupart du temps, c'est de ça qu'il s'agit : ce que nous cachons et, plus précisément, la part obscure de ce que nous cachons.

J'ai toujours été fascinée par la façon dont on nous apprend à *faire semblant* en grandissant. On s'efface derrière des maisons, des voitures et des habits, des vies fabriquées de toutes pièces et on finit par se demander un beau jour comment on est devenu adulte.

C'est lorsqu'on rencontre quelqu'un à qui l'on veut plaire que ces stratégies atteignent leur apogée. On met en avant nos côtés les plus assurés, les plus sexy, afin que l'autre nous trouve merveilleux et nous renvoie une image merveilleuse de nous-mêmes.

— L'Orient-Express, dis-je. Et ensuite, une croisière.

— Tu détestes le bateau, fait une petite voix sur le siège arrière, et je n'ai pas besoin de me retourner pour voir la mine renfrognée d'Adam.

Il sait qu'il y a quelque chose qui cloche chez moi, mais il n'arrive pas à trouver ce que c'est.

— Tu dis toujours que tu détestes le bateau, répète-t-il obstinément.

— C'est juste un caprice, dis-je à David en lui serrant la cuisse. Il est inquiet parce qu'il croit que tu vas m'éloigner de lui.

Mes dents sont serrées derrière mon sourire. Il y a encore un petit obstacle à surmonter pour que notre bonheur soit total. David ne connaissait peut-être pas si bien Louise, mais Ian et Adam, c'est une autre histoire. Il va falloir trancher ces liens. Ça a été assez facile de mettre un terme à l'amitié avec Sophie – un vague sous-entendu devant son mari quant à une possible infidélité a suffi –, la disparition d'Adam de ma vie, en revanche, devra être beaucoup plus dramatique. Ça ne sera pas trop difficile. Les enfants sont si enclins aux accidents. Et puis, le deuil a tendance à rapprocher les gens, n'est-ce pas ?

— Je t'aime, Louise Martin, dit David en démarrant, laissant le passé derrière nous.

— Je t'aime aussi, David Martin, dis-je. Plus que tu ne le sauras jamais.

remords à propos du cadavre dans le puits. Ça a été le premier signal pour David, je pense. Et puis, évidemment, il y a eu l'abominable découverte de la grossesse. J'avais déjà assez de mal à m'habituer à tous les autres caprices du corps féminin pour me rappeler que j'aurais dû avoir des règles. Il était hors de question que je me fasse à l'idée d'une autre personne, d'un autre corps, poussant en moi. Et puis, c'était l'enfant d'Adèle, pas le mien. Je ne voulais pas qu'elle s'immisce d'une façon ou d'une autre dans ma nouvelle vie merveilleuse avec David. Enfin, je n'en savais pas assez à propos d'Adèle. De leur histoire. Rien ne plaidait en ma faveur. David avait de plus en plus de mal à m'aimer. Alors, pour le garder, j'ai dû simuler trop de dépressions et finalement avoir recours aux menaces.

Cette fois, c'est différent. David ne connaissait pas Louise si bien que ça et j'ai observé, appris et mémorisé sa vie : ses caprices, ses goûts, ses humeurs. Il m'aime, je le vois dans ses yeux. Il est libéré de son passé. Je lui donnerai peut-être un bébé cette fois-ci. Pour faire de nous une vraie famille.

— Où veux-tu qu'on aille pour notre lune de miel ? demande-t-il quand nous sommes de retour dans la voiture. Choisis ce que tu veux.

Nous nous sommes mariés la semaine dernière, une cérémonie toute simple, à la mairie. Le jour où Adèle dans mon corps originel était enterrée dans un minable petit cimetière d'Édimbourg. Mais ce n'est que maintenant que nous sommes tous les deux officiellement libres de faire ce que nous voulons et donc nous commençons à penser à la suite. Je fais semblant de réfléchir un moment.

riant – qu'est-ce qu'elle a dit ? « Si on se lance dans la magie vaudoue, il faut que ce soit dans une clairière la nuit. » Et c'était joué.

On a échangé. Quitté nos corps, compté jusqu'à trois avant d'entrer dans celui de l'autre. Elle n'a pas compris ce qui lui arrivait. Une taffe sur un joint de temps en temps, ça te prépare pas à la puissance de la poudre. En une seconde, la seringue était plantée. L'overdose délivrée. Comme avec Louise.

Bye bye Rob, salut Adèle.

Ça a été épuisant de balancer le cadavre dans le puits. Les corps de femmes sont si faibles et je n'y étais pas préparé. J'avais de la boue et des feuilles mortes collées au jean, mes petits muscles me faisaient mal pendant que ma sueur se glaçait dans l'air humide et frais. Je pensais que le monde serait différent après, or rien ne semblait avoir changé. La seule différence, c'était moi. La montre qui s'est accrochée à elle dans la chute était un accident fortuit. Je m'en foutais. Il l'avait donnée à *elle*, pas à moi. Je m'en foutais aussi un peu de laisser mon corps pourrir là-dedans. Il ne m'avait jamais plu. Il n'avait jamais été à la mesure de ce que j'étais à l'intérieur. J'étais bien plus génial que cette enveloppe boutonneuse et blafarde. Mais j'ai gardé le journal. Mon seul lien avec ma vie antérieure. J'ai arraché les pages avec la seconde porte – au cas où David tomberait dessus par hasard – et je l'ai caché dans la boîte contenant les vestiges de la vie des parents d'Adèle. Je continue à le garder. Qui aurait pu deviner qu'il deviendrait si utile ? Ça pourrait être de nouveau le cas.

Après coup, je sais que je n'ai pas super bien géré l'échange avec Adèle. J'aurais dû montrer plus de

Quand il est reparti à l'université, ça a été comme si on me déchirait l'âme. Je me sentais vide. À quoi bon vivre si je ne pouvais l'avoir. Et pourquoi fallait-il qu'Adèle le garde pour elle ? Adèle la geignarde, Adèle la débile qui n'appréciait jamais rien. Qui considérait un amour pareil comme normal. Qui avait tout ce fric et qui s'en foutait totalement. À sa place, j'aurais fait en sorte que la vie de David resplendisse.

Et c'est alors que l'idée m'est venue. Un plan simple et terrifiant.

— On y va ? dis-je, et je me penche pour l'embrasser avec les lèvres si pleines de Louise.

Il hoche la tête.

— Oui, Adam doit commencer à s'ennuyer.

On repart dans le soleil de cette fin d'après-midi vers la voiture et je songe à quel point la vie est vraiment merveilleuse quand on est amoureux.

C'est plus facile la deuxième fois. Ça a été plus facile avec Louise. Je n'ai eu peur que pendant les préparatifs. Des variables. Avec Adèle, j'avais peur que ça ne marche pas, même si elle a tout de suite accepté mon idée démentielle. « Voyons si on peut échanger nos corps ! Rien qu'une minute ! Tu ne t'es jamais demandé ce que ça ferait d'avoir une queue ? »

Louise n'aurait jamais accepté ça, bien sûr, mais Adèle était si jeune et les jeunes sont d'une stupidité notoire. En plus, elle était défoncée, et si contente d'avoir enfin quelqu'un avec qui partager son secret. Et, bien sûr, elle m'aimait. La meilleure copine idéale. J'avais pris juste assez de poudre, pas suffisamment toutefois pour qu'elle se rende compte que je planais complètement. Nous sommes sortis dans les bois en et illuminé en même temps. Le coup de foudre – le genre d'amour dont on sait qu'il ne mourra jamais. Adèle et sa douce gentillesse n'existaient pas en comparaison. Ce que j'éprouvais pour elle n'était que poussière dans le vent. Chassé en une seconde. David était fort. Intelligent. J'aimais sa tranquillité. Son calme. Je comprenais enfin pourquoi Adèle l'aimait autant, mais en cet instant j'ai tout de suite vu qu'elle était un frein pour lui. Elle était trop détraquée pour quelqu'un d'aussi brillant. Il avait besoin de quelqu'un qui soit son égal. Il avait besoin de *moi*.

Pendant tout le week-end, je pouvais à peine parler, juste marmonner des réponses à ses questions ou me rendre complètement ridicule en essayant d'être drôle. Je n'avais qu'une envie, c'est qu'Adèle se barre, nous lâche avec son empressement et nous laisse enfin seuls tous les deux pour que je puisse me délecter de sa présence. J'ai tout de suite su que je devais l'avoir. Il le fallait. C'était le destin.

Les deux nuits, je suis resté allongé dans le noir à les entendre rigoler et baiser. Ça me brûlait. Je voulais sentir ces grosses mains de fermier sur ma peau. J'ai pensé à la pipe que j'avais faite à l'infirmier de Westlands pour qu'il me file de l'herbe et je me disais que ce serait plus que génial de sucer quelqu'un comme David. Quelqu'un que j'adorais. Je voulais toucher ses cicatrices et lui rappeler que sans *elle,* il serait encore intact. J'ai franchi la seconde porte pour les observer un moment, me torturant à regarder son dos si large au-dessus d'elle pendant qu'il la pénétrait. Je voulais sentir cette passion. Cet amour. Cette bite en moi.

58

Rob

On est debout devant la tombe, main dans la main. C'est notre façon d'enterrer le passé. De faire nos adieux. Il n'y a pas grand-chose à voir, juste un nom et deux dates. Qu'est-ce que David aurait pu faire graver d'autre sur le marbre noir ? « À mon épouse regrettée » ? Difficilement. Et puis, de toute façon, c'est peut-être le corps d'Adèle, mais c'est Louise qui est enfouie là-dessous.

Pauvre et douce Adèle. Ma Belle au bois dormant si tragique. Si douce, si gentille et si conne. Je l'ai aimée d'une certaine façon. Vraiment. Mais c'était comme Roméo et Juliette. Roméo croyait aimer Rosalind jusqu'à ce qu'il voie Juliette. Certains amours sont si puissants qu'ils balaient tout le reste.

Je me souviens du moindre détail quand j'ai vu David pour la première fois. Adèle sur le gravier, excitée comme une gamine, et moi traînant dans l'ombre du perron, empli de ressentiment devant cette invasion de notre paradis.

Et puis il est sorti de cette bagnole et ça a été... une *révélation*. Je n'arrivais plus à respirer. J'étais aveuglé apprécié – il n'a rien dit, mais elle l'a senti –, elle est certaine que ça viendra.

— Alors, ça veut dire que tu es aussi taré que moi, dit-elle, et ils éclatent de rire.

Elle est heureuse. Il est heureux. Et David est fabuleux. L'avenir va être merveilleux.

— J'adore que tu puisses le faire, toi aussi, reprend-elle. C'est génial.

— Hé, dit Rob en roulant sur le côté et en se redressant sur un coude. On devrait essayer un truc. Un truc carrément dingue.

de plus en plus naturel. Maintenant, je peux le faire en un claquement de doigts. J'ai essayé d'en parler à David un jour, mais il s'est mis à rire. Il a cru que je plaisantais. J'ai compris qu'il n'y croirait jamais, pas vraiment en tout cas. Alors, j'ai gardé ça pour moi. Jusqu'à ce que je te rencontre.

— C'est pour ça que tu ne voulais pas dormir, dit Rob.

Il lui prend la main et ça lui fait du bien. Ça fait du bien de pouvoir *parler* de ça avec quelqu'un. De *partager*.

— Oui, dit-elle doucement. C'est ma faute si mes parents sont morts. L'incendie était accidentel, quoi qu'on dise, toutefois, si j'avais été *là,* si j'avais été en train de dormir normalement, je me serais réveillée. J'aurais pu faire quelque chose. Mais je n'y étais pas. J'étais dans les arbres en train d'observer les hiboux, la forêt et toute cette vie qui ne sort que la nuit.

— Il y a des jours comme ça, dit Rob. Oublie. Laisse tomber et recommence à vivre.

— Je suis bien d'accord, dit-elle, puis, plus sincèrement : En fait, je ne sais pas si je pourrais arrêter, même si j'essayais. Ça fait partie de moi. De qui je suis.

— Donc, c'est à ça que sert cette seconde porte, dit-il. Je l'ai déjà eue quelquefois et elle m'a foutu la trouille. J'en parle dans mon journal.

— Pourquoi ne m'as-tu rien dit avant aujourd'hui ?

— Je ne voulais pas que tu me prennes pour un taré.

C'est elle qui lui serre la main maintenant. Elle aime Rob, vraiment. Et même si David ne l'a pas beaucoup

57

AVANT

— J'étais en train de le faire quand mes parents sont morts, dit Adèle.

Ils sont allongés devant le feu, le livre de Shakespeare qu'elle était en train de lui lire, abandonné.

— Je volais sans arrêt. Je me prenais pour le vent. Je voyageais partout dans la campagne.

Elle repasse le joint à Rob qui n'en a pas besoin. Il s'est déjà envoyé en l'air, comme il dit, en fumant un peu d'héro. Au moins, il ne se pique pas. C'est déjà ça.

— Ça a commencé quand j'étais petite, continue-t-elle. David m'avait donné un vieux bouquin dans lequel on parle des rêves lucides et, une fois que j'y suis arrivée, cet autre *truc* a démarré. Au début, je ne réussissais que quand je dormais. Peut-être à cause des hormones, je sais pas. Peut-être que je n'avais pas le contrôle mental suffisant parce que j'étais trop jeune. C'était fantastique. Ce pouvoir secret. Au début, ce n'étaient que des endroits que je pouvais me représenter. Et je ne pouvais pas aller très loin. Puis, avec les années, je me suis améliorée. Ou alors ça devenait réussi à ajuster un peu sa vision en me voyant. Louise là, derrière mes yeux, en train de me regarder dans son corps. Alors, elle a eu peur, en dépit du shoot. Je crois qu'elle a essayé de prononcer mon nom. En tout cas, elle a gargouillé quelque chose. J'allais pas m'éterniser. On n'avait pas le temps pour les adieux. J'ai enfilé les gants, récupéré la seringue et ce qu'il y restait. Je le lui ai injecté entre ses/mes orteils. Et voilà. Rideau. Bonne nuit, ma belle.

J'ai laissé la seringue par terre et fourré les gants dans ma poche pour m'en débarrasser plus tard avant de la soulever, en me remerciant d'avoir autant maigri et en la remerciant d'avoir été si assidue à la gym ces derniers temps. Je l'ai portée en bas, dehors sur le perron. Les sirènes hurlaient déjà à ce moment-là dans l'obscurité et la petite vieille d'à côté était dans la rue avec son clébard qui jappait.

Quand les pompiers sont arrivés, je leur ai parlé du texto, de la clé que j'avais trouvée dans le pot de fleurs et qui m'avait permis d'entrer pour tenter de la sauver. Sauf qu'elle était déjà morte. Je pense qu'elle a dû mourir alors qu'on descendait l'escalier.

Bye bye Adèle, bonjour Louise.

Si tu aimes quelqu'un, libère-le. Quelle connerie.

était *si* heureux de pouvoir faire quelque chose pour moi. Came, seringues, et ainsi de suite. Il avait tout.

J'avais de l'entraînement avec l'héroïne et donc je savais combien je pouvais m'en injecter – entre les orteils de façon que les traces soient invisibles – pour ne pas me retrouver tout de suite dans le brouillard. Par exemple, j'avais pris un shoot ce jour où Louise s'est pointée et a cru que c'étaient les cachets qui m'avait mise dans cet état. Un bonus inattendu.

J'ai préparé l'incendie sans l'allumer. Quand il a été assez tard, j'ai envoyé ce texto bavard laissant entendre que j'allais me suicider. Je l'*observais*. Je l'ai *vue* tentant de me *voir* puis renoncer. Juste avant que sa voiture arrive devant chez nous, j'ai allumé le feu et j'ai couru en haut. Au premier coup de sonnette, je me suis injecté juste assez d'héroïne et j'ai caché le reste sous le lit où j'avais déjà placé des gants chirurgicaux de David. J'ai franchi la seconde porte. Je l'ai *vue* dehors. Et c'est là que ça a été très chaud. Choisir le bon moment pour entrer en elle. Attendre la première infime secousse annonçant que quelque chose allait de travers. Une vibration dans l'air derrière moi qui me prévenait qu'elle pénétrait dans mon corps. Si elle était revenue dans le sien, il n'y aurait pas eu la place pour nous deux. Je me serais fait éjecter.

Mais la fortune sourit aux audacieux et sa peau est devenue la mienne. J'ai pris la clé que j'avais cachée au-dessus du montant de la porte et j'ai grimpé à toute allure l'escalier dans la fumée qui commençait à s'épaissir.

Elle gémissait faiblement sur le lit, le regard vitreux. Ça fait ça quand on n'a pas l'habitude de l'héro. Elle a

— Je sais, dit David. Je ne contesterai pas cette accusation.

— Et j'imagine que vous n'allez pas pratiquer la psychiatrie pendant un bon moment ?

Pattison semble sympathiser. De tous les criminels qu'il a croisés au cours de sa carrière, David doit lui paraître le moins probable.

— Non, répond David. J'imagine que non. C'est une autre conséquence à laquelle je m'attends. Cela ne me dérange pas trop, à vrai dire. Il est peut-être temps pour moi de changer de vie.

Il me regarde alors en souriant et je lui rends son sourire avec une telle force que j'ai l'impression que mon visage va éclater. Inutile de cacher notre amour devant ce policier. La liaison, *l'amour* étaient dans la lettre.

Je le sais. C'est moi qui l'ai écrite.

Je repousse ces tout nouveaux cheveux blonds de mon visage alors que nous quittons le poste de police. Le corps de Louise – mon corps – me paraît encore étrange. Le fait d'être plus lourde de six ou sept kilos ralentit un peu mes gestes, cependant j'apprécie d'avoir des courbes et si David les aime aussi, je les garderai. Mais elle a besoin de lunettes pour voir de loin. Elle ne s'en était pas rendu compte.

Oh, Louise, comme elle a été parfaite. Comme elle a merveilleusement joué son rôle. Et je mérite moi-même quelques éloges. Mon plan s'est déroulé à la perfection. Après ma tentative ratée d'acheter de la poudre dans ce passage souterrain à la con où ils ont bien failli me piquer mon sac et où j'ai récolté ce coquard, Anthony Hawkins m'est tombé du ciel. Il

— ... C'est Adèle qui lui a ouvert. Peut-être que son obsession s'est alors transférée sur elle. Adèle est – *était* – très belle.

— Nous lui parlerons. Quant à la lettre de votre femme, c'est bien son écriture et le papier ne porte que ses empreintes digitales, donc il n'y a aucun doute que c'est elle qui l'a écrite, dit le policier avant de lever les yeux. Ce qui constitue une excellente nouvelle pour vous. Cela dit, vous avez eu une sacrée chance qu'elle ne soit pas partie en fumée dans cet incendie.

— Du Adèle tout craché, dit David avec un petit sourire amer. Même dans ses derniers moments, elle ne pouvait pas me libérer entièrement.

J'écoute à peine. Tout ce à quoi je pense, c'est que David me tient la main, la serre très fort. Cela faisait si longtemps. Hier soir, même si nous en étions au troisième jour du purgatoire policier, nous avons fait l'amour, nous avons ri et nous avons souri, et nous nous sommes étreints très fort, très longtemps. C'était comme un rêve.

— David devra-t-il aller en prison ?

Le policier voit bien mon inquiétude.

— Je ne peux pas m'avancer tant que l'enquête n'est pas terminée. Par la suite, si des accusations formelles sont portées, votre avocat sera informé. Cependant, il y a des circonstances atténuantes. Elle était fragile à l'époque de la mort de M. Hoyle et M. Martin a surtout cherché à la protéger. Néanmoins, même si la mort était accidentelle, il n'en demeure pas moins qu'Adèle a dissimulé le corps et que David est de fait devenu son complice.

— Nous avons retrouvé sa lettre – une espèce de confession – sur votre bureau. Elle y confirme tout ce que vous avez dit dans votre déposition au commissaire Wignall à Perth. Elle a jeté le cadavre de Robert Hoyle dans le puits sur sa propriété et elle portait bien votre montre à ce moment-là. Nous avons reçu la confirmation d'Écosse que le corps a bien été retrouvé. Évidemment, dans un état de décomposition extrême, mais les empreintes dentaires devraient nous permettre de confirmer son identité. Par ailleurs, si on compare la façon dont votre femme est morte – par surdose d'héroïne, la même cause de décès que celle qu'elle donne pour M. Hoyle –, il semblerait qu'elle cherchait une sorte de… rédemption. Peut-être ressentait-elle le besoin de décharger sa conscience aussi bien vis-à-vis de ses parents que de M. Hoyle ?

— Mais où a-t-elle trouvé l'héroïne ? demande David. Elle était beaucoup de choses, en tout cas sûrement pas une droguée.

— Anthony, dis-je, comme si l'idée venait de me frapper.

Ma gorge est encore assez irritée à cause de la fumée et ma voix est rauque. Je m'explique :

— Anthony Hawkins. Je l'ai vu traîner autour d'elle plusieurs fois. Elle lui a peut-être demandé de lui en procurer ?

— Hawkins ?

Le policier note le nom.

— Un de mes patients, explique David. Ou plutôt, un de mes anciens patients. Consommateur de drogues et obsessionnel. Il est même venu chez nous…

Je vois la lumière qui s'allume.

56

APRÈS

— Elle ne parle pas de l'incendie chez ses parents dans la lettre qu'elle a laissée, dit l'inspecteur Pattison, mais le rapport confirme qu'il a démarré dans la boîte à fusibles.

C'est un homme solidement bâti dont le costume a connu des jours meilleurs. La lassitude dans son regard trahit une longue carrière dans la police. Il est fiable. Les gens lui font confiance. Il est calme.

— L'incendie qu'elle a provoqué chez vous, docteur Martin, continue-t-il, a aussi démarré dans la boîte à fusibles, ce qui nous fait là un élément assez concordant.

— Sait-on comment elle s'y est prise ? demande David.

Il est pâle et il a les traits tirés comme souvent les personnes en état de choc, néanmoins son esprit est aussi beaucoup *plus léger*. Bien sûr. *Ding Dingue Dong, la sorcière est morte.*

— Avec de la térébenthine et des torchons imbibés.

David hoche la tête.

— Oui… elle faisait des travaux de peinture…

possible. Les marches sont en bois. Verni. À quelle vitesse s'enflammeront-elles ?

Je la contemple, encore un peu surprise par sa beauté. Et puis, je pense à ses yeux. Couleur noisette. Je m'imagine voyant à travers eux. Je m'imagine *derrière eux*. Qu'est-ce que ça ferait d'être dans cette peau bronzée, dans ce corps si mince et ferme. Je m'imagine *étant* Adèle, me glissant dans cette enveloppe, en prenant le contrôle et alors – au moment même où je ressens un choc terrible au plus profond de moi, l'impression que quelque chose va *très, très mal* – je suis en elle.

parfaite dans un pyjama de soie crème. Aucun signe de cachets, ni de verre d'eau pour les prendre, pourtant je sens un vide terrible en elle comme si elle était déjà morte. Une grisaille insipide flotte dans l'air autour de son corps alors que les premières traînées de fumée grimpent du rez-de-chaussée.

Elle est partie. Je le comprends soudain. Pas morte, non : elle a quitté son corps. Elle ne veut pas y être quand ça arrivera. Elle ne veut pas se sentir mourir. A-t-elle peur de changer d'avis ? De céder à la panique à la dernière seconde ? Est-ce ce qui s'est passé avec ses parents ?

Je m'approche d'elle. J'entends des craquements en bas. Les feux ne se propagent pas en silence et, à en juger par les bruits qui retentissent, celui-ci enfle très vite. J'aurais dû appeler les pompiers. J'aurais dû appeler la police. J'aurais dû faire quelque chose de *trivial*. Un voisin ne tardera pas à remarquer l'incendie, mais ce sera trop tard. Adèle a allumé ce feu de telle façon qu'il gagne toute la maison. Il faut que je la sorte de là. Machinalement, je tends la main vers elle, mais je ne peux la saisir. Je n'ai aucune substance, je ne suis qu'énergie. Que faire ? Comment l'extraire de là ?

Une idée me vient alors, froide et précise, comme si l'absence d'un corps soumis à des réactions chimiques avait effacé ma panique. C'est une idée extravagante et j'ignore si c'est possible, cependant ça pourrait être ma seule chance de la sauver.

Son corps est vide. Je suis là. Il ne faudrait guère plus d'une minute pour dévaler l'escalier, sortir de la maison et alors nous serions saines et sauves toutes les deux. C'est la seule solution. Bientôt, ce ne sera plus fleuriste où elle a travaillé. C'est ça, son idée ? Se tuer par le feu pour rétablir l'équilibre ? J'appuie encore une fois sur la sonnette, submergée de panique, et soudain je me souviens des clés. Je me mets à fouiller le pot de fleurs, creusant très profondément dans la terre avant d'accepter qu'elles n'y sont plus. Elle les a enlevées. Plus question de me laisser entrer.

Je ne sais pas quoi faire. Et si elle n'était pas là ? Et si elle était en train d'essayer de me faire arrêter pour incendie volontaire ou je ne sais quoi ? D'un autre côté, si elle est en haut dans sa chambre, droguée, elle ne va pas tarder à être brûlée vive, à suffoquer ou... Dieu sait comment les gens meurent dans un incendie. Je cogne à la porte. Elle est si près et pourtant si loin.

La porte. Si près.

Je pense à la seconde porte. Je suis assez proche à présent. Je peux y arriver d'ici. Je m'assieds sur la marche du haut et je me laisse aller en arrière contre le perron. Je respire profondément, avec difficulté au début, puis de plus en plus calmement. Je vide mon esprit pour me concentrer sur la porte argentée. Je me débrouille mieux maintenant que j'en ai moins peur. Je peux l'*appeler* au lieu de la faire surgir malgré moi.

Quand les bords se mettent à scintiller sur l'écran de mes paupières, je me représente la chambre d'Adèle. L'image est claire. Les couleurs des murs, le vert des bois criblés de remords. La salle de bains attenante. La fraîcheur de l'air prisonnier des vieilles briques. Le miroir au dos de la garde-robe. Je vois tout si nettement et soudain...

... j'y suis, volant à travers la pièce. Il fait sombre, mais Adèle est bien là, allongée sur le lit, immobile et

« J'ai été ton amie, Louise, pendant un petit moment. »

Merde. Putain. Il faut que j'y aille. Il le faut. Je n'ai pas le choix. Je ne prends même pas ma veste avant de me ruer dehors dans le froid de la nuit.

Le chauffeur est digne de sa pub : il arrive à l'instant où je pose le pied sur le trottoir. Après lui avoir aboyé l'adresse, je laisse un message sur le téléphone de David pour lui dire où je vais et pour quelle raison. Si c'est un piège et qu'il m'arrive quelque chose, au moins il saura où et avec qui. Je tente encore une fois d'appeler Adèle. Toujours aucune réponse. Je suis à bout de nerfs. Je demande au chauffeur d'accélérer.

Combien de temps s'est écoulé depuis l'arrivée du texto ? Dix minutes, maximum. Ce qui en fait peut-être plusieurs de trop. Est-ce déjà trop tard ?

Je quitte la voiture avant même qu'elle ne soit complètement à l'arrêt. Je vole au-dessus des lourdes marches en pierre et, la main tremblante, j'appuie sur la sonnette. Je l'entends qui résonne de l'autre côté, mais je ne vois aucune lumière au rez-de-chaussée. Je sonne à nouveau, gardant le doigt sur le bouton pendant au moins cinq secondes. Toujours rien.

Je m'accroupis pour regarder à travers la fente de la boîte aux lettres.

— Adèle ! C'est moi !

Une odeur âcre me parvient. De la fumée ? Au bout du couloir, de l'intérieur de la cuisine, j'aperçois une lueur orangée. Oh, merde. Oh, putain. Un feu.

Qu'a dit Adèle ? Qu'elle allait tout arranger ? Parlait-elle de Rob ou de ses parents ? Sa famille est morte dans un incendie et il y en a eu un autre chez la peut-être folle, mais elle aime David. Elle n'a jamais vécu sans lui.

Le moyen le plus facile. Elle va se suicider. Je pense à tous les cachets dans son placard. Va-t-elle tous les avaler ? C'est ça ?

J'essaie de l'appeler. Elle ne répond pas. Merde, merde et merde. La tension bourdonne dans mes oreilles. Que faire ? Prévenir la police ? Pour lui dire quoi ? Je ne suis sûre de rien. Il s'agit d'Adèle, après tout. Ça pourrait encore être une sorte de test. De piège. Et si ça ne l'était pas ? Malgré tout ce qu'elle m'a fait, je ne veux pas avoir ça sur la conscience. Surtout si j'avais une possibilité de la sauver. Mais comment savoir ?

L'idée me vient subitement. Il y a bien un truc que je pourrais tenter. Cette chose folle en moi qu'elle a révélée. Ma nouvelle capacité.

Je descends la moitié du gin à l'orange avant de m'asseoir sur le canapé. Si je pouvais la *voir,* alors je saurais. Je ralentis ma respiration. Je me détends. Je ne pense à rien d'autre qu'à la seconde porte. Je me concentre comme je ne l'ai jamais fait et elle arrive aussitôt, toute d'argent scintillant. Je pense à la maison d'Adèle. Sa chambre à coucher. Le cadre de lit en métal si luxueux. Le mur avec ces trois bandes vertes. La sensation du coton de sa couette sous mes doigts. Le parquet. Pendant un instant, j'ai le sentiment que je vais y arriver, puis la porte me repousse et disparaît. La distance est trop grande. Je ne peux pas aller aussi loin. Pas encore.

En nous maudissant moi, elle et la terre entière, je me redresse pour récupérer mon téléphone. Je clique sur Uber. Une voiture en moins de deux minutes.

rentrer se faire soigner chez un confrère ? Qu'il n'a pas besoin d'entendre sa « confession » ? Qu'il lui fait perdre son temps ?

Ce n'est pas David. C'est Adèle. J'étais tellement sûre que ce serait lui que, pendant quelques instants, je contemple l'écran sans comprendre ce que ce nom fait là. Puis je me ressaisis. Quoi encore ? Qu'est-ce qu'elle mijote cette fois ? J'appuie sur la touche pour lire le message.

> Tu avais raison. Je dois tout arranger. Être honnête à propos de ce qui s'est passé. Je ne peux pas vivre sans David et on va me l'enlever. Mais je ne peux pas non plus me laisser enfermer. Je ne peux pas. Je ne veux pas me retrouver dans un endroit atroce rempli de fous. C'est ma tête. Je ne veux pas qu'on trafique à l'intérieur. Je ne suis pas assez forte pour ça, ni pour vivre sans David. Donc, je vais choisir le moyen le plus facile de le sauver. Qui n'est peut-être pas si facile, mais je n'ai plus le choix. Après tout ce qui s'est passé, c'est sans doute la seule solution. J'espère que tu seras heureuse maintenant. Peut-être le sera-t-il, lui aussi. Sans moi. J'ai été ton amie, Louise, pendant un petit moment. S'il te plaît, ne l'oublie pas.

Je contemple le message, essayant d'en saisir le sens. Que va-t-elle faire ? Que cherche-t-elle à dire ? « Le moyen le plus facile » ? Qu'est-ce que ça signifie ? La part de moi qui a déjà compris se met à hurler tandis que mon cerveau hésite encore. C'est tellement loin de ce dont je la croyais capable. Et c'est alors que je repense à notre conversation tout à l'heure au téléphone : elle était en larmes, brisée. Elle est

Il n'a pas l'air en colère, juste fatigué et résigné. J'aime ce diminutif dans sa bouche. C'est plus intime.

— Elle ne sait pas *comment* dire la vérité, enchaîne-t-il. Toutefois, il faut que tu sois prudente. J'ai l'impression que tu ne saisis pas très bien ce qu'elle est. Je ne supporterais pas qu'il t'arrive quoi que ce soit.

— Il ne va rien m'arriver. Je te le promets. Je serai toujours là quand tu auras besoin de moi.

Ce sont des clichés, mais je m'en fous.

— Je crois qu'il arrive, marmonne David dans le téléphone, à des centaines de kilomètres d'ici. Je t'appellerai dès que je le pourrai. C'est juré. Et, s'il te plaît, ne reste pas chez toi ce soir. Va au moins chez un voisin ou une voisine.

— David, je…

Je ne sais pas quoi dire. Je t'aime ? Quelque chose qui pourrait le lui faire sentir, en tout cas. Je n'ai jamais été aussi sûre de pouvoir aimer quelqu'un. Mais je n'ai pas le temps de finir ma demi-déclaration. Un déclic dans mon oreille. Le policier a pris ma place.

J'ai l'impression de me vider. Voilà, il ne peut plus faire marche arrière. Je me sens creuse, sans rien à l'intérieur et, de façon égoïste, je regrette qu'Adam ne soit pas là pour aller le voir dormir dans sa chambre et me rappeler que tout n'est pas noir dans ma vie. Au lieu de ça, je me rabats sur la bouteille de gin dans la cuisine. Il reste un peu de jus d'orange dans le placard. C'est mieux que rien. Je suis en train de me verser une dose de cheval quand j'entends mon téléphone. Un texto.

Je retourne en vitesse dans le salon, la peur au ventre. Est-ce David ? Le policier lui a-t-il dit de

55

Louise

Il est plus de dix heures quand il me rappelle et, à ce moment-là, j'en suis presque à grimper aux rideaux. La réalité est en train de s'imposer à moi. Quand je le verrai la prochaine fois, ce sera peut-être au parloir d'une prison. J'ai un peu la nausée et je suis sur les nerfs comme si j'avais bu trop de café. Entendre sa voix m'inonde de soulagement. Il est dans un hôtel à Perth où il attend Wignall qui est en route. Je suis contente de ne pas avoir bu. S'il arrive à être fort dans ces circonstances, moi aussi je peux l'être. Je lui raconte mon appel à Adèle. Ça sort dans une marée de mots.

— Je n'ai pas réussi à le lui faire admettre. Elle avait l'air coupable et elle semblait bouleversée, mais elle n'a pas dit explicitement que tu étais innocent. Je suis désolée. Je voulais qu'elle comprenne ce qu'elle avait fait. J'espérais qu'elle serait honnête. Je voulais la convaincre de dire la vérité à propos de la montre, de ce qui s'est vraiment passé.

— Tout va bien, Lou.

maintenant que je vais me transformer en femme geignarde et gémissante. Non, pas alors que j'arrive au bout de moi.

Je me sèche les cheveux, appréciant leur soyeuse épaisseur, puis je m'étudie dans le miroir avant d'enfiler mon plus beau pyjama en soie. J'ai envie de pleurer. C'est absurde et je m'en veux un peu. Je vérifie que tout est bien là où ce doit être, même si j'ai préparé la chambre deux heures plus tôt à peine et que je *sais* que tout est au bon endroit. Comme David qui s'assurait constamment qu'il avait bien son passeport sur lui les rares fois où nous sommes partis en vacances à l'étranger. J'en souris. Le souvenir de David m'apaise. Tout ça, c'est pour lui. Tout a toujours été pour lui. Je l'aime tellement. Tellement.

Je regarde l'horloge. Dix heures. D'ici une demi-heure, plus ou moins, ce sera le moment. Je m'allonge sur mon lit et je ferme les yeux.

indécent et qui ne portent que mes empreintes. On ne pourra pas dire que David a joué le moindre rôle. J'ai pensé à chaque détail. Tout doit être parfait. *Paraître* parfait.

Il reste quelques heures à tuer et, après avoir répété le moindre geste encore et encore au point que la simple idée de recommencer me fait horreur, je me mets simplement à errer dans notre maison vide, lui faisant mes adieux. Mon cœur bat vite et ma bouche est sèche. J'ai sans arrêt besoin des toilettes. Pour la première fois, je me rends compte que j'ai peur.

La pluie s'est arrêtée. Je sors dans la fraîcheur de la soirée et je savoure la chair de poule sur ma peau. Ça me calme. Si je visse mon courage au bon endroit, je n'échouerai pas. Les branches des arbres pendent lourdement au-dessus de la pelouse et des massifs de fleurs, elles sont chargées et vivantes. L'automne qui s'insinue ne leur a pas encore pris leurs feuilles. C'est comme une version apprivoisée des bois du domaine. Si on ne s'en occupait pas, combien de temps faudrait-il pour que cette nature si bien taillée redevienne sauvage ? Je suis comme ce jardin. Une chose sauvage superbement domestiquée. Je m'y attarde, goûtant les odeurs, la brise et cette vue puis, quand la soirée plonge dans la nuit et que ma peau frissonne de froid, je rentre.

Je m'offre une longue douche brûlante, quarante minutes au moins. Le temps semble avancer plus vite désormais, comme si, conscient de ma terreur croissante, il avait décidé de s'en amuser. Je prends de longues inspirations dans la vapeur pour dominer mes nerfs. Je contrôle. J'ai toujours contrôlé. Ce n'est pas

54

Adèle

Le temps ne s'arrête jamais, c'est ce qu'on dit, non ? *Tic-tac tic-tac.* Et il ne s'arrête pas aujourd'hui. Le dernier jour. Je ne pensais pas que ça arriverait ce soir. Je ne pensais pas que ça se ferait sans David. Je comptais régler ça ce week-end quand Adam serait absent et David à la maison. Drogué et inconscient, peut-être, mais ici. Sauf que les étoiles ont bien voulu s'aligner : Adam est chez son père et David, eh bien, David accomplit sa mission d'autodestruction en Écosse. Retour au pays natal pour soulager sa conscience. C'est bien mieux ainsi. Et moins compliqué, car ceci ne concerne que Louise et moi, après tout. David n'est que le *trophée* de notre concours. Ces dames sont fatiguées de tirer sur la corde. Il est temps de mettre un terme à la partie. Décider qui de nous deux a gagné et qui a perdu.

Le décor est en place. Je prépare la chambre à coucher puis écris ma lettre que je laisse dans une enveloppe scellée sur le bureau de David. Papier et enveloppe sont neufs – des fournitures au prix verre, je sais que, dans l'état où je suis, j'aurai descendu toute la bouteille quand David m'appellera et, si je suis bourrée, il y a de fortes chances pour que je me mette à le supplier de changer d'avis.

Et puis, bien sûr, il y a Adèle. Si elle vient et que j'ai bu, je n'aurai aucune chance contre elle.

un hôtel, comme David l'a suggéré, mais il faudra que je donne des explications à Ian la prochaine fois qu'il verra Adam. Et puis, aussi, une part de moi veut savoir jusqu'où sa folie peut entraîner Adèle. À condition de m'y préparer. Il y a de fortes chances, j'en suis convaincue, qu'elle perde la boule à présent que David n'est plus là. J'espère presque que ce sera le cas. Ça confirmerait le témoignage de David.

J'appelle Ian, tout en me jurant que demain, quoi qu'il arrive, je passerai la journée avec Adam. Une vraie, belle et grande journée mère et fils.

Il répond, un peu inquiet.

Je ne l'appelle jamais au travail. Cette époque est depuis longtemps révolue.

— Salut. Ce n'est pas très grave, mais je voulais vous demander un service à Lisa et toi. Je sais que j'appelle à la dernière minute.

— Je t'écoute.

— Vous pouvez prendre Adam ce soir ? Et le récupérer au centre de loisirs ? J'ai un imprévu et je suis déjà en retard. Et puis, on m'a invitée à dîner.

— Bien sûr ! J'appelle Lisa, elle va aller le chercher.

J'entends l'enthousiasme dans sa voix. Il croit que j'ai un rencard. Son ex-épouse se décide enfin à revivre.

— Merci, dis-je. Vous êtes géniaux.

— Pas de problème. Amuse-toi bien !

On se dit au revoir et on raccroche. Étrange comme l'amour peut se transformer en haine puis en cette vague amitié.

Je résiste à l'impulsion de m'acheter du vin sur le chemin. J'ai beau me dire que je n'ai bu qu'un seul

53

Louise

Je raccroche en tremblant.

A-t-elle entendu un seul des mots que je lui ai dits ? Que va-t-elle faire maintenant ? Appeler le cabinet ? Tout casser dans la maison quand elle va comprendre que je n'ai pas menti ? Je repense à sa réaction, à ses larmes. Elle paraissait brisée. Non. Elle m'a crue. Elle sait qu'il est parti. J'essaie d'appeler David. Son portable est sur boîte vocale. Il doit déjà être dans le train et le réseau ne passe pas. Je pousse un juron puis je laisse un message pour lui dire que je vais bien.

Bien.

Adam. Je suis censée passer le prendre dans une heure. Comment vais-je pouvoir jouer à la gentille maman avec lui ce soir ? Avec tout ce qui se passe ? Oh, mon bébé, je l'aime tant, mais aujourd'hui je ne peux pas m'occuper de lui. J'ai trop de choses en tête. Et puis, il y a Adèle. Elle sait où j'habite. Et si son choc se transformait en rage ? *Sociopathe*. C'est le terme que David a employé. Et si elle s'en prenait à moi ? J'envisage de louer une chambre dans peux lui épargner ça. Tu ne pourras pas le garder, Adèle. L'emprisonner avec toi jusqu'à la fin de tes jours. Ce n'est pas une vie, pour aucun de vous deux. Mais si tu dis la vérité, si tu le protèges maintenant qu'il a besoin de toi, alors tu pourras peut-être arranger certaines choses.

— Tu m'as tout pris.

Je murmure à nouveau. Je ne vais pas reconnaître la moindre culpabilité. Pas alors que la partie s'achève.

— Que vais-je faire sans lui ? dis-je dans un nouveau souffle.

— Tu pourrais faire ce qui est juste, dit-elle. *Prouver* ton amour pour lui. En finir avec toutes ces saloperies. Au moins, comme ça, peut-être qu'il ne te détestera pas. Peut-être que tu ne te détesteras pas.

— Va te faire foutre.

C'est un vrai plaisir d'employer une telle grossièreté. Je reste là quelque temps à laisser les tremblements me gagner jusqu'à ce que la rage jaillisse dans un crachat.

— Salope ! je hurle.

Et je fonds en larmes.

Il y a un déclic puis une tonalité dans mon oreille et je me retrouve avec l'éternel tic-tac pour seule compagnie. *Putain, mais qu'est-ce qu'elle peut être condescendante parfois.* Je me lève et j'essuie mes larmes. Toutefois, elle a raison. Le moment est venu pour moi de tout arranger.

— Tu es malade, Adèle.

Comme c'est délicat de ta part, Louise, ma petite voleuse de mari. On sait toi et moi que le mot auquel tu penses est « folle ».

— Tu ne prenais plus ton traitement, continue-t-elle. Si tu vas dire la vérité à la police – que l'overdose de Rob était un accident et que tu as paniqué –, on t'accordera des circonstances atténuantes. Après tout, tu n'as fait que cacher son corps. Alors que David sera jugé pour meurtre. Et on pourrait très bien l'accuser d'avoir aussi tué tes parents.

Je note qu'elle évite soigneusement de suggérer que c'est peut-être moi qui ai tué tout le monde – *Adèle la psychopathe.*

— Tu étais en pleine déprime. Tu venais de perdre ta famille, tu étais en thérapie. On ne t'enverra pas en prison, j'en suis sûre.

Oh, comme elle est tout miel à présent. Non, on ne m'enverra pas en prison, mais à ce qu'on dit, Broadmoor n'est pas franchement un centre de loisirs, merci beaucoup.

Je gémis :

— Pourquoi a-t-il fait ça ? Pourquoi ?

— Il ne t'aime pas, Adèle. Et depuis un bon moment. Il essayait juste de veiller sur toi. De faire au mieux pour toi.

Sa fausse sympathie et son audace de croire qu'elle en sait tellement sur notre mariage me donnent envie de lui mettre mon poing sur la gueule. Au lieu de ça, je me plante les ongles dans les genoux pendant qu'elle continue :

— Pourquoi lui infliger cette souffrance ? Si tu l'aimes vraiment – et je crois que c'est le cas –, tu

J'entends sa joie passagère devant ma stupeur. Je souffre autant qu'elle maintenant. Je vois tout cet amour potentiel qu'elle a pour lui et qu'elle a si longtemps nié. Cet amour qui brûle superbement en elle.

— Nous savons toutes les deux qu'il n'a pas tué Rob, dit-elle. Pourquoi refuses-tu de le dire ?

— Ils vont le mettre en prison, dis-je d'une voix si sourde que c'est à peine un murmure. Ils vont me le prendre.

Des larmes jaillissent du coin de mes yeux. La simple idée qu'on me sépare de David peut provoquer chez moi une réaction physique, encore aujourd'hui.

Je me mets à crier :

— Pourquoi ne l'as-tu pas détesté ? Pourquoi ? Pourquoi tu as fait ça ?

Elle ne répond pas, alors je gémis comme un animal et je m'effondre par terre.

— Tu étais censée le haïr...

Je pleure dans le téléphone.

— ... Tu étais censée me choisir.

Je relève les genoux sous mon menton, j'essuie mes larmes et ma morve sur ma manche de soie, à fond dans mon rôle.

— Que vais-je faire maintenant ? Il ne peut pas me quitter. C'est impossible. Il ne le fera pas.

— Il l'a fait, dit-elle.

C'est Louise désormais qui est calme, qui contrôle.

— Mais tu peux tout arrêter, Adèle. Tu es la seule qui *puisse* le faire. Dis la vérité. Au moins, dis-la-moi, ici et maintenant.

Oh non, ma jolie. Tu ne vas pas t'en sortir aussi facilement.

Un petit cri. De surprise. Ou, du moins, une excellente imitation.

— J'ai écrit une lettre. Au policier qui a enquêté sur l'incendie dans lequel tes parents ont trouvé la mort. Celui qui croyait que David y était pour quelque chose. J'ai parlé de Rob, de son cadavre qui doit encore se trouver quelque part sur ta propriété.

— Tu as fait quoi ? Mais pourquoi ? Pourquoi as-tu fait ça ? Je ne te l'ai jamais demandé.

— Je l'ai fait parce que je suis une idiote et que je ne savais pas à ce moment-là que tu étais folle !

— Il ne te croira pas.

Je me mets à arpenter la pièce, la tête basse, tandis que je réfléchis frénétiquement. Elle ne me voit pas, mais elle entend mes pas. Elle sent mon inquiétude. Je fais exprès de me répéter.

— Il ne te croira pas.

— Non, dit-elle, peut-être pas…

Un souffle.

— … mais il le croira, *lui*.

Je me fige.

— Quoi ?

— Il est déjà en route pour l'Écosse. Il va tout lui dire. Toute la vérité.

Un long silence tombe entre nous, seulement brisé par le tic-tac imperturbable de l'horloge.

— Mais il ne peut pas ! La police ne… Il ne doit pas… Il n'oserait pas…

— Et pourtant, c'est ce qu'il est en train de faire. Et non, la police ne le croira pas. Tu t'es trop bien débrouillée. On va l'arrêter.

Je n'ai peut-être pas un sens moral très développé, il n'empêche que je tiens à défendre toutes les épouses trompées.

— Ce n'est pas vrai et tu le sais.

Et voilà, elle est sur la défensive. Je suis sûre qu'elle a rougi. Elle est si prévisible.

— J'*étais* ton amie, continue-t-elle. Je croyais que tu étais la mienne et j'ai essayé d'arrêter. Ça avait commencé avant que je ne te rencontre. Je ne savais pas qu'il était marié. Je voulais rompre. Et on a rompu.

À son tour de prendre quelques libertés avec la vérité. Oui, ils ont arrêté, mais seulement en raison de mon intervention : parce qu'il a « découvert » notre amitié. S'il n'avait pas paniqué, Louise aurait continué à ouvrir les cuisses derrière mon dos, tout en étant bourrelée de remords. C'est lui qui y a mis un terme. Pour la protéger de moi. Du David tout craché. Toujours à sauver des femmes. Bien sûr, cette version des événements ne correspond pas à l'image qu'elle se fait d'elle-même, elle préfère donc penser que sa culpabilité a fini par triompher et qu'elle a mis un terme à leur relation. Les gens se font toujours des illusions sur eux-mêmes. *Elle* se fait des illusions.

— Eh bien, à présent, tu nous as perdus tous les deux.

J'entends le défi.

— Non, c'est faux. Il ne me quittera pas. Il ne me quittera jamais.

— Tu ne comprends pas, fait-elle comme si j'étais une gamine. Je t'ai crue. J'ai cru tout ce que tu as dit. Et j'ai tout raconté à la police.

— Tu as quoi ?

don du ciel. Pour l'instant, du moins, ce que je dis lui paraît logique. Je lui ai aussi donné une information vitale. *Il faut pouvoir visualiser les détails.* Regardez-moi. Encore en train de l'aider, même maintenant.

— Pourquoi n'as-tu rien *dit* ? Pourquoi tout ce cirque à propos de David ? Pourquoi me faire avaler toutes ces couleuvres ? ces mensonges ?

Toujours à chercher des réponses. Toujours ce besoin de savoir. Elle aurait dû être flic.

— Vérités et mensonges ne sont qu'une question de perspectives. Et qu'est-ce que tu crois ?

Je me concentre sur la tâche à accomplir et je hausse un peu la voix, pour lui montrer à quel point sa copine est bouleversée et blessée. Elle veut une confession, évidemment, mais je n'ai pas fini de jouer :

— Tu étais ma meilleure amie. La première depuis des années et des années. Je voulais que tu le haïsses. Je voulais que tu me choisisses, *moi* ! Pourquoi aurais-je dû vous perdre tous les deux ? Ce n'était pas juste. Je n'avais rien fait de mal !

Ça, c'est peut-être pousser le bouchon un peu loin, vu ce qu'elle sait. Ça doit lui paraître fou. Bien sûr, de son point de vue, je *suis* folle.

— Je voulais que tu m'aimes plus que lui...

Ma voix est plus douce maintenant, comme si cet éclat m'avait épuisée.

— ... or c'est lui que tu aimais. Pour moi, tu n'avais que de la pitié. De la pitié et de la culpabilité, voilà les seuls sentiments que tu as jamais eus pour moi pendant que tu couchais joyeusement avec l'homme de ma vie.

— ... je te prenais pour mon amie. J'essayais de t'aider. Je n'ai jamais rencontré quelqu'un comme moi. Avec toi, je me sentais moins seule.

J'entends son dégoût. Un hoquet à l'autre bout de la ligne.

— La seconde porte ne nous emmène que dans des endroits que l'on connaît déjà...

Je parle lentement pour m'assurer qu'elle enregistre.

— ... Si tu n'as pas déjà été dans un lieu, alors tu ne le *verras* pas. Il faut pouvoir visualiser les détails...

Je m'adosse au mur frais.

— ... Un soir, je n'en pouvais plus de solitude et tu me manquais, alors je suis passée à travers la porte pour aller chez toi. Je voulais te *voir*. Mais, au lieu de ça, je l'ai vu, lui, là-bas, avec toi.

Un silence pendant lequel je convoque un sanglot.

— Ce n'est qu'à ce moment-là que j'ai tout découvert. Que j'ai su.

C'est un livre ouvert, ma Louise. Je sais qu'elle réfléchit à ce que je viens de dire. Mais il y en a beaucoup trop dans sa petite tête en cet instant pour qu'elle se souvienne de leur conversation au bureau ce premier matin après leur incartade sous l'effet de l'alcool. Le bureau que j'avais visité la veille. Moi, je m'en souviens très bien. De chaque mot, de chaque geste. Sa nervosité à elle. Sa panique à lui. Et aussi la chaleur qui émanait d'eux du simple fait d'être dans la même pièce. Je me souviens de la rage absolue qu'il m'a fallu gérer jusqu'à ce que je provoque notre rencontre et qu'elle me parle de ses terreurs nocturnes. Après ça, ma colère s'est muée en pure joie. L'ennemie potentielle qui, en une fraction de seconde, se transforme en qu'il voie tout ça clairement dans les yeux de Louise. Ce choc d'avoir mal jugé toute la situation. De ne pas avoir cru en son innocence. Autant de choses que je ne pouvais pas donner à David.

Il l'aime vraiment. Je ne peux plus le nier. Eh oh, *c'est la vie**. J'ai eu ma part et elle était bonne. Maintenant, je suis à la dérive pendant que je reste là à attendre et à écouter ma vie qui s'échappe goutte à goutte. Oui, me dis-je en conclusion quand la sonnerie stridente du vieux téléphone me tire brusquement de ma rêverie, j'aurais pu faire autrement, mais c'était bien plus intéressant comme ça. Au moins, je me suis offert un sacré chant du cygne.

Louise n'est que colère, énergie et émotion à l'autre bout de la ligne, l'antithèse de mon calme. Mon oreille est prise d'assaut, perforée.

— Depuis quand le sais-tu ? demande-t-elle.

Je sens son effort pour ne pas hurler.

— Je veux savoir à quoi tu jouais, bordel !

Elle bouillonne et sa rage me contamine.

— Je crois que c'est plutôt à moi de te le demander, non ? C'est pas toi qui baisais mon mari ?

— Ce que je ne comprends pas, dit-elle, ignorant ma pique, c'est pourquoi tu m'as parlé des rêves. Pourquoi m'as-tu aidée alors qu'il y avait le risque que je trouve la seconde porte ? Et que je comprenne tout.

L'ingrate salope.

— Je ne savais rien à ce moment-là…

J'enferme soigneusement ma propre colère, veillant à ce qu'elle ne sorte pas.

52

Adèle

Seul le tic-tac régulier de l'horloge traverse le silence de la cuisine. Un son étrangement réconfortant. Je m'interroge parfois là-dessus, cette prolifération d'horloges braillardes à travers le monde, chacune scandant sans relâche notre manque de temps. Elles devraient nous terrifier et pourtant, d'une certaine manière, cette morne répétition apaise notre âme.

Je ne sais pas depuis quand je suis là. J'écoute le passage des secondes, sans observer les minutes ou les heures. Je me sens à l'écart de ma propre vie. Inutile. Ce sera bientôt fini et je suis triste et vide.

Il paraît que si on aime quelqu'un, il faut le libérer[1]. Eh bien, je vais enfin le libérer. Il y avait des chemins plus faciles que celui que j'ai choisi, mais on ne peut pas feindre la confiance, on ne peut pas feindre la croyance et on ne peut pas feindre la compréhension d'une vérité. Il faut que ce soit *frais*. Il fallait

---

[1]. Titre d'une chanson de Sting : « If you love somebody set them free. » *(N.d.T.)*

toute façon perdu, il est possible qu'elle lâche quelque chose, ne serait-ce qu'un *détail,* qui servira David. Il doit bien y avoir un moyen. Elle finira sûrement par admettre qu'il n'y a aucun gagnant dans cette histoire. De toute façon, même sans ça, j'ai besoin de lui dire exactement ce que j'ai sur le cœur. Le moment est venu d'avoir une conversation sincère avec ma soi-disant meilleure amie. Je n'ai pas menti à David. Je ne vais pas aller la voir. Mais je n'ai pas promis de ne pas lui *parler,* n'est-ce pas ?

Il paie nos cafés, une routine prosaïque qui rend tout le reste d'autant plus irréel, puis nous sortons dans la rue où je pleure encore un peu contre son torse, sans me soucier qu'on puisse me voir.

— Ça ira, dit-il.

Ça n'ira pas. Ça n'ira pas du tout, toutefois je hoche la tête et nous nous embrassons encore. Larmes, morve, épuisement et vieil alcool. On forme un sacré duo. J'enfouis mon visage dans son cou pour m'imprégner de sa chaleur. Et puis, soudain, il n'y a plus que les gaz d'échappement et la fraîcheur. Il est parti. Je le regarde se diriger vers la bouche de métro. Il ne se retourne pas une seule fois. Il n'ose pas, de peur de changer d'avis.

C'est entièrement ma faute, me dis-je pour la millième fois en m'adossant au mur et en fouillant mon sac à la recherche de ma clope électronique. Moi et ma lettre. Je n'arrive pas à admettre qu'il se soit décidé aussi rapidement. Comme sa vie doit être atroce, si la prison lui paraît un soulagement. La fin de sa carrière. Sa vie et sa réputation en ruine. À jamais étiqueté assassin. J'essuie mes larmes et je laisse la brise finir le travail. Ce n'est pas ma faute, pas plus que celle de David. Nous ne sommes que des pions. La responsable, c'est Adèle. Adèle a tout manigancé.

Je pense à l'unique secret que j'ai caché à David – les rêves. Les portes. Cette folie. Pourquoi m'a-t-elle appris ça si elle me haïssait à ce point ? Je suis pleine de colère contre elle et cette colère chasse ma tristesse. Au lieu de pleurer sur mon sort, il y a beaucoup mieux à faire. La provoquer, par exemple. M'arranger pour qu'elle crache la vérité. Si elle comprend qu'elle l'a de

Je brûle à l'intérieur. Moi aussi, il faut que je fasse quelque chose.

— Je devrais peut-être aller la voir et…

— Non. Pas question. Elle est dangereuse.

— Mais je…

— C'est une sociopathe, Louise, dit-il en me serrant fermement la main. Tu comprends ce que ce terme signifie ? Tu ne dois pas t'approcher d'elle. Ni même de la maison. Promets-le-moi. En fait, je préférerais que tu prennes Adam et que vous quittiez Londres pour aller vous installer dans un hôtel jusqu'à ce que j'en aie terminé là-haut. Je ne peux pas exiger ça de toi, promets-moi au moins que tu resteras à l'écart d'Adèle.

— Je promets, marmonné-je.

Ce n'est pas juste qu'elle s'en sorte après avoir foutu la vie de David en l'air. Après avoir foutu *ma* vie en l'air.

— Bien. Je ne supporterais pas qu'il t'arrive quoi que ce soit et je ne veux pas avoir à m'inquiéter pour toi pendant que je serai coincé là-haut. Je t'aime, Louise. Je t'aime de toute mon âme.

Il se lève pour venir à mes côtés et nous nous embrassons. Sa langue a un goût de vieil alcool, de menthe et de café, mais je m'en fous. Il est chaud, il est fort, il m'aime et il est à moi. Je pleure.

— Ça va aller, murmure-t-il quand nous nous séparons. Vraiment… T'es douée pour les visites en prison ?

Je ris un peu à travers mes larmes qui ne s'arrêtent plus.

— Je n'ai rien contre les nouvelles expériences.

prison, ce sera terminé. Je pourrais enfin m'éloigner d'elle. Elle n'aura plus barre sur moi. Je serai *libre*.

Je sens les larmes qui reviennent et, cette fois, je ne les arrête pas.

— Tu ne peux pas attendre un peu ? Qu'on ait au moins quelques jours ensemble, avant ?

— Si je n'y vais pas tout de suite, si je passe du temps avec toi, ce sera encore plus dur. Tu me crois, ça me suffit.

— Quand vas-tu partir ?

Je me fous d'Adèle. Je peux m'occuper d'elle. Je connais tous ses trucs maintenant. Un remords me saisit. Moi aussi, j'ai un secret qu'il m'est impossible de partager avec lui. Exactement comme elle.

— Aujourd'hui. Tout de suite. Il n'est que deux heures et demie. Pas question de repasser chez moi, elle aurait des soupçons. Je serai déjà à mi-chemin de l'Écosse quand elle comprendra que je suis parti. Je t'appellerai ce soir en arrivant.

— Tu es sûr qu'il ne vaudrait pas mieux y réfléchir un peu plus ? C'est si soudain, si…

C'est de l'égoïsme. Je veux le garder ici, pour moi. Pas qu'il aille en prison.

— Regarde-moi, Louise.

Je le regarde.

— Sincèrement, et en mettant de côté nos sentiments l'un pour l'autre, n'est-ce pas mon devoir ?

Au calme de son expression, je sais qu'il connaît déjà la réponse et j'acquiesce. C'est ce qu'il faut faire. Même si ça tourne mal et que personne ne le croit, la vérité doit être dite.

— C'est tellement injuste, dis-je.

Ce n'est pas ce à quoi je m'attendais et, pendant un instant, je suis interloquée. Pourtant, je sais qu'il a raison.

— Ce Wignall te croira, dis-je même si je n'en suis pas convaincue. Je te crois, moi. Je peux témoigner en ta faveur. Et Marianne aussi, j'en suis sûre.

Il secoue la tête avec un petit sourire.

— Il en faudra beaucoup plus pour démolir la version d'Adèle. Ma montre est dans ce puits, tu te rappelles ?

— Alors, pourquoi aller te dénoncer ?

J'ai peur de le perdre avant de l'avoir eu.

— Il y a sûrement un autre moyen. Pourquoi te rendre en Écosse si tu penses qu'on va t'arrêter ?

— Pour en finir, dit-il. Une bonne fois pour toutes. C'est ce que j'aurais dû faire depuis très longtemps. Je suis fatigué de porter cette culpabilité en permanence. Il est temps que ce garçon ait des funérailles décentes.

— Mais on ne peut pas la laisser s'en sortir ! Elle est dangereuse. Pourquoi ne serait-ce pas elle qui irait en prison ? C'est elle la coupable dans cette histoire !

— Je ne suis peut-être pas coupable, dit-il, mais je ne suis pas innocent non plus. Et c'est la punition idéale pour elle.

— Comment ça ?

Je fixe ses beaux yeux bleus. Ils sont clairs et calmes.

— Adèle n'a toujours voulu que moi, dit-il. Si tordu et déjanté que ça paraisse, elle m'aime. Elle m'a toujours aimé et elle m'aimera toujours. Je suis son obsession. Son unique obsession. S'ils me mettent en

Ô Seigneur, si Vous êtes là, faites ça pour moi.

David se renfonce sur sa chaise et soupire.

— Ça m'étonnerait. À l'époque, il ne m'a pas lâché, un vrai chien. Il voulait à toute force me mettre cet incendie sur le dos.

— Tu dois me haïr, dis-je.

Je voudrais que le sol s'ouvre, m'avale et ne me laisse plus jamais ressortir. Pourquoi ai-je fait une chose pareille ? Pourquoi suis-je aussi impulsive ?

— Te haïr ?

Il se redresse, mi-agacé, mi-souriant.

— N'as-tu rien entendu de ce que je t'ai dit ? Je ne te hais pas. Je... eh bien, c'est plutôt le contraire. J'aime même ta façon d'avoir cru en Adèle. Ce besoin d'aider. C'est une chose que je comprends. Alors non, je ne te hais pas d'avoir fait ça. D'une certaine manière, c'est même un soulagement. Une solution.

— Que veux-tu dire ?

Il ne me hait pas. Merci, putain. On est toujours ensemble dans cette folie.

— Adèle ne sait pas que tu as envoyé cette lettre ? demande-t-il.

Je secoue la tête.

— Je ne pense pas.

Impossible d'être plus précise. Il est assez difficile de déterminer ce qu'Adèle sait ou pas. Cependant, je ne peux pas lui avouer ça, pas après ce qu'il vient de dire.

Quelque chose dans son regard m'inquiète.

— Que veux-tu faire ?

— Je vais me rendre en Écosse. Aller trouver la police et tout raconter. La vérité. Je veux en finir.

Il peut le lire sur mon visage désormais. Je le crois. Il n'a pas tué Rob.

— Tu n'as pas idée comme c'est bon de t'entendre dire ça. Mais je ne sais pas quoi faire. Je lui ai annoncé que je voulais divorcer et qui sait comment elle va réagir ? Elle ne me laissera sûrement pas partir. Et j'ai peur qu'elle s'en prenne à toi. Quel merdier.

À moi de révéler mes turpitudes, à présent.

— C'est encore pire que ce que tu crois, dis-je, le cœur battant. À cause de *moi*.

— Je ne vois pas comment ça pourrait être pire, répond-il avec un doux sourire. Si tu peux encore me supporter après tout ce que je viens de te dire, si tu peux me croire, alors, pour moi au moins, tout va déjà beaucoup mieux.

C'est vrai, il a l'air mieux. Ses yeux qui étaient éteints ont retrouvé un peu de lumière. Une lueur d'espoir. Ne serait-ce que pour un bref moment.

Et je lui dis enfin. Mes recherches en ligne, la lettre que j'ai envoyée à Angus Wignall à la Perth Police Station explicitant toutes les raisons pour lesquelles je pensais que le Dr David Martin était mêlé au décès d'un jeune homme, un certain Robert Dominic Hoyle, dont le cadavre doit toujours se trouver quelque part sur la propriété d'Adèle Rutherford-Campbell/Martin. C'est mon tour de garder les yeux baissés sur ma tasse alors que j'ai le visage en feu. Adèle ne m'avait rien demandé. J'ai pris ma décision toute seule comme une grande. Comme une imbécile. Quand j'ai fini, je le regarde.

— Donc, tu vois, c'est bien pire. À cause de moi. Si seulement ce Wignall pouvait prendre cette lettre pour un canular. Ou, mieux encore, ne pas la lire.

mise en colère parce que je ne la croyais pas, j'aurais dû comprendre que ces fantasmes allaient mener à autre chose. Elle était trop âgée pour que ce soient de simples fantaisies infantiles. Elle présentait déjà des signes évidents que j'ai refusé de voir. Des troubles graves étaient en gestation. Je veux dire, comment peut-on croire sincèrement qu'on peut quitter son corps pendant son sommeil ? C'est le genre de délires que racontent les gens sous LSD. Donc oui, j'aurais dû percevoir ces signaux. Ou au moins m'en souvenir quelques années plus tard.

Il lève les yeux vers moi.

— C'est pourquoi j'ai été si content de te rencontrer. Tu es tellement *normale*.

Il me saisit les mains comme si c'était une bouée.

— Tu es si terre à terre. Tes cauchemars ne sont que ça, de mauvais rêves, et tu t'en accommodes. Tu ne croirais jamais des foutaises pareilles. Tu es saine d'esprit.

Aïe. *Aïe !* Si seulement il savait. Comment lui avouer après ça ? *En fait, tout ce qu'elle t'a dit est vrai. Comment crois-tu qu'elle t'espionne ?* Je ne peux pas lui faire ça. Je ne peux pas *me* faire ça. Pas maintenant. Pas quand je dois encore lui parler de la lettre que j'ai envoyée à la police. Il a besoin de faits et de réalités. Il n'est pas en état d'affronter autre chose.

— Elle a sûrement des problèmes. Je veux bien lui accorder ça.

C'est tout ce que je trouve à dire.

Nous nous tenons par la main et il me scrute.

— Tu me crois, n'est-ce pas ? Tu me crois vraiment ? demande-t-il.

— Oui.

423

Il me dévisage.

— Même toi, tu ne m'as pas cru. Tu as tout gobé.

— Je suis désolée, David. Je m'en veux à un point…

Il faut que je lui parle des rêves. Que je lui révèle comment Adèle l'espionne. Comment elle sait des choses. C'est le moment d'être totalement honnête avec lui. J'ouvre la bouche, mais il est dans son flot et il me coupe.

— Ce n'est pas ta faute. Elle joue son rôle à la perfection et j'étais un mari infidèle et ivrogne. Je n'aurais jamais dû t'adresser la parole dans ce bar. Je voulais juste… être heureux. Mais, bon Dieu, j'aurais dû savoir.

De frustration, il a envie de donner une grande claque sur la table. Il se retient et se contente de serrer très fort le rebord en bois.

— J'aurais dû comprendre quand elle était jeune. Ces trucs insensés qu'elle disait.

— Comment ça ?

Je suis tendue. Il va parler des rêves. Je le sais. Elle aimait David. Bien sûr qu'elle a dû essayer de partager ça avec lui.

— Quand on est sortis ensemble la première fois, on a un peu bu et elle a commencé à me raconter ce qu'elle était capable de faire dans son sommeil. C'était assez confus, mais c'était surtout complètement débile. Pire, c'était probablement ma faute parce qu'elle avait trouvé cette idée dans le bouquin sur les rêves que je lui avais donné. Elle avait juste poussé la dinguerie encore plus loin. J'ai rigolé en pensant qu'elle cherchait à me charrier, mais quand elle s'est nous. Il ne peut plus se cacher au fond d'un verre et j'ai besoin d'avoir les idées claires.

— Son seul problème, c'est qu'elle ne pouvait pas maîtriser sa maladie mentale. Pas très longtemps, en tout cas. Elle jouait à la parfaite maîtresse de maison et puis, tout à coup, elle piquait des crises de rage incontrôlables pour un rien.

— Comme avec Marianne, dis-je.

— Oui, comme avec elle, mais ça avait commencé bien avant. J'étais sûr qu'elle m'espionnait. Elle savait des choses qu'elle n'avait aucun moyen de savoir. Elle appelait des collègues dont elle me croyait proche pour les insulter, les menacer. Elle a eu un travail pendant un moment, mais quand je suis devenu ami avec la femme qui dirigeait le magasin de fleurs, il y a eu un incendie. Chaque fois, c'était pareil : il se passait des choses qu'il était impossible de lui attribuer, mais dont moi je savais que c'était elle. Je me suis mis à changer de travail tous les deux à trois ans à cause d'une horreur quelconque qu'elle avait commise. Alors, nous avons conclu des pactes. Si je l'appelais au moins trois fois par jour, elle renonçait à ses cartes de crédit. Si je rentrais tout droit du travail à la maison, elle se passait de téléphone portable. N'importe quoi pour qu'elle arrête de bousiller nos vies – et celle des autres – avec sa folie. Dans notre jargon, c'est une sociopathe atteinte d'une désempathie à tendances agressives, j'en suis convaincu. Elle a une vision du bien et du mal qui n'appartient qu'à elle et elle n'aime – si c'est bien de cela qu'il s'agit – que moi. Elle ferait n'importe quoi pour empêcher quiconque de s'interposer entre nous et elle est très convaincante. Qui me croirait ?

elle, mais elle aimait la porter et j'aimais qu'elle la porte. Je n'ai pas compris qu'elle allait nous enchaîner ensemble dans cet enfer pour l'éternité.

— Qu'est-il arrivé à cette montre ?

— Quand elle a poussé son corps dans le puits, elle a glissé de son poignet et elle s'est accrochée aux vêtements de Rob.

Il s'interrompt une nouvelle fois pour me regarder.

— Ma montre est dans le puits avec son cadavre.

Je le fixe.

— Oh, merde.

J'ai la nausée. Qui croira sa version avec une preuve pareille ?

— Mais le pire pour moi, c'est de l'avoir laissée me faire chanter comme ça. J'ai été faible. L'idée d'aller en prison – ou plutôt que personne ne me croie, que tout le monde pense que j'aie pu commettre un tel acte – me pétrifiait. Et si la mort de Rob n'avait pas du tout été un accident comme elle le prétendait ? L'avait-elle tué pour une raison quelconque ? En cas d'autopsie, découvrirait-on une overdose ou un meurtre ? Je ne pouvais rien faire. J'étais coincé. Elle m'a promis que tout irait bien. Que ça ne changeait rien, que nous serions heureux. Qu'elle désirait un enfant désormais. Que des trucs dont elle pensait qu'ils me feraient plaisir. C'était de la démence. De la folie pure. Qui aurait pu vouloir d'un enfant dans de telles circonstances ? J'ai fini par renoncer, me soumettre, en me disant que c'était mon châtiment : être prisonnier à vie de mon mariage sans amour.

Seigneur, que les années passées avec Adèle ont dû être longues pour lui. Je veux un verre. Je suis sûre que lui aussi, mais boire n'est plus une solution pour ai répondu que je m'en foutais, que je m'en étais toujours foutu. Je ne voulais pas la faire souffrir, mais je ne pouvais plus vivre ainsi. Et soudain, elle est devenue très calme. D'un calme effrayant et qui m'effraie encore. Depuis, j'ai appris à voir dans cette froideur subite un signe de danger. Elle a dit que si je la quittais, elle raconterait à la police ce qui s'était vraiment passé avec Rob. J'étais perdu. Je ne voyais pas ce qu'elle voulait dire. Elle s'est mise à développer toute une théorie comme quoi la vérité est toujours relative et qu'elle se résume souvent à la version la plus crédible des événements. Il lui suffirait d'expliquer qu'au cours d'une bagarre j'avais tué Rob avant de le balancer dans le puits. J'étais sous le choc. C'était hallucinant. Et elle a continué : elle s'arrangerait pour que les flics croient à une crise de jalousie et, comme ils avaient déjà eu des soupçons à mon encontre à cause de l'incendie, elle était prête à parier qu'ils goberaient son histoire.

Je pense à ma lettre. Ce que je vais devoir lui dire quand il aura terminé. *Louise, Louise, qu'est-ce que tu as fait ?*

— Et c'est là qu'elle a abattu son atout maître. La preuve qui mettrait définitivement la police de son côté. Quelque chose qu'elle gardait dans sa manche depuis très, très longtemps.

— Quoi ?

— Ma montre.

Voyant ma confusion, il m'explique :

— Avec mes brûlures, je ne la supportais plus. Je l'avais donc donnée à Adèle pour qu'elle la garde. Même au plus serré, le bracelet restait trop grand pour se passait. Mais elle avait changé. Soudain, elle s'est mise à dépenser des sommes d'argent grotesques et même avec sa fortune...

— C'est pour ça que tu en as désormais le contrôle ?

— Oui, je lui avais rendu sa signature à la fin de ce week-end dans sa maison en Écosse – je n'ai jamais voulu disposer de sa fortune. Cela dit, je ne supportais pas non plus qu'elle la dilapide. Et si nous finissions par avoir des enfants ? Et si tout ça n'était qu'une réaction émotionnelle à tout ce qu'elle devait surmonter ? Et si elle en venait à regretter de tout avoir dépensé ? Elle a accepté de m'en laisser le contrôle. Elle avait conscience de son problème avec l'argent, disait-elle, il valait mieux que ce soit moi qui le gère. En y repensant, je pense que cette décision était un autre nœud dans la corde qu'elle m'avait déjà passée autour du cou. Quoi qu'il en soit, nous avons continué ainsi pendant trois ou quatre ans, à faire semblant que tout allait bien, mais je n'arrivais pas à oublier Rob. Son cadavre dans le puits. Et j'ai fini par comprendre que notre amour était mort avec lui ce soir-là. Il m'était impossible d'oublier Rob et je ne pouvais pas accepter qu'elle l'ait fait. Je lui ai dit que c'était terminé. Que je la quittais. Que je ne l'aimais plus.

— J'imagine qu'elle ne l'a pas très bien pris, dis-je, et, pour la première fois, il s'efforce de sourire.

Ce n'est pas grand-chose, mais c'est là. *Mon* David est là.

— C'est rien de le dire. Elle est devenue hystérique. Elle s'est mise à hurler qu'elle m'aimait et qu'elle ne pouvait pas vivre sans moi. Qu'elle allait me reprendre l'argent et que je resterais sans un sou. Je lui

Que personne d'autre ne l'avait vu. Sa famille n'était même pas au courant. Elle m'a supplié, imploré de ne rien dire. Elle a proposé qu'on quitte la maison. Personne ne saurait jamais rien.

— Mais toi, tu savais, dis-je.

— Oui. Au début, j'ai cru pouvoir y arriver. Garder son secret. La protéger. Et j'ai essayé. Dieu comme j'ai essayé. Nous nous sommes mariés rapidement, toutefois les signes étaient déjà là. Je m'en voulais terriblement, mais j'aurais peut-être pu apprendre à vivre avec si j'avais eu l'impression que ce que nous avions fait la hantait autant que moi. Or elle était sereine, détendue même, comme si elle avait déjà tout oublié. Ce garçon qu'elle appréciait tant, sa vie entière, tout ça ne semblait plus exister pour elle. Tout avait disparu. Sa mort cachée. J'ai pensé à un mécanisme de défense de sa part – une volonté de tout effacer –, mais ce n'était pas ça. Elle était vraiment désinvolte. Le jour de notre mariage, elle était joyeuse. Comme si notre vie était parfaitement normale. Puis elle a découvert qu'elle était enceinte et, alors que je croyais qu'elle allait en être ravie, elle a complètement pété les plombs. Elle a voulu se faire avorter. Il fallait enlever *cette chose* de son corps…

Il s'interrompt. Il a du mal à respirer. C'est dur pour lui. D'affronter tout ça. Et de *partager*.

— … L'amour a la peau dure, tu sais ?

Il me regarde et je lui serre la main très fort.

— Il a fallu encore beaucoup de temps pour que mon amour meure, reprend-il. Je lui trouvais des excuses et puis je devais finir ma médecine et ma spécialité, donc je n'étais pas toujours là pour voir ce qui

— Je n'étais pas là quand c'est arrivé. Ça s'est passé dix jours plus tard.

Pour la première fois, il lève la tête et me regarde droit dans les yeux.

— Je sais où est Rob, mais ce n'est pas moi qui l'ai mis là.

Rob est mort. Voilà. C'est un fait. Qui ne me surprend pas et je me rends compte que j'en suis convaincue depuis longtemps déjà.

— Je sais, dis-je, et c'est la vérité. Je sais que ce n'est pas toi.

Je le crois absolument. Trop tard, peut-être.

— Un matin, elle m'a appelé, paniquée...

L'histoire déborde maintenant, il ne peut plus la retenir.

— ... elle a dit qu'ils avaient pris de la drogue et que Rob avait peut-être fait une overdose, parce que quand elle avait émergé, il était mort. Je lui ai dit d'appeler la police et une ambulance. Elle pleurait. Elle a répondu qu'elle ne pouvait pas. Quand je lui ai demandé pourquoi, elle a dit qu'elle avait paniqué et qu'elle avait poussé son corps dans le vieux puits à sec au fond des bois. Elle était presque hystérique. Je n'arrivais pas à y croire. C'était... c'était... fou. J'ai foncé là-bas en voiture en me disant que j'allais la convaincre de dire la vérité à la police. Mais il n'y a pas eu moyen. Après ce qui était arrivé à ses parents et maintenant ça, elle avait trop peur qu'on l'enferme. Qu'on pense qu'elle y était pour quelque chose. Elle avait juste succombé à la panique, mais il était trop tard pour revenir en arrière. Elle a ajouté que personne en dehors de nous deux ne savait que Rob était ici.

maison. À l'époque, elle était comme ça. Elle voulait aider les gens. Ou, du moins, c'est ce que je croyais.

— Alors, que s'est-il passé ?

Rob. Le garçon au cahier. Je vais enfin savoir ce qui lui est arrivé.

— Je ne l'ai rencontré qu'une seule fois. Enfin, comme c'était un week-end, il serait plus juste de dire que je l'ai côtoyé pendant deux jours. C'était un gosse maigre, boutonneux avec un appareil dentaire. Rien de bien particulier. Je ne sais pas à quoi je m'attendais. Plus de charisme, j'imagine. Je l'ai trouvé un peu gamin pour ses dix-huit ans. Il ne parlait pas beaucoup, en tout cas pendant ce week-end. Il se contentait de me fixer et de marmonner des réponses quand je l'interrogeais. Et puis, tout à coup, il s'est mis à en faire des tonnes. Le samedi matin, il s'est lancé dans une espèce d'imitation grotesque d'un chef de cuisine. J'ai joué le jeu, mais, en vérité, j'étais gêné pour lui. Selon Adèle, il était timide. Pas doué avec les gens. Moi, je le trouvais bizarre plutôt, mais je ne le lui ai jamais dit. Le samedi soir, on s'est finalement retrouvés à bavarder pendant une heure ou deux, lui et moi. Adèle était allée se coucher. Je n'arrivais pas à accrocher. Il n'arrêtait pas de me demander des détails sur notre relation. Je suis persuadé qu'il était jaloux. En partant le dimanche, je n'avais qu'un souhait : que leur amitié s'achève…

Un silence.

— Et mon souhait s'est réalisé, quoique d'une façon sinistre.

— Rob est mort.

Il lui faut un long moment avant d'acquiescer.

— Elle aime prendre des risques, dis-je.

— Peut-être. Mais elle était si bouleversée. Elle n'en dormait plus. Elle se retirait en elle. On aurait dit qu'elle cherchait à s'effacer de la vie. Ce qui était peut-être la manifestation d'une certaine culpabilité. Elle disait qu'elle aurait dû se réveiller cette nuit-là. Qu'elle aurait pu les sauver.

Sommeil. Et rêves. Adèle était-elle seulement là quand ses parents sont morts ? Avait-elle allumé le feu puis franchi la seconde porte pour vérifier que David arriverait à temps pour la sauver ? Ou bien s'était-elle évanouie à cause de la fumée avant de pouvoir s'échapper de son corps ?

— Et ensuite, elle a rencontré Rob ? dis-je. Dans cette espèce d'asile de luxe ?

— Westlands, oui. Elle l'a tout de suite apprécié et cette amitié lui a fait énormément de bien. À l'époque, je voyais ça d'un mauvais œil parce que je me disais que c'était à moi de veiller sur elle, mais je n'étais pas encore guéri de mes brûlures et j'avais la fac. Elle avait insisté pour que j'y retourne – elle avait même fait en sorte que ses avocats règlent tous mes problèmes financiers dès que cela a été possible pour elle, ce qui me mettait assez mal à l'aise. Comme nous allions nous marier, elle a dit que ces scrupules étaient idiots de ma part. Quoi qu'il en soit, la rencontre avec Rob lui était bénéfique. Je m'en rendais compte. Il était là et pas moi. Bon, c'était aussi un ex-junkie, ce qui ne me plaisait pas trop. Elle s'en est rendu compte, je crois, même si je n'ai jamais rien dit. Je pensais plus ou moins que leur amitié s'achèverait après Westlands, mais elle l'a invité à venir séjourner dans la sans doute jamais autant décarcassé pour m'inscrire en médecine. Nous étions si amoureux. Je ne peux le décrire. On ne peut aimer de cette façon, aussi pleinement, que quand on est jeune.

Il s'arrête.

— Et puis, il y a eu l'incendie.

— Tu l'as sauvée, dis-je. Tes cicatrices.

— Ouais, ouais, je l'ai sauvée. Sur le coup, je n'ai même pas senti les brûlures. Mais je me rappelle la chaleur effroyable. Comme si mes poumons allaient éclater chaque fois que je respirais. Pourtant ce dont je me souviens surtout, c'est de l'avoir crue morte. Elle était glacée. Inconsciente. À cause des vapeurs toxiques ou de la fumée, je ne sais pas. Je n'arrivais pas à la réveiller.

Je me revois avec elle. Sa main si froide quand je la secouais. *Depuis quand a-t-elle la seconde porte ?*

— C'est elle qui a allumé le feu ?

— Je ne sais pas. Ça ne m'a pas effleuré l'esprit sur le moment, mais par la suite…

Il s'interrompt. Oui, j'imagine qu'il a dû beaucoup y réfléchir depuis.

— Il y a eu des rumeurs d'incendie volontaire. La police m'a même soupçonné. Et si j'ai peut-être cru, moi aussi, à une origine criminelle, je n'ai jamais pensé que ça pouvait être elle. Un employé mécontent, peut-être – et il y en avait beaucoup. Adèle était trop jeune pour comprendre la personnalité de ses parents. Son père n'avait pas amassé une telle fortune sans écraser quelques personnes au passage. Mais je n'ai jamais cru que c'était elle. Elle a failli mourir. Si c'était elle, elle a pris un risque énorme.

Il faut que l'un de nous soit dur, et cette personne, c'est moi.

— C'est si sordide…

Il contemple son café. J'ai le sentiment qu'il ne relèvera plus les yeux avant que le kyste infecté de cette histoire n'éclate et qu'il ne soit vidé de tout son pus.

— Toute ma vie… Mais ça n'a pas commencé ainsi. Au début, c'était… eh bien, c'était merveilleux. Bon Dieu, comme je l'aimais. Adèle était la plus belle fille que j'avais jamais vue. Mais pas seulement. Elle était douce et drôle. Ses parents ne voulaient pas de moi, bien sûr. J'étais le pauvre fils de fermier dont le père avait tout foutu en l'air à cause de l'alcool, j'avais près de cinq ans de plus qu'elle et nous nous connaissions, plus ou moins, depuis toujours. Elle me suivait partout quand je travaillais dans les champs. Parfois, elle me racontait ses cauchemars.

— C'est elle la petite fille à qui tu as donné le livre sur les rêves.

Il hoche la tête.

— Ce qui ne l'a pas beaucoup aidée.

Si seulement il savait. C'est grâce à ce livre qu'Adèle a dû découvrir les rêves lucides et la seconde porte. Je voudrais le lui dire – je devrais le lui dire –, mais je veux d'abord entendre le reste de l'histoire, avant de raconter quelque chose d'aussi invraisemblable.

— Et plus elle grandissait, continue-t-il, plus notre relation devenait… normale. Évidente. Elle était cette créature délicate qui se moquait bien de mes mains calleuses et de mon père minable. Elle me voyait, *moi*. Elle avait foi en moi. Sans elle, je ne me serais

— Et ce n'est pas facile de faire confiance à un homme qui trompe sa femme.

Il a honte lui aussi, mais ce n'est pas le moment de nous attarder là-dessus. Pas maintenant. Ce n'est pas le plus important.

— Quand tu étais tellement en colère, que tu me menaçais, j'aurais dû voir que tu tentais en fait de me protéger d'elle. Mais je n'ai rien compris. Et elle sait *si* bien jouer la femme fragile. Elle a *si* bien su m'attirer dans son jeu. Tu ne peux pas savoir à quel point je regrette.

Je lui prends la main sur la table.

— Tu dois tout me raconter, David. Je suis de ton côté. J'ai été idiote, pire que ça, même. À présent, j'ai besoin que tu me dises ce qui se passe vraiment. Je n'en peux plus des mensonges d'Adèle. Je vais devenir folle si je n'entends pas la vérité.

Il m'observe un long moment et j'espère qu'il voit la confiance que j'ai en lui et les sentiments qui sont toujours là, malgré tout.

— David, quoi qu'il se soit passé, quoi que ce soit, je crois en toi. Mais j'ai besoin que tu m'expliques. L'argent, ce qui est arrivé à Rob. Parce que ensuite, je te dirai ce que j'ai fait et tu me haïras.

— Je ne pourrai jamais te haïr, dit-il.

Là, j'ai vraiment envie de pleurer.

Dans quoi me suis-je fourrée ? *Nous* sommes-nous fourrés ? Comment ai-je jamais pu croire que cet homme était un assassin ? Il boit un peu de café, se racle la gorge. Ses yeux repartent vers le comptoir. Essaie-t-il lui aussi de ne pas pleurer ?

— Parle-moi, dis-je.

le *sais*. Je pense que quand tu t'en es rendu compte la première fois, tu as essayé de l'aider et que maintenant tu cherches seulement à la contenir. Je crois que c'est pour ça que tu appelles si souvent chez toi – pour vérifier qu'elle est là. Je pense qu'Adèle sait que nous avons couché ensemble et qu'elle est devenue mon amie pour me dresser contre toi – je n'ai pas encore tout à fait compris pourquoi –, mais il est clair qu'elle m'a... qu'elle nous a manipulés. Elle a tué ton chat comme elle a tué celui de Marianne et tu ne peux rien faire contre elle. Elle te tient à cause de Rob. Son cadavre se trouve encore quelque part sur sa propriété. Elle m'a dit que tu l'avais tué...

Il veut réagir. Je lève les mains pour le faire taire.

— Laisse-moi terminer.

Il se laisse retomber en arrière contre le dossier de sa chaise, acceptant l'accusation.

— Elle m'a dit que tu avais tué Rob, mais je n'y crois pas.

Il lève les yeux, une première lueur d'espoir.

— Je crois savoir ce qui est arrivé à Rob. C'est *elle* qui l'a tué. Ensuite, tu as sans doute voulu la protéger parce que tu l'aimais et qu'elle venait de perdre ses parents. Je pense que tu as commis une erreur aussi terrible que stupide et que, à cause de ça, elle ne te lâchera jamais.

Soudain, j'ai envie de pleurer. Je ravale mes larmes.

— Je n'aurais jamais dû la croire elle plutôt que toi. Mais tu refusais de t'ouvrir. J'aurais dû comprendre. J'aurais dû écouter mes sentiments pour toi, mais depuis Ian je ne sais plus faire confiance à un homme.

prend le dessus et je le lâche alors qu'il s'installe face à moi.

— Je t'ai dit de ne plus t'approcher de nous, fait-il quand elle s'en va.

— Je sais. Et je sais maintenant que tu cherchais à me prévenir, pas à me menacer. Je sais ce qui s'est passé avec Marianne. Je suis allée la voir.

Il me dévisage.

— Seigneur, Louise. Pourquoi ? Pourquoi as-tu fait un truc pareil ?

Je vois la peur dans sa réaction. Je la vois et je comprends qu'elle a toujours été là. J'ai honte.

— Parce que j'ai été stupide, dis-je. Pire que stupide. J'ai…

Je n'ai pas de mots pour le décrire.

— … Je me suis laissé abuser. J'ai été idiote. Et j'ai fait quelque chose que je n'aurais jamais dû faire et dont il faudra que je te parle.

Il m'écoute à présent, attentif et un rien méfiant. Un animal aux aguets.

— Mais, d'abord, je vais te dire ce que je sais, d'accord ?

Il acquiesce, lentement. Ce n'est pas le règlement de comptes auquel il s'attendait et il a encore du mal à s'y faire. Combien de verres a-t-il déjà bus aujourd'hui ? Combien lui en faut-il pour anesthésier l'horreur de sa vie ?

— Je t'écoute, dit-il.

Je respire un grand coup.

— Voilà… Je pense que ta femme est folle. Qu'elle est sociopathe ou psychopathe ou je ne sais quoi. Je pense que tu lui donnes tous ces cachets parce que tu

51

Louise

Je ne dois pas être beaucoup mieux, mais il a vraiment une sale tête. Les yeux injectés de sang, la chemise chiffonnée sous son costume. Pas rasé. Il a renoncé, me dis-je. On dirait un mort en sursis. Son regard erre vers le bar.

— Je nous ai commandé du café. On a tous les deux besoin d'avoir les idées claires.

— Louise, je ne sais pas où tu veux en venir. Quoi que tu croies savoir à propos de Marianne, je n'ai pas de temps à perdre avec ça.

Il est debout devant la table et me regarde à peine.

— Assieds-toi, David, s'il te plaît.

Je lui prends la main, gentiment mais fermement, la gardant quand il tente de se libérer. C'est bon de le toucher.

— Je t'en prie, dis-je. Je dois te dire certaines choses. Des choses qu'il faut que tu entendes.

Une serveuse nous apporte un plateau avec une cafetière. Elle pose les tasses devant nous et nous sert en souriant. La politesse naturelle de David

— Mais pas un mot à propos de mon argent, d'accord ? Il n'apprécierait pas que je t'en aie parlé. Je t'en prie.

Elle a fini très vite, car elle entend les pas de David qui revient.

— Même pas en rêve, dit Rob en contemplant les flammes envoûtantes. Ça ne m'a pas traversé l'esprit.

avec eux deux, le petit Rob tout maigre et le grand, fort et beau David. Elle a de la chance de les avoir. Les efforts de Rob commençaient à payer. David était de moins en moins mal à l'aise.

Elle se sent bien ici, assise devant le feu, la tête qui bourdonne un peu à cause du vin. Ce n'est peut-être pas encore le week-end idéal dont elle rêvait, mais ça va de mieux en mieux. Ils veulent tous les deux la protéger, c'est tout. C'est pour ça qu'ils se méfient l'un de l'autre. Oui, elle a vraiment de la chance.

David se lève pour aller aux toilettes et récupérer une autre bouteille. Au passage, il lui passe gentiment la main dans les cheveux. C'est bon et elle lui sourit, le regardant partir. Rob, affalé sur le tapis en face d'elle, se redresse.

— Comment je me débrouille ? demande-t-il. Mieux qu'hier ?

Elle lui sourit.

— Tu es parfait.

— Et si tu allais te coucher pour nous laisser un moment entre hommes ?

— Afin de sceller votre virile amitié ?

Elle rigole.

— Quelque chose comme ça.

Il lui rend son sourire. Un jour, se dit-elle, il sera lui aussi très mignon. Il faut juste qu'il se débarrasse de ses boutons, de son appareil dentaire et qu'il se remplume un peu. Il paraît si jeune, comparé à David.

— Ça pourrait être sympa qu'on parle lui et moi sans que tu sois là. Sans vouloir te vexer.

— Je ne suis pas vexée.

Soudain, elle pense à quelque chose.

bras, dans son lit et en elle hier. Ils ont rigolé, fait des plans pour le futur qui les faisaient encore plus rire, même si elle sentait qu'il n'était pas particulièrement impressionné par Rob.

— Il est timide, lui a-t-elle dit tandis qu'ils se serraient l'un contre l'autre dans les draps moites.

— Il ne parle pas beaucoup. Il est un peu bizarre, a été le verdict de David. Je ne vois pas ce qui te plaît tant chez lui.

Mais aujourd'hui, ça a été différent et elle est contente. Quand elle est descendue dans la cuisine ce matin, Rob avait déjà commencé à préparer le petit déjeuner et, au lieu de contempler David en silence avec un air boudeur comme il l'avait fait la veille, il s'est lancé dans une espèce de comédie dans laquelle il était le célèbre cuisinier français, *François des Œufs*[*], faisant rire David en se mettant à saler les œufs au plat et à faire frire les saucisses comme s'il était le grand chef du Ritz. Après, David est entré dans son jeu, prenant le rôle d'un journaliste très coincé de la BBC qui l'interviewait sur sa technique et, très vite, ça a dégénéré en véritable farce, les deux garçons multipliant les blagues, se tordant de rire avec Adèle. Ensuite, Rob a posé des questions sur l'université. Il essayait réellement d'être amical, même si ce n'est jamais facile pour lui quand il doit se montrer un minimum sérieux. David a répondu consciencieusement. Même si lui aussi semblait un peu gêné, le petit déjeuner a véritablement été un tournant.

Après quoi, ils sont sortis faire une longue promenade dans les bois pour finir par traîner autour du vieux puits et c'était génial. Elle a adoré être dehors que David en sorte. Elle se retourne vers Rob, toujours là-bas en haut des marches, et il lui rend son sourire d'un air gêné, comme si tout à coup il se sentait de trop. Il a l'air si petit et si jeune qu'elle voudrait le convaincre d'un seul regard que tout va bien se passer.

David s'extrait de la voiture, grand et large, en jean et tee-shirt avec un pull en V bleu ciel et, comme chaque fois qu'elle le voit, elle en a le souffle coupé. C'est un homme, un adulte. *Son* homme.

— Salut, dit-il en l'attirant pour l'embrasser. Tu m'as manqué.

— Toi aussi, tu m'as manqué. Viens.

Elle ne peut s'empêcher de sourire.

— Et mes affaires dans la voiture ?

— Plus tard.

Elle l'entraîne vers la maison, là où Rob traîne des pieds, les épaules voûtées, comme s'il voulait que le sol s'ouvre et l'engloutisse. Elle comprend. Jusqu'à présent, leur amitié ne les concernait que tous les deux. Dans un soudain élan de sympathie, elle lâche la main de David et monte les marches en courant vers Rob, nouant son bras au sien pour le tirer hors de l'ombre.

— David, voilà Rob, mon meilleur ami. Rob, voilà David, mon fiancé. Je vous ordonne à tous les deux de vous aimer sur-le-champ.

Elle sourit, heureuse. Même après tout ce qui s'est passé, même ici dans cette maison, elle ne pourrait pas connaître un bonheur aussi parfait.

À dix heures et demie le samedi soir, ils ont tous trop bu, mais du coup l'atmosphère est un peu moins tendue. C'était merveilleux d'avoir David dans ses

— David est plutôt calme et réservé au début, dit-elle. Ne va pas imaginer quoi que ce soit. Il est comme ça, c'est tout. Un peu timide. Une fois qu'il est à l'aise, il est très drôle.

— Autant que moi ?

Rob lui lance un regard de côté et elle lui flanque un petit coup dans les côtes.

— Autant, mais dans un genre différent. De toute manière, je suis certaine que tu vas l'aimer. À condition que tu oublies son côté protecteur. Il veille sur moi. C'est affreux, je sais, après tout ce qui s'est passé.

— D'accord, d'accord, j'ai capté. Et arrête de t'inquiéter. Je te l'ai dit, je serai sympa.

Ils sourient tous les deux et elle sent que son bras noueux se détend un peu.

— Viens, dit-elle. Allons l'attendre dehors.

Ils emportent leurs verres sur l'immense perron en pierre et, pendant qu'elle surveille l'allée avec impatience, Rob s'adosse à un des piliers près des lourdes portes en chêne. Il boit. Il a l'air complètement détendu, ce qui confirme les soupçons d'Adèle qu'il a en fait les nerfs en vrac.

Finalement, le ronronnement d'un moteur traverse le silence et elle pousse un cri avant de foncer sur le gravier où elle se met à sauter de joie.

— Le voilà ! Le voilà !

Elle est tellement excitée. C'est comme si sa petite famille se trouvait enfin réunie. Rob et David. David et Rob. Ensemble. Avec elle.

Il faut encore une minute ou deux pour que la voiture remonte la longue allée depuis le portail, mais, dès qu'elle s'arrête, Adèle est déjà à la portière, attendant

— Ça ira, dit-il en reprenant sa tâche, ses longs cheveux noirs pendant sur son visage. Enfin… si tu ne nous empoisonnes pas tous avec ton poulet. Et n'oublie pas de mettre plein de beurre sous la peau.

Les dernières vingt-quatre heures ont été très occupées. Ils ont nettoyé tous les vestiges de leur vie décadente – plus aucune trace de bouffe, de mégots de joints ou de brins de tabac. Les pièces sentent le propre et le désodorisant. Une vraie maison d'adultes. Rob a même promis de ne faire aucune allusion à la défonce ou à la drogue. Adèle ne croit pas une seconde qu'il ne se fera pas un petit joint dès qu'il sera seul dans sa chambre, mais il est assez intelligent pour ouvrir la fenêtre et la maison bien assez grande pour que l'odeur ne s'y répande pas.

Quand, enfin, le poulet est farci et bien au chaud dans le four, elle consulte sa montre – celle de David qui est désormais la sienne, son lien permanent avec lui – pour la millième fois de la journée.

— Il va bientôt arriver, dit-elle, ravie. D'ici dix minutes.

Elle est exaltée, c'est plus fort qu'elle. David, David, David. Sa tête est pleine de lui.

— Youpi, fait Rob. On peut boire un coup en attendant ?

Elle leur sert à tous les deux un verre de vin. Avec son dîner en train de cuire auquel s'ajoute le fait de boire dans le plus beau service en cristal de ses parents, elle se sent très adulte. Ils devraient sans doute attendre David, mais Rob a besoin de se détendre. Ils s'appuient ensemble à la table de la cuisine et elle noue son bras au sien.

50

AVANT

— Putain, je serai content quand ce sera terminé, dit Rob en épluchant les pommes de terre pour les faire tremper dans l'eau froide. Nettoie ci, frotte ça, balance ce truc, cache ce machin...

Il la regarde tandis qu'elle ajoute de l'eau bouillante à la farce.

— ... C'est pas le pape, merde.

Adèle lui tire la langue et il lui jette des épluchures de patate.

— T'inquiète, je ramasse ! ajoute-t-il, se moquant gentiment d'elle une fois de plus.

— Je veux que tout soit bien, dit-elle. Pour nous tous.

Elle est si excitée par la venue de David qu'elle a à peine fermé l'œil de la nuit malgré tous les joints qu'ils se sont mis dans la tête. Rob, lui, est de plus en plus morose. Même s'il a promis d'être sympa, il redoute cette visite. Elle est sûre que c'est les nerfs. Il a du mal avec les gens. Elle a beau lui dire que David lui plaira, elle voit bien qu'il n'est pas convaincu.

rempart entre le monde et cette malade ? Ou bien se protège-t-il lui-même autant qu'elle ? Je ne sais toujours pas ce qui est arrivé à Rob. Il a commis une erreur dans le passé. *Non*. Je me corrige. Ce n'est pas ce qu'elle a dit. *Elle a dit qu'il avait fait quelque chose de mal en voulant protéger la femme qu'il aimait*. Quelque chose de *mal*, c'est plus grave qu'une erreur.

Je sors mon téléphone de mon sac et je trouve le numéro du cabinet dans mes contacts. Mon doigt hésite au-dessus du bouton d'appel. Que se passera-t-il si c'est bien lui qui a tué Rob et que je lui parle de ma lettre à la police ? Que fera-t-il ? Dois-je lui faire confiance et tout lui raconter ? À cette idée, mon cœur s'emballe. *Et merde. Écoute-le, ton cœur, pour une fois dans cette histoire. Fais confiance à David. Tu t'occuperas d'Adèle plus tard.*

J'appuie sur la touche. Sue répond et j'essaie de déguiser ma voix. Je lui dis que je m'appelle Marianne et que je dois parler au Dr David Martin de toute urgence. Elle me dit qu'elle va voir s'il peut me prendre et me met en attente.

Il va accepter de me rencontrer. Il le faut.

des premiers clients pour le déjeuner qui remplissent ce pub de Blackheath de leurs rires et de leurs conversations. Je les entends à peine. Il me faut boire la moitié de mon vin pour que la panique reflue enfin et que je me retrouve face au fait que je ne peux désormais plus éviter.

J'ai trop facilement cru tout ce qu'Adèle m'a dit. J'ai tout gobé. Ce n'étaient que mensonges. Soudain, mes querelles avec David m'apparaissent sous un jour bien différent. Il y avait de la peur dans sa colère. Quand il me disait de ne pas m'approcher d'eux, ce n'était pas une menace, c'était un *avertissement*. Il cherchait à me protéger, au besoin en se montrant agressif. Tient-il réellement à moi malgré tout ? Était-il sincère quand il disait qu'il était en train de tomber amoureux de moi ?

Non mais quelle imbécile. C'est pas possible d'être aussi conne. J'ai envie de pleurer et l'alcool ne m'aide pas. J'ai été la meilleure amie d'une psychopathe. Amies ? Je repense à ce mot. Nous n'avons jamais été amies. Je n'étais qu'une mouche qu'elle a prise dans sa toile et avec laquelle elle s'est bien amusée. Mais pourquoi ? Si elle sait pour David et moi, pourquoi ne s'est-elle pas contentée de me faire du mal ?

Il faut que je parle à David. Et que je lui parle à elle. Que sait-elle, au juste ? Sait-elle que je suis venue ici ? Que j'ai parlé à Marianne ? Et pourquoi m'avoir appris les rêves si elle était au courant pour David et moi ? Que cherchait-elle en m'aidant ainsi ?

Ne trouvant aucune réponse de ce côté, je me tourne vers David. Les cachets, les coups de téléphone, l'argent. Tout cela sert-il à la confiner ? À dresser un

— Donc, vous ne l'avez pas dénoncée ?

Elle secoua la tête.

— Non. J'ai fermé le café pendant quelques jours et je suis restée chez moi, à pleurer et aussi à sursauter chaque fois que la sonnette retentissait de peur que ce ne soit elle. Mais elle n'est pas revenue et je n'ai plus jamais revu David.

— Et c'est tout ? Ils se sont évaporés ?

— J'ai reçu une lettre de lui quelques semaines plus tard. Il disait qu'il avait trouvé un nouveau travail et qu'ils déménageaient loin d'ici. Il me remerciait de mon amitié et il regrettait de m'avoir apporté tant de souffrance, il ne se le pardonnerait jamais. J'en ai eu la nausée. La lettre est allée direct à la poubelle. Je voulais les rayer de ma vie, tous les deux.

— Je suis désolée de vous avoir rappelé ces instants, dis-je. Et je suis désolée pour votre chat. Mais merci de m'avoir parlé. De m'avoir dit tout ça. Vous m'avez beaucoup aidée. Plus que vous ne le croycz.

Elle se lève de table et j'en fais autant. Mes jambes sont faibles.

— Je ne sais pas quels sont vos rapports avec eux et je ne veux pas le savoir, dit-elle. Toutefois, éloignez-vous d'eux. Le plus vite possible. Il y a quelque chose de malsain dans ce couple. Ils vous feront du mal.

J'acquiesce en forçant un sourire et je fonce dehors, au grand air. Le monde me paraît trop brillant, les feuilles trop vertes sur les arbres, leurs contours trop nets sur le ciel. Il faut que je réfléchisse.

Je commande un grand verre de vin et je m'installe dans un coin, un peu à l'écart des hommes d'affaires et de venir voir David puis de retourner pleurer chez moi. Ça peut paraître ridicule, je sais… pour un chat.

— Non, ça ne l'est pas du tout.

Je suis sincère et je tends la main au-dessus de la table pour lui serrer le bras. Je sais comme c'est dur d'être seule et, au moins, j'ai Adam. Je n'ose imaginer comme elle a dû souffrir.

— La réaction de David a été intéressante.

Elle est pensive maintenant que le pire est sorti. Ma visite est peut-être une thérapie inattendue pour elle.

— Je ne l'ai pas compris sur le moment, mais quand j'y repense, je sais que c'est la vérité. Il était effaré, c'est vrai. Dégoûté et bouleversé aussi. Cependant il n'était pas choqué. On ne peut pas feindre le choc. Pas bien, en tout cas. Je pense qu'en fait il était soulagé qu'elle ne s'en soit prise qu'au chat. C'est ce qui m'a le plus effrayée. Ce soulagement. De quoi la croyait-il vraiment capable, si tuer un chat était un motif de soulagement ?

Mes mains tremblent tellement que je dois les cacher sous la table. *Oh, Adèle. Qu'est-ce que tu m'as fait croire ?*

— Il m'a dissuadée de porter plainte. Il disait qu'il connaissait Adèle, que ce serait ma parole contre la sienne et qu'elle savait se montrer très convaincante. Sa beauté jouerait en sa faveur. Ensuite, il a ajouté que je n'aurais plus jamais à m'inquiéter d'elle. Il y veillerait et il ferait un don à la Ligue de protection des chats. En gros, il m'a implorée de ne pas appeler la police. J'étais trop fatiguée et bouleversée pour discuter. Je voulais juste qu'ils sortent de ma vie, tous les deux.

ne comprenais pas ce qu'elle fabriquait là à une heure pareille. Je me suis dit que Charlie avait dû s'enfuir et qu'elle l'avait trouvé. Et alors, j'ai vu son visage. Je n'avais encore jamais vu une telle froideur chez un être humain. Cette totale absence d'émotion. « Je vous avais prévenue. » C'est tout ce qu'elle a dit. Avec un tel calme. Avant que je ne puisse réagir – avant que je ne puisse deviner ce qui allait se passer –, elle l'a lâché par terre et, alors qu'il tentait de revenir en rampant vers la porte de la maison, elle... elle lui a écrasé la tête avec son talon.

Tandis qu'elle regarde dans mes yeux écarquillés, je vois l'horreur qui subsiste dans les siens, puis le petit mouvement de gorge quand elle ravale sa salive.

— Elle portait des talons aiguilles, précise-t-elle.

Inutile d'en dire plus.

— Seigneur Dieu.

Elle inspire un grand coup et expire lentement, comme pour chasser tout ça de sa tête.

— Ouais. Je n'avais encore jamais rien vu de semblable. Cette rage. Cette folie. Et je ne veux plus jamais les revoir.

— Avez-vous appelé la police ?

— Je comptais bien le faire. Mais d'abord je voulais que David *voie* ce qu'elle avait fait. C'était bientôt l'heure de venir ouvrir, alors je me suis dit que j'allais lui montrer – pour le choquer, pour qu'il comprenne bien – et qu'ensuite j'appellerais la police. J'étais en colère, accablée de chagrin, mais j'avais peur, aussi. Peur pour lui et peur pour moi. J'ai enveloppé mon pauvre Charlie dans une couverture et je l'ai emmené. Je n'avais pas l'intention de travailler ce jour-là, juste

— Mon vieux chat. Elle l'a tué.

Le monde se met à tourner.

Un autre chat mort. Coïncidence ? Mes pensées ressemblent aux notes de David. David qui, selon Adèle, a tué leur chat. Et je l'ai crue. *Louise, tu es la dernière des connes.*

— Comment ?

— Une nuit, Charlie n'est pas rentré et j'étais inquiète. Il avait quinze ans et l'époque où il me ramenait des souris était depuis longtemps révolue. Il passait son temps à dormir sur le canapé quand j'étais au bar, puis à dormir avec moi quand j'étais à la maison. Même si ça me faisait mal de l'admettre, elle n'avait pas tort sur ce point : depuis mon divorce, Charlie était ma principale source de compagnie. C'est difficile de redevenir célibataire quand on a fait partie d'un couple.

Je sais exactement ce qu'elle veut dire par là. Cette impression d'être laissée derrière.

— Je crois, continue-t-elle, qu'elle a commencé par l'empoisonner. Pas pour le tuer, pour l'abrutir. C'était un vieux matou très gourmand et très amical. Il suffisait de lui montrer un minuscule bout de poulet pour qu'il vienne vous manger dans la main. Je n'en dormais pas de me demander où il était passé quand, juste après l'aube, j'ai entendu un miaulement dehors. C'était un son pitoyable. Faible. Angoissé. Mais c'était bien mon Charlie. Je l'avais depuis tout chaton, je connaissais tous ses cris. J'ai bondi hors du lit pour me précipiter à la fenêtre. Elle était là. Debout dans la rue, tenant mon chat tout mou dans ses bras. Au début, j'ai été plus troublée que véritablement effrayée. Je pensais que c'était lui qui lui avait parlé de nos conversations, car sinon comment aurait-elle pu savoir ?

Comment, en effet ? *Jusqu'où peux-tu aller, Adèle ?* Je l'imagine planant autour d'eux, invisible, tandis qu'ils bavardent. La rage qu'elle a dû ressentir. Cette scène me conduit immédiatement à elle au-dessus de mon lit, me regardant baiser avec son mari. *Oh, merde...*

— Or il se comportait comme si rien ne s'était passé. Il avait l'air fatigué, oui. Malheureux, aussi. Et il avait sans doute la gueule de bois. Mais rien chez lui – absolument rien – ne laissait penser qu'il avait raconté quoi que ce soit à sa femme. J'ai fait en sorte de créer l'opportunité de lui dire qu'il devrait discuter avec elle de leurs problèmes. Il a répondu qu'ils étaient au-delà de ça et qu'elle ne comprendrait jamais. Évidemment, tout ça me mettait très mal à l'aise, alors je lui ai dit le fond de ma pensée. Que ça ne servait à rien de m'en parler, que s'il était malheureux, il ferait mieux de la quitter et d'en accepter les conséquences. Maintenant que j'avais digéré le choc de sa visite, j'étais furieuse contre elle. Je me disais que c'était une harpie, le genre de femme qui n'est jamais contente de rien. Il serait bien mieux sans elle.

Marianne me plaît. Elle parle sans détour. Je doute qu'elle ait des secrets, qu'elle incite les autres à en avoir ou qu'elle ait envie d'en garder. Ça fait un moment que je ne suis plus comme elle. *Ouverte.*

— Ce que je n'avais pas compris, ajoute-t-elle doucement, c'est que c'était moi qui allais subir les conséquences. Ou, plus exactement, Charlie.

Elle voit ma perplexité.

Sa bouche s'est tordue en une moue amère à la mention de ce nom. Elle hoche la tête.

— Elle est venue chez moi. À ma maison. Elle avait dû me suivre un jour. Elle m'a dit de ne pas me mêler de leur mariage. Que je ne pourrais jamais avoir David. Qu'il lui appartenait. J'étais choquée. J'ai essayé de lui dire qu'il n'y avait rien entre nous, qu'après ce qui s'était passé avec mon mari qui me trompait, je ne ferais jamais ça à une autre femme, mais elle n'écoutait pas. Elle était furieuse. Au-delà de la fureur, même…

« Je ne ferais jamais ça à une autre femme. » Marianne est bien meilleure que moi. C'est mon tour de détourner les yeux, même si je l'écoute intensément, buvant le moindre de ses mots.

— … Elle m'a dit d'arrêter de lui parler et de lui donner des conseils, si je ne voulais pas m'attirer d'ennuis. Elle a répété qu'il ne la quitterait pas, qu'il l'aimait et que ce qui s'était passé avant était leur affaire à eux et à personne d'autre.

Une pause. Une gorgée de thé.

— Pour moi, c'était atroce. J'étais mortifiée, même si je n'avais rien fait de mal. Je lui ai répété que nous n'étions que des amis, rien de plus. Elle a répondu que j'étais une vieille femme malheureuse qui n'avait qu'un chat pour toute compagnie et que plus jamais un homme n'aurait envie de poser les yeux sur moi. C'était une insulte si puérile que j'en ai ri. C'était le choc, sans doute, mais il n'empêche que j'ai ri. Ça a probablement été mon erreur.

— Vous en avez parlé à David ?

— Non. Pour être honnête, j'ai même été surprise de le voir arriver au café le lendemain matin. Je

À force de le sonder, il en est venu à me dire qu'il avait fait quelque chose de mal plusieurs années auparavant. Sur le coup, il croyait protéger la personne qu'il aimait, mais cette chose restait toujours là entre eux, en permanence. Puis il s'est mis à s'interroger sur sa femme, à se demander si elle n'avait pas un très gros problème. Elle n'était pas celle qu'il croyait. Il a plusieurs fois voulu la quitter, mais elle le menaçait avec cette chose qu'il avait faite. Elle le faisait chanter. Elle disait qu'elle le détruirait.

Elle ne me regarde pas, elle contemple la ruelle dehors et je devine qu'elle revoit le passé, ces moments que je l'oblige à revivre.

— Je lui ai dit que la vérité est toujours mieux dehors que dedans et qu'il ferait mieux d'affronter les conséquences de cette chose, quelle qu'elle soit. Il m'a répondu qu'il ne cessait d'y penser. Qu'il ne pensait qu'à ça. Cependant il avait peur qu'on le mette en prison parce que alors il n'y aurait plus personne pour empêcher sa femme de faire du mal aux autres.

Mon cœur bat à tout rompre et je sens à peine le mug qui me brûle les mains.

— Vous a-t-il jamais dit quelle était cette chose qu'il a faite ?

Rob. Ça a sûrement un rapport avec lui. J'en suis certaine.

Elle secoue la tête.

— Non, mais j'ai eu l'impression que c'était très grave. Peut-être aurait-il fini par me le dire, si *elle* n'avait pas débarqué chez moi.

— Adèle ?

est restée assise là à boire son thé à la menthe en observant les lieux. Ce qui me mettait mal à l'aise, comme si j'avais affaire à une inspectrice de l'hygiène. Mais ça, c'était au tout début et elle n'est plus jamais revenue. Ici, en tout cas.

Tout ça semble si innocent. Je n'imagine pas ce qui a bien pu mal tourner. Et, en dépit de tout le reste, je suis soulagée qu'il n'y ait pas eu d'histoire d'amour. David n'a pas fait avec elle ce qu'il a fait avec moi. Adèle avait tort. À propos de cette femme du moins. Je crois Marianne. Elle n'a aucune raison de me mentir.

— Alors, que s'est-il passé ?

— Il a commencé à s'ouvrir davantage. Il était peut-être psychiatre, mais quand vous travaillez dans un bar depuis aussi longtemps que moi, vous finissez par comprendre les gens. J'ai dit qu'il s'ouvrait, ce n'est pas tout à fait ça, il s'est mis à *tourner* autour des choses, si vous voyez ce que je veux dire. Je lui ai dit que sous ses dehors spirituels et charmants, il avait toujours l'air un peu malheureux et, de fil en aiguille, nous nous sommes mis à parler d'amour. Un jour, il m'a demandé s'il était possible d'aimer quelqu'un au point d'en être totalement aveugle. Je lui ai répondu que l'amour, c'était justement ça. Ne voir que ce qu'il y a de bien chez l'autre. Je lui ai dit que l'amour est une variante de la folie, parce que je devais être folle pour être restée aussi longtemps avec mon John.

— C'est *vous* qui devriez être psychiatre, dis-je.

Nous nous apprécions de plus en plus. Un groupe de soutien à deux.

— Après ça, il s'est mis à venir une demi-heure avant l'ouverture et je nous préparais un petit déjeuner.

Elle le voit. Après une longue hésitation, elle lâche un soupir.

— Asseyez-vous. Thé ou café ?

Je choisis une table près de la vitrine et elle m'y rejoint avec deux mugs de thé. J'entreprends de m'expliquer, ce qui m'a amenée ici, pourquoi j'ai tellement besoin d'entendre son histoire, mais elle me coupe.

— Je vais vous dire ce qui s'est passé, en échange je ne veux rien savoir de plus à leur sujet. Surtout *elle*. D'accord ?

Je hoche la tête. *Elle. Adèle.* Oh, merde.

— Il n'y a jamais rien eu entre David et moi. Il était trop jeune, pour commencer. C'était un homme doux, paisible, qui venait tôt le matin prendre un café en regardant dehors par la vitrine. Je trouvais qu'il avait l'air un peu triste et, comme je n'aime pas que les gens soient tristes, je me suis mise à lui parler. Pas beaucoup au départ, et puis de plus en plus. Il était charmant et drôle. Je sortais d'un divorce, ce n'était pas simple. J'avais l'impression d'avoir droit à des consultations gratuites.

Elle sourit, un rien mélancolique.

— On en plaisantait, enchaîne-t-elle. On disait que je le payais en cafés. Quoi qu'il en soit, ça se limitait à ça. Elle est venue une ou deux fois elle aussi, avant que je sache qui elle était. J'ai été aussitôt frappée par sa beauté. C'est le genre de femme dont on se souvient.

— Comme une star de cinéma.

Je marmonne ça et elle acquiesce.

— Oui, c'est ça. Trop belle, presque. Je ne savais pas que c'était sa femme. Elle ne me l'a pas dit. Elle avoir envie d'aller. Une ambiance « comme à la maison ». Accueillante. Je sais que je suis au bon endroit avant même d'y entrer. Je le sens. Comme je sais, en voyant la femme derrière le comptoir, que la réponse à « Êtes-vous Marianne ? » sera oui.

C'est bien elle. Plus âgée que moi, approchant la quarantaine, elle a la peau bronzée de quelqu'un qui passe des vacances au soleil trois ou quatre fois par an et qui aime se prélasser pendant des heures au bord de la piscine. Elle est séduisante, sans être belle. Pas d'alliance. Il y a de la bonté dans ses yeux. C'est la première chose que je remarque.

— J'aimerais vous parler de David et d'Adèle. Vous les connaissez, n'est-ce pas ?

J'ai très chaud aux joues.

Il n'y a pas grand monde dans le café, juste un vieux couple qui prend un copieux petit déjeuner en lisant les journaux dans un coin de la salle et, à l'autre bout, un homme d'affaires qui sirote son café, les yeux rivés sur son ordinateur. Elle ne peut pas prétendre être débordée.

Elle se raidit.

— Je n'ai rien à dire.

La gentillesse a disparu de son regard, remplacée par de la douleur, la volonté de se défendre et la colère devant quelqu'un qui la force à se souvenir de quelque chose qu'elle préfère oublier.

— Je vous en prie. Je ne serais pas venue jusqu'ici pour vous voir si ça n'était pas important.

J'espère qu'elle aussi discerne le désespoir dans mes yeux. De femme à femme. De victime à victime, peut-être.

réveillée dans le bureau de David. Si elle est aussi limitée que moi, pour quelle raison essaierait-elle la seconde porte ? Je ne m'imagine pas passant des heures à espionner Laura ou errant dans la ruelle derrière chez moi sans pouvoir rien faire d'autre, aller ailleurs. Ce serait assez bizarre. Et puis quel intérêt, alors que la première porte permet de rêver ce qu'on veut ?

Elle avait franchi la seconde porte ce jour-là quand je l'ai trouvée dans le bureau de David. J'en suis certaine. Mais où était-elle ? Que surveillait-elle ? Et pourquoi m'a-t-elle menti à ce sujet ? Mes pieds martèlent le sol du wagon. À l'arrivée à Blackheath, je descends précipitamment du train, comme si je voulais fuir hors de moi.

Je marche vite dans les rues de cette banlieue prospère, marmonnant de vagues excuses en me frayant un passage entre les voitures d'enfants et les piétons sans jamais ralentir l'allure. Ce ne sont pas les cafés et les restaurants qui manquent. Je me concentre sur ceux qui se trouvent à proximité des cabinets. Si j'avais pu me connecter sur notre serveur, j'aurais pu trouver où David a travaillé, mais il m'a enlevé cette possibilité.

Dans une impasse, je commande un rouleau au bacon dont je n'ai aucune envie et quand je découvre qu'il n'y a pas de Marianne ici, je sors et je le jette dans une poubelle. Deux autres snacks suivent, toujours pas de Marianne. La frustration me donne envie de pleurer alors qu'il n'est même pas une heure. Je n'ai plus aucune patience.

Finalement, je le trouve. Un petit café un peu kitsch, quoique décoré avec goût, un peu à l'écart dans une ruelle pavée. Le genre de bistrot où David aurait pu

Tous les détails que j'y ai glissés au sujet de Rob, de David et d'Adèle et qui tous le désignent comme coupable. Seigneur, les conséquences pourraient être abominables. Je pense à Sophie sur mon balcon. Qu'avait-elle dit ? « Fragile ? Ou folle ? Il y a une autre possibilité : qu'elle soit bel et bien cinglée. » Oh, merde. MERDE.

Plutôt que de chercher une liste des cafés de Blackheath, dont la plupart n'ont sans doute pas de site Web, je me suis intéressée aux cabinets de consultations psychiatriques. Je n'en ai trouvé que trois, ce qui a déclenché une minuscule vague de soulagement dans mon tsunami de panique. Cela étant, même s'il y en avait eu cinquante, je suis bien décidée à retrouver Marianne. Il faut que je sache ce qui s'est passé entre David et elle, entre Adèle et elle. Les notes dans le dossier de David étaient trop vagues. « Marianne ne porte pas plainte » – porter plainte contre qui ? Lui ou elle ? Et porter plainte pour quelle raison ?

J'ai eu beaucoup de mal à ne pas acheter un paquet de Marlboro light à la gare. Bon sang, pourquoi m'obligeraient-ils à recommencer à fumer ? *Ils.* Je ne peux faire confiance ni à l'un ni à l'autre désormais. Les liens qu'ils ont tissés autour de moi sont comme des barbelés. Il est aussi possible que toute cette angoisse ne soit pas justifiée : David est bien le méchant de l'histoire. Adèle n'a pas de seconde porte ou, même si elle l'a, elle ne sait rien. Peut-être que, comme moi, il lui est impossible d'aller bien loin. Il se peut malgré tout qu'elle dise la vérité.

Je n'y crois pas. Je me souviens de sa main froide et de sa façon de chercher l'air quand elle s'est

49

Louise

Le lundi, à neuf heures et demie du matin, j'ai déjà déposé Adam au centre de loisirs et j'attends un train pour Blackheath. Je devrais être épuisée – j'ai à peine dormi depuis samedi –, mais ma cervelle est une fourmilière de questions et de doutes. Si Adèle a menti à propos de la seconde porte, ça change tout. Sur quoi d'autre a-t-elle menti ?

Je m'installe près d'une fenêtre, le dos raide, mes doigts martyrisant la peau autour des ongles. Si, elle aussi, elle a la seconde porte et qu'elle peut quitter son corps, jusqu'où peut-elle aller et que sait-elle ? Ces deux interrogations sonnent comme un refrain qui tourne en boucle dans ma tête, accompagné par le rythme régulier du train sur le London Bridge.

Bien sûr, la question essentielle est : que sait-elle à propos de David et moi ? Est-ce qu'elle *sait* pour David et moi ? Si oui, alors… j'en suis malade. Je n'arrive pas à accepter que tout ce que j'ai si facilement gobé jusqu'à maintenant soit faux. Mon incommensurable stupidité. Et ce que j'ai *fait*. La lettre.

48

Adèle

L'amour, le vrai, n'est pas un long fleuve tranquille. Je le sais mieux que personne. Pourtant, je continue à y croire, envers et contre tout. Parfois, le véritable amour a besoin d'un petit coup de pouce. Et j'ai toujours eu la main secourable.

Ce n'est que plus tard, dans la nuit, alors que je suis seule dans mon lit, qu'une idée effroyable me vient. Une idée qui me glace le sang.

Adam qui n'arrive pas à me réveiller. Qui secoue mon bras glacé. Qui croit que quelque chose ne va pas. Et moi qui me redresse d'un coup en suffoquant. Un réveil qui n'a rien de normal.

Exactement comme quand j'essayais de réveiller Adèle.

Elle a menti à propos de la seconde porte.

plus grande et je suis en train de regarder sur le Net, mais j'arrive pas à me faire une idée de leur taille réelle juste en lisant des dimensions. Je n'en ai que pour une seconde. Désolée de te déranger.

— Pas de souci. Ne fais pas attention à la pagaille.

Elle me fait entrer et je la suis à l'intérieur. Il y a des assiettes à côté de l'évier, exactement comme je les ai vues, des restes de toast ou d'un sandwich au bacon sur l'une d'entre elles.

— À vrai dire, elle est trop grande pour cette pièce, dit-elle, mais je l'adore. C'est une cent dix-sept centimètres, ce qui m'évite de mettre mes lunettes.

Elle rit et je ris avec elle, alors que je ne l'écoute que d'une oreille. La barre de Fruit and Nut est sur le bras du canapé. Le mug à fleurs sur la table. *Friends* passe à la télé.

— Merci, dis-je d'une voix faible. Tu m'as bien aidée.

— Pas de problème.

Elle cherche à me faire parler de mon « rencard », les astres m'ont-ils accordé le grand amour ? Je n'ai qu'une envie : sortir d'ici. Ça bourdonne dans ma tête, j'en oublierais presque le coup de fil d'Adèle. Je *suis* venue ici. Je l'ai *vue*. Tout comme je suis bien allée dans la chambre d'Adam la nuit où il a renversé son verre d'eau.

Je retourne sur mon canapé où il se blottit aussitôt contre moi. Les échos de la peur qu'il a éprouvée en ne parvenant pas à me réveiller ne se sont toujours pas dissipés. Puis, petit à petit, les dessins animés prennent le dessus. Je les regarde sans les voir. Comment un truc pareil est-il seulement possible ?

va regarder des dessins animés ensemble dans le salon. Les tensions se sont dissipées, malgré l'appel d'Adèle. J'ai envoyé la lettre. Je ne peux rien y changer. En vérité, je suis même soulagée qu'elle se soit montrée aussi froide avec moi. C'est peut-être l'occasion de faire le break avec eux et de reprendre le cours de ma vie. De cette façon, si la chance sur mille se réalise et que la police fouille la propriété, je me sentirai un tout petit peu moins coupable. Je me sens éveillée et alerte pour la première fois depuis plusieurs jours, comme si sortir de mon corps lui avait donné le temps de se réparer sans se soucier de son habitante.

Bon Dieu, qu'est-ce que je raconte ? Est-ce bien ce qui s'est passé ? Sérieusement ? Quitter mon corps ? L'idée est absurde, démentielle. Sauf que ce n'est pas la première fois. Je le comprends tout à coup. Il y a eu la chambre d'Adam. Puis le jour où j'ai flotté au-dessus de moi. Et maintenant, ça. Toujours en franchissant la porte scintillante. Cependant, est-ce réel ou bien n'était-ce qu'un rêve ?

Après avoir lancé les dessins animés, je me glisse dans le couloir et je vais frapper chez Laura. Mes mains tremblent. C'est fou. Je suis folle.

Elle ouvre. Elle est en jean et polaire verte.

— Salut ? Qu'est-ce qu'il y a ?

Je ne réponds pas. Je la regarde. Elle fronce les sourcils.

— Ça va ?

— Oui ! dis-je en me forçant à sourire. Je me demandais si je pouvais jeter un œil à ta télé. Ça fait une éternité que je promets à Adam d'en acheter une

Ça ne lui ressemble pas. Elle n'est pas comme ça. Elle est toujours si gentille. Se sont-ils disputés ? L'a-t-il menacée ?

— Il ne s'est rien passé. Je me laisse parfois emporter par mon imagination. C'est tout.

— Je n'ai pas imaginé le dossier qu'il a sur toi.

Je suis encore sous le coup de ce qu'il vient juste de m'arriver et, pour la première fois, je la trouve un peu pitoyable. J'insiste :

— Et Rob ?

— Oublie Rob. Oublie tout ça.

Et sans même me dire au revoir, elle raccroche. Je devrais être vexée ou en colère… En fait, je suis désorientée. David lui a-t-il fait quelque chose ?

Je fixe le téléphone. Qu'est-ce que j'aurais vu si j'étais allée chez eux plutôt que chez Laura ? Une dispute ? des menaces ? des larmes ? Maintenant que je suis assise ici, l'idée de me transporter de façon invisible me paraît complètement aberrante. Suis-je vraiment allée chez Laura ? Alors que j'étais dans mon lit ? Comment est-ce possible ?

Je trouve Adam dans sa chambre. Il a l'air triste et minuscule, assis dans son lit à essayer de jouer avec son dinosaure en plastique.

— Pourquoi tu ne te réveillais pas ? dit-il. Je t'ai secouée pendant des heures.

— Je suis réveillée à présent !

Je souris comme s'il ne s'était rien passé, mais je fais le serment que ceci – quoi que soit *ceci* – ne se reproduira plus en sa présence. Mon mal de crâne a disparu. Je le remarque au moment où je m'apprête à aller boire du jus d'orange. Je dis à Adam qu'on

Malgré ses lèvres qui tremblent encore, Adam me tend le téléphone. Je le prends.

— Allô ?
— Louise ?

C'est Adèle. Sa voix est douce dans mon oreille, mais elle me ramène aussitôt à la réalité. Elle n'appelle jamais.

Adam continue de me scruter, comme s'il avait du mal à croire que je suis bien là, en vie et en bonne santé. Je lui souris et lui demande en articulant les mots sans les prononcer d'aller regarder un dessin animé. C'est un bon garçon. Il m'obéit, même s'il est un peu perdu.

— Tu vas bien ? demandé-je à Adèle.

Je frissonne. J'ai froid d'être restée sans bouger.

— Je voulais... eh bien, je voulais que tu oublies tout ce que je t'ai dit l'autre jour. C'était idiot. Des idées ridicules, c'est tout. N'y pense plus.

Elle a l'air moins familière, le ton de quelqu'un qui regrette ses confidences et aimerait prendre un peu de distance.

— Ça ne m'a pas paru idiot, à moi.

Je pense à la lettre glissant entre mes doigts pour tomber dans la boîte et la culpabilité me tord le ventre. Je ne peux pas le lui dire, pas maintenant.

— Eh bien, ça l'était.

Sèche. Je ne l'ai encore jamais entendue employer ce ton.

— Je suis désolée de t'avoir mêlée à mes problèmes conjugaux. Tout va bien entre lui et moi. J'aimerais que tu n'en parles plus jamais.

— Il s'est passé quelque chose ?

— Maman !

Je l'entends avant de le voir.

Dans ma chambre, Adam est près du lit. Il me secoue le bras, mon téléphone dans l'autre main.

— Réveille-toi, Maman ! Réveille-toi !

Il est au bord des larmes. Ma tête a roulé sur le côté et ma main est morte dans la sienne. Depuis quand est-il là ? Combien de temps suis-je partie ? Dix minutes, tout au plus, mais c'est largement assez pour inquiéter mon petit garçon qui tente en vain de me réveiller. La peur me saisit de le voir aussi bouleversé, je panique et je…

… me redresse subitement en poussant un cri étranglé, les yeux écarquillés. Je sens le poids soudain de chacune des cellules de mon corps. Mon cœur qui cogne comme un marteau-piqueur. Effrayé, Adam s'est écarté. Je tends les mains vers lui. Elles sont froides contre sa chaleur.

— Maman est là, Maman est là, dis-je encore et encore, pendant que le monde et mon être se retrouvent. Maman est là.

— Je n'arrivais pas à te réveiller, dit-il dans mon épaule.

Un frisson a parcouru son univers, une quasi-mort qu'il ne comprend pas.

— Tu ne te réveillais pas. Ton téléphone sonnait. Une dame.

— Tout va bien. Maman est là.

Je marmonne ça dans un murmure. Je ne sais pas qui j'essaie de convaincre : lui ou moi. Prise de vertige, je me renfonce dans la pesanteur de mes membres.

calendrier inutile discrètement accroché derrière une des parois du frigo pour ne pas rompre l'harmonie de la pièce, je perçois un changement, un souffle de vent qui se lève pour m'emmener, mais ça ne marche pas.

Au cœur de cet étrange moi invisible, j'ai l'impression d'être au bout d'un élastique tendu à l'extrême. J'essaie encore, mais je ne peux pas m'éloigner davantage, comme si mon corps me tirait en arrière avec une laisse. Je me déplace plus prudemment cette fois-ci. Je traverse la cuisine de Laura où je remarque la vaisselle délaissée, pas trop mais juste assez pour comprendre qu'elle s'offre une journée de paresse, puis je traverse la porte qui donne sur la ruelle entre nos deux appartements. Je ne ressens pas le changement de température, même s'il faisait froid dehors quand je suis allée chercher Adam.

Tu ne sens rien parce que tu n'es pas réellement là, me dis-je. *Tu viens tout juste de passer* à travers *une porte.*

Je me sens merveilleusement bien, comme si tout le stress, toutes mes tensions étaient restés derrière moi. Je suis totalement libérée. Pas d'hormones, pas de fatigue, pas de réactions chimiques dans ce corps absent qui influent sur mon humeur. Je ne suis que *moi*, quoi que cela puisse être.

J'essaie à nouveau d'aller chez Adèle, pour m'assurer qu'elle va bien. Cette fois, j'atteins le bout de la ruelle et… c'est tout. J'ai l'impression que l'élastique atteint son point de rupture et qu'il me tire doucement en arrière, malgré ma résistance. Je reviens, j'apprécie la hauteur, l'impression de voler vers ma propre porte, et puis je suis chez moi.

suis tentée d'aller dans la chambre d'Adam, je crains toutefois que, d'une manière ou d'une autre, il ne me *voie*. Où puis-je aller ? *Jusqu'où* puis-je aller ?

L'appartement d'à côté. Chez Laura. Je m'attends plus ou moins à y être instantanément, comme d'un coup de baguette magique, mais rien ne se passe. Je me concentre. Je *sens* l'appart de Laura. Tout ce qui s'y trouve. L'énorme télé qui occupe quasiment un mur entier. Son horrible canapé en faux cuir rose que je devrais détester mais qui me fait sourire. Sa moquette crème, le genre qu'on peut se permettre quand on n'a pas d'enfant en bas âge. Le canapé, la moquette, le mélange de couleurs façon paquet de marshmallows. Je veux y être. Et alors, comme portée par un courant d'air, j'y suis.

Assise sur le canapé, en jean et polaire à peluche verte, Laura regarde la télé. Une redif de *Friends*. Elle casse un morceau de Fruit and Nut qu'elle enfourne dans sa bouche. Elle a du café près d'elle – un mug avec de jolies petites fleurs. J'attends qu'elle me remarque, qu'elle lève les yeux, choquée, et me demande comment diable je suis arrivée dans son salon ; elle ne le fait pas. Je me mets même debout – à défaut d'un meilleur mot – juste devant elle, toujours rien. J'ai envie de rire. C'est complètement dingue. Peut-être que je suis dingue. Peut-être que David devrait me filer certains de ces cachets qu'il veut tellement faire avaler à Adèle.

David et Adèle. Leur cuisine. Est-ce que je pourrais aller jusque là-bas ? Je me concentre de nouveau et, pendant un instant, alors que je me représente le plan de travail impeccable, le carrelage luxueux, le s'enfoncent dans le matelas. M'échapper un moment. Rien qu'un moment.

Cette fois, je vois à peine la porte tant elle arrive vite. Un éclair d'argent. Des traînées lumineuses et…

… je suis en train de me regarder. Ma bouche est à moitié ouverte. Mes yeux sont fermés. Si je respire encore, c'est imperceptible. Je suis comme morte. Vide.

Je suis vide. Cette idée coule en moi comme de l'eau froide, quoi que soit *moi* en cet instant. *Je suis ici. Au-dessus. C'est juste… un corps. Une machine. Ma machine. Sans plus personne aux commandes. Il n'y a personne à la maison.*

Je plane au-dessus de moi un certain temps, résistant à la panique de la dernière fois. Je n'ai aucune sensation : pas de bras, pas de jambes, pas de raideur, pas de souffle. Peut-être que c'est un rêve. Un rêve d'un genre différent. C'est *quelque chose*, en tout cas. Je m'avance vers mon corps et je sens aussitôt l'attraction. Je me force à m'arrêter. Je peux y retourner si je veux… mais est-ce que je le veux ?

Je discerne la ligne de poussière sur le rebord supérieur de l'abat-jour, oubliée, grise, épaisse. Je recule vers la porte, même si je suis terrifiée à l'idée de perdre mon corps de vue. J'ai peur de ne pas pouvoir le récupérer. Dans le miroir, je vois ma silhouette effroyablement immobile dans le lit derrière moi, mais *je* n'ai pas de reflet. *Appelez-moi Dracula. Comtesse Dracula.* Je devrais être pétrifiée. Pourtant, c'est tellement irréel que c'est comme un étrange divertissement.

Maintenant que ma peur reflue, je ressens autre chose. Je suis libre. Libérée. Je n'ai aucun poids. Je dans sa chambre examiner le contenu de sa pochette-surprise qui a dû coûter un prix grotesque. Je ne veux même pas voir ça : le sien, d'anniversaire, approche et ce sera mon tour de dépenser de l'argent que je n'ai pas, pour acheter des idioties à des enfants qui n'en ont pas l'utilité. C'est une pensée injuste. Ian m'aidera. Il est plus que généreux dès qu'il s'agit d'Adam, mais je suis fatiguée, stressée et j'ai besoin que tout se calme.

— J'ai la migraine, dis-je en passant la tête par la porte de sa chambre. Je vais m'allonger un peu. D'accord ?

Il hoche la tête en souriant. Mon garçon parfait. Je me rappelle la chance que j'ai.

— Réveille-moi si tu as besoin de quoi que ce soit.

Je ne crois pas une seconde que je vais réussir à dormir. Je veux juste fermer les rideaux et m'étendre dans le noir en espérant que ça fera partir ce mal de crâne. Je prends un ou deux cachets et je m'installe, appréciant la fraîcheur de l'oreiller sur ma joue. Je pousse un long soupir. Une demi-heure de tranquillité, c'est tout ce qu'il me faut. La migraine est trop violente pour que je réfléchisse, alors je me concentre sur mon souffle. Respirer profondément. Ma tête et mon cœur cognent à l'unisson, comme des amants enragés. J'essaie de chasser la tension de mes épaules, de mes mains, de mes pieds, comme dans ces vidéos de yoga aussi interminables que barbantes. À chaque expiration, je vide mes poumons en espérant que ça videra mon esprit de ce qui l'encombre. La douleur diminue légèrement tandis que je me détends, mes bras sont lourds le long de mon corps, j'ai l'impression qu'ils de Rob. Partager un secret, ça paraît toujours génial sur le moment, ensuite ça devient un poids. Cette morsure au creux du ventre de savoir que quelque chose a été lâché et que vous ne pouvez plus le récupérer, que c'est quelqu'un d'autre désormais qui détient un pouvoir sur votre avenir. Voilà pourquoi j'ai toujours détesté les secrets. Ils sont impossibles à garder. Je ne supporte pas de connaître ceux de Sophie, j'ai trop peur de laisser échapper un indice devant Jay un jour où j'aurais un peu trop picolé. Maintenant, je suis une vraie boîte à secrets et, comme si ça ne suffisait pas, j'ai décidé d'y ajouter celui-ci. Adèle serait mortifiée d'apprendre que j'ai envoyé cette lettre, et comment le lui reprocher ? Cela dit, que pouvais-je faire d'autre ? À la fin de notre échange de textos, j'ai préféré évoquer nos rêves. À quel point c'était bizarre, cette sensation d'avoir quitté mon corps quand j'ai franchi la seconde porte. Ça paraissait un sujet moins dangereux que la bizarrerie de leur mariage et la possibilité bien réelle que David soit un assassin.

J'ai toujours mal à la tête, des élancements permanents que je ne peux plus ignorer. Même sortir au grand air pour aller chercher Adam à cet anniversaire au centre d'animation ne dissipe pas la nausée. Je ne dors quasiment plus. Je m'allonge sur mon lit, épuisée, et dès que les lumières s'éteignent, d'autres s'allument dans mon cerveau. Je crois que je préférais les terreurs nocturnes à cette insomnie permanente. Avant, quand la vie était si simple. Avant *l'homme-du-bar*.

Adam s'est tellement gavé de sandwichs et de bonbons qu'on garde sa part de gâteau d'anniversaire bien emballée dans le frigo pour plus tard et il fonce

47

Louise

Je ne sais pas pourquoi je suis aussi stressée. Comme si des policiers allaient soudain débarquer chez moi en brandissant ma lettre pour exiger des explications. J'ai pris le bus jusqu'à Crouch End pour aller la poster, en dépit du fait que ça doit dépendre du même centre de tri. Je voulais mettre de la distance entre moi et cette enveloppe qui, quand je l'ai finalement glissée dans la boîte, était trempée à cause de mes mains moites.

En plus, David m'a envoyé un texto hier soir. Il voulait qu'on se rencontre pour parler. J'ai contemplé ces mots pendant au moins une heure, avec un horrible mal de crâne, et au bout du compte je les ai ignorés. Qu'entendait-il par « parler » ? Me menacer une nouvelle fois ? De toute manière, il était soûl : même l'autocorrection avait renoncé à améliorer son orthographe. Je ne veux plus parler à aucun des deux, à vrai dire. Adèle m'a écrit elle aussi, des lamentations comme quoi David aurait changé et qu'elle avait peut-être exagéré. Je parie qu'elle regrette de m'avoir parlé l'impression de m'avoir trahie deux fois, j'imagine. Elle sait que la pauvre et fragile Adèle ne voudrait pas qu'on dévoile ses secrets au monde entier. Pas quand le dangereux David est à la maison. Mais elle se croit assez forte pour nous deux. Elle est sûre de savoir ce qu'elle fait. Je me demande si la police viendra avant que les doutes commencent à l'assaillir, ou après, voire si elle viendra tout court. Je m'attends plus ou moins à entendre la sonnette retentir à tout instant, même si je sais qu'il faudra un certain temps aux flics pour se décider au cas où ils prendraient sa lettre au sérieux. Ce qui n'est pas certain. Et si j'envoyais une lettre moi aussi ? L'idée est délicieusement méchante, mais j'y renonce. Voyons d'abord comment les choses évoluent.

Des secrets, encore et toujours. Les gens en sont pleins à ras bord si vous regardez bien. Louise est en train d'en réunir une jolie petite collection. Cette lettre étant le dernier. J'éprouve un infime sentiment de trahison qu'elle ne m'en ait pas parlé. Qu'elle n'ait pas eu la moindre considération pour mes sentiments, alors qu'elle est censée être ma meilleure amie, puis je surmonte mon irritation. Après tout, elle fait exactement ce que j'attends d'elle.

Mes sentiments n'importent plus guère, pas plus qu'il n'est utile de préserver ma silhouette et ma condition physique.

À quoi bon, au fond ? Je ne vais pas tarder à mourir.

passera-t-il ? Je veux savoir quand toutes les pièces du puzzle seront balancées en l'air.

Au cas où, je m'enferme dans la chambre, mais de toute manière il ne vient jamais. Il n'est pas retourné la voir non plus, ce qui est un soulagement. Il fallait qu'ils restent à l'écart l'un de l'autre et ça a marché. En ce moment, je doute même que Louise accepte de lui ouvrir sa porte. Pas maintenant qu'elle a envoyé cette lettre. Après tous nos textos furtifs de cette nuit, elle m'a remplie d'extase, même si elle ne s'en rend pas compte. Elle se sent coupable à cause de la lettre. Ses accusations contre David. Elle ne sait pas que je sais. Quand je lui ai écrit qu'il était très attentionné, que j'en avais peut-être trop fait et qu'on ferait mieux de tout oublier, elle a changé de sujet. Comme toujours quand on se sent mal à l'aise. Et là, elle s'est mise à parler de ses rêves. De cette *deuxième porte si bizarre*. Comment elle s'est retrouvée en train de flotter au-dessus de son corps dans le salon. Alors qu'elle ne dormait pas, qu'elle tentait de calmer un mal de tête en respirant profondément. Comment c'était juste arrivé.

Malgré toute mon excitation, je lui ai répondu que je n'avais jamais connu ça. D'ailleurs, ces temps-ci, à cause de tous ces somnifères, je ne parviens même pas à franchir la première porte. Je lui dis que j'apprécie ce vide. Ce sentiment de néant. De non-existence. Je lui écris que parfois je voudrais n'être rien. Comment réagit-elle en lisant ce texto ? Un indice de ce qui va peut-être se produire. Des mots qui la hanteront plus tard.

Elle a mis un terme à notre chat par textos quand j'ai à nouveau évoqué David. À présent, elle doit avoir

46

Adèle

Les journées se traînent, chacune me faisant l'effet d'une semaine, même si quarante-huit heures seulement ont passé depuis ma *grande révélation* à Louise. J'en ai mal de rester à ce point tranquille, toutefois je ne peux rien faire d'autre qu'observer et apprendre. Sous prétexte de migraines ou de fatigue, je me cache dans ma chambre dès que David rentre. Il répond par monosyllabes, hochant vaguement la tête avec un soulagement à peine masqué. Je lui laisse des plats dans le frigo qu'il sort parfois mais sans les manger, de peur qu'ils ne soient empoisonnés ou plutôt contaminés. Qu'il ne veuille pas passer de temps avec moi devrait m'inquiéter davantage, mais je suis tellement dans la vie de Louise que s'il le faisait, ce serait une entrave.

Je voudrais qu'il travaille plus tard le soir, chose que je n'ai jamais souhaitée jusqu'à présent. Car je guette l'occasion. Celle où je pourrai tout changer. Je ne peux pas me permettre de la rater.

Imaginons que David décide qu'il veut être avec moi à l'instant précis où je dois être *là-bas*. Que se s'acheter des voitures de sport et à mener la grande vie. Cette simple idée la fait rire. Et puis, sincèrement, il sait mieux gérer son – *leur* – argent. Depuis tout petit, il a dû faire attention au moindre penny, alors qu'elle n'a jamais eu besoin d'y penser.

Elle lui en parlera quand il reviendra dans deux ou trois semaines. Demain, elle lui annoncera que Rob est ici. Ça ne le dérangera pas, elle en est certaine, qu'elle ne suive pas tout à fait la thérapie telle qu'elle était prévue. Et puis, de toute manière, Rob est la meilleure thérapie qu'elle ait jamais eue.

— Je t'aime, Rob, murmure-t-elle quand la somnolence les gagne. Tu es mon meilleur ami.

— Je t'aime aussi, Adèle, répond-il. Ma tragique Belle au bois dormant transformée en phénix. Je t'aime profondément.

Rob est très doué pour esquiver les questions, souvent avec une vanne très drôle ; cette fois, elle veut aller au-delà de la pirouette.

— Il doit bien y avoir quelque chose, insiste-t-elle.

Il fixe le plafond.

— Je sais pas. J'y ai jamais vraiment songé. On n'est pas très carrière dans la famille. Plutôt du genre à s'inscrire au chômage et à pas se prendre la tête. Et toi ? À part épouser Droopy David et faire des bébés Droopy ?

Elle lui flanque une claque sur l'épaule en riant, tout en se demandant si c'est si moche. C'*est* bien ce qu'elle veut. Ce qu'elle a toujours voulu.

— Tu devrais rester avec nous un moment. Autant que tu veux. Le temps que tu décides de ton avenir.

— C'est une idée sympa, bien que je doute que David aura envie de me voir traîner dans vos pattes une fois que vous serez mariés.

— Tu ne devrais pas le juger avant de l'avoir rencontré. Il fait des études de médecine. Il cherche à aider les gens.

— Mouais.

Dans l'obscurité, leurs voix sont désincarnées. Elle prend la main de Rob pour la serrer.

— Sans compter que je suis riche maintenant. Je vais t'aider.

— Je m'en veux de te rappeler ce détail, mon cœur, mais à moins que tu aies récupéré la tutelle, légalement, c'est David qui est riche.

— Oh, ta gueule.

Il faut qu'elle règle ça, cependant elle n'est pas inquiète. À la fac, David ne passe pas son temps à

Deux chambres d'amis ont été préparées, mais ils se retrouvent dans son lit à elle, en tee-shirt et sous-vêtements, allongés côte à côte à contempler le plafond. Elle se demande si David verrait ça comme une trahison, qu'elle ait un autre homme dans son lit. Pourtant, si proches soient-ils, Rob et elle, il n'y a rien de sexuel entre eux. C'est presque quelque chose de plus pur.

— Je suis si contente que tu sois là, dit-elle. Tu m'as manqué.

— Je suis content que tu m'aies laissé venir…

Un silence, puis il reprend :

— C'est si calme ici. Et il fait si noir dehors. On pourrait croire qu'on est les dernières personnes sur terre.

— Et c'est peut-être vrai. Il y a peut-être eu une apocalypse.

Il ricane.

— Tant que c'est pas une apocalypse zombie. Les vivants sont déjà assez chiants.

— Tu crois que c'est mal que mes parents ne me manquent pas tant que ça ?

C'est une idée qui l'inquiète. Ce que cela dit d'elle. Qu'il y a peut-être du mauvais en elle.

— Non. Avec les sentiments, il n'y a ni bien ni mal. Il n'y a que ce qu'il y a.

Elle réfléchit à ça quelques instants. « Il n'y a que ce qu'il y a. » Ça la rassure.

— Qu'est-ce que tu veux faire de ta vie ? s'enquiert-elle.

— On dirait un psy de Westlands.

— Non, sans rire.

— Ça doit être dur de respirer avec tous ces gens qui s'inquiètent pour toi à longueur de temps, dit Rob. Si seulement ils pouvaient te voir comme moi je te vois.

— Et comment me vois-tu ?

— Comme un phénix qui renaît de ses cendres.

Ça lui plaît. Ça lui plaît beaucoup. Ça lui rappelle que le monde s'offre à elle désormais. Bras dessus, bras dessous, ils se promènent sur le domaine jusqu'au puits où ils font des vœux silencieux, même si elle n'est pas sûre que ça marche avec un puits à sec.

Le soir, ils réchauffent des pizzas surgelées et boivent des cannettes de bière forte bon marché que Rob a apportées. Ils se défoncent devant un feu dans un des salons. Assis sur des coussins par terre, ils parlent et rigolent de tout et de rien. Adèle pompe copieusement sur le joint. Elle aime cette effervescence ouatée, cette envie de glousser. Elles lui ont manqué. Tout comme Rob lui a manqué.

Elle a vu son sachet de came et elle sait qu'il a de l'héroïne. Il n'en parle pas et elle non plus. C'est son affaire. Même si elle préférerait qu'il n'en prenne pas, elle refuse de se comporter comme un des psys de Westlands. Elle veut qu'il soit heureux, et s'il lui faut ça pendant quelque temps, ce n'est pas elle qui va l'en empêcher. D'ailleurs, il n'est pas sérieusement accro. Si c'était le cas, il serait complètement gaga, il n'aurait pas l'esprit aussi vif et puis elle n'a pas repéré la moindre trace de piqûre récente sur ses bras. Peut-être qu'il la sniffe ou Dieu sait comment on prend ce truc. À moins qu'il l'ait juste apportée en cas de coup dur. Elle espère toutefois que les mauvais moments sont derrière eux.

allait bien. Grâce à lui, elle se sent forte, car il la croit forte.

Il n'a pas apporté grand-chose – quelques vêtements, son cahier, des bières et un sachet de drogues. Ils en retirent un peu d'herbe puis elle lui fait cacher le reste dans une grange.

— Il y a des gens qui viennent ici, lui explique-t-elle. Une femme pour le ménage et les courses deux fois par semaine. Mon avocat passe aussi de temps en temps. Il s'inquiète parce que je suis seule. D'après lui, ce n'est pas une thérapie appropriée. Il dit que je suis trop jeune.

Elle lève les yeux au ciel. Elle a toujours été si choyée par rapport à Rob.

— Ouais, c'est ça, dit-il. Comme si tu allais foutre le feu à la maison.

Cette phrase la choque. Puis elle éclate de rire.

— Putain, qu'est-ce que t'es con.

Elle noue son bras au sien.

— Peut-être, mais je te fais rire.

Un silence.

— Allez, sois honnête. Tu as peur que ce soient eux qui trouvent ma came ou ton cher David ?

Elle ne répond pas tout de suite, puis elle pousse un soupir.

— D'accord, c'est plutôt David. C'est pas qu'il soit anti-drogue…

Elle voit l'incrédulité cynique sur le visage de Rob.

— … non, je t'assure, mais je le connais. Il ne croira jamais que la défonce puisse me faire du bien dans les circonstances actuelles. Il verra ça comme une béquille.

45

AVANT

C'est chaud, elle n'a pas de meilleur mot pour le décrire. Rob est ici et elle a chaud à l'intérieur. Elle rayonne. Son ami est de retour. Autant ces semaines passées seule ici ont été bonnes pour elle – étonnamment bonnes –, autant elle est heureuse qu'il soit là. La maison revit. Rob n'y a aucun souvenir, contrairement à David et elle. Rien ne l'accable, lui, et cela la libère, elle. Elle n'a pas besoin d'être *triste* quand Rob est là.

Il n'a pas arrêté de rigoler pendant qu'ils faisaient le tour du propriétaire. Elle lui avait déjà dit que le manoir était aussi grand que Westlands, sinon plus ; visiblement, il ne l'avait pas crue. Au bout d'un moment, elle s'est mise à rire elle aussi devant le ridicule d'une seule famille possédant autant. Mais ils se sont tout de suite calmés quand elle lui a montré les pièces carbonisées où ses parents sont morts. Là, il a ouvert de grands yeux et ils sont restés silencieux jusqu'à ce qu'il dise : « On se barre d'ici. Ça pue. » À cet instant-là, elle l'a adoré. Il n'avait pas besoin d'explorer ses sentiments, ni de s'assurer qu'elle

Je google le policier et je découvre qu'il vit toujours dans la région et qu'il est désormais commissaire à la Perth Police Station. Je note son adresse. Prendra-t-il une lettre anonyme au sérieux ? Ou bien la flanquera-t-il à la poubelle ? Tout dépend de ses soupçons de l'époque, j'imagine. S'il a vraiment cru David coupable, s'il a vraiment pensé qu'il était pour quelque chose dans cet incendie sans pouvoir le prouver, alors elle devrait éveiller son intérêt. Ça vaut mieux que de ne rien faire. Que de laisser toutes ces questions moisir en moi.

Peut-être qu'il n'y a pas de cadavre. Peut-être qu'Ailsa a raison et que Rob est un junkie qui vit quelque part sous la couverture radar. Peut-être que David est innocent – de ça, en tout cas –, mais au moins cette histoire sortira au grand jour et Adèle sera libérée de ses doutes. Dois-je la prévenir de ce que je compte faire ? Je décide que non. Elle a tenté de m'en dissuader, c'est une certitude. Malgré toutes ses craintes et ses inquiétudes, elle a peur de faire des vagues. Elle est trop soumise à David et cela depuis trop longtemps. Elle ne voudrait pas que je clame ses soupçons à la face du monde.

De toute manière, il n'est plus question de David et d'Adèle désormais. Il ne s'agit ni d'eux, ni de moi, ni de je ne sais quelle combinaison entre nous trois. Il s'agit de Rob. Il s'agit de lui rendre justice. Cette idée me met peut-être très mal à l'aise, mais je dois écrire cette lettre tout de suite et l'envoyer avant de changer d'avis. Trop, c'est trop. Il faut en finir.

avait recueilli un témoignage nécessaire dans une enquête en cours.

Je fouille les rapports, mes yeux sautant les lignes en quête d'autres éléments intéressants. Il est question d'un régisseur du domaine mécontent et aussi, un peu plus tard, des problèmes financiers du père de David. Ainsi que de la désapprobation des parents d'Adèle quant à leur relation. Ce ne sont pas à franchement parler des accusations, mais, de façon subtile, quelque chose a changé. De héros, David est devenu *autre chose*.

Et puis, sur la troisième page de résultats, là où Internet commence à dériver dans des eaux plus incertaines, je vois un compte rendu de leur mariage. Une cérémonie discrète dans le village d'Aberfeld. Il n'y a pas de photo cette fois et je pense aux soupçons d'Adèle, au fait qu'entre les articles précédents et celui-ci un crime terrible a peut-être été commis, qu'un jeune garçon a perdu la vie. L'idée me frappe alors que ce n'était peut-être pas le *premier* crime terrible. Jusqu'où le désir de changer de vie – le pauvre petit garçon de ferme voulant devenir médecin – de David l'a-t-il poussé ? Jusqu'à mettre le feu à une maison en pleine nuit ?

J'avale mon vin et je reste là, les yeux dans le vague pendant un moment, essayant d'assimiler tout ça. Je ne peux pas aller dire à la police que je soupçonne David du meurtre de Rob – j'aurais l'air d'une amante délaissée qui a pété un plomb. Mais si d'autres ont déjà eu des soupçons à son égard – comme cet Angus Wignall –, une lettre anonyme pourrait les réveiller. De là à ce qu'ils décident de fouiller la propriété…

Puis je tombe sur quelque chose qui arrête net ma compassion, ma tristesse pour cette histoire dont je ne fais pas partie, pour l'amour évident que David lui portait à cette époque, pour les liens qui les unissaient si fort, au point que ma relation avec eux en paraît grotesque. Trois mots qui s'impriment dans ma tête. De lourdes bottes qui écrasent toute empathie. Un rappel de la raison pour laquelle je suis en train d'enquêter.

Soupçons d'incendie criminel.

Là, dans des articles plus tardifs, une fois passé le premier festin larmoyant des tabloïds, ces mots se glissent insidieusement. Un policier, Angus Wignall, est montré en train d'examiner les décombres. Un homme solidement bâti, la trentaine. Un commentaire sur la vitesse de propagation de l'incendie. La mention d'essence stockée dans des jerrycans pour les quads. L'hypothèse criminelle ne peut être écartée.

L'inspecteur Angus Wignall a été vu quittant le Perth Royal Infirmary où David Martin est soigné pour ses brûlures au troisième degré sur les bras. Selon certaines sources, l'inspecteur, accompagné d'un sergent, a passé deux heures en compagnie du jeune étudiant qui a été célébré comme un héros pour avoir sauvé sa petite amie, Adèle Rutherford-Campbell, dix-sept ans, de l'incendie au cours duquel ses parents ont trouvé la mort. L'inspecteur Wignall a refusé de faire le moindre commentaire quant à la nature de sa visite, sinon pour dire qu'il rond dans l'éclat de sa jeunesse, néanmoins c'est bien l'Adèle que je connais. Un des journaux l'appelle « l'héritière ». Quel est le montant exact de sa fortune ? Très élevé, apparemment. Ses yeux brillent d'une joie insouciante sur un cliché qui les représente tous les trois à Noël.

Sur un autre, flou et pris d'une certaine distance, comme ceux de tabloïds, elle a la tête baissée, se cachant à moitié le visage. Elle est plus mince, son jean flotte sur ses hanches tandis qu'elle arpente les décombres ou plutôt les premières réparations qui ont été effectuées dans la demeure. Elle est en deuil. Un homme l'accompagne, une main au creux de ses reins, le visage tourné droit vers l'objectif de l'appareil photo comme s'il avait senti sa présence. Son autre bras est en écharpe. David. Son visage est flou, mais c'est bien lui. Il semble inquiet, protecteur et fatigué. Ils ont tous les deux l'air si jeunes. C'est à la fois eux et pas eux. Je scrute cette image pendant un long moment avant de me perdre dans une myriade d'articles de journaux, reconstituant l'histoire petit à petit.

On évoque les soirées données par les parents, leur richesse, leur départ de Londres après la naissance de leur fille. Il y a tous les ragots habituels de la part des voisins qui, feignant d'être sous le choc, ne font en fait que les juger. Apparemment, Adèle était une enfant solitaire. Son père et sa mère ne lui consacraient pas beaucoup de temps. On parle beaucoup de la romance entre le pauvre garçon de ferme et la superbe jeune fille, comment il l'a sauvée des flammes. Certains articles mentionnent qu'Adèle a suivi une thérapie quand elle était jeune.

Au début, je suis distraite par les photos. Difficile de ne pas l'être alors que j'ouvre un lien après l'autre, au point d'avoir une quinzaine d'onglets dans mon navigateur. Je découvre une vue aérienne avant/après du domaine. Adèle ne plaisantait pas quand elle disait que la maison était grande. Sur le second cliché, je vois qu'une partie du bâtiment est noircie et carbonisée, mais on pourrait facilement y loger trois ou quatre maisons normales. C'est un édifice en pierres épaisses et pâles qui doit être là depuis au moins deux siècles. Bâti à l'époque de l'aristocratie terrienne. Il est entouré de bois et de champs qui créent une sorte de sanctuaire autour du manoir, bien à l'abri des regards indiscrets. J'essaie d'imaginer tout ça maintenant. Quelqu'un entretient-il le domaine ? Ou bien est-il oublié, envahi de broussailles et de mauvaises herbes ?

Je déniche une photo des parents d'Adèle. Le visage de sa mère est comme un reflet du sien sur une eau qui bouge. Quasiment identique, quoique légèrement différent. Adèle est plus belle, ses traits sont plus réguliers, cependant ce sont les mêmes cheveux noirs et la même peau dorée. Son père, à l'origine un banquier d'affaires à la tête, selon les journalistes, d'une fortune personnelle évaluée à plusieurs millions et d'un solide portefeuille d'actions, est grisonnant et grave sur un des clichés, à l'évidence pris pendant son époque à la City. Il y en a un autre où, en Barbour et bottes de caoutchouc, il sourit à l'objectif. Il est un peu congestionné à cause du grand air ou alors d'un excès de boisson et de bonne bouffe. Il paraît heureux.

Il y a aussi des photos d'Adèle : la superbe et tragique jeune fille qui a survécu. Un visage à peine plus

— C'est l'heure et c'est tout. Mets ton pyjama.
— Encore une partie.
— J'ai dit au lit, Adam !

Il fonce dans sa chambre en soupirant, en soufflant et en râlant, mais un seul regard vers moi lui dit qu'il n'y a pas à discuter. On lui a donné des coloriages à faire à la maison et je l'ai aidé, puis il a dîné et joué. Suffisamment. Maintenant, je suis pressée de le mettre au lit pour reprendre ma traque sur Internet. Ce qui serait impossible s'il était debout – il passerait son temps à regarder par-dessus mon épaule et à me poser des questions.

— Et lave-toi les dents !

Une seconde après, la porte de la salle de bains claque. Voilà à quoi va ressembler l'adolescence. Des bouderies interminables entrecoupées de rébellions et de minuscules instants de bonheur qui feront que ça en vaut la peine.

Cette idée me rend triste et je me lève pour aller lui lire une histoire et le cajoler jusqu'à ce qu'il redevienne heureux, mon petit. Internet peut bien attendre dix minutes.

À sept heures et demie, il dort et je suis de retour devant mon écran avec un grand verre de blanc.

Cette recherche-là est plus facile. Je connais le nom de jeune fille d'Adèle et « Incendie Rutherford-Campbell » me donne des pages et des pages de résultats, des articles de journaux surtout, aussi bien locaux que nationaux, dans les jours qui ont suivi l'événement. Face à un tel flot, je trouve incroyable de ne pas avoir cherché avant, notamment la première fois qu'elle m'en a parlé. Quand elle m'a donné le cahier.

David : Veut l'argent ? Se protéger d'Adèle ? Les deux ?

Rob : Disparu. Encore quelque part sur la propriété ? Qu'est-il arrivé aux feuilles de cahier arrachées ? Preuve d'une bagarre ? Offre d'argent ?

Le cahier me fait repenser à un des soupçons de Rob et j'ajoute :

Parents d'Adèle : Était-ce vraiment un accident ? Qui en a le plus profité : DAVID.

Les parents d'Adèle. Bien sûr, pourquoi n'y ai-je pas pensé plus tôt ? Je devrais trouver des trucs sur Internet. L'incendie a dû faire les gros titres. Je regarde l'horloge : cinq heures moins le quart. Je dois aller chercher Adam. J'ai envie de hurler de frustration, ce que je me reproche aussitôt. Pendant toutes ses vacances, je voulais qu'il revienne et maintenant je le lâche à la garderie alors que nous pourrions être ensemble. Et pour couronner le tout, je lui en veux de se mettre en travers de… de quoi ? De mon enquête *criminelle* ? Franchement. C'est à pleurer de rire tellement c'est absurde. Voilà donc où j'en suis : essayer de résoudre un meurtre.

Il va falloir que j'achète une bouteille de vin.

— Je ne veux pas me coucher.

J'aime mon garçon, mais je le déteste quand il couine comme ça et, depuis la France, il est hyper geignard.

— Je ne suis pas fatigué, insiste-t-il.

— Westlands ? Ouais, je m'en souviens. Une blague. Rob a recommencé à se shooter une semaine après sa sortie. Ensuite, cet enfoiré m'a piqué tout mon fric et s'est barré en pleine nuit. Désolée pour la grossièreté.

Elle s'interrompt, peut-être perdue dans des souvenirs colériques.

— Je ne peux pas vous aider, reprend-elle. Je n'ai plus jamais entendu parler de lui. Il a dû crever dans une ruelle quelque part, ou alors ça va pas tarder.

— Je suis désolée.

— Ne le soyez pas. Ça remonte à loin. Et mon frère était une vraie petite merde. On peut pas tous les guérir.

Je lui présente mes excuses pour le dérangement et je murmure un au revoir poli. Elle a déjà raccroché. Je jette mon café froid et je m'en prépare un autre, juste parce que j'ai besoin de faire quelque chose tandis que je digère tout ça. C'est possible. Les soupçons d'Adèle sont peut-être fondés. Je commence à peine à m'en rendre compte. Malgré toutes mes interrogations, j'étais intimement convaincue que Rob était encore en vie. Ces choses n'arrivent pas dans la vraie vie. Des meurtres. Des cadavres cachés dans les bois. Ça n'arrive qu'à la télé, dans les films ou dans les livres. Pas dans cette existence triviale et morne. Je laisse tomber le café et trouve une bouteille de gin oubliée depuis Noël au fond du placard. Je n'ai pas de Schweppes. J'ajoute une bonne dose de Coca zéro et j'avale le tout pour me calmer avant de récupérer une feuille de papier dessin d'Adam et un crayon. Il faut que je fasse le point. Je démarre par une liste.

Comment entamer une conversation pareille sans passer pour une folle ? Il faut mentir, je le sais, mais comment ?

Mon regard tombe sur le cahier et je sais. Westlands. Voilà comment je vais m'y prendre. J'utilise ma ligne téléphonique normale pour éviter qu'elle voie le numéro appelant. J'arpente encore la pièce pendant un bon moment en tirant sur ma cigarette avant de trouver le courage de presser le bouton d'appel. *Vas-y. Fais-le. D'ailleurs, elle ne répondra probablement pas.*

Elle répond. Ou plutôt, c'est une vendeuse de sa boutique, qui lui passe la communication.

— Ailsa, en quoi puis-je vous aider ?

Elle a un sacré accent. J'imagine très bien cette voix, débarrassée de la politesse téléphonique, gueulant après Rob.

— Bonjour, dis-je en prenant un ton plus grave et plus lisse comme avec les clients qui appellent au cabinet. Je suis désolée de vous déranger en plein travail, mais vous pourriez peut-être me renseigner. Je suis en train d'écrire un article sur la clinique Westlands…

Je m'aperçois soudain que je n'ai pas la moindre idée d'où se trouve cette institution, ni de son nom précis ; que je ne connais le nom d'aucun de ses médecins et que je suis lamentablement mal préparée à ce mensonge si elle entreprend de me questionner.

— … et je crois que votre frère y a séjourné quelque temps. Robert Dominic Hoyle ? J'ai tenté de le retrouver, mais il semble avoir disparu. Je me demandais si vous n'auriez pas un numéro où le joindre ou alors si vous pouviez lui transmettre le mien.

Elle éclate de rire. Un aboiement.

qu'il parvient à gratter à se payer ses doses. Je n'y crois pas trop. Les junkies sont fourbes – ils le sont tous, c'est leur état qui l'impose. Si Rob était à ce point dans la dèche, il aurait repris contact avec Adèle pour lui soutirer de l'argent – à elle ou à David. Et peut-être l'a-t-il fait ? Peut-être que David continue à le payer de temps en temps à l'insu d'Adèle. Mais pourquoi se donnerait-il cette peine ? Et la grande question demeure : pourquoi ne vend-il pas la propriété ? Ou pourquoi ne la loue-t-il pas ? Pourquoi reste-t-elle vide et abandonnée alors qu'il pourrait au moins en tirer un loyer ?

Je scrute l'écran. J'aimerais bien qu'une réponse s'y matérialise comme par magie. Je décide alors de suivre une autre piste. Ailsa, sa sœur. Je tape son nom et je me mets à trier le bon grain de l'ivraie. Comme avec Rob, d'autres personnes portent le même nom dans le pays et à travers le monde. Enfin, un registre électoral me fournit une liste de sept Ailsa, dont une seule habite Édimbourg.

Bingo.

Je ne peux pas obtenir son adresse sans payer, ce que je suis prête à faire s'il le faut, mais sur la page suivante, je trouve un petit article d'un journal local qui parle d'un festival d'arts dans le Lothian. On y évoque plusieurs boutiques du coin qui ont reçu une subvention pour y tenir un stand. L'une s'appelle *Candlewick* et sa propriétaire est Ailsa Hoyle. *Candlewick* a un site Internet et une page Facebook. Je l'ai trouvée ! Du moins, j'espère que c'est elle. Je fixe le numéro de téléphone qui semble palpiter sur l'écran. Je dois l'appeler. Mais que vais-je lui dire ?

cinq heures et quart. Je me prépare donc un café très fort – même si je suis déjà sur les nerfs – et j'ouvre mon ordi. De nos jours, on peut retrouver n'importe qui. S'il n'y avait que quelques mois de différence entre Rob et Adèle, ça signifie qu'il n'a pas encore trente ans. Même s'il est toujours junkie et qu'il vit dans son trou quelque part, il doit bien y avoir une trace de son existence. Je regarde la première page du cahier où son nom est inscrit en capitales et je tape dans Google : *Robert Dominic Hoyle.*

Des résultats s'affichent : des comptes LinkedIn, Facebook, quelques articles de journaux. Le cœur battant, je les ouvre l'un après l'autre. Aucun ne correspond. Trop vieux, trop jeune, des Américains. Le seul profil Facebook dans la bonne tranche d'âge est celui d'un type de Bradford. Il y a la liste des écoles qu'il a fréquentées et aucune ne se trouve en Écosse. J'essaie de nouveau en ajoutant « mort ou disparu » ; je n'obtiens rien de plus. Pareil avec « Robert Dominic Hoyle, Édimbourg ».

Le café que je n'ai pas touché est froid et je ne tire même pas sur ma clope électronique. Pourquoi n'apparaît-il nulle part ? Si David lui a filé de l'argent, ça aurait dû lui permettre de tenir au moins quelques mois. Il se serait sûrement acheté un ordi. Tout le monde sur cette terre est censé avoir un compte Facebook. Cela étant, à en croire son journal, il n'était pas du genre à avoir beaucoup d'amis ni à en vouloir. Il n'avait qu'Adèle, et sans doute quelques copains junkies. Facebook, ça doit pas être son truc.

Il est peut-être en train de crever à petit feu dans un squat quelque part, consacrant les derniers pennys

David la Déprime me déprime. Demain, je retrouve Adèle ! Adieu la vie, bonjour la vie ! Adèle, Adèle, Adèle ! Mon portail vers le bonheur.

Il n'y a plus rien d'autre dans le cahier. Si Rob a continué à écrire, impossible de le savoir, toutes les feuilles ont été arrachées. Par David ? Y avait-il dans ces pages un élément qui l'incriminait ? J'ai chaud à la tête, mon esprit tourne à toute allure, si vite que j'ai le crâne en feu. David aurait-il, oui ou non, pu tuer Rob ? Un accident, peut-être ? Une bagarre qui a mal tourné : il s'est cogné en tombant, un truc comme ça.

Ou alors, Rob n'est pas mort du tout. Adèle s'inquiète pour rien, il est vraiment parti. Elle a dit qu'il n'aurait jamais accepté de se faire payer, pourtant il a volé l'argent de sa sœur. Il est évident, en tout cas, qu'il l'aimait ; issu d'un milieu pauvre, peut-être n'a-t-il pas résisté à la tentation de se retrouver avec plusieurs milliers de livres dans la poche ? Mais alors, pourquoi David refuse-t-il de vendre la propriété s'il n'y a rien de caché là-bas ?

Des questions, encore et toujours. Depuis qu'Adèle et David sont entrés dans ma vie, j'en suis encerclée. Elles ont remplacé les tentacules de mes anciens rêves. Elles s'accrochent à moi et, chaque fois que je crois m'en débarrasser, elles reviennent s'enrouler dans ma tête pour m'entraîner vers le fond.

Il faut que je découvre ce qui est arrivé à Rob. Que je sache ce qu'il est devenu. Il n'est même plus question d'Adèle et de David, j'en ai besoin pour moi. Je ne peux pas rester avec ce *je sais pas* dans le crâne. J'ai un peu de temps devant moi, Adam ne sort qu'à *failli ne pas lui écrire. Je ne voulais pas prendre le risque qu'elle refuse. Putain. Je ne sais pas comment j'aurais encaissé. J'ai pas l'habitude de tenir à quelqu'un comme ça et de vouloir qu'on tienne à moi en retour. J'ai pas l'habitude de tenir à qui que ce soit. Sans la porte, sans cette capacité à la retrouver dans ces rêves que je me fabrique, je serais vraiment devenu cinglé. Je riais et je plaisantais quand on s'est séparés, mais elle voyait bien que ça me faisait mal. Et c'était pareil pour elle aussi. Sauf qu'elle était tout excitée de sortir, même si elle s'efforçait de me le cacher. Elle avait une vie, elle avait du fric, elle avait David. Et moi, j'avais cette boîte à chaussures chez ma salope de sœur dans un HLM pourri d'Édimbourg.*

Mais maintenant, je suis libre ! Je ferai du stop ou je choperai un train pour Perth. Ensuite, elle m'a dit de prendre un taxi et qu'elle paiera. Je lui ai manqué, c'est clair. Et c'est ce qui me fait le plus plaisir. Je la fais rire. Elle est différente avec moi. Elle dit que je vais sûrement rencontrer David parce qu'il vient parfois la voir le week-end. D'après elle, on va bien s'entendre ; moi je crois bien que la seule chose sur laquelle David la Déprime et moi on va s'entendre, c'est que c'est pas gagné. Il va pas apprécier de m'avoir dans les pattes. Même moi, j'aurais pas envie de m'avoir dans les pattes. Mais je ferai des efforts. Pour elle. J'essaierai. Et puis, il ne sera pas là tout le temps. Pendant deux ou trois jours, je peux bien faire semblant de l'aimer si ça rend Adèle heureuse. Je peux même essayer de ne pas me défoncer quand il sera là. Non, je refuse que

44

Louise

... J'attends qu'Ailsa s'endorme ou qu'elle tombe dans les vapes à force de picoler avec Gare à Gary et je me barre. Qu'ils aillent se faire foutre, eux, leur piaule et leurs petites vies minables dans cette cité de merde. Pilton la Pisse. Comme s'il n'y avait rien d'autre au monde. Pour eux, peut-être. Pas pour moi. Pas étonnant que j'aie voulu me tirer d'ici dès mon retour. Qu'est-ce qu'ils s'imaginaient ? Qu'après la désinto il allait se produire un miracle à Westlands ? Quels crétins. Des crétins et des ordures. Des pourris. Je sens leur pourriture qui essaie de s'accrocher à moi. Ils en auront rien à cirer quand je serai plus là. Ce sera un soulagement pour eux. Et moi, je vais les soulager de tout le fric qu'il y a dans l'appart, ha, ha ! J'en ai besoin pour aller chez Adèle. Ils viennent de toucher leurs allocs. Dommage pour eux, c'est moi qui vais en profiter.

Je n'arrive pas à croire que je vais la revoir si vite. Enfin un peu de couleurs dans ce ciel gris. J'ai

Louise au milieu des flammes pour qu'elle en ressorte purifiée et confiante. Si David doit enfin être libéré, il faut d'abord qu'elle porte *son* fardeau. La vérité doit venir d'*elle*. Elle doit la lui apporter.

Et ensuite, crever l'abcès.

pouvoir m'aider... ou plutôt s'aider, elle. Peu importe, puisque ça revient exactement au même.

David n'appelle pas à l'heure fixée. Un autre indice qui montre qu'il était bien sérieux hier soir. Il se moque de ce qui pourrait arriver, désormais. Et c'est peut-être aussi un défi de mettre mes menaces à exécution. Pauvre garçon. Il n'a plus rien dans le cerveau.

Je prépare un thé à la menthe et je monte m'allonger sur la couette fraîche pour contempler le plafond. Je suis remarquablement calme étant donné la situation. Il reste encore pas mal d'inconnues et je dépends entièrement de Louise : à elle d'assembler les pièces du puzzle que j'ai étalé sous ses yeux. Le moment venu, et pas avant, il faudra qu'elle comprenne la signification de cette matinée. Sinon, je devrai trouver un autre moyen de lui montrer. Cela dit, la vie est toujours plus sympa quand elle est intéressante.

Dire ne suffit jamais. J'ai *dit* à Louise ce que je crois que David a fait, hélas ! les mots n'ont guère de poids. Des sons éphémères qui n'ont aucune substance. Les mots écrits, un peu plus peut-être, toutefois, là encore, ce n'est pas assez pour éliminer tous les doutes. Les gens n'ont jamais une très haute opinion d'autrui.

Pour croire à la vérité d'une chose, il faut l'éprouver. Avoir de la boue sur les mains et de la terre sous les ongles. Creuser encore et encore. En tout cas, une vérité comme celle que nous partageons, David et moi. En parler ne permet pas de la saisir. Je dois conduire

43

Adèle

Elle insiste pour rester encore un peu. Elle veut parler, visiblement. Elle est secouée, je le vois, mais son cerveau tricote. Son petit cerveau si curieux, si fébrile. *Tic tic tic.* Il ne s'arrête jamais. Quand elle me demande pourquoi je n'ai jamais recherché Rob, je prends un air effondré, pitoyable, et je dis que j'avais peur de savoir. J'aimais David et nous étions mariés. J'étais jeune. Il était ma sécurité. Là, elle m'impressionne. Elle ne bronche pas. À sa place, j'aurais eu envie de me flanquer une bonne claque à force d'entendre une telle litanie. Je lui dis que je suis fatiguée, que je ne veux plus discuter de ça, ce qui déclenche aussitôt sa pitié. Sa compassion.

Il n'en faut pas beaucoup plus pour la décider à partir. Je mentionne l'appel de David, je murmure que j'aimerais me reposer un peu. Elle saisit l'allusion, m'enlace, me serre très fort dans ses bras plus minces, plus fermes, mais je vois bien qu'elle réfléchit à ce qu'elle va faire maintenant. Comment va-t-elle

— Rob n'aurait jamais filé et disparu comme ça sans rien me dire. Jamais. Il n'avait que moi. Il serait entré en contact avec moi d'une manière ou d'une autre, dit-elle en s'asseyant sur le lit près de moi. S'il était encore en vie.

Elle secoue la tête.

— Il avait planqué sa réserve de drogue et son cahier dans la grange. Je ne les ai retrouvés qu'après mon mariage avec David. Rob n'aurait jamais abandonné sa drogue. Encore moins s'il était en colère. Au contraire, il aurait voulu planer.

— As-tu jamais interrogé David là-dessus ? Lui as-tu demandé ?

— Non. Nous nous sommes mariés très vite, un mois environ après la disparition de Rob, et David avait changé à ce moment-là. Il était plus réservé. Plus froid avec moi. C'est là que je me suis aperçue que j'étais enceinte.

Ses yeux s'emplissent de larmes qui refusent de couler tandis que je me rends compte à quel point ça a dû être atroce pour elle.

— J'étais si heureuse. *Si* heureuse. Mais David m'a fait avorter. Il disait qu'il ne pouvait savoir avec certitude qui était le père. Après ça, j'ai fait une petite dépression nerveuse – je crois que je n'arrivais pas à affronter mes peurs à propos de Rob et que j'étais encore sous le choc de la mort de mes parents. Et par-dessus tout ça, l'avortement, c'était trop. Nous avons quitté l'Écosse pour nous installer en Angleterre, et voilà. David est redevenu plus gentil avec moi. Il veillait sur moi. Cependant, il refusait de vendre la propriété.

— Tu crois que Rob est toujours là-bas, c'est ça ? demandé-je, perdue dans leur passé, terrifiée par notre présent. Quelque part dans ces bois ?

Elle ne dit rien pendant très longtemps, puis elle hoche la tête.

tous les deux, forcément ils s'aimeraient l'un l'autre, malgré leurs différences. Je sais maintenant à quel point c'était naïf de ma part. Rob était bien décidé à faire un effort – ce qui était assez incroyable pour quelqu'un d'aussi sauvage –, mais David l'a tout de suite pris en grippe. Le samedi, David a paru se dégeler un peu, alors, le soir, Rob m'a suggéré d'aller me coucher pour qu'ils règlent ça entre hommes.

Elle regarde à nouveau le mur, les couleurs de forêt. Ses yeux les balaient comme s'ils y lisaient le récit de son passé.

— À mon réveil, Rob n'était plus là. D'après David, il avait décidé de s'en aller. Au début, je me suis dit qu'il lui avait donné de l'argent pour le faire partir. Mais ça ne tenait pas debout. Rob n'aurait jamais accepté qu'on le paie pour ne pas être mon ami. Il n'était pas comme ça. Il lui aurait ri au nez. Parfois, quand j'y repense, je me demande s'il n'a pas voulu tirer cette histoire d'argent au clair avec David. Peut-être lui a-t-il demandé de me le rendre ? Il m'avait promis qu'il n'aborderait pas le sujet avec lui, mais qui sait ? Il l'a peut-être fait. Et ça a peut-être provoqué chez David un de ces terribles accès de colère. Peut-être qu'ils se sont battus et que ça a dégénéré. Ce dont je suis absolument certaine, c'est que Rob ne serait jamais parti sans me dire au revoir.

— Tu en es sûre ?

J'essaie de trouver un élément rationnel dans tout ça. Je refuse cette idée : mon ex-amant marié a tué un rival.

— Je veux dire, s'ils se sont bel et bien disputés, voire bagarrés, Rob a peut-être estimé qu'il valait mieux partir. C'est possible, non ?

« Je crois que David l'a tué. » Je suis dans le même état que quand Ian m'a annoncé que Lisa était enceinte, en mille fois pire.

— Rob était venu passer quelques jours, continue Adèle. Il était très malheureux chez son abominable sœur, il me l'avait dit par texto, alors j'ai insisté pour qu'il me rejoigne à Perth. Il avait été si gentil avec moi à Westlands. Il m'avait pour ainsi dire ramenée à la vie. Je voulais l'aider à mon tour. Peut-être lui donner un peu d'argent pour qu'il s'installe quelque part, le plus loin possible de cette horrible cité où il vivait. J'étais heureuse quand il était avec moi. Il avait cet effet-là sur les gens, Rob. Il vous rendait heureux. Il me donnait l'impression d'être spéciale. J'ai suggéré à David qu'il vive un moment avec nous une fois que nous serions mariés. Pas longtemps. Juste le temps qu'il se ressaisisse. L'idée ne lui a pas plu. Il était jaloux. Il avait toujours veillé sur moi et, à Westlands, Rob avait pris sa place. Il se demandait s'il n'y avait pas plus que de l'amitié entre nous, même si je n'arrêtais pas de lui répéter que ce n'était pas ce qu'il imaginait. J'aimais Rob, mais pas de cette façon. Et je crois que c'était pareil pour lui. Nous étions comme frère et sœur.

Je suis suspendue à ses lèvres, attendant la suite et la redoutant.

— Que s'est-il passé ?

Ma bouche est si sèche que les mots ont du mal à sortir.

— David est venu un week-end pendant le séjour de Rob. Je me disais que dès qu'ils se rencontreraient, tout irait bien. Je croyais que parce que je les aimais de verts différents grimpent du sol au plafond. C'est très stylé. Je serais bien incapable d'imaginer une telle déco.

— Quand nous avons emménagé, tout était rose pâle, dit-elle. Une espèce de blanc cassé.

Elle contemple ce triptyque de verts, pensive.

— J'ai choisi ces couleurs pour le tester. Ce sont celles des bois dans la propriété de mes parents. Nous n'y allons jamais. Pas depuis les quelques semaines que j'y ai passées après Westlands. Pas depuis que Rob est venu nous y rendre visite.

Elle caresse le mur, comme si elle y sentait l'écorce d'un arbre et non de la peinture sur du plâtre.

— Il refuse de la vendre, alors qu'elle ne sert jamais. C'est un lieu vide et oublié.

Elle parle d'une voix douce, s'adressant autant à moi qu'à elle-même.

— Je crois que ça fait partie des raisons pour lesquelles il rechigne à me rendre le contrôle de mes biens. Il sait que je m'en débarrasserai. Et c'est un risque qu'il ne veut pas courir.

— Qu'est-il arrivé à Rob ?

J'entends mon cœur tambouriner.

Elle se tourne vers moi, si belle, et elle me donne sa réponse avec calme, comme si c'était la chose la plus ordinaire du monde.

— Je crois que David l'a tué.

Entendre cela prononcé à voix haute, alors que ce n'était qu'un vague soupçon dans ma tête, me fait chanceler. David. Un assassin ? Est-ce seulement possible ? Je recule et heurte le lit. Je m'y laisse tomber.

— J'ai bien eu quelques problèmes quand j'étais plus jeune, après mes parents, après Westlands, toutefois ce n'est pas de ça qu'il s'agit. Ce n'est pas pour ça qu'il tient ce dossier. C'est à cause de Rob.

Je suis perdue.

— Comment ça, Rob ?

— C'est son assurance au cas où je révélerais mes soupçons à propos de ce qui lui est arrivé. Mais qui croirait-on ? Le médecin respectable ou sa femme complètement folle ?

Encore une autre salade dans leur mariage.

— Je ne comprends pas. Qu'est-il arrivé à Rob ?

— C'est notre secret, celui dont nous ne parlons jamais, dit-elle avant de laisser échapper un long soupir.

Elle semble si petite sur la chaise, plus étroite encore avec ses épaules voûtées, comme si elle cherchait à se replier en elle-même pour disparaître. Elle a maigri. Elle est en train de se dissoudre.

— Laisse-moi te montrer quelque chose.

Elle se lève et nous montons au premier étage.

Mon cœur bat à toute allure. Vais-je enfin découvrir ce qui cloche dans leur mariage ? Je la suis dans la chambre à coucher principale, si lumineuse avec ses hauts plafonds, sa salle de bains attenante. Tout ici est élégant, depuis l'immense cadre de lit en métal qui, à l'évidence, ne sort pas d'une chaîne d'ameublement à bon marché, jusqu'à la housse de couette en coton égyptien dans les tons chocolat qui forme un contraste ravissant avec la dominante vert olive de la pièce et la délicieuse teinte de bois patiné du plancher. Sur un des murs, derrière la commode, trois larges bandes

— J'ai eu envie de fouiller encore une fois ici pour, je ne sais pas, trouver quelque chose, n'importe quoi… quand tout à coup je me suis sentie très fatiguée, alors je me suis assise.

— J'ai bien cru que tu étais morte, dis-je avant d'émettre un rire nerveux. Le dossier que tu cherches n'est pas là.

Elle me dévisage.

— Comment ça ?

— Il est dans son bureau. J'y suis allée et je l'ai trouvé. Mais d'abord, dis-je en l'aidant à sortir du fauteuil, il te faut un café.

Nous nous installons dans la cuisine, nos mugs bien serrés entre nos doigts, la pluie martelant les vitres, et je lui relate mes découvertes. Je parle lentement, d'une voix posée, pour qu'elle ait bien le temps de tout enregistrer.

— Le problème, dis-je après une longue pause une fois mon récit terminé, c'est que ces notes s'étalent sur une dizaine d'années. Je pensais que ce dossier lui aurait servi à te faire interner pour qu'il puisse s'approprier ton argent. Or, dans ce cas, il n'aurait pas commencé il y a si longtemps, non ? Il n'a quand même pas préparé un truc pareil pendant dix ans. Je veux dire, comment est-ce possible ? Ça n'a aucun sens.

Le visage figé par une terrible tristesse, Adèle fixe le vide droit devant elle.

— Ça en a pour moi, finit-elle par dire. C'est sa police d'assurance.

— Que veux-tu dire ?

Sa tête bascule et, pendant un instant atroce, je me dis qu'elle est morte, avant de discerner le mouvement à peine perceptible de sa poitrine. Elle respire. Je lui prends la main, ses doigts sont glacés. Depuis quand est-elle ainsi ?

— Adèle ! Réveille-toi !

Toujours rien. Je lui frotte la main pour la réchauffer en me demandant si je ne devrais pas la gifler, recourir à un moyen plus drastique. Faut-il appeler une ambulance ? Tenter de la faire vomir ? Je la secoue encore, beaucoup plus fort cette fois. J'ai d'abord l'impression que ça ne marche pas, puis elle se redresse soudain, en agrippant les bras du fauteuil. Elle pousse une sorte de cri étranglé, comme si elle venait d'échapper à la noyade, et ses paupières s'ouvrent.

C'est si spectaculaire que j'ai un mouvement de recul.

— Merde, Adèle.

Elle me fixe comme si elle ne me reconnaissait pas, puis elle cligne des yeux. Elle perd de sa rigidité et regarde autour d'elle, haletante, le souffle toujours oppressé.

— Louise ? Qu'est-ce que tu fais ici ?

— Je me suis servie de tes clés. Tu ne réagissais pas à la sonnette et je t'ai vue à travers la baie vitrée. Ça va ?

— Tu es trempée, dit-elle, toujours désorientée. Il te faut une serviette.

— Je vais bien. C'est toi qui m'inquiètes. Combien de cachets as-tu pris ce matin ?

— Un seul. J'étais…

Elle fronce les sourcils, rassemblant ses souvenirs.

à l'intérieur. C'est le bureau de David, donc je ne m'attends pas à voir quoi que ce soit, sauf qu'Adèle est assise dans une bergère dans un coin près d'une bibliothèque. Un de ses bras est ballant et elle est complètement affalée. Elle a glissé sur le siège. S'il n'était pas aussi profond, elle serait déjà par terre. Je cogne à la vitre.

— Adèle ! C'est moi ! Réveille-toi !

Elle ne bronche pas. Rien. Pas même un battement de paupières. Elle devrait m'entendre. Je cogne plus fort et je l'appelle encore en guettant les voisins qui pourraient signaler m'avoir vue « chez ce charmant médecin qui vient tout juste de s'installer ». Toujours rien. Il a dû l'obliger à avaler des cachets avant de partir. Elle en a peut-être trop pris. Ou alors, elle fait une mauvaise réaction. *Merde, merde et merde.*

Je me retourne vers la porte d'entrée, les cheveux trempés et collés au visage. L'eau qui ruisselle sous le col de ma veste est froide. Je frissonne. C'est alors que je vois la plante. Les *clés*. Je fouille le pot jusqu'à ce que je les trouve, enfoncées sous plusieurs centimètres de terre boueuse, un éclat argenté. La serrure du bas est déverrouillée, ce qui signifie qu'au moins David ne l'a pas enfermée à l'intérieur. J'essaie l'autre. La clé tourne. J'entre.

Mes chaussures laissent des empreintes humides sur l'impeccable parquet, mais je m'en moque. Je me fous que David se rende compte que je suis venue. J'en ai fini avec lui. Je me rue dans le bureau.

— Adèle, dis-je en la secouant doucement. Adèle, réveille-toi. C'est moi.

surveille ma montre avec impatience jusqu'à ce que je juge que je peux y aller. J'ignore si David est au cabinet comme d'habitude. J'ai tenté de consulter son agenda, mais mes identifiants ne fonctionnent plus. Cet enfoiré a dû les interdire. J'irai quand même chez eux. Il faut que je voie Adèle. Elle n'a toujours pas répondu à mon message et ça m'inquiète. Et s'il est là, qu'il aille se faire foutre. Ce sera l'occasion de tout dire à Adèle. Ce qui l'incitera peut-être à prendre enfin la bonne décision. Je la perdrai, mais au moins elle sera libre.

À dix heures, parée au combat, je fonce. La voiture d'Adèle est bien là : elle n'est pas encore partie pour la salle de gym – si tant est qu'elle y aille encore. Le cœur battant la chamade, je presse la sonnette. Je l'entends qui résonne dans la maison, forte, fiable. J'attends, guettant à travers le verre dépoli l'ombre d'un mouvement. Rien ne se passe. Je sonne encore une fois, plus longtemps. Toujours rien. Où est-elle ? Sûrement pas dans le jardin avec un temps pareil et, de toute manière, elle aurait entendu la sonnette même de là-bas. Je fais une troisième tentative, gardant le bouton enfoncé pendant une dizaine de secondes. Au moins, David n'est pas là. Il serait déjà venu me gueuler dessus.

La porte reste solidement fermée devant moi. Elle est peut-être sortie faire des courses. Sous cette pluie ? Si elle avait eu besoin de quelque chose, elle aurait sûrement pris la voiture pour aller jusqu'au grand Sainsbury's. Je laisse mon parapluie sous le porche et je descends les quelques marches pour m'approcher de la baie vitrée. Les mains en visière, je regarde

42

Louise

Quand je dépose Adam au centre de loisirs, il tombe des cordes. Le ciel est gris et lourd. Le temps sec est terminé et, même s'il ne fait pas froid et que ce vent d'automne qui vous plaque la pluie sur le corps ne souffle pas encore, on dirait bien que c'est le glas de l'été. Début septembre déjà. Après un bisou, il fonce à l'intérieur, mon garçon confiant et joyeux, habitué à cette routine. Je ne lui ai pas dit que je ne travaillais plus, juste que j'avais pris quelques jours de congé pour les passer avec lui. Et aujourd'hui, c'est retour à la « normale ». Il n'a pas vraiment capté la différence. Il a six ans. Pour lui, les jours se ressemblent tous, mais il va bientôt revoir son père et je ne suis pas prête à affronter les conséquences de « Tu sais, Maman ne va plus au travail ».

Je m'arrête au Costa Coffee où je m'installe à la devanture, observant à travers le verre détrempé les gens qui se précipitent sur Broadway sous l'averse, tête baissée, parapluies s'entrechoquant comme des cornes d'antilopes. Le café me brûle la bouche et je

— Continue ton petit jeu, Adèle. Continue. Moi, c'est terminé. J'en ai plus rien à foutre. Et va te faire voir avec ton dîner.

Il lance cette dernière réplique en disparaissant pour monter à l'étage et je me demande : qu'est-il advenu de la personne pour qui j'ai eu le coup de foudre ? Se cache-t-elle encore quelque part au fond de ce bouffon pitoyable ? Il a été la voir. Pour la prévenir. Il l'aime bel et bien, ce qui, certes, me satisfait d'un côté, mais d'un autre me donne envie de monter là-haut avec un de nos couteaux Sabatier pour lui ouvrir la poitrine et lui découper le cœur en tranches. Je me ressaisis. Je ne pourrais jamais faire le moindre mal à David, je le sais. C'est la croix que je dois porter.

Et de toute manière, Louise a perçu son avertissement comme une menace. Elle ne voit que *mes* vérités. Pour l'instant, du moins. Je n'ai pas encore répondu à son message et je ne le ferai pas. Il faut qu'elle vienne ici demain. Il faut qu'elle me trouve. Encore une chose qu'elle doit comprendre avant de rassembler toutes les pièces de notre puzzle. Montrer plutôt que dire, c'est ce qu'on conseille toujours, non ? Et c'est ce que je suis en train de faire. Demain sera une autre miette de pain sur la piste que je laisse pour elle. Une vraie petite poupée mécanique qui va toujours là où je veux.

J'aime Louise. Je l'aime presque autant que David. Et une fois que j'aurai partagé mon histoire avec elle, elle le haïra. Je ne peux m'empêcher de penser qu'il l'a bien mérité.

sociopathe, obsessionnelle ou tout simplement folle à lier –, et ses épaules s'affaissent sous l'effort et l'absence de réponse.

— Je veux divorcer, dit-il. En finir. Avec tout ça.

Inutile d'expliquer ce dernier point. Nous savons tous les deux ce qu'il ne dit pas. Il faut déterrer le passé, l'étaler au grand jour. Le passé. Le *cadavre*. Il a déjà évoqué ça, mais cette fois, et quoi que je fasse, je n'ai pas la certitude qu'il changera d'avis quand il aura dessoûlé. Même s'il me serait si facile de le détruire.

— Le dîner sera prêt dans dix minutes, si tu veux te rafraîchir un peu avant.

Ma normalité le déroute plus que toute menace verbale.

— Tu savais qui elle était, hein ?

Je le dégoûte. Son mépris de moi suinte par tous ses pores.

— Louise, reprend-il. Tu savais quand tu l'as rencontrée ?

Je fronce les sourcils, perplexe.

— Qu'est-ce que tu racontes, David ? Comment aurais-je pu savoir qu'elle était une de tes patientes ?

Son mensonge se retourne une nouvelle fois contre lui.

— Tu sais toujours des tas de choses. Comment fais-tu ?

Il est amer, mais plus encore, il est faible. Pathétique. Pas du tout mon David.

J'affiche une inquiétude qui n'est pas que simulée.

— Je ne comprends pas ce que tu dis. Tu as bu ? Tu étais censé arrêter. C'est toi-même qui l'as dit.

de leur personnalité et, jusqu'à présent, ni David ni Louise ne m'ont fait faux bond. C'est peut-être lui, le psychiatre, mais moi je sais comment les gens fonctionnent. Et je m'adapte.

Des odeurs délicieuses flottent dans la cuisine quand il s'arrête sur le seuil de la pièce. J'ai préparé des carbonaras avec des pâtes fraîches et une salade de roquette au poivre que j'ai bien l'intention de manger même s'il n'en veut pas. Il reste dans le couloir, s'adossant au cadre de la porte. Il a une sale mine. S'il continue comme ça, sa réputation au cabinet ne tiendra plus très longtemps.

— Tu joues encore la femme de Stepford, à ce que je vois.

Il sourit, un humour tordu. Il se moque de moi. De mes vêtements, de ma cuisine, de mes efforts. Je prends un air blessé. Je le *suis*. Il ne fait même plus semblant de m'aimer.

— Tu devrais avaler quelque chose, dis-je.

Au lieu de boire toutes tes calories.

Il me dévisage avec un infini mépris.

— Qu'est-ce que tu veux, Adèle ? Réellement ? À quoi ça sert tout ça ? Cette prison dans laquelle nous vivons ?

Il est complètement bourré et, pour la première fois depuis très longtemps, je le sens agressif.

— Je veux être avec toi.

C'est la vérité. Mon éternelle vérité.

Il me fixe longuement, comme s'il s'efforçait de deviner ce qui se passe en moi, qui je suis vraiment, et quelle nouvelle étiquette il va pouvoir m'appliquer pour donner un sens à tout ça – schizophrène,

41

Adèle

Observer, attendre, apprendre, m'entraîner. Mes journées sont plus remplies qu'elles ne l'ont jamais été et c'est fantastique. Quand David rentre enfin à la maison, j'ai mis des talons merveilleusement assortis à ma robe. C'est agréable de s'habiller ainsi, d'être belle. La peau entre mes orteils du pied droit, douloureuse, est couverte de petites croûtes, mais l'irritation que je ressens quand je marche en vaut la peine, tout comme cette *démangeaison* croissante. Autant de rappels que c'est moi qui décide. Et qui me permettent de garder le contrôle. De toute façon, je maîtrise désormais. Cette partie de mon plan peut se poursuivre… sans Anthony, mon adorateur. Bon débarras.

Les choses commencent à s'accélérer. Louise, mon petit terrier, a attrapé l'os que je lui ai lancé et je sais qu'elle ne le lâchera pas. J'ai envie de voir où elle va l'apporter, comment elle va jouer mon jeu. Dans ces circonstances, il m'est impossible de contrôler le comportement de tout le monde, mais la partie en devient d'autant plus passionnante. J'utilise certains aspects

Ma respiration n'a plus rien de calme à présent. Je suis tout à fait réveillée et alerte. C'était quoi, ça ? Je regarde la table basse, le verre est là où j'ai dû le poser sans m'en rendre compte après le départ de David. Merde, que vient-il de se passer ?

elle de prendre ses propres décisions en connaissance de cause. J'irai la voir demain et ensuite, terminé. Je laisse tout tomber. Je sais, je l'ai déjà dit, mais cette fois, c'est vrai. Il le faut.

Ça cogne dans ma tête. Je m'écroule sur le canapé et je laisse mon crâne se poser contre le coussin. Je dois me calmer. Je ferme les yeux, j'inspire par le nez, j'expire par la bouche. Peu à peu, l'air pénètre plus profondément en moi, mes muscles se détendent. Mon visage, mes épaules et mon cou se relâchent. Je chasse toutes mes pensées, je les imagine emportées par la brise nocturne. Je ne veux pas penser à *eux*. Je ne veux pas ressasser ce gâchis. Je ne veux penser à rien. Je voudrais juste me quitter un moment.

Ça survient très soudainement. Entre deux respirations.

Les bords argentés de la seconde porte apparaissent derrière mes paupières closes. Elles brillent tant que je grimace et puis, avant même de voir la surface liquide et luisante, je la traverse et…

… je suis debout au-dessus de moi. Sauf que ce n'est pas possible puisque je me vois affalée sur le canapé, la tête rejetée en arrière. Mes yeux sont fermés, ma bouche entrouverte. Le verre de vin est posé, vide, sur la petite table. Je ne me souviens pas de l'avoir apporté là. C'est quoi, ce truc ? Comment puis-je me voir ainsi ? Je panique et j'ai alors l'impression qu'on me tire – *exactement comme dans mon rêve dans la chambre d'Adam* – et puis mes yeux s'ouvrent et je suis de retour sur le canapé.

— Ma femme ne m'a jamais accompagné au travail.

— Je ne te crois pas. Je ne crois plus rien de ce que tu dis.

Il est toujours là, une silhouette sombre, quand je referme la porte, l'enfermant dehors, reprenant possession de mon petit monde, de mon espace personnel. Je presse l'oreille contre le battant pour tenter de percevoir ses pas sur le béton. Je n'entends que les battements de mon cœur.

Oh, mon Dieu, mon Dieu, mon Dieu. Que suis-je en train de faire ? Et si Sophie avait raison ? Il vaudrait peut-être beaucoup mieux que je les oublie tous les deux. C'est ma vie que je suis en train de bousiller. David pourrait me faire passer pour une folle aux yeux du Dr Sykes. Aux yeux de n'importe qui. Et alors, plus question de trouver un emploi. Je pourrais même me retrouver en prison. Par ma faute. À cause de ma curiosité. Sans elle, j'aurais trouvé un prétexte ce matin-là pour ne pas aller prendre ce café avec Adèle. Qu'a-t-il voulu dire par « elle ne m'accompagne jamais au travail » ? Ça a bien dû lui arriver depuis le temps qu'ils sont mariés. Que cherche-t-il à me faire croire ?

Ne le crois pas. Ne l'écoute pas. Tu sais ce que tu sais. Les cachets. Les appels. Tu sais qu'il picole, tu sais pour l'argent, pour le dossier dans son bureau. Tout ça, c'est du solide. Des preuves. Et il vient tout juste de te menacer.

Adèle n'a toujours pas répondu à mon texto. Même si je décide de m'éloigner d'eux pour de bon, elle doit savoir ce que j'ai découvert dans son bureau. À

Chacun de ces mots sort comme s'il avait voulu me cracher pour de bon au visage.

— Dit celui qui m'a baisée. Et si tu t'occupais de tes affaires au lieu de te soucier de ce que je fais ou pas ?

— Oh, je m'en occupe, Louise, dit-il. Je m'en occupe.

Il se tourne pour partir avant de s'arrêter.

— Il y a une chose que j'aimerais savoir. Qu'il faut que je sache.

— Quoi ?

— Comment *exactement* as-tu rencontré ma femme ?

— Je te l'ai dit. Je l'ai heurtée sans le vouloir. Je ne la suivais pas, ni toi d'ailleurs.

Ne va pas te faire d'illusions.

— Je sais. Je voulais dire où et quand.

Je le regarde, hésitante.

— Quelle importance ?

— Sois sympa, Louise. J'ai juste envie de savoir.

— C'était un matin. Je venais de déposer Adam à l'école. Elle revenait du cabinet où elle t'avait accompagné. Je l'ai heurtée par inadvertance.

J'ai l'impression que c'était hier et en même temps ça me paraît si loin. Il s'est passé tant de choses depuis. J'ai très mal au crâne. Même si je suis bien décidée à soutenir Adèle, en cet instant je regrette d'avoir fait leur connaissance à tous les deux.

David secoue la tête et esquisse un sourire.

— Naturellement, dit-il.

— Quoi ?

Et là, il me regarde, droit dans les yeux, mais son visage est dans l'ombre. Son regard luit comme du verre dans l'obscurité. Sa voix est désincarnée.

aussi terne que le ciel, je n'arrive pas à savoir ce qui se passe derrière eux. Ce qu'il pense.

— Ne t'approche pas de nous. Si tu ne veux pas souffrir.

— C'est une menace ?

J'ai envie de pleurer sans même savoir pourquoi. Dans quoi me suis-je fourrée ? Et après tout ce qui est arrivé, pourquoi m'est-il si difficile de le haïr quand il se trouve face à moi comme maintenant ? *Mon* David.

Il me toise. L'autre David est revenu. L'étranger.

— Oui, c'est une menace. Tu peux me croire. Tu sais ce que tu as oublié, hier soir ?

Je reste silencieuse, à le dévisager. Quoi ? Qu'est-ce que j'ai pu oublier ?

— Il y a une caméra de sécurité devant l'entrée du cabinet.

Oh, merde. C'est vrai. Je vois déjà où il veut en venir avant même qu'il le dise. Il s'en rend compte, mais il le dit quand même :

— Un mot de ma part et l'enregistrement de cette nuit sera visionné. Le mieux qui pourra t'arriver ensuite, c'est de ne plus jamais retrouver un emploi. Le *mieux*.

Il pointe l'index vers moi et je tressaille. Les cachets. La chemise avec toutes ces notes sur Adèle. L'épisode psychotique. Les tendances sociopathes. Et si c'était de lui qu'il parlait ? Et s'il n'y avait pas que l'argent de sa femme ? Et s'il était fou ? Mais même s'il m'a coincée, il vaut nettement mieux pour lui que je ne commence pas à raconter tout ce que je sais. Moi aussi, je suis une menace pour lui.

— Ne te mêle pas de mon mariage, conclut-il.

— Je n'allais pas t'y inviter, rétorqué-je en tirant légèrement la porte derrière moi au cas où Adam se lèverait.

Et puis, je me sens plus en sécurité dehors.

— Les clés du bureau. Donne-les-moi.

— Quoi ?

Alors que j'ai très bien entendu.

— Je sais que c'était toi, Louise. Je ne l'ai dit à personne. Je veux juste récupérer les clés. Je trouve ça assez équitable, non ?

— Je ne sais pas de quoi tu parles.

Je n'en démords pas alors que la nausée revient.

— Tu ne sais pas mentir. Rends-moi ces clés.

Il a les yeux rivés au sol, comme s'il ne supportait pas de me regarder.

— De toute manière, j'en ai pas besoin, de tes clés.

Je garde le menton haut, mais mes mains tremblent tandis que je les décroche de l'anneau. Je les lui tends. Nos doigts se frôlent et mon corps me trahit. J'ai envie de lui. C'est atroce. Est-ce que ça lui fait pareil ? C'est complètement tordu. Comment je peux encore éprouver ça alors qu'une part de lui me terrifie ?

— Ne t'approche pas de nous, Louise. Je te l'ai déjà dit.

— Et moi, je t'ai déjà dit que je ne sais pas de quoi tu parles. Et je ne me suis pas approchée de vous. J'en ai assez de vous deux.

Je clame ça avec férocité, mais je mens, je mens, je mens. Et il le sait.

Cette fois, il me dévisage longuement et j'aimerais pouvoir lire en lui. Le bleu de ses yeux est devenu que je ferais bien mieux de garder pour moi. Elle ne m'a même pas envoyé un texto depuis son départ, ne serait-ce qu'une blague, histoire de se faire pardonner, ce qu'elle aurait fait en temps normal. Sophie ne supporte pas la confrontation et, même si on ne peut pas vraiment dire que nous nous sommes disputées, un lourd nuage de désaccord et de désapprobation planait au-dessus de notre conversation. Elle s'est forgé son avis à la seconde où elle a su que je n'avais pas suivi son conseil, que je n'avais pas rompu avec eux. Après ça, elle n'a rien entendu de ce que je lui ai dit. Elle, qui se croit si libérée, dans sa vie, dans sa tête.

Quand la sonnette retentit à sept heures, je me suis servi les dernières gouttes de sauvignon blanc dans l'espoir assez vain de me calmer. Quand j'ouvre la porte, j'en lâche presque mon verre. Je ne sais qui je m'attendais à voir. Laura, peut-être. Ou alors, Sophie, revenue faire la paix.

Mais non. C'est lui. C'est David.

Les longues soirées d'été sont passées et le ciel est déjà gris. Une métaphore qui semble s'appliquer à nous deux. Mon visage – et pas que lui – se vide de son sang. J'ai la nausée. J'ai peur. J'éprouve des milliards de trucs en même temps. Mes oreilles bourdonnent.

— Je ne veux pas entrer, dit-il.

Il est débraillé, un pan de sa chemise pas tout à fait rentré dans le pantalon. Ses épaules sont voûtées. Je me fais l'effet d'une vampire. Pendant que j'allais de mieux en mieux grâce au sommeil retrouvé, ils ont dépéri tous les deux.

Après ça, on se dévisage longtemps, les yeux dans les yeux, sans rien dire.

— Non, bien sûr que non, dit-elle finalement. Je me fais du souci pour toi, c'est tout. Bon…

Elle feint de consulter sa montre.

— … il faut que j'y aille. Ma mère vient dîner ce soir et j'ai pas la moindre idée de ce que je vais faire à manger.

La bouteille de vin à nos pieds est encore à moitié pleine et je suis certaine qu'elle ment. Je ne sais pas trop l'effet que ça me fait. Je ne sais pas si je me sens seule, sans amie, creuse ou en colère contre elle.

— Je t'aime, Louise, dit-elle après avoir récupéré Ella. Mais oublie ces deux-là. Ne te mêle pas de leur mariage, il n'en sortira rien de bon. Tu as franchi toutes les lignes et tu le sais. Éloigne-toi d'eux. Laisse-les. Passe à autre chose.

Elles sont à la porte.

— J'y penserai, dis-je. Je t'assure. C'est promis.

Elle m'adresse une esquisse de sourire.

— À la bonne heure ! s'exclame-t-elle.

Je l'entends déjà avec Jay. *T'imagines pas dans quoi Louise s'est fourrée ! C'est dingue ! La pauvre !*

Je lui rends son sourire et elles s'en vont, mais je serre les dents.

Je garde le reste de vin pour après le coucher d'Adam, même si je passe tout l'après-midi à ressasser la dérision de Sophie quant à mes inquiétudes à propos d'Adèle et de David. J'aurais dû fermer ma bouche. L'histoire de ma vie : toujours à balancer ce

— Ce sont des cachets très puissants.
Elle hausse les épaules.
— Peut-être qu'elle est puissamment cinglée.
Je secoue la tête.
— Si elle était folle, je m'en serais rendu compte. On a passé pas mal de temps ensemble.
— Ouais, comme si c'était écrit sur leur front que les fous sont fous. Va dire ça aux gens qui fréquentaient Ted Bundy ou n'importe quel autre tueur en série. Tout ce que je dis, c'est que tu te fais peut-être un peu trop de cinéma. Que tu vois des choses qui n'existent pas.
— Peut-être, dis-je.
Bien que je n'y croie pas une seule seconde, ça ne servirait à rien de continuer à en discuter avec elle. Je sais que parfois j'ai tendance à trop penser, trop réfléchir, mais pas cette fois. Je regrette qu'elle soit venue. Et j'ai l'impression qu'elle aussi. Elle a pitié de moi, je m'en rends compte, comme si c'était triste que je ne sois même pas capable d'assumer cette liaison et de m'amuser un peu.
— Peut-être qu'en réalité tout ça a plutôt un rapport avec Ian, dit-elle avec prudence. Avec ce bébé qui arrive... ça ne doit pas être facile pour toi.
— Tu crois que j'invente des problèmes dans le mariage d'Adèle et de David parce que mon ex a mis sa bimbo en cloque ?
Va te faire foutre. Toi et tes amants. Je ne vais pas lâcher Adèle. Pas question.
Je suis si énervée que j'enchaîne :
— Et ce dossier que j'ai trouvé ? Les cachets ? Tu crois que j'ai tout inventé ?

est carrément tordu, tous ces trucs avec les cachets, l'argent…

— Tu ne sais rien de leur mariage, me coupe-t-elle. Tu n'y es pas. Jay s'occupe de notre argent et il n'a aucune arrière-pensée sordide.

— Parce que tu n'as pas des millions qui dorment quelque part.

Je marmonne ça en ravalant l'envie d'ajouter que leur argent *est* en fait celui de Jay, que ce n'est pas elle qui rapporte le pognon à la maison. Je me contente de :

— Là, c'est différent.

Elle tire sur sa clope, longuement. Elle réfléchit.

— Tu as couché avec ce mec alors que ça faisait une éternité que tu n'avais plus couché avec personne, c'est donc qu'il te plaisait. Comment ça se fait que tu te retrouves maintenant dans son camp à elle ? Tu es sûre que ce n'est pas parce que tu te sens coupable et que tu cherches à te racheter ?

Elle me connaît, je veux bien lui accorder ça.

— Peut-être, en partie, mais il y a tant de preuves, Sophie. Et si tu la rencontrais, tu serais du même avis. Il a des sautes d'humeur incroyables. Crois-moi, quand il est dans une colère noire, c'est vraiment noir. Elle a peur de lui. Elle est si douce, si fragile.

Elle hausse un sourcil impeccable.

— Fragile ? Ou folle ?

— Comment ça ?

— T'en fais des caisses avec ces cachets. Pour toi, on dirait qu'il cherche à la démolir à petit feu comme dans un film d'Hitchcock, or il y a une autre possibilité : qu'elle soit bel et bien cinglée. Tu y as pensé ?

— ... raconte. Que s'est-il passé ? Tu as minci. C'est voulu ou c'est le stress ?

— Les deux.

Et là, malgré moi, je déballe tout. C'est un soulagement de me lâcher, de ne plus enfermer toute cette angoisse en moi. Elle me laisse parler et parler, intervenant à peine. Je mesure mon erreur quand je vois son visage s'assombrir et les rides, qu'elle s'évertue à dissimuler avec sa frange, se creuser sur son front. Plus ça va, plus elle me regarde comme si elle n'arrivait pas à en croire ses oreilles.

— Eh bien, pas étonnant que tu aies perdu ton boulot, dit-elle quand je me tais enfin. Tu t'attendais à quoi après être devenue la copine de sa femme...

Elle me trouve débile.

— ... Non mais, ça va pas ? Je t'avais pourtant bien dit que tu ne pouvais pas continuer. Cette histoire, c'est de la folie.

— Je ne comptais pas continuer quoi que ce soit. Ça s'est passé comme ça, c'est tout.

— Quoi ? Qu'est-ce qui *s'est passé comme ça, c'est tout* ? Le fait de l'avoir laissé te baiser encore et encore après être devenue l'amie de sa femme ? C'est ça qui *s'est passé comme ça, c'est tout* ? Et cambrioler son bureau, ça s'est aussi *passé comme ça, c'est tout* ?

— Bien sûr que non !

Elle me parle comme à une gamine. De sa part, avec ses états de service, j'escomptais un peu plus de compréhension.

— De toute manière, la question n'est pas là, reprends-je. À présent, j'ai peur pour elle. Imagine qu'il veuille se débarrasser d'elle ? Leur mariage

— Ella !

Ella est une enfant excentrique, délicate, qui ne répète jamais aucun des gros mots dont abusent ses deux parents – contrairement à Adam devant qui je m'efforce toujours de me retenir, mais qui me pique quand même mes pires jurons. S'il est possible qu'un gamin de six ans soit désespérément amoureux, alors il est certain qu'Adam est fou d'Ella.

— J'ai été en France pendant un mois ! Et je vais avoir un petit frère ou une petite sœur ! Lisa est en train de faire un bébé !

C'est la première fois qu'il évoque la grossesse devant moi – je me demandais même s'il était au courant – et son excitation a pris le dessus sur *ça-pourrait-déranger-maman*.

— Ian va avoir un autre enfant ? Et tu ne m'as rien dit ?

Sophie a l'air vexée. Je hausse les épaules.

— Tu étais trop occupée à me faire des sermons.

Ce bébé plus ou moins imminent me chagrine encore, néanmoins je ne veux pas le lui montrer. Nous envoyons les enfants jouer dans la chambre d'Adam avec les paquets de bonbons rapportés par Ella et nous sortons sur le balcon avec une bouteille.

Elle allume une cigarette et m'en propose une. Je lui montre mon engin électronique.

— J'essaie d'arrêter, dis-je.

— Ah, bien joué ! Je ne cesse de me dire qu'on devrait s'y mettre, Jay et moi. Un jour, peut-être. Bon…

Elle me dévisage, son verre dans une main, sa clope dans l'autre.

40

Louise

— Puisque tu ignorais mes messages, j'avais décidé de venir te faire une petite surprise au boulot à la pause déjeuner, dit Sophie en s'engouffrant dans l'appartement, la petite Ella dans son sillage. Mais la surprise a été pour moi quand Sue m'a annoncé que tu avais démissionné. C'est quoi encore, cette connerie ?

Je n'ai vraiment pas besoin de ça maintenant. Après mes aventures de la nuit dernière, je n'ai pratiquement pas dormi et je suis à bout de nerfs. J'ai envoyé un texto à Adèle ce matin pour lui dire qu'il fallait que je la voie, mais elle n'a pas répondu et je flippe que David ait trouvé le téléphone. Sinon, s'il est au travail, pourquoi ne m'a-t-elle pas écrit ?

Sophie enlève sa veste qu'elle jette sur le canapé.

— Dis-moi que tu n'as pas démissionné à cause de *lui*. Dis-moi que tu as suivi mon conseil et que tu les as plaqués tous les deux. Je t'en supplie, dis-moi ça.

— Tata Sophie !

Adam surgit dans le salon et s'enroule autour de ses jambes.

Cette nuit, pas d'appel pressant de la seconde porte pour elle. Elle n'est pas prête à ça. Juste la première pour changer. Elle compte bien rêver de leur avenir commun. De sa perfection.

Elle est contente de garder la montre. Elle sait qu'il viendra le week-end chaque fois qu'il le pourra, car il tient toujours parole. Et la montre est comme lui – on peut compter sur elle. Son poids est rassurant. Une ancre dont elle a besoin. Un jour, peut-être, elle réussira à lui dire pourquoi. À lui expliquer pour la nuit de l'incendie. Peut-être. Un jour. Quand ils seront vieux et tout ridés et qu'il acceptera davantage les mystères du monde.

Une fraîcheur s'est glissée dans l'air et tout à coup la pluie crépite sur le feuillage au-dessus de leurs têtes. Une douce averse régulière, pas la violence d'un orage, néanmoins ils rentrent et se préparent un repas improvisé. Ils boivent une bouteille de vin que David a rapportée, avant de s'écrouler sur le lit d'une des chambres d'amis. Elle n'est pas encore prête pour la sienne. Cette pièce appartient au passé. Comme tant d'autres choses.

— On devrait vendre la maison, dit-elle après l'amour, alors qu'ils reposent à moitié endormis dans le noir.

Ses doigts explorent délicatement l'étrange douceur de ses cicatrices sur son bras. Elle se demande si elles lui font encore mal. David ne le dira jamais.

— Une fois qu'on sera mariés, ajoute-t-elle.

— Un nouveau départ, dit-il.

Pas plus qu'elle, il n'a envie de s'éterniser ici et, d'ailleurs, à quoi leur servirait un endroit aussi immense ? Son père n'en avait besoin que pour son ego.

— Un nouveau départ, répond-elle avant qu'ils ne sombrent tous deux dans le sommeil.

Ils s'arrêtent pour s'embrasser. C'est si bon d'être dans ses bras. Elle se sent en sécurité, comme si elle avait trouvé un foyer. Elle se dit que leurs cœurs sont en train de construire de solides fondations.

Ils reprennent leur promenade et soudain elle se rend compte qu'ils arrivent au vieux puits. Il est à peine visible parmi les verts et les bruns de la forêt, ses vieilles briques tapissées de mousse, une relique des temps anciens. Une chose oubliée.

Elle se penche pour contempler les ténèbres à l'intérieur, un trou vide et sec.

— Je l'ai imaginé quand j'étais à Westlands, dit-elle. J'imaginais que j'y déversais toutes mes larmes avant de le sceller.

C'est assez proche de la vérité. *Imaginé* n'est pas le mot juste, toutefois c'est tout ce qu'elle peut dire à David.

Il vient derrière elle pour l'enlacer par la taille.

— J'aimerais pouvoir faire mieux

— Avec toi, tout va déjà mieux.

Et c'est la vérité. Sans avoir l'exubérance de Rob avec qui elle se sent jeune et libre, David est solide. Et c'est ce dont elle a fondamentalement besoin. Même si Rob lui manque, c'est David qu'elle veut véritablement. Son roc. Elle a toujours sa montre au poignet.

— Tu souhaites la récupérer ? demande-t-elle en levant le bras.

— Non, garde-la. Quand tu la portes, ça me donne l'impression d'être avec toi.

— Tu es toujours avec moi, David Martin. Toujours. Je t'aime.

le sentier pour marcher dans les bois. Il a plu et le sol, couvert de mousse et de feuilles mortes, est boueux, mais il y a là quelque chose de merveilleux, de naturel.

— Je l'emporte à la fac pour la faire encadrer, dit-il. C'était une bonne journée.

— Comme beaucoup de celles que nous allons connaître maintenant, dit-elle en lui souriant. Une vie entière de bonnes journées. Dès qu'on sera mariés. Je te propose Noël. Pendant tes vacances. J'aurai dix-huit ans, personne ne pourra rien nous dire.

Elle hésite avant d'ajouter :

— De toute manière, il n'y a plus personne pour dire quoi que ce soit.

Il lui serre le bras. Il a toujours un peu de mal à s'exprimer quand ils abordent les sujets importants, mais ça ne la dérange pas.

— Je pourrais peut-être arrêter la fac un moment, dit-il. Rester avec toi. Juste le temps de ton séjour ici.

Elle rit. Elle trouve ça bizarre d'en être encore capable et soudain Rob lui manque. Elle aime David de tout son cœur ; c'est Rob, cependant, qui lui a rendu son rire.

— Ce n'est pas exactement le but recherché, non ? Il vaudrait mieux que j'arrive à être seule ici, tu ne crois pas ? Et puis tu ne peux pas lâcher la fac. C'est ce dont tu as toujours rêvé et je suis si fière de toi. Je vais être femme de médecin.

— Si je réussis les concours.

— Oh, tu réussiras. Tu es brillant.

Et c'est vrai. Malgré sa discrétion naturelle, il a l'esprit le plus brillant qu'elle ait jamais connu.

échappé à la fournaise, toutes prises avec l'appareil très perfectionné de son père et développées dans sa propre chambre noire, un de ces nombreux hobbies qui le passionnaient bien plus que d'être un père. Il y en avait une d'elle à quinze ans environ. Une autre, assez récente, où on la voit assise avec David à la table de la cuisine. Cela avait été une bonne soirée. Ses parents avaient bu et étaient moins remontés contre lui, un de ces rares moments qu'ils avaient passés tous ensemble. Elle a mis la première photo dans une des boîtes et a gardé la seconde.

Elle la donne à David alors qu'ils se promènent sur le domaine dans l'air frais et humide mais vivifiant.

— J'ai trouvé ça, dit-elle, le bras noué au sien.

Il a été très silencieux depuis son arrivée et leurs retrouvailles sont presque difficiles. Ils se sont jetés dans les bras l'un de l'autre et se sont embrassés, tous deux ravis d'être réunis, mais le mois de séparation – et l'incendie – est toujours là entre eux et après une heure de conversation polie et gênée où il l'a questionnée à propos de Westlands sans cesser de demander encore et encore si elle ne manquait de rien – alors que c'est évident et que, égal à lui-même, il est venu avec un coffre rempli de nourriture –, elle a suggéré cette sortie.

C'était judicieux. À chaque pas, il se détendait un peu plus et elle s'en veut de ne pas avoir pensé que le retour dans cette maison ne serait pas simple pour lui non plus. Il y était cette nuit-là. Ses brûlures qui mettent si longtemps à guérir le prouvent suffisamment. Et, contrairement à elle, il se souvient du feu. Elle pose la tête contre son bras alors qu'ils quittent

39

AVANT

Quand David arrive, elle est seule à la maison depuis deux jours sans qu'elle en soit troublée. Certes, la solitude est étrange après la compagnie constante de Westlands, mais elle est aussi apaisante. Même la nuit, dans le silence de la campagne où il serait si facile de croire qu'elle est la dernière personne sur terre. Non pas qu'elle se soit jamais sentie à l'écart des gens et des lieux. Pas vraiment. Pas avec ce dont elle est capable.

D'une certaine manière, ils avaient raison. Les jeunes guérissent vite. Fairdale House lui fait maintenant l'effet d'une copie de sa maison. Identique, et pourtant si différente sans ses parents. Elle a même eu la force de s'aventurer dans les restes carbonisés de leurs chambres pour y récupérer quelques objets : la boîte à bijoux de sa mère à filigrane d'or, les chandeliers en argent qui avaient appartenu à sa grand-mère et, d'une façon générale, tout ce qui éveillait un souvenir en elle. Comme ces photographies dans une boîte dans le tiroir du bas qui avaient curieusement

Puis, plus bas...

Était-ce une menace ? Une mise au point ? Traitement changé. Autant d'accidents sont-ils possibles ? Y en a-t-il eu un seul ?

Sur la dernière page, il n'y a qu'une ligne que je fixe très, très, longtemps.

Louise. Que faire avec elle ?

Marianne ne porte pas plainte. Pas de preuve. Ai accepté de déménager. Encore.

Marianne, c'est cette femme à Blackheath dont m'a parlé Adèle. Que s'est-il passé là-bas ? À l'évidence, Adèle a découvert qu'il la voyait. Y a-t-il eu une confrontation ? Je suis prise de nausée en m'imaginant dans cette situation. Cela aurait pu être moi. Je ne supporterais pas qu'Adèle découvre ma trahison, et pas parce qu'elle serait folle, comme David aimerait le faire croire, mais parce que c'est mon amie. Ce serait abominable.

Je relis cette note. Le *Encore* après le déménagement. Combien de fois ont-ils changé d'adresse ? Adèle ne l'a pas dit et il n'y a aucun indice là-dedans. Peut-être veut-il donner l'impression, quand il présentera toute cette merde à quelqu'un – au Dr Sykes, par exemple –, qu'il ne peut plus la protéger désormais. J'étudie les pages les plus récentes. Son écriture devient tout à fait illisible. Je réussis à saisir deux mots qui me terrifient – *parents... domaine* – et j'essaie en vain de comprendre le paragraphe de phrases tronquées qui les entoure. Ce passage a été écrit alors qu'il était soûl, j'en suis certaine. C'est comme si j'étais en train de regarder dans l'esprit d'un dément plutôt que de lire un rapport sur une patiente.

Les deux dernières pages sont quasiment vides, mais ce qui est écrit me pétrifie.

Rage soudaine ce matin. Écrasé le chat. D'un coup de talon. Trop de coïncidences.

Qui est parano, là, hein, David ? Voilà ce que j'ai envie d'ajouter en commentaire sous sa note.

Adèle prétend que l'incident chez la fleuriste n'était pas sa faute, mais trop de similarités avec le passé ? Aucune mesure prise – pas de preuve. Julia troublée/effrayée. Amitié terminée. Boulot terminé. Accepté de ne plus travailler. Pour rester à la maison ?

Le travail auquel Adèle avait fait référence un jour. Ce doit être celui-là. Que s'est-il passé ? Je pense aux coups de fil quotidiens. David aurait-il saboté son emploi pour s'assurer qu'elle reste à la maison ? Quel était cet incident ? Que s'est-il vraiment passé ? Ce « dossier » ne suffira jamais à la faire interner. Il n'y a aucun détail, aucune évaluation officielle, aucune séance enregistrée. Peut-être compte-t-il sur sa réputation pour l'utiliser contre elle. Une série d'allusions subtiles plutôt que de sortir la mitrailleuse lourde, de façon à paraître l'accuser presque à regret. Je consulte les entrées les plus récentes et certaines phrases me glacent.

Épisode psychotique. Tendances sociopathes.

Je trouve trace de traitements, d'ordonnances, mais tout reste vague. Des allusions. On dirait des notes pour un dossier personnel. Et j'ai l'impression bizarre qu'il parle d'une inconnue : ceci n'est pas Adèle.

Je m'assieds dans son fauteuil et je laisse mes doigts courir sur la couverture pendant un moment, avant de l'ouvrir. Ça n'a rien d'un dossier médical conventionnel, ça, c'est sûr, on dirait plutôt une collection de notes. Gribouillées avec sa vilaine écriture de médecin sur différentes sortes de bouts de papier – ce qui lui tombait sous la main, apparemment. Je croyais trouver des trucs remontant à un an environ, à l'époque où il a dû commencer à concevoir son plan. Peut-être quand il a rencontré cette Marianne du café à Blackheath, une pensée qui blesse encore ma fierté. Or la première entrée date de six ans et elle évoque des événements qui se sont déroulés une décennie plus tôt. Il est très agaçant dans sa façon de ne pas donner de détails.

J'approche le fauteuil du bureau pour profiter de la lumière de la lampe tandis que je tente de tirer quelque chose de ses gribouillages.

Dépression nerveuse mineure trois mois après Westlands durant laquelle elle se fait avorter.

Qu'est-ce qu'avait dit Adèle ? Au début de leur mariage, il voulait des enfants et pas elle. Si elle a bien choisi d'avorter, comment a-t-il pris cette décision ? Mal, sans aucun doute. L'origine de son ressentiment, peut-être ? Je continue.

Soupçons de paranoïa et de jalousie extrême. Elle sait des choses qu'elle ne devrait pas savoir. M'espionne-t-elle ? Comment ?

un couteau dans la cuisine et je l'insère dans la fente entre le tiroir et le cadre, essayant de faire levier. Au début, j'ai l'impression que je ne vais jamais y arriver, puis, après une longue rafale de « allez, putain, merde » et une ultime grosse poussée, le bois éclate. Le tiroir s'entrouvre. J'ai réussi.

D'abord, je vois les deux bouteilles de cognac, dont l'une est à moitié vide. Je devrais être choquée, ou au moins surprise, mais non. L'alcoolisme de David est sans doute le moins bien gardé de ses secrets, vis-à-vis d'Adèle et de moi en tout cas. Il y a aussi d'innombrables paquets de pastilles à la menthe ultra-fortes. À quel rythme boit-il dans la journée ? Je l'imagine sans mal : une gorgée par-ci, une autre par-là, pas trop mais juste assez. Et pourquoi picole-t-il autant ? Il se sent coupable ? Malheureux ? *On s'en fout. Je ne suis pas ici pour lui.*

Je suis tentée d'aller vider les bouteilles dans l'évier ; au lieu de ça, je continue ma fouille. Je suis à genoux, en nage sous le maquillage dont je me suis recouverte à cause de Laura, à passer en revue des enveloppes et des dossiers remplis de reçus et de copies d'articles médicaux qu'il a écrits.

Finalement, tout au fond, je trouve une enveloppe en papier kraft. À l'intérieur, une chemise A4. Assez douce au toucher, elle a perdu cette raideur du neuf. Certaines des pages qu'elle contient sont agrafées ensemble, de façon aléatoire semble-t-il. Des notes, pas un véritable dossier médical. C'est bien ce que je cherche. Son nom est inscrit là, au centre de la chemise au marqueur noir. *Adèle Rutherford-Campbell/ Martin.*

vieux placard à dossiers dans un coin de la pièce qui est essentiellement rempli de pubs, de dépliants de laboratoires pharmaceutiques et de guides d'aide personnelle à l'intention des patients. Toutes ces idioties doivent dater du temps du Dr Cadigan. Je sors et j'examine consciencieusement le moindre bout de papier, mais il n'y a rien de caché au fond d'aucun des tiroirs ou parmi les pages d'un dépliant.

Vingt minutes se sont déjà écoulées quand je remets le tout en place, je l'espère dans le bon ordre. Ma déception ne fait que décupler ma détermination. Je n'aurai pas le courage de revenir et je dois aussi être de retour à la maison avant une heure du matin pour que ça ne paraisse pas trop bizarre à Laura. Je regarde autour de moi. Où aurait-il bien pu planquer ce dossier ? Il doit au moins avoir des notes quelque part : il lui prescrit ses ordonnances. Il a besoin de *quelque chose* pour se couvrir en cas de problème.

Il ne reste que son bureau dans cette pièce par ailleurs assez nue. Je m'y attaque fiévreusement. Le tiroir du haut est réservé aux carnets de notes, aux stylos et aux fournitures – un fouillis étonnant quand on songe à sa maison impeccable. Je passe à celui du bas. Pas moyen de l'ouvrir. J'essaie encore deux fois, en pure perte. Il est verrouillé. *C'est là !*

Je fouille à nouveau celui du haut, au cas où la clé s'y trouverait. Elle n'y est pas, il doit la garder sur lui. Merde, merde et merde. Que faire ? Je contemple longuement ce tiroir fermé et finalement la curiosité l'emporte. Il faut que je l'ouvre. Rien à foutre des conséquences. Il saura que quelqu'un l'a forcé, sans jamais avoir la certitude que c'est moi. Je vais chercher son bip d'avertissement : dans trente secondes, l'enfer va se déchaîner.

J'ai fait ça des centaines de fois. Le visage brûlant, je suis certaine que ce coup-ci je vais me tromper. Heureusement, mes doigts ont l'habitude : ils volent sur le petit clavier et les bips s'arrêtent. Alléluia. Je reste plantée là, dans cette étrange atmosphère, dans... ce vide. Je m'attache à respirer pour calmer les battements de mon cœur. Je suis entrée. J'ai réussi.

Je gagne le bureau de David, laissant le plus possible de lumières éteintes. Je me suis déjà retrouvée seule ici, y compris de nuit, quand je viens tôt les matins d'hiver, or là, c'est différent. L'immeuble lui-même me paraît différent, peu accueillant, comme si je l'avais dérangé dans son sommeil. Ou comme s'il savait que je ne devrais pas être là.

Les médecins verrouillent rarement leurs bureaux, les femmes de ménage doivent pouvoir y accéder. Et puis, il règne dans ce cabinet une sorte de confiance candide très vieille école. Mais même sans cela, ce n'est pas comme si leurs placards étaient remplis de morphine. Quant aux informations confidentielles, la plupart des dossiers des patients sont enregistrés dans le système informatique et sont verrouillés par des mots de passe auxquels seuls les médecins ont accès. Si David cache ici un dossier sur Adèle, il ne sera pas là-dedans. Il ne voudrait pas qu'un de ses confrères le voie, même sans pouvoir y accéder. Cela susciterait des questions, éthiques pour commencer.

Sa porte n'est, en effet, pas verrouillée. J'allume sa lampe de bureau et je commence ma fouille par le clopinette au point d'en avoir la bouche et la gorge sèches. J'essaie de me concentrer. Je pense à Adèle. Je le lui *dois*. C'est vraiment important pour elle. Et, contrairement à ce que je me disais, ce ne sera pas une effraction. Pas techniquement. J'ai les clés. Si quelqu'un me surprend – *oh, merde, pourvu que personne ne me surprenne* –, je pourrai toujours dire que je suis venue chercher des affaires que j'ai oubliées. *Ouais, c'est ça, Louise, parce que c'est toujours vers onze heures du soir que les gens innocents font des trucs pareils sur leur ancien lieu de travail.*

La rue me paraît très sombre quand j'y arrive, c'est oppressant, d'autant plus que le claquement de mes talons est le seul bruit qui résonne sur le trottoir désert. La plupart des immeubles ici sont occupés par des cabinets d'avocats ou d'experts-comptables et, même si les étages supérieurs sont réservés à des appartements de luxe, aucune lumière ou presque ne filtre sous les lourds rideaux ou à travers les stores qui valent une petite fortune. Je devrais être soulagée de cette pénombre qui me dissimule quelque peu, mais j'ai des picotements dans la nuque, comme si *quelque chose* dans l'obscurité me surveillait. Je jette un regard derrière moi, convaincue qu'il y a bien quelqu'un derrière moi – il n'y a pas un chat.

Ma main tremblante sort le trousseau du sac. *Tu entres et tu sors. C'est facile. Tu n'as qu'à te dire que t'es James Bond.* Les clés me glissent des doigts et tombent bruyamment sur le macadam. James Bond. Ben voyons. Je les récupère et j'ouvre enfin. Dès que je suis à l'intérieur, le cœur battant, j'allume la lumière et je me précipite vers le boîtier de l'alarme qui émet

— Ça te va ? Il sera déjà couché et tu le connais, il ne se réveille jamais.

— Franchement, il n'y a aucun souci, dit-elle. Je n'avais rien de prévu.

— Merci, Laura. Tu es géniale.

Et voilà. C'est décidé.

À mesure que l'après-midi avance vers la soirée, je suis de plus en plus tendue. Doutes et angoisses m'envahissent. Et s'ils avaient changé le code de l'alarme ? Je n'y crois pas trop : il est resté le même depuis que je travaille au cabinet et pas mal de gens l'ont quitté entre-temps et d'autres sont arrivés. Et puis d'ailleurs, le Dr Sykes n'a en fait pas accepté ma démission. Pourquoi aurait-il fait changer le code ? Il n'empêche : à huit heures et quart, quand je quitte l'appartement où Laura vient de s'installer, j'hésite encore. Si jamais quelqu'un venait à le découvrir, je pourrais avoir de sérieux problèmes. Alors, je pense aux médocs. À l'état d'Adèle coincée chez elle. Dans sa propre maison. Elle pourrait avoir des problèmes bien plus graves si je ne le fais pas.

Il est encore beaucoup trop tôt. Donc, au lieu de foncer au cabinet, je m'installe dans un restaurant italien sur Broadway où je me planque dans un coin pour me commander un repas dont je n'ai pas réellement envie. Malgré mon ventre noué, je me force à avaler la moitié de mon risotto. Et je bois un grand verre de rouge pour me calmer. Il n'a pas le moindre effet. Je me sens aussi sobre qu'une pierre tombale.

À dix heures, je sors. Je ne peux pas rester plus longtemps, ça aurait l'air bizarre. Du coup, j'erre encore une bonne heure, tétant en permanence ma d'adrénaline. J'ai besoin de savoir. *Adèle* a besoin de savoir. Et je lui dois bien ça après tout ce que je lui ai fait, même si, le ciel soit loué, elle ignore quelle saleté d'amie je suis en réalité.

Adam ne joue plus. Il est absorbé par son film qu'il regarde en dormant à moitié. Il est encore fatigué de ses vacances et cette journée au grand air l'a mis sur les rotules. Je sors discrètement de l'appartement pour aller frapper chez Laura, ma voisine.

— Louise, dit-elle, tout sourire. Salut. Que puis-je faire pour toi ? Tu veux entrer ?

J'entends sa grosse télé dans le salon. J'aime bien Laura, même si je ne l'ai pas beaucoup vue ces derniers temps et j'ai un moment de gêne à l'idée qu'elle nous a sans doute entendus nous disputer, David et moi, l'autre soir.

— Je ne peux pas rester. Adam est seul. Je sais que je m'y prends très tard, mais je me demandais si tu pouvais le garder ce soir ? Je suis vraiment désolée. J'ai été prévenue à la dernière minute.

— Il est mignon ? demande-t-elle, l'air complice.

J'acquiesce, ce qui est idiot. Maintenant, il va falloir que je m'habille pour un rencard alors que je vais perpétrer un cambriolage dans mon ancien bureau. À cette idée, à l'idée de passer à l'acte, j'ai soudain très envie qu'elle réponde non.

— Bien sûr que oui, dit-elle, et je maudis mon impétuosité. Je refuse d'être un obstacle au grand amour ou même à un bon coup. À quelle heure ?

— Vers huit heures ?

Ce qui va m'obliger à attendre, mais si j'avais dit plus tard, ça aurait paru bizarre.

avons pu prendre notre Tardis pour embarquer vers une nouvelle aventure. Mais pas avant un arrêt pour faire le plein de glaces. Adam est convaincu que le Docteur et son amie se nourrissent exclusivement de glaces pendant leurs voyages et je ne l'ai pas contredit. Évidemment, ça a complètement cassé mon régime. Bah, avec le stress de tout ce qui s'est passé pendant les vacances de mon bébé, mes kilos ont fondu. Et Dieu que c'était bon. Ma vraie vie est bonne.

— Où est mon porte-clés ? demande Adam, visiblement déçu. Tu as dit que tu t'en servirais.

— Maman, cette idiote, a oublié, dis-je. Je vais le mettre tout de suite.

Il est encore sur la table basse où je l'ai laissé hier soir. Après le rêve bizarre de cette nuit, je n'y ai pas pensé.

Je lui ébouriffe les cheveux en souriant, mais je m'en veux. Comment ai-je pu oublier ? Le cadeau qu'il m'a fait. Le cadeau du seul être qui a pour moi un amour inconditionnel.

Une fois qu'il est installé devant des jeux sur le vieil iPad de son père, avec des dessins animés en fond sonore, je commence à m'occuper de mon trousseau et je m'aperçois que j'ai toujours les clés du bureau. Mon cœur rate un battement. Si David tient bien un dossier sur Adèle, il ne l'aurait pas conservé chez eux. Il l'aurait caché au cabinet, là où elle n'a aucune chance de tomber dessus.

Mais moi je pourrais. Si j'osais.

Je contemple les clés. Je pourrais entrer sans que personne le sache. Ce soir. Me dire ça me donne une légère nausée... et provoque aussi un afflux

38

Louise

Ça a été une journée géniale dans les bois puis sur le terrain d'accrobranche. Ensuite – il était assez tard – Adam et moi avons déjeuné au café, revigorés d'avoir pris l'air, avant de rentrer à la maison en rigolant. Je suis contente qu'Adèle m'ait envoyé un message ce matin. Au moins, la situation n'a pas empiré et elle parvient à ne pas prendre tous ces médocs. Dieu sait l'effet qu'ils auraient sur un esprit sain.

Être libérée de cette inquiétude me fait un bien fou et je suis encore en train de sourire quand je fouille dans mon sac à la recherche de mes clés. C'était peut-être pas la France, les escargots et les toboggans, il n'empêche que je sais encore rendre mon petit garçon joyeux. Nous avons joué à Docteur Who parmi les arbres. Adam étant le Docteur, bien sûr, et moi sa fidèle compagne. Apparemment, les arbres étaient une race d'extraterrestres qui, au début, voulaient nous tuer, sauf qu'à un moment donné – je suis sûre que c'était parfaitement normal pour Adam – nous les avons sauvés ; du coup, la paix a été restaurée et nous trouver. Au fait, que pense-t-elle de mes capacités intellectuelles ? Cette pauvre Adèle. Si douce et si gentille, et pourtant si bête et si conne. Voilà ce qu'elle doit s'imaginer.

Si seulement elle savait.

Si contente que tu ailles bien et bien joué avec les gélules !
Je m'inquiétais pour toi. J'ai eu un rêve où je suis passée
à travers cette seconde porte dont je t'ai parlé. Je me suis
retrouvée dans la chambre d'Adam. Des trucs n'étaient pas
à leur place habituelle. Quand je me suis réveillée, je suis
allée voir et tout était exactement comme dans mon rêve.
Bizarre, hein ? Tu n'as jamais eu cette seconde porte ?
J'ai dû faire une crise de somnambulisme. Et OUI POUR
L'ORIENT-EXPRESS !

Je réponds que c'est très curieux et que non, je n'ai jamais eu de seconde porte, que c'est sûrement parce que son esprit ne fonctionne pas comme le mien, alors que mes pouces tremblent d'excitation pendant que je tape. J'ai du mal à rester en place avec toute l'adrénaline qui dégouline en moi. Elle y est déjà ! Elle n'a pas encore compris ce qu'elle fait, mais c'est fou à quel rythme elle en est arrivée là. Bien plus vite que moi. Douée, la petite. Il faut que j'accélère les choses maintenant que ça ne dépend plus entièrement de moi.

Je vais encore fouiller son bureau. Où peut-il bien cacher
un dossier sur moi ? Faut que j'y aille. Fais attention à toi.
Bises.

Dans l'immédiat, je ne peux pas me permettre de me laisser entraîner dans une discussion interminable avec elle. Et puis, je lui ai mis la puce à l'oreille avec ce dernier texto. Une autre petite graine semée qui devrait réveiller ses synapses, même si la solution est si évidente qu'il faudrait être attardée pour ne pas la l'aurait cru. Néanmoins, il se serait toujours demandé si elle n'avait pas un petit doute. Il aurait constamment guetté son regard, à la recherche d'un soupçon. On ne construit rien de solide avec des mots.

Tout dépend de Louise. C'est à elle seule de découvrir notre sordide passé. À elle de nous libérer par sa totale et son absolue conviction. Je travaille dur pour qu'elle y parvienne. Et, même s'il ne supporte pas de me regarder, je fais tout ça pour David.

Je prépare un thé à la menthe et, pendant qu'il infuse, je vais chercher le portable caché dans ma garde-robe pour envoyer un texto à Louise, ma petite marionnette.

Je voulais juste te dire que tout va bien ici. Je m'efforce d'être normale. J'ai vidé toutes les gélules en ne conservant que la capsule que je prends quand il est là. Les autres cachets, je ne les avale pas, je les garde sous la langue avant de les recracher. J'ai fouillé son bureau pour voir s'il a un dossier sur moi, mais je n'ai rien trouvé :(Contente que tu saches où est la clé de secours. Ça paraît dingue d'avoir peur de D – il a toujours veillé sur moi – mais tu as raison, l'aimer ne suffit pas. Je vais peut-être contacter des avocats pour un divorce. Oh, je nous ai imaginées dans mon rêve – dans l'Orient-Express – des vacances de filles géniales. On devrait le faire un jour !! Grosses bises.

C'est un long message, mais il montre à quel point j'ai besoin d'elle et à quel point elle me manque. Je ne prends même pas la peine d'éteindre le téléphone. Louise répond toujours très vite et cette fois ne fait pas exception.

différences. Il y a autant de vérités qu'il y a de gens sur cette terre.

Pauvre David. Il est accablé par le passé. Il le porte comme des bottes de béton qui l'entraînent vers le fond où on va se noyer tous les deux. Un seul moment, il y a bien longtemps, a suffi pour faire de lui cet homme brisé. Une nuit qui l'a conduit à la boisson, à l'angoisse, à l'incapacité de se laisser aller à m'aimer, à la culpabilité. C'est crevant de vivre avec ça. D'essayer de nous sortir de là, de lui expliquer que ça n'a aucune importance. Personne ne sait. Personne ne saura jamais. Et donc, en quelque sorte, si personne ne sait, ce n'est pas arrivé. Si un arbre tombe dans une forêt et que personne ne l'entend, bla-bla-bla…

Bientôt, notre très vilain secret sera exposé au grand jour et nous en serons libérés. David est tout près de tout révéler, je le sais. J'imagine que la prison lui semble préférable à cet enfer perpétuel. Je devrais en souffrir bien plus que cela, savoir que l'homme que j'aime tant considère la vie avec moi comme un enfer, mais, bon, ça n'a pas été un déjeuner sur l'herbe pour moi non plus, ces derniers temps.

Son soulagement sera de courte durée. Voilà ce dont il ne s'est pas encore rendu compte. Avouer ne lui fera pas gagner Louise. Avouer ne lui apportera pas la confiance et l'absolution. Et il mérite les deux. Certains secrets doivent être déterrés, mis au jour, il ne suffit pas d'en parler. Notre petit péché est de ceux-là.

J'aurais pu réaliser tout ça bien plus facilement. Si je les avais laissés tranquilles, David aurait peut-être fini par avouer à Louise la vérité au cœur de notre mariage, l'événement qui l'a façonné et elle

— Tu es sûre que tu ne savais pas qui elle était ? m'a-t-il demandé hier soir en s'arrêtant devant la porte de notre chambre à coucher sans en franchir le seuil. Quand tu l'as rencontrée ?

— Comment aurais-je pu savoir que c'était une de tes patientes ?

Je lui ai répondu en ouvrant de grands yeux innocents. *Une patiente*. Son mensonge, pas le mien. Il était peut-être bourré, mais il ne m'a pas crue. Il ne voit pas comment j'ai pu découvrir son existence, cependant il sait que je savais. Néanmoins, mon attitude le troublait. Ce n'est pas mon « style ». À Blackheath, je n'avais pas pris autant de gants, sauf que Marianne n'était rien de plus qu'une menace potentielle contre mon mariage. Louise est… Eh bien, Louise est notre meilleur et notre plus bel espoir de bonheur. Louise est fantastique.

Je n'aime pas reconnaître mes erreurs, je dois pourtant admettre que j'en ai peut-être trop fait à Blackheath. Je n'aurais pas dû laisser ma rage prendre le dessus – en tout cas, pas de façon aussi théâtrale –, mais c'était différent. Et, de toute façon, c'est du passé désormais. Je ne me soucie jamais du passé, sauf si je peux m'en servir d'une manière ou d'une autre dans le présent et il est possible que Blackheath se révèle utile, auquel cas ça n'aura pas été une erreur. Le passé est aussi éphémère que le futur – il n'est que perspective, fumée et miroir. Comment pourrait-on s'y fier ? Disons que deux personnes expérimentent exactement la même situation, demandez-leur après de la raconter. Leurs versions seront bien sûr similaires, mais toujours avec des

37

Adèle

Nous sommes deux étrangers dans la même maison désormais, nous tournant autour avec méfiance et – au moins de la part de David – sans prendre la peine de donner le change. Nous sommes tout juste polis l'un avec l'autre. Il grogne ses réponses quand je lui pose une question, comme s'il s'était transformé en une espèce de Neandertal incapable de concevoir des phrases complètes, et il évite de me regarder dans les yeux. Peut-être pour que je ne voie pas qu'il est soûl la plupart du temps. Il préserve toute sa « normalité » pour le cabinet, il n'a pas la force d'en garder un peu pour la maison.

Il me paraît plus petit, diminué. Si c'était moi le psy, je dirais qu'il est au bord de la dépression nerveuse. Mon amitié avec Louise l'a complètement démoli. Elle était son secret à lui, sauf que non. Elle n'était pas qu'à lui. Il s'est fait avoir.

Maintenant que le choc de la découverte est passé, je sais que c'est moi qu'il tient pour responsable.

TROISIÈME PARTIE

Paddington ? Pourquoi n'avais-je pas de mains ? C'est bizarre. Et puis, ce n'était pas comme dans les autres rêves. En dépit de la disparition de mes membres, de mon corps, tout le reste me paraissait plus solide. Plus réel.

C'était sûrement un crise de somnambulisme. Je n'arrête pas de me le répéter. Je veux dire, quelle autre explication donner à ça ?

mon cœur s'accélèrent. Il a un bras sur le visage et ses jambes dépassent de la couette rejetée.

C'est comme un *déjà-vu**. Tout est exactement comme dans mon rêve après avoir passé la seconde porte. Non, ce n'est pas possible ! Je ne peux pas l'avoir vu. J'étais dans un rêve. Comment aurais-je su qu'il avait renversé l'eau, que son nounours était trempé, qu'il avait le bras sur le visage ? Et je n'ai pas pu imaginer tous ces détails. Adam est le meilleur dormeur que je connaisse. En général, il ne remue pratiquement pas : il reste recroquevillé sur le côté toute la nuit. Rien de tout ça ne ressemble à ce que j'aurais imaginé si j'avais voulu me représenter Adam en train de dormir.

Je ne sais qu'en penser. Ça n'a aucun sens. Et soudain, je comprends. J'ai dû faire une crise de somnambulisme. C'est un petit instant de soulagement, de logique, et je m'y accroche même si je *sens* que ce n'est pas ça. Je n'ai plus eu de crise de ce genre depuis que je me suis mise aux rêves lucides. Toutefois, c'est ce qui a dû se passer. J'ai dû venir ici dans mon sommeil, ouvrir à moitié les yeux ou quelque chose comme ça. J'ai vu la chambre et je suis retournée dans mon lit, portée par mon rêve.

Quand je me rends compte que ça ne sert à rien de rester plantée là, je vais me coucher. Je contemple le plafond un moment. Toute cette histoire m'a troublée, sans que je sache exactement pourquoi. Cette façon de ne pas pouvoir toucher l'ours. Mon invisibilité. Ça n'arrive jamais dans mes « nouveaux » rêves. Je peux y *faire* n'importe quoi, manger, boire, baiser. Alors, comment se fait-il que je n'aie pas pu ramasser derrière moi, comme si on me tirait en arrière. Je recule en titubant. Une peur immonde m'envahit et…

… j'ouvre les yeux avec un petit cri, assise dans mon lit et suffoquant. C'est comme dans ces rêveries, ces quasi-rêves, qu'on fait au bord du sommeil où on se réveille brutalement alors qu'on est en train de tomber. Je fouille l'obscurité pour y retrouver un environnement connu. Je regarde mes mains et je compte mes doigts. Dix. Je refais ça deux fois avant d'être certaine que je suis tout à fait consciente. Mes poumons sont à vif, comme après une soirée dans un pub où j'aurais fumé un paquet entier, mais je ne me sens pas fatiguée. Au contraire, je suis pleine d'énergie, ce qui est bizarre compte tenu de mon état émotionnel et de mon épuisement avant de me coucher. En revanche, j'ai soif. Atrocement soif. Je me souviens du vin que j'ai bu avant de dormir. Je suis incorrigible.

Je me lève pour aller avaler deux grands verres d'eau dans la cuisine et m'asperger le visage. Mes poumons ne me font plus souffrir. C'était peut-être juste un écho du rêve.

Il n'est que trois heures du matin. Je retourne donc me coucher, même si je crains de ne pas pouvoir me rendormir. Au passage, je m'arrête devant la porte d'Adam et je jette un coup d'œil dans la chambre. Je souris. Oui, il est bien là. Cette partie n'était pas qu'un rêve. Je suis sur le point de refermer quand je vois le nounours par terre. Paddington. Tombé du lit. Perplexe, je m'approche. Le verre en plastique sur la table de chevet est renversé et vide. Le doudou est tout mouillé. Cette fois, je *peux* ramasser Paddington. Il est trempé. Je regarde Adam tandis que les battements de bras à l'en étouffer. J'éprouve ce besoin avec la férocité d'une mère et, soudain, elle est là, de nouveau.

La seconde porte.

Elle brille sous la surface de l'étang comme avant. Cette fois, cependant, elle bouge, se dresse verticalement. Si les bords scintillent toujours comme du mercure, le battant lui-même est fait d'eau. Je reste immobile, elle vient rapidement vers moi. Pendant une seconde, je crois voir les têtards et les poissons qui nagent à la surface, je touche le liquide tiède, je le traverse et je…

… me retrouve devant le lit d'Adam. Ce changement subit me donne le vertige jusqu'à ce tout redevienne à peu près stable. J'entends sa respiration, un souffle lent et régulier : celui des très vieux ou de ceux qui dorment à poings fermés. Un de ses bras lui recouvre le visage. J'envisage de le déplacer mais je ne veux pas le déranger. Sa couette est à moitié rejetée et il a dû renverser son verre, car son pauvre Paddington qui est tombé du lit est trempé. Je suis contente que ce soit un rêve. Adam n'aimerait pas que Paddington ait besoin d'un séchage. Il refuse que je le passe à la machine à laver. Je me penche pour ramasser le nounours… ma main ne parvient pas à le saisir. Pire encore, je ne la vois pas. Je ne vois pas mes mains. Je regarde là où elles devraient être. *Je n'ai pas de mains.* Il n'y a rien. Hébétée, j'essaie encore à trois reprises de toucher le doudou avec mes doigts invisibles ; à chaque tentative, j'ai l'impression de passer à travers la douce peluche humide, comme si je n'étais pas là du tout, comme si j'étais un fantôme. Alors, un trouble horrible me saisit et je ressens une énorme traction je dépendrai de la charité d'Ian. J'ai envie de me rouler en boule jusqu'à ce que tous mes problèmes disparaissent. Au lieu de ça, je vide mon verre et je vais me coucher. Adam est de retour. Les grasses matinées sont terminées.

Je m'endors très vite. Ces jours-ci, les terreurs nocturnes ne se prolongent pas. Elles sont là pendant une seconde ou deux, puis je vérifie mes doigts, la porte de maison de poupée apparaît, je la franchis. C'est devenu une habitude. Je me retrouve dans le jardin près de l'étang. Adam est là et même si nous essayons de nous amuser, c'est une journée grise, bruineuse, comme si, même dans le rêve où je suis Dieu, mon humeur avait son mot à dire. Je sais que ce n'est pas réel, que ce n'est qu'un fantasme, pas génial d'ailleurs. Nous ne sommes que tous les deux. Pas de David au barbecue ce soir. Je ne veux pas de lui ici. Pas quand son « pour ton propre bien, ne t'approche plus d'aucun de nous deux » est si clair dans ma tête.

Je suis au bord de l'eau. Adam a abandonné les têtards et les poissons pour jouer avec les voitures et les camions éparpillés sur la pelouse. Je sais que c'est moi qui le mets à l'écart – si j'avais voulu qu'il soit près de l'étang avec moi, il me suffisait de le souhaiter –, mais ce n'est pas non plus le véritable Adam, c'est juste une créature imaginaire, et ce soir ça ne me suffit pas.

Le véritable Adam est profondément endormi dans son lit, bordé sous sa couette, étreignant son ours en peluche. Je pense à lui, si proche de moi, et me le représenter dans sa chambre me remplit le cœur de joie. Je n'ai qu'une envie : le voir et le serrer dans mes de bâiller. J'essaie de laisser Adèle et David s'éloigner. Elle a un téléphone. En cas de problème, elle peut m'appeler. Sauf si, bien sûr, David l'assomme avec un cocktail de cachets. Sauf que ça, je n'y peux rien. J'ai bien envisagé d'appeler le Dr Sykes, mais qui croira-t-il ? Je suis convaincue qu'Adèle mentira pour protéger David – et pour se protéger de lui. Je ne comprends pas comment elle peut encore l'aimer, alors qu'il est évident qu'il n'en a qu'après son argent. À combien se monte sa fortune ? Combien en a-t-il déjà dépensé ? Ils sont ensemble depuis si longtemps qu'elle prend peut-être pour de l'amour ce qui n'est qu'une dépendance.

Et puis, il y a ça aussi. David a eu une *histoire* avec quelqu'un d'autre là où ils habitaient avant. Et moi qui avais avalé son « je ne fais pas ça d'habitude ». Ça fait mal et je ne cesse de revoir à quel point il a été atroce cette nuit-là, si froid. Il était devenu un étranger. Quelqu'un d'autre, exactement comme l'a dit Adèle.

Je pousse un long soupir comme si je pouvais ainsi les chasser tous les deux de mon corps. Adam est à la maison désormais. Je dois me concentrer sur lui. Quoi que dise le Dr Sykes, je ne reprendrai pas mon boulot au cabinet. Même si David s'en va, il y sera encore trop présent – lui et toute cette histoire – pour que je puisse y travailler de nouveau. Ce ne sera plus jamais pareil. Sans y croire, je fais une vague recherche d'emploi sur le Net. Il n'y a rien pour moi, ce qui me déprime un peu plus. Heureusement que j'ai des économies à la banque, de quoi tenir quelques mois. Toutefois, ça ne durera pas éternellement et ensuite compliqué. Mais je préfère qu'il parte. Après l'intensité de ces dernières semaines, de ces derniers jours, ce retour – cette invasion – de la normalité me paraît irréel.

Après son départ, je fais mettre son pyjama à Adam avant de le serrer dans mes bras, savourant son odeur merveilleuse, pendant qu'il marmonne, à demi endormi, des histoires sur ces vacances que je connais déjà pour la plupart par ses coups de téléphone. Je m'en moque. Je pourrais l'écouter toute la nuit. Je pose un grand verre d'eau en plastique près de son lit et nous parlons encore un peu pendant qu'il glisse dans le sommeil.

— Tu m'as manqué, Maman, dit-il. Je suis content d'être à la maison.

Mon cœur fond. J'ai une vie. Elle ne contient peut-être que ce petit garçon, mais je l'aime de toute mon âme et cet amour est pur, propre et parfait.

— Tu m'as manqué, toi aussi.

Ces mots ne recouvrent pas ce que j'éprouve. Et j'ajoute :

— Demain, s'il fait beau, on ira à Highgate Wood. Manger une glace. Jouer à avoir des aventures. Qu'est-ce que tu en dis ?

Il hoche la tête en souriant, déjà en train de sombrer dans le sommeil. Je l'embrasse et je l'observe encore un moment avant d'éteindre la lumière et de le quitter.

Je suis vannée. Le retour d'Adam m'a apaisée et maintenant c'est juste la fatigue physique qui prend le dessus. Je me sers un verre de l'excellent vin rouge qu'Ian m'a rapporté. Il dissipe mes derniers restes de tension jusqu'à ce que je ne puisse plus m'empêcher

Je suis contente qu'il l'ait remarqué, cela dit je ne suis pas très sûre d'être si en forme que ça. Ma nuit passée à me tourner et à me retourner en pensant à la vie tordue de David et d'Adèle, à mon cœur brisé, à la perte de mon travail et, en gros, à me lamenter sur mon sort, m'a complètement lessivée.

— Ah, alors je n'aurais sans doute pas dû rapporter ça.

Il me tend un sac. Deux bouteilles de vin rouge et des fromages.

— C'est toujours bon à prendre, dis-je avec un sourire fatigué en acceptant son cadeau.

Je ne lui dis pas que j'ai perdu mon boulot. Ça peut attendre. Il va falloir que j'invente un bobard quelconque, car il n'est pas question de lui avouer la vérité. Je ne veux pas qu'il s'imagine que nous sommes désormais moralement à égalité. Il m'a trompée et maintenant j'ai couché avec un homme marié. Je ne vais pas lui donner ça. Je dirai que mon nouveau patron avait sa propre secrétaire ou un truc dans le genre. Ouais, c'est la chose que j'ai apprise avec les liaisons : elles engendrent le mensonge.

— Tu ferais bien d'y aller, non ? dis-je. Lisa doit être crevée.

Leur Eurostar a eu du retard. Il est près de minuit alors qu'ils auraient dû être chez eux à neuf heures.

— Ouais, elle l'est, répond-il avant d'hésiter, gêné. Merci, Louise. Je me doute que ce n'est pas facile.

— Ça va, vraiment, dis-je avec un geste insouciant. Je suis heureuse pour toi. Sincèrement.

Je ne sais si c'est un mensonge ou pas, ou si c'est à moitié un mensonge et à moitié la vérité. C'est

36

Louise

Il est tout bronzé, mon petit bébé. Et peut-être plus si petit. Il a grandi. Même s'il est tard et qu'il a du mal à garder les paupières ouvertes, je vois bien à quel point il a bonne mine. Quand il se jette dans mes bras et me serre très fort, j'en ai les larmes aux yeux. Le seul bonheur dans ma vie.

— Regarde ce que je t'ai rapporté, Maman.

Il me tend un porte-clés avec un coquillage pris dans de la résine transparente. Une babiole achetée dans une boutique de souvenirs en bord de mer, mais je l'adore. Il l'a choisi pour moi.

— Oh, merci ! C'est magnifique. J'y mettrai mes clés à la première heure demain matin. Et si tu transportais tes affaires dans ta chambre pendant que je dis au revoir à Papa ?

— À bientôt, soldat, dit Ian, et ensuite, tandis qu'Adam pousse sa petite valise à roulettes Buzz l'Éclair, il me sourit. Tu as l'air en forme, Lou. Tu n'aurais pas minci ?

— Un peu.

— Oh, Louise, dis-je à demi endormie comme si je venais d'y penser. La plante devant la porte d'entrée. À droite.

— Oui ?

— J'ai caché une clé de secours dans le pot au cas où la porte claquerait…

Un silence, puis j'ajoute :

— Un jour, il m'a enfermée dans la maison. J'ai eu très peur.

— S'il recommence, tu m'appelles tout de suite.

Elle en gronde presque, cette féroce tigresse.

— Je ne sais pas ce que je ferais sans lui, murmuré-je tandis qu'elle m'enveloppe dans une couverture puis écarte gentiment mes cheveux de mon visage. Je ne sais pas.

Et c'est la vérité.

Son visage se durcit tandis que les pièces du puzzle que j'ai soigneusement fabriqué se mettent en place. Soudain, elle fouille dans son sac pour en sortir un téléphone portable.

— C'est une carte prépayée et mon numéro est enregistré dans la mémoire. Cache-le quelque part. Et si tu as besoin de moi, appelle ou envoie-moi un message, d'accord ?

Je hoche la tête.

— Tu promets ?

— Je promets.

Je bois une gorgée de café. Ma main tremble encore.

— Et arrête de prendre ces cachets, si tu peux. C'est pas bon pour toi. Tu n'es pas malade. Ces saloperies doivent te bousiller la chimie du cerveau. À présent, va te coucher. Repose-toi avant son retour.

— Que comptes-tu faire, Louise ?

Je lui demande ça, le bras autour de ses épaules, alors qu'elle m'aide à monter l'escalier.

— Je t'en supplie, pas de bêtise, hein ? Ne va pas en parler à David, d'accord ?

Elle éclate d'un rire un peu amer.

— Ça risque pas. Il m'a virée.

Je feins la surprise.

— Quoi ? Oh, Louise, c'est ma faute. Je suis désolée.

— Ce n'est pas ta faute. Ne va pas t'imaginer ça. Tu n'as rien fait de mal.

Elle me soutient sans peine. Son corps est fort, plus ferme et plus dur que lors de notre première rencontre. J'ai *créé* cette nouvelle Louise, me dis-je avec une certaine fierté en m'allongeant sur mon lit si douillet.

hein ? J'ai envie de rigoler et, pendant un instant terrifiant, j'ai l'impression que je vais le faire. Alors, je me couvre la bouche et je détourne les yeux comme si j'étais en train de ravaler mes larmes.

— C'était censé être notre nouveau départ. Cette maison. Ce travail. Je lui ai demandé de me rendre mon argent, juste pour avoir l'impression qu'il était bien à moi et là il est devenu furieux. Il... Il...

Je m'en étrangle et les yeux de Louise s'écarquillent.

— Il... quoi, Adèle ?

— Tu te rappelles que notre chat est mort juste après notre emménagement ?

Je m'interromps.

— Eh bien, il lui a donné un coup de pied. Très fort. Et alors... alors que la pauvre bête était à moitié assommée, il lui a écrasé la tête d'un coup de talon...

Je me tourne vers le jardin où je l'ai enterré.

— ... Il l'a tué.

Louise ne dit rien. Que pourrait-elle dire ? Elle est trop horrifiée pour parler. Je continue donc, la voix toujours aussi pâteuse :

— C'est le problème, avec David. Il peut être si charmant. Si merveilleusement drôle et gentil. Mais quand il s'énerve, c'est comme s'il devenait quelqu'un d'autre. Ces temps-ci, je n'arrête pas de le mettre en colère. Je ne comprends pas pourquoi il ne me quitte pas, s'il est si malheureux... Si seulement il pouvait m'aimer à nouveau.

Là, je suis sincère. Absolument sincère.

— S'il divorce, il devra te rendre ta fortune, dit-elle.

— Je ne les prends pas toujours. Mais parfois il me surveille.

Fatiguée de la soutenir, je laisse aller ma tête contre le mur derrière moi. Mon esprit retrouve peut-être sa vivacité, le reste de mon corps, lui, se traîne encore. Je reprends d'une voix morne :

— J'ai voulu récupérer le contrôle de mon argent…

J'annonce ça comme si ça n'avait aucune importance.

— … avant notre déménagement. Après ce qui s'est passé à Blackheath. Il a refusé. Il a dit que je devais encore suivre mon traitement quelques semaines et qu'ensuite on en reparlerait. Il avait beaucoup insisté pour que je prenne ces cachets qui devaient me calmer, malgré mes réticences. Et puis, un jour, je me suis dit pourquoi pas, après tout. Je vais essayer. Pour lui. Pour nous.

— Que s'est-il passé à Blackheath ?

Elle ne pense plus à son misérable sort à présent. Notre histoire la captive. Je marque une longue pause avant de répondre.

— Je crois qu'il a eu une aventure…

J'ai dit ça dans un murmure, néanmoins elle a un petit mouvement de recul et elle rougit. *Ouais, ça fait mal, hein ? Maintenant, tu sais ce qu'on ressent.*

— Tu en es sûre ? demande-t-elle.

— Je crois. Avec la femme qui possédait le petit café au coin de la rue du cabinet. Marianne, elle s'appelait.

Le joli nom a encore un goût amer sur ma langue.

— Ah…

Ouais, ah. Louise. Prends ça dans ta jolie petite gueule. Tu ne te sens plus aussi spéciale maintenant, imprimées à mon nom avec les instructions de dosage, prescrites par mon mari.

— Merde, dit-elle au bout d'un moment. C'est David qui t'a donné tout ça ?

Je hoche la tête.

— Pour mes nerfs.

— Il n'y a rien là-dedans pour les nerfs, Adèle. Ce sont de puissants antipsychotiques. Je veux dire, vraiment puissants. Tous.

— Non, tu dois te tromper. C'est juste pour mes nerfs.

Elle ne relève pas et continue à scruter les emballages, les plaquettes à moitié vides qui en débordent : tous ces cachets que j'ai balancés dans l'évier. Elle fouille dans une des boîtes.

— Pas de notice. C'est David qui te les rapporte à la maison ou tu vas les acheter toi-même ?

— C'est lui, dis-je tranquillement. Je peux avoir du café, s'il te plaît ? Je me sens très fatiguée.

En fait, c'est plutôt le contraire : je récupère avec une rapidité étonnante, surtout quand on pense que c'est seulement la deuxième fois.

Elle fait enfin le café et vient s'asseoir en face de moi. Il n'y a plus rien de ringard chez notre petite Louise potelée. Et elle n'a plus rien de potelé non plus. Ces derniers jours d'affres sentimentales ont éliminé les ultimes grammes superflus.

— Depuis quand te fait-il prendre ces trucs ?

Je hausse les épaules.

— Depuis un moment. Il essaie toujours de nouveaux traitements.

Je contemple le café, appréciant la chaleur du mug entre mes doigts hypersensibles.

vers la cuisine. On va te préparer un café. Je me faisais tellement de souci pour toi.

— Je suis désolée pour le téléphone, lui réponds-je, la voix traînante.

Elle me fait m'asseoir. C'est un soulagement. Une chose de moins sur laquelle se concentrer.

— Tu n'as pas à être désolée, dit-elle en remplissant la bouilloire et en cherchant des mugs et du café instantané.

Je suis contente qu'il y en ait un petit bocal « en cas d'urgence » dans le placard. J'ai peut-être retrouvé l'usage d'une bonne partie de mon cerveau, cependant je n'ai pas l'énergie de lui expliquer la machine à café.

— Tu as le droit d'avoir des amis, Adèle. Tout le monde a le droit d'avoir des amis, dit-elle en cherchant en vain une bouteille d'alcool dans la pièce. Qu'est-ce que tu as ? Tu es malade ? Il a fait quelque chose ?

Je secoue lentement la tête, pour ne pas trop faire bouger le monde autour de moi.

— Les cachets. J'en ai peut-être pris un peu trop.

Elle ouvre le placard à médocs et je sais qu'elle se demande encore si c'est possible de se cogner l'œil avec cette porte.

— Franchement, ne t'inquiète pas, tout va bien, j'ai une ordonnance.

Mais ça ne l'arrête pas. Bien sûr. Elle ignore la première rangée d'ibuprofène et de comprimés contre l'acidité, pour s'enfoncer dans les tréfonds de la pharmacie. Elle étale ses trouvailles sur le comptoir. Quand la bouilloire émet son déclic, elle ne réagit pas. Elle examine les étiquettes. Toutes impeccablement j'essuie maladroitement avant de me hisser sur ces trucs instables qui me servent de pieds. Je savais qu'elle reviendrait, toutefois je ne l'attendais pas si tôt.

Je prends une longue respiration pour m'éclaircir un peu les idées tout en me demandant si je vais aller ouvrir. C'est peut-être un risque, mais je n'en cache pas moins les objets dont j'ai besoin dans une jolie petite boîte en teck sur la table basse. Je ne sais plus où je l'ai achetée ni pourquoi, en tout cas, elle se révèle utile.

Elle m'appelle encore une fois. Je jette un coup d'œil à mon reflet dans le miroir. J'ai une sale tête. Pâle, en nage et les pupilles si dilatées que mes yeux en paraissent noirs. Mes lèvres tremblent. Je ne me reconnais pas. Ce qui me fait ricaner, un son si soudain que j'en ai presque la trouille. La faire entrer ou ne pas la faire entrer, telle est la question. C'est alors que, dans le coin de ma cervelle qui fonctionne correctement, je comprends comment je peux tirer avantage de cette visite. À un moment ou à un autre, j'aurais dû faire semblant d'être dans cet état ; désormais, ce n'est plus nécessaire. Mon plan se déroule à la perfection. Comme toujours.

Je titube vers la porte. J'ouvre. Quel soleil. Il y a une heure de ça, je n'aurais pas pu bouger, mais maintenant que je me concentre, mes membres m'obéissent. Ce qui me procure une réelle fierté. Louise, quant à elle, paraît choquée. Il me faut une seconde pour me rendre compte que c'est moi, et pas elle, qui chancelle.

— Merde, Adèle, dit-elle en entrant précipitamment et en me prenant par le bras. Qu'est-ce qui t'arrive ? Tu as bu ? demande-t-elle en me conduisant

35

Adèle

Il faut plusieurs coups de sonnette pour que je prenne conscience que c'est la porte d'entrée. Au début, complètement dans les vapes, je me dis qu'un oiseau exotique est entré dans la maison avant de me demander si je suis bien dans la maison, et puis je l'entends à nouveau. La sonnette. Oui, pas de doute. C'est agaçant. Je me redresse sur le canapé, la tête lourde.

— Adèle ?

La voix désincarnée flotte jusqu'à moi et je fronce les sourcils. C'est vraiment elle ? J'étais tellement en train de penser à elle que je ne sais si je l'entends pour de bon ou si c'est mon cerveau qui fait des siennes. C'est si difficile de se concentrer et elle est si imbriquée dans ma vie qu'en cet instant, dans cet état, je ne sais pas où je finis et où elle commence.

— Adèle, c'est moi, Louise ! Laisse-moi entrer, s'il te plaît. Je ne resterai pas longtemps, c'est promis. Je veux juste voir si tu vas bien.

Louise. C'est elle. Ma sauveuse. Je souris, ou plutôt je grimace. J'ai un filet de bave au menton que heures. Même s'il rentre déjeuner chez lui, il devra être de retour au cabinet à une heure et demie. Je me déconnecte et j'avale un peu de vin, réfléchissant à mon plan.

Le lendemain matin, je vérifie encore une fois son agenda pour m'assurer qu'il n'a pas annulé un rendez-vous à la dernière minute, puis je fonce sur Broadway acheter un de ces téléphones pas chers avec une carte prépayée. Il *faut* qu'Adèle en ait un et j'ignore si David lui a rendu le Nokia. Au moins, celui-ci, elle pourra le cacher quelque part. En cas de problème, elle pourra toujours m'appeler. Je suis un peu moins angoissée à l'idée de me séparer d'eux. De toute manière, je n'ai pas le choix.

Je me sens mieux maintenant que j'ai un plan et, tandis que je finis mon vin sur le balcon en ce début d'après-midi, je me rends compte que c'est aussi parce que je suis en train de défier David. *Va te faire foutre. Pour qui tu te prends ?*

C'est alors que surgissent des pensées débiles : ce que ça me faisait de l'avoir dans mon lit et à quel point cette proximité me manque. Je les chasse avec rage. Je refuse aussi de m'attarder sur le fait qu'il est toujours là dans mes rêves, ceux que je fabrique, où nous jouons à la famille heureuse. Au lieu de ça, je pense au mal qu'il m'a fait. Je serais bien conne de le laisser me dicter ma conduite comme si j'étais une petite Adèle timide.

Demain. Demain, tout ça sera derrière moi.

Je suis si fatiguée et agitée que je suis incapable de la moindre pensée logique. Tout ce que je sais, c'est qu'il faut que je voie Adèle et que bientôt je n'en aurai plus le temps. Adam rentre après-demain et, ce qui est sûr, c'est que je ne veux pas entraîner mon fils dans cette galère. Je dois mettre un terme à cette histoire. Ça paraît irréel : plus de David, plus d'Adèle. Et plus de *travail*. Je ravale mes larmes. Même moi, j'en ai marre de mes larmes. *C'est toi qui t'es fourrée là-dedans. Démerde-toi.*

Demain. Je la verrai demain. Je dois juste trouver le moyen de ne pas nous attirer des ennuis à l'une ou à l'autre. Même s'il n'est que deux heures de l'après-midi, je me sers à boire – il y a des circonstances exceptionnelles dans la vie – avant de m'écrouler sur le canapé. Il faut aussi que je fasse le ménage. J'enregistre le désordre et mon regard tombe sur mon portable que j'ai abandonné par terre à côté de la télé après avoir envoyé mon mail au Dr Sykes et une idée me vient.

Le Dr Sykes m'a accordé un mois. Je n'ai donc pas été renvoyée – même si c'est ce que tu voulais, merci beaucoup, *monsieur-l'enfoiré-du-bar* –, ce qui veut dire qu'ils n'ont pas supprimé mon accès à distance.

Je m'assieds en tailleur, mon verre à côté de moi sur la moquette, et je m'enregistre sur le serveur du bureau. Je suis morte de peur, comme si on pouvait me *voir*. Mes paumes sont moites, même si dans l'absolu je ne fais rien d'illégal. J'ai l'impression de fouiller dans les mails amoureux d'un étranger. Je consulte l'agenda de David pour demain. Son après-midi est bien rempli. Il ne quittera pas le boulot avant cinq qu'il considérait cela comme un congé sabbatique. Une intérimaire me remplacera dans l'intervalle. Je ne l'ai pas contredit. Dans un mois, les choses auront peut-être changé. David se sera peut-être calmé. Ils auront peut-être déménagé. À vrai dire, je ne les comprends ni l'un ni l'autre, je n'ai aucune idée de ce qu'ils vont faire. Le mail courtois et poli que j'ai reçu de David – avec le Dr Sykes en copie – était celui d'un étranger, pas d'un homme qui m'avait hurlé dessus la veille dans mon salon. Voilà au moins un point dont je peux être sûre : je ne le connais pas. Adèle est la seule qui a été mon amie. Il nous a amochées toutes les deux.

Je suis inquiète pour elle. J'avais plus ou moins espéré qu'elle passerait chez moi à un moment ou à un autre, mais pour l'instant elle n'est pas venue, ce qui n'a rien d'étonnant. Elle a tellement peur de David qu'elle ne prendra pas un tel risque. Maintenant, je l'ai vu quand il est en colère. J'ai ressenti cet effroyable mépris qu'il est capable de vous balancer au visage. Je ne conçois même pas ce que ça peut faire d'encaisser ça pendant des années. Il est aussi possible que, sous un prétexte quelconque, il ne soit pas allé au cabinet et qu'il soit resté chez eux, faisant semblant de travailler depuis là-bas. Quand je ne me noie pas sous des torrents de pitié pour moi-même, j'ai l'esprit en feu à l'imaginer en monstre à la Hannibal Lecter. Dans l'immédiat, il faut que je sache si Adèle va bien. J'ai promis de ne pas m'approcher d'elle, mais comment m'y résoudre ? David était si froid à la fin de notre dispute. Que s'est-il passé quand il est rentré ? Je vois encore cet œil au beurre noir et les dénégations de David n'y changent rien. Les maris violents nient toujours, non ?

34

Louise

Après avoir enfin connu le repos, l'épuisement me paraît d'autant plus pénible à présent. J'ai à peine dormi ces deux derniers jours, me repassant en boucle la dispute avec David dans ma tête. Je n'ai quitté l'appartement que pour me traîner à la boutique du coin acheter du vin et des cochonneries à bouffer, les cheveux tirés en queue-de-cheval parce que je ne m'étais même pas douchée. Sophie m'a envoyé un « comment ça va ? » que j'ai supprimé sans répondre. Je n'ai pas besoin de ses « je te l'avais bien dit ».

J'avais envie de vomir sur mon clavier quand j'ai rédigé mon mail de démission. Je m'y suis reprise à quatre fois, à travers mes larmes, avant de presser la touche « Envoyer ». J'ai ajouté David en copie et voir son nom dans la barre d'adresse a bien failli les faire couler. Le Dr Sykes m'a appelée aussitôt, plein d'inquiétude, et là j'ai craqué, j'ai chialé pour de bon, ce qui a confirmé mes « problèmes familiaux personnels ».

Je n'ai donné aucun détail et il n'a pas insisté pour en avoir. Il m'a dit de prendre un mois pour y réfléchir, puis moi pour retrouver notre grand lit vide. Je reste un moment à contempler les ténèbres, réfléchissant à tout ça. À eux, à nous, à lui.

L'amour, le vrai, n'a jamais été un long fleuve tranquille.

téléphone. Il est en train de se demander si cette amitié est bien le fruit du hasard ou bien si je n'ai pas tout manigancé d'une manière ou d'une autre.

— On ne peut pas passer notre temps à fuir, dis-je, la raison incarnée. Quels que soient nos problèmes, c'est ici que nous devons y faire face.

Il hoche la tête tout en m'observant d'un air pensif. Même si c'est Louise qui l'a déçu, il n'a aucune confiance en moi. Il me guette en permanence, tâchant d'analyser mes humeurs, mes pensées, mes actes. Il n'est pas convaincu que je ne savais pas qui elle était, mais, sans sa confirmation, il ne peut rien prouver. Je sens les lignes de front qui se creusent nettement entre nous sur le carrelage très chic de notre cuisine.

Il n'en peut plus et il ne tardera pas à faire quelque chose. Divorcer par exemple, en dépit de mes menaces. Il en est presque au point où ça lui sera égal. Cela fait un bout de temps que je sens mon emprise sur lui décliner. En terminer une bonne fois pour toutes serait pour lui un soulagement. Pour un moment du moins, jusqu'à ce qu'il se rende compte qu'à cause de ce qui s'est passé il y a si longtemps il a complètement foiré sa vie.

C'est donc moi qui agirai, pas lui. Le courage est de mon côté. J'ai toujours eu un pas d'avance. Ma résolution s'affermit. David ne sera jamais heureux tant qu'il ne sera pas libéré du passé et je ne connaîtrai jamais le bonheur tant qu'il ne sera pas heureux.

Nous quittons la cuisine l'un après l'autre, lui d'abord pour se rendre dans son bureau afin d'éviter la gêne de monter ensemble vers nos chambres séparées, bien pour ça. J'en laisse ma mâchoire tomber en bêlant un « oh » troublé. Pour être honnête, il me déçoit un peu. Même si je n'avais pas *déjà* su qu'il la baisait et que c'était sa secrétaire, il devrait comprendre qu'un tel comportement éveillerait mes soupçons. Qu'un patient fasse une fixette sur lui, d'accord. Mais deux ? C'est une sacrée extension du domaine du crédible. Cela étant, il ne me reste plus qu'à continuer mon petit jeu.

Je pose toutes les bonnes questions et il s'enferre dans ses réponses. Il ne me rend pas le téléphone, mais l'absence d'inquisition sur notre amitié pue la culpabilité. J'ai vaguement de la peine pour Louise – c'est sur elle qu'il a passé l'essentiel de sa rage. Contre moi, il ne parvient pas à se mettre en colère. Je l'épuise. Il n'a plus l'énergie. Il est si fatigué. De tout. De moi, surtout.

— On devrait peut-être partir deux à trois semaines, dit-il, les épaules voûtées, le regard braqué vers le sol.

— Nous ne pouvons pas…

Et, soyons franc, c'est vrai, nous ne pouvons pas. Ça ne colle pas du tout avec mes plans.

— … Tu viens d'arriver au cabinet. De quoi ça aurait l'air ? Tu n'as qu'à confier cette Louise à un confrère, comme tu l'as fait avec ce garçon.

— Alors, juste quelques jours, peut-être. Pour essayer de se parler. Décider de ce que nous allons faire.

Il me jette un bref regard. Soupçons. Nervosité. Tout ça dans ce qui est à peine un coup d'œil.

Cette brave petite Louise a gardé notre secret, elle a néanmoins mentionné les cachets et les coups de

33

Adèle

Il va prendre un verre avant de rentrer. Toujours ce besoin de picoler chez David. Cette fois, ça m'est égal. Je préfère qu'il se donne le temps de se calmer. Je fais en sorte, au moment où la porte de la maison s'ouvre, d'être à la table de la cuisine, avec des traces de larmes sur le visage. Mais sans pleurer. J'imagine qu'il a eu sa dose de femmes éplorées pour la soirée.

Je continue à afficher mon désarroi à propos de Louise. Je présente une litanie d'excuses de ne pas lui avoir parlé de ma nouvelle amie – je me sentais si seule et j'avais peur qu'il m'empêche de la voir alors que j'essayais simplement d'être normale. Je lui demande où il est allé et pourquoi il s'est rué dehors comme ça en entendant son nom. Bien sûr, il ne me dit pas la vérité. Il devrait pourtant savoir à présent.

Il répond que c'est une de ses patientes en guettant attentivement ma réaction. C'est un test. Il ne croit pas en mon innocence dans cette affaire, il me connaît trop n'en sais pas davantage à propos de rien. Malgré toutes mes accusations, il ne m'a donné aucune réponse.

— David, dis-moi juste…

Je me déteste, je déteste ce ton plaintif, ce besoin de *réparer* quelque chose.

— Ne t'approche pas de moi, me coupe-t-il, glacial. Ne t'approche pas d'Adèle. Crois-moi, Louise, pour ton propre bien, ne t'approche plus d'aucun de nous deux. Nous n'avons rien à faire avec toi, c'est compris ?

Je hoche la tête, une enfant intimidée. Je n'ai plus envie de me battre. Me battre pour quoi, de toute façon ? Je ne peux pas retirer les choses que j'ai dites et je ne suis pas tout à fait sûre de le vouloir. Je veux juste des réponses qu'il ne me donne pas.

— Je ne veux plus jamais te revoir.

La voix est douce, les mots brutaux. Un coup dans les reins qui me coupe le souffle pendant qu'il tourne les talons.

La porte d'entrée se referme et je suis seule.

Je me dissous, m'effondrant à terre, me repliant sur moi-même, pleurant comme une gosse. Des sanglots longs, durs, incontrôlables.

David est tellement furieux. Et je ne peux même pas envoyer un texto à Adèle pour la prévenir.

Je suis abasourdie. Mon travail ? Il me prend mon travail ?

— Et si tu envisages de raconter notre petite liaison sordide au Dr Sykes, je lui montre ceci…

Il lève le téléphone d'Adèle.

— … et tu auras l'air aussi tarée et obsessionnelle qu'Anthony Hawkins…

Il se penche vers moi, parfaitement maître de lui, calme.

— … parce qu'il faut être sérieusement malade pour vouloir être l'amie secrète de la femme de l'homme avec qui on couche…

Il s'écarte un peu.

— … et le Dr Sykes est un homme. Il se fout bien que je baise avec toi. En revanche, il perdra tout respect pour toi si tu baises avec moi. C'est lui qui voudra trouver un moyen de se débarrasser de toi.

Je suis en train de perdre mon emploi. Soudain, ça devient très réel. David me hait, j'ignore ce qui est arrivé à Adèle et je n'ai plus de boulot. Je repense à cette première nuit au bar où nous avons bu et ri, où, grâce à lui, je m'étais sentie si vivante… et les larmes reviennent, épaisses, abondantes. Elles s'écrasent par terre, autant de flaques de pitié pour moi-même. C'est moi qui me suis foutue là-dedans, à moi d'assumer. Je n'en suis pas capable.

— Tu as dit que tu m'aimais.

Pitoyable.

Il ne répond rien à ça. Son visage est difforme, tordu et amer, pas du tout celui de *mon* David.

Je voudrais pleurer encore un peu et, ce qui est pire, c'est que même maintenant que tout a été déballé, je

J'ai des difficultés à respirer, je sanglote, je suffoque et je répète dans un hoquet abominable :

— Je me sens minable !

— Bordel, calme-toi, Louise.

Il s'avance pour me prendre dans ses bras. Je le chasse en pleurant. Il est choqué par mon torrent d'émotions. Je parviens encore à m'en rendre compte.

— Je suis sa seule amie. Sa *seule* amie. Pourquoi ?

Je cours à ma destruction, c'est plus fort que moi. Je n'en peux plus de toutes ces questions qui me dévorent.

— Louise, écoute…

— Qu'est-il arrivé à Rob, David ?

Il se pétrifie et c'est comme si l'univers entier était en train de retenir son souffle. Moi avec.

— Pourquoi ne le voyez-vous plus ? Qu'as-tu fait ?

Il me dévisage.

— Comment connais-tu Rob ?

Cette question sort dans un murmure.

— Qu'as-tu fait ?

En répétant ça, quelque chose dans son expression me fait me demander si je tiens à le savoir. On dirait qu'il ne m'a pas entendue. Pendant un long moment, il ne dit rien et je me rends compte qu'il ne me regarde plus, mais qu'il fixe quelque chose derrière moi, quelque chose que lui seul peut voir.

— Tu es virée, dit-il enfin.

Ces trois mots, froids et cliniques, ne sont tellement pas ceux que j'attends que je ne les comprends pas.

— Hein ?

— Envoie ta démission à effet immédiat demain. Par mail. Peu importe la raison que tu donneras, invente un truc. Ça devrait pas te poser de problèmes.

Ses mots sont glacés et secs. Il est terriblement calme maintenant. De la rage contenue. Est-ce une menace ou une question ? Il me fait peur, plus que quand il criait. Je pense à sa façon de traiter Adèle. Je pense à ses cicatrices de brûlures, comment il l'a sauvée des flammes. Je pense à l'argent. Cet héroïsme, était-ce pour elle ou pour lui ?

— Que s'est-il réellement passé chez les parents d'Adèle ?

Je croise les bras. L'accusation implicite est très claire, pourtant ça ne me suffit pas, je continue :

— Un incendie au beau milieu de la nuit et il se trouve que tu passais par là. Elle m'a parlé de ça. De son héros.

J'émets un *pfft* pour indiquer ce que j'en pense, même si, en réalité, je ne sais pas ce que j'en pense.

— Je lui ai sauvé la vie, c'est tout, gronde-t-il en pointant un doigt vers moi comme s'il allait me poignarder.

Je recule.

— Ouais, tu l'as sauvée, elle. Mais pas ses parents. Ils sont morts. Et t'en as bien profité, non ?

C'est lui qui recule maintenant, les yeux écarquillés.

— Enfoirée. Tu crois que j'ai… ?

— Je ne sais pas ce que je crois ! Ça m'épuise de penser à tout ça. Les cachets, les coups de téléphone, toutes ces conneries ! David qui tyrannise Adèle, mon gentil David complètement détraqué. J'en peux plus d'essayer de deviner qui tu es vraiment. J'ai jamais voulu ça ! J'ai jamais voulu devenir son amie, mais c'est arrivé, et je l'aime bien et je me sens encore plus minable !

— Qu'est-ce qu'elle t'a raconté sur moi ?

— Oh, tout ce qu'elle raconte en permanence, c'est qu'elle t'aime…

À mon tour de ricaner.

— … mais je *vois* des choses. Je sais comment tu la traites. À quel point tu la rends nerveuse. Je vois comment tu joues avec son esprit.

Il me fixe, longtemps, durement.

— Ne va pas t'imaginer une seule seconde que tu sais quoi que ce soit à propos de mon mariage.

— Je sais que c'est toi qui as son argent. C'est pour ça que tu ne veux pas partir ? Le pauvre petit fils de fermier sauve la riche héritière et, dans la foulée, se débrouille pour qu'elle lui confie la gestion de ses biens pour ne plus jamais la lui rendre ? On dirait du Agatha Christie.

À présent, je suis en colère. Oui, il a peut-être raison de m'en vouloir et je ne sais pas comment je réagirais à sa place – j'aurais peut-être moi aussi l'impression d'avoir été trompée, abusée –, mais il couchait avec moi dans le dos de sa femme, alors je joue ma carte sortie-de-prison.

— Tu n'as pas une très haute opinion de moi, hein ?

Il est pâle et tremblant, mais ses yeux crachent le feu.

— Non, ce n'est pas vrai, dis-je, accablée par la vitesse à laquelle de nouvelles larmes me montent aux yeux. J'ai des sentiments pour toi. J'étais en train de tomber amoureuse de toi. Je crois. Mais il y avait tous ces *trucs,* David, ces *autres* trucs. Tout ce que tu ne me disais pas. Tout ce que ta femme a trop peur de dire.

— Mais, putain, qu'est-ce que tu crois savoir, Louise ?

— Putain, Louise. Tu te rends compte à quel point c'est dingue ?

— Je ne voulais pas être son amie. Je ne le voulais pas, dis-je, les larmes aux yeux, la morve au nez. Je me suis retrouvée entraînée là-dedans et, au départ, je pensais que ce qui s'était passé au bar entre nous ne se reproduirait plus.

— Mais pourquoi ne m'avoir rien dit ? Tous ces mensonges à la con, Louise ? Qui *es*-tu ?

— Je n'ai pas menti, j'ai juste…

J'ai juste évité de te le dire… C'est faible et je le sais avant même qu'il ne me coupe.

— Qu'est-ce que tu disais, déjà ? Ah ouais, tu es un livre ouvert…

Il ricane et je le reconnais à peine.

— … quelle connerie. Et moi qui croyais pouvoir te faire confiance.

Il se détourne et se passe la main dans les cheveux, comme s'il voulait se les arracher.

— Je n'arrive pas à y croire. Je n'y arrive pas.

Je saisis l'occasion. La meilleure défense, tout ça… Puisqu'il me faisait tellement confiance, pourquoi ne m'a-t-il jamais parlé de lui ?

— Qu'est-ce qui t'inquiète, au fond, David ? Que j'apprenne des choses que tu ne voudrais pas que je sache ? Que j'aide Adèle à s'émanciper et à comprendre ton petit jeu ? Qu'elle te foute dehors ? Qu'elle retrouve une vie ?

— Quoi ?

Il se retourne pour me regarder, vraiment me regarder, pour la première fois depuis qu'il s'est rué dans mon appartement. Il fronce les sourcils. Il baisse la voix.

261

Son accent écossais ressort maintenant qu'il est en colère : rude, agressif, méconnaissable. La voix d'un étranger.

Je me mets à gémir, à gesticuler comme si je voulais repousser tout ça.

— Je ne savais pas comment faire ! Je n'ai pas... je suis tombée sur elle dans la rue ou plutôt c'est elle qui est tombée, littéralement, quand je l'ai heurtée et nous sommes juste allées boire un café ! Je n'avais pas l'intention de la revoir ou quoi que ce soit, mais ensuite elle m'a envoyé un texto et je n'ai pas su pas quoi faire !

— Et tu n'as pas envisagé de lui dire que tu travaillais pour moi ? Tu ne t'es pas dit que ce serait *normal* ?

La surprise me réduit au silence pendant un moment, ce qui doit me donner l'air encore plus coupable. Je croyais qu'il avait tout découvert. Peut-être a-t-il juste trouvé le téléphone d'Adèle et a-t-il aussitôt foncé ici ? Peut-être qu'il ne lui a pas encore parlé ? Ou peut-être qu'elle ne lui a pas avoué cette partie-là. *Parce qu'elle avait trop peur.* Je ne sais pas quoi dire. Devrais-je lui dire que, bien sûr, elle le savait et qu'elle m'a demandé de garder le secret ? Mais alors, c'est elle qui aurait des problèmes. Et de nous *tous,* Adèle est la seule qui n'a rien fait de mal.

Je ne dis rien.

— Mais, putain, t'es cinglée ou quoi ? dit-il en postillonnant. Et moi qui te croyais si honnête. Si *normale.* Tu m'as espionné ?

— J'avais de la peine pour elle ! Elle était si seule !

Je lui hurle dessus, même si les murs sont minces et que Laura, ma voisine, va sûrement m'entendre.

32

Louise

Je n'aurais pas dû le laisser entrer, je n'aurais pas dû le laisser entrer... voilà tout ce que je suis capable de me dire, saisie d'horreur par ce qui est en train de me tomber dessus. Si je ne l'avais pas laissé entrer, je n'aurais pas eu à m'en occuper. Pas encore. J'ai envie de vomir. Je ne sais pas quoi dire.

Il est là dans mon salon, tremblant de rage, agitant le minable portable d'Adèle et gueulant qu'il a lu tous mes messages. Je suis en larmes et je ne sais même pas quand ça a commencé, peut-être quand il a franchi le seuil et que j'ai aussitôt compris qu'il savait. Mon ventre s'est liquéfié et c'est comme si, surprise en train de le tromper, j'essayais de m'expliquer. Je me déteste.

— Depuis le *début* ?

Il n'arrive pas à y croire, ça ne veut pas rentrer dans sa caboche.

— Tu étais l'amie de ma *femme* depuis le début et tu ne m'as rien dit ?

— Tu pourras m'appeler, tu sais, dit-elle. Je vais te donner mon numéro de portable. Si ça tourne mal, appelle-moi. Et viens passer quelques jours chez moi.

— Ouais, je suis sûr que ça va plaire à David.

— David est à la fac... et puis, c'est *ma* maison, ajoute-t-elle dans un moment de rébellion.

Ils se sourient. Elle voit bien qu'il l'aime et ça lui fait tout chaud à l'intérieur, même si c'est un peu compliqué. David est tout pour elle, pourtant maintenant Rob a aussi sa place dans son cœur. Sans lui, elle ne se serait jamais sentie aussi bien. Et on l'aurait sans doute enfermée pour de bon.

— Je suis sérieuse, dit-elle, débordante d'affection. C'est quand tu veux.

— D'accord, dit-il. Peut-être...

Elle espère qu'il viendra. Elle espère qu'il l'appellera plutôt que de rester malheureux. Sauf qu'il est fier, Rob, elle le sait. Autant que David, quoique d'une façon différente.

— Tu promets ?

Elle se penche en avant pour que leurs visages soient tout proches l'un de l'autre et que ses cheveux lui caressent la joue.

— Je promets, ma belle princesse au bois dormant. Je promets.

Elle l'embrasse sur le nez.

— Bien. Donc, c'est réglé.

— J'imagine, maintenant que tu lui as laissé tout ton argent, dit sèchement Rob.

— Non, ce n'est pas vrai, dit-elle, exaspérée. Je n'arrête pas de te le répéter. Ce n'est que temporaire. C'est plus facile comme ça, c'est tout. Avec ses frais de fac, les trucs pour la maison, je ne pouvais pas m'en occuper d'ici. Je suis contente qu'il s'en soit chargé. Oublie ça, Rob. Et n'en parle à personne. C'est déjà assez difficile pour David depuis l'incendie, je n'ai pas envie que cette histoire se retrouve dans les journaux.

— D'accord, d'accord. Je m'inquiète pour toi, c'est tout.

Le moment est mal choisi pour leur première dispute et elle sait qu'il le sait. Il hésite avant d'ajouter :

— Et je suis plus inquiet encore à l'idée de te savoir seule dans cette grande maison.

— Tout ira bien. Ce n'est que pour quelques semaines. J'aurai de la visite. Des gens du coin, mes avocats et bien sûr un médecin. Il y aura même quelqu'un pour me faire les courses et le ménage. Et David viendra le week-end dès qu'il pourra.

— Une vraie nouvelle vie pour toi, dit-il avec mélancolie. Pense à moi coincé dans cette cité de merde avec ma conne de sœur.

— C'est si moche que ça ?

Il ne s'est encore jamais ouvert sur sa propre vie, même si cette dernière semaine elle a essayé de l'y inciter, sans trop insister.

— C'est ce que c'est.

Il essaie de souffler des ronds de fumée. Le vent les brise avant même qu'ils ne se forment et il renonce.

— Je ne veux pas y penser avant demain.

en train de fumer. Elle ne peut pas lui dire qu'elle a pris de la drogue ici. Il serait horrifié. Un autre secret qu'elle partage avec Rob.

— J'ai envie de brûler le cahier, dit-il. Lui offrir une petite cérémonie d'adieu.

Comme toujours, son ton est léger et ses yeux brillent ; elle sait néanmoins qu'il déprime. Elle lui serre la main très fort.

— Non, garde-le. On ne sait jamais. Tes rêves te réservent peut-être d'autres surprises.

Elle inhale, appréciant le bourdonnement apaisant dans sa tête avant de lui rendre le pétard.

— Et quand tu viendras me voir, reprend-elle, tu me les raconteras. Là où tu as été, qui tu as vu. Et tu as intérêt à m'ajouter dans quelques-uns de tes rêves, conclut-elle en souriant.

— Pareil pour toi, dit-il. De toute manière, tu passeras assez de temps avec Droopy David pour ne pas avoir besoin de le retrouver jusque dans tes rêves.

Elle lui flanque un petit coup de poing sur le bras et il rigole, même s'il est très sérieux. Ce sera différent une fois qu'ils se seront rencontrés. Si elle les aime tous les deux, ils s'aimeront sûrement. C'est obligé.

— Ça te gêne pas de retourner dans cette maison ? demande-t-il.

— Non, je ne crois pas.

Elle ne sait pas trop, mais ça fait partie de la thérapie qu'elle s'est fixée. Faire face. Revenir à la source du traumatisme. Y vivre un moment.

— Il y a plein de pièces intactes et celles qui ont brûlé ont été nettoyées. Et puis, il y a eu des réparations. David s'en est occupé.

rencontré quelqu'un qui repasse ses jeans et ses tee-shirts. Il doit même repasser ses chaussettes. Sa façon, peut-être, de se sentir un tout petit peu en contrôle dans une vie qui par ailleurs semble à Adèle erratique. La seule chose chez lui qui n'est pas sauvage.

Il sort quelque chose de sa poche et sourit. Un joint parfaitement roulé.

— Mes derniers grammes. Autant se les faire. Peut-être qu'ils nous choperont en train de fumer et qu'ils nous obligeront à rester.

Elle sait qu'il l'espère plus ou moins. Elle sait qu'il adorerait rester plus longtemps et elle le souhaite en partie elle aussi, car elle ne s'imagine pas ne plus le voir tous les jours. Cependant David lui manque tant, elle en est malade à l'idée de le retrouver, de l'embrasser et de l'épouser sans que ses parents soient là pour s'y opposer.

Rob redoute que ce soit la fin de leur amitié. Il se trompe. Il pourra venir vivre avec eux après leur mariage. Il plaira à David, elle en est certaine. Comment pourrait-il ne pas l'aimer ? Rob est trop fabuleux.

Elle lui prend la main. C'est bon de la sentir dans la sienne. Elle a presque oublié ce que ça lui fait de tenir la main de David, elle a un peu l'impression de le trahir, mais David n'est pas là, contrairement à Rob, et ils l'aiment tous les deux, chacun à sa façon.

— Qu'est-ce qu'on attend ? dit-elle.

Il ne fait pas si chaud aujourd'hui, le vent sur l'eau transportant une fraîcheur qui les mord parfois, mais ils s'en moquent tandis qu'ils s'installent sous l'arbre où ils ont fait connaissance. Ils s'échangent le joint. Ça aussi, elle va le regretter. Elle n'imagine pas David

31

AVANT

Ils partent demain. Le mois est terminé et il n'y a aucune raison que l'un ou l'autre – les patients stars – restent plus longtemps. C'est un sentiment bizarre, pourtant Adèle ne peut s'empêcher de sourire. Libérée de Westlands et bientôt mariée à David dès la fin de son trimestre universitaire. En dépit de tout ce qui est arrivé, l'avenir s'annonce bien. Elle n'a qu'une inquiétude : Rob. Il n'arrête pas de blaguer à ce sujet, toutefois elle voit bien qu'il n'a aucune envie de retourner chez sa sœur. C'est dur de le voir aussi vulnérable. Et c'est tout aussi dur de le quitter. C'est sa seule tristesse tandis qu'elle plie ses affaires dans sa petite valise, mais elle est aiguë.

— Tu veux descendre au lac ? demande-t-elle.

Il est assis sur le lit, la regardant faire ses bagages, et pour la première fois depuis qu'elle le connaît, il a l'air d'un petit garçon et pas d'un quasi-homme. Ses cheveux sombres pendent sur son visage, sans cacher les reflets de l'appareil qu'il déteste tant sur ses dents. Son tee-shirt est repassé. Avant lui, elle n'avait jamais

Il fonce vers la porte d'entrée et mes appels ne le ralentissent pas. Un tourbillon de rage et de confusion.

La porte claque. J'entends le tic-tac de l'horloge dans le silence. Je regarde un moment l'endroit où il était, avant de me servir un verre du vin qu'il a ouvert. Il aurait besoin de s'aérer un peu plus. En vérité, je m'en fous.

J'exhale un long soupir après la première gorgée et je fais rouler ma tête sur mes épaules pour soulager la tension. Pauvre Louise, me dis-je. L'épuisement est là, mais j'essaie de me secouer. J'ai encore du travail. Pour commencer, voir si Anthony a laissé le paquet là où je le lui ai demandé. Et ensuite *voir* ce que fabrique David. Ma fatigue devra attendre.

Après tout, j'aurai tout le temps de dormir quand je serai morte.

Maintenant, il me regarde, tout en s'efforçant encore de tout ranger à sa place dans sa tête. Son monde vient de basculer, de passer en mode essorage.

— Et c'est ma femme qui a pris cette carte ?

Je hausse les épaules, implorante, et j'articule : « C'est une amie. »

— D'accord, oui, merci. Ça ira.

Ses yeux tombent sur mon portable et il s'en empare à la seconde où il raccroche, avant même que je puisse faire mine de vouloir le récupérer.

— Je suis désolée, dis-je. C'est quelqu'un que je viens de rencontrer. C'est tout. Juste une amie. Je ne voulais pas t'en parler. Je me sentais seule. Elle est si sympa.

Il ne m'écoute pas : il est en train de fouiller dans les textos de mon portable, le regard noir de colère. J'en ai gardé la plupart. Bien sûr que je les ai gardés. En prévision de ceci.

Enfin, il me dévisage, longtemps. Il serre le téléphone si fort que je me dis qu'il va finir par le broyer. Quelle gorge brûlerait-il de broyer dans l'immédiat, la mienne ou celle de Louise ?

— Je suis désolée.

Il est pâle, les mâchoires contractées, tout le corps tremblant d'une émotion qu'il tente de refouler. Je ne l'ai vu comme ça qu'une seule fois et c'était il y a bien longtemps. Je veux le prendre dans mes bras. Lui dire que tout va s'arranger. Que je vais m'occuper de tout. Mais je ne peux pas. Je ne peux pas me permettre cette faiblesse, pas maintenant.

— Je sors.

Les mots se sont échappés entre ses dents serrées. Je crois qu'il ne me voit même plus.

Il entre dans la cuisine à contrecœur comme un chien à qui on offre un minuscule bout de viande. Comment notre amour en est-il arrivé là ?

— Donc, on va faire comme si tout allait bien, dit-il, méfiant.

Ça me blesse.

— Non. Mais nous pouvons au moins être polis. Rien ne nous interdit de tenter de régler nos problèmes en restant aimables. Nous nous devons bien ça, non ?

— Écoute…

Le téléphone sonne. Même si je m'y attendais, je manque de sursauter et mes doigts se resserrent sur le couteau. Je me dirige vers le téléphone. David me précède comme je savais qu'il le ferait.

— Ça doit être le cabinet, dit-il.

Je garde les yeux baissés sur mon oignon. Les nerfs me brûlent tandis que j'écoute. Le moment est venu de foutre en l'air sa délicieuse petite aventure, comme il a foutu en l'air notre mariage.

— Allô ? Oui, c'est David Martin. Ah, bonsoir… Vous vouliez confirmer quoi ? Je suis désolé, je ne suis pas certain de comprendre. Une carte de membre invité ?

Je me tourne face à lui, il le faut. Mon visage n'est qu'inquiétude innocente de peur qu'il ne se fâche devant mes dépenses inconsidérées… et d'avoir une amie dont je ne lui ai pas encore parlé. Il ne me regarde pas. Pas encore.

— Pour qui ? demande-t-il en fronçant les sourcils.

Et alors, je les vois. Le choc. La confusion. L'incrédulité.

— Pardon, vous avez bien dit Louise Barnsley ?

Mon excitation est à son comble à l'idée de ce qui va bientôt se passer. De retour à la maison, alors que je prépare le dîner, mes mains tremblent et je peine à me concentrer. Mon visage est brûlant comme si j'avais un début de fièvre. J'essaie de respirer profondément, calmement, mais je n'y arrive pas. Je me concentre sur la seconde porte. *Ma* seconde chance. Je n'en aurai sans doute plus jamais d'autre de toute ma vie.

Mes mains moites glissent sur l'oignon que je m'échine à émincer et je manque de me couper. Je ne sais pas pourquoi je me donne tant de mal avec ce plat, qui finira comme les autres à la poubelle. Toutefois, il faut que je fasse en sorte que tout paraisse absolument normal et la cuisine est devenue, de façon étonnante, un domaine de fierté pour moi depuis mon mariage. Des oignons mal émincés pourraient être un indice. David est très suspicieux ces temps-ci.

J'entends sa clé dans la serrure et tout mon corps frétille d'excitation. Soudain, les lumières de la cuisine sont presque trop brillantes. Cette fois, je réussis à prendre une lente inspiration. Je vois mon téléphone portable sur le comptoir près de l'évier, abandonné sur le no man's land entre moi et l'autre téléphone fixé au mur. Je regarde l'horloge. Six heures dans quelques secondes. Parfait.

— Salut, dis-je.

Il est dans le couloir et je sais qu'il a envie d'aller se planquer dans son bureau.

— Je t'ai acheté une bouteille de châteauneuf-du-pape. Viens l'ouvrir pour qu'elle s'aère.

trottoir et d'entrer dans une petite boutique au coin de la rue.

— Il doit chercher des cigarettes, dis-je.

Si son adoration m'a été précieuse, il est inacceptable qu'il me suive.

— Peut-être, dit-elle, guère convaincue.

Nous surveillons la porte toutes les deux jusqu'à ce qu'il ressorte et j'espère que Louise ne voit pas le regard d'*envie* qu'il me lance avant de s'éloigner. Elle plisse les yeux à cause du soleil, il y a donc peu de chances. Non pas que ça ait la moindre importance. D'ici demain, Anthony sera le cadet de ses soucis.

Une fois notre déjeuner terminé – après l'avoir incitée à retourner très vite auprès de son ballon d'eau chaude soi-disant cassé –, je vais à la salle. J'y arrive juste à temps pour le prochain appel de David. Je lui raconte que je m'entraîne, pas que je suis en train de passer à la prochaine étape de mon plan. Il dit qu'il rentrera immédiatement après le travail, car « il faut qu'on parle ». Après ça, je me plains auprès de la réceptionniste à propos d'un manque criant de leur part, ajoutant que je suis trop occupée pour attendre et lui demandant de me rappeler chez moi après six heures pour confirmer qu'ils ont bien pris en compte ma requête. Je ne doute pas qu'elle le fera. C'est un club très exclusif, on débourse ce qu'il faut pour avoir droit à un service impeccable et, plus que cela, j'ai toujours fait preuve de la plus exquise politesse à l'égard de tout le personnel. Ça paie toujours d'être gentil envers les employés. Certains des autres membres ici feraient bien de le comprendre.

mes regrets de ne pas avoir d'enfant à la liste des torts de David. De quoi alimenter un peu plus le feu qui couve. Les raviolis sont parfaits, pourtant elle se contente de les pousser de-ci, de-là dans son assiette, sans en avaler un seul. Je devrais sans doute en faire autant pour souligner mon apparente nervosité, sauf que j'en ai marre de gâcher de la bonne nourriture et donc je les mange – délicatement, mais sans en laisser un seul – tandis qu'elle me parle des vacances d'Adam et à quel point ça a l'air d'être génial pour lui.

Aucune de nous deux ne s'intéresse réellement à ces histoires. Sa tête est remplie de rage et de déception, la mienne d'excitation après sa découverte de la seconde porte. Je réagis évidemment comme il se doit et elle continue à se forcer à parler, mais maintenant je veux en finir avec ce déjeuner. J'ai des choses à faire.

— Ce n'est pas… ?

Elle ne termine pas sa phrase, les sourcils froncés, les yeux braqués quelque part au-dessus de mon épaule.

— Quoi ?

Je me retourne.

— C'est lui, dit-elle en se levant à moitié de sa chaise. Anthony Hawkins.

Je le vois à mon tour, et aussi utile qu'il m'ait été, ça m'agace. Il m'a suivie. Bien sûr.

— Il habite peut-être par ici, dis-je.

— Ou alors, il te suit.

Ah, la voilà, ma grande protectrice. La maîtresse de mon mari.

— Oh, ça m'étonnerait, dis-je en riant.

Mais je fusille Anthony du regard. Comprenant qu'il me dérange, il a le bon réflexe de changer de

1950... Maintenant, je comprends le téléphone ringard.

— Les téléphones ne m'intéressent pas non plus. Honnêtement, Louise, ça n'a aucune importance. Je suis heureuse. Et je veux que David soit heureux.

Bon, j'en fais peut-être un peu trop dans le pathétique, mais la vérité est toujours plus facile à croire et j'ai été pathétique dans mon désir de le rendre heureux.

— Vous n'avez même pas un compte joint ou un truc dans le genre ?

— Crois-moi, Louise. Ça n'a aucune importance. Tout va bien. Si je veux quelque chose, il me le procure. C'est comme ça que notre mariage fonctionne. Ne t'inquiète pas. Il a toujours veillé sur moi.

Je repousse une mèche de mon visage et je laisse mes doigts s'attarder une fraction de seconde sur ma pommette blessée. Un geste infime, suffisant cependant pour qu'elle l'enregistre et range le coquard et l'argent dans le même dossier dans sa tête.

— Comme si tu étais une enfant, dit-elle.

Je sais que sa cervelle déborde : notre amitié secrète, les coups de téléphone, les cachets, l'œil au beurre noir et à présent l'argent. Tout ça prend une tournure qu'elle commence à saisir. En cet instant, elle m'aime plus que David. En cet instant, je crois bien qu'elle hait David. Je ne pourrai jamais le haïr. C'est peut-être la grosse différence entre elle et moi.

— S'il te plaît, oublie ça, d'accord ? Quand est-ce qu'Adam revient ? Tu dois être impatiente de le revoir. Il a sans doute grandi. Ça pousse vite, à cet âge...

Nos plats arrivent et elle nous commande un second verre de vin chacune tandis qu'elle ajoute en silence l'incendie ? Et si oui, pour l'amour de Dieu, dis-moi que ça n'a été que temporaire.

— Oh, ne t'inquiète pas pour ça, dis-je, sachant que j'ai l'air d'une biche blessée dans la lunette de visée d'un tireur d'élite.

Le grand classique de la victime qui défend son bourreau. Et j'explique :

— David se débrouille bien mieux avec l'argent et puis c'est si compliqué, il y a tellement de choses à gérer… Oh, c'est trop gênant…

Elle me serre la main.

— Ne sois pas ridicule. Tu n'as pas à être gênée. Je me fais du souci pour toi. Il t'a rendu la gestion de tes biens, n'est-ce pas ? Quand tu as quitté Westlands, quand tu as été guérie ?

Sa main est moite. Elle a un intérêt personnel, là, et je le sais.

— Il allait le faire. Je t'assure. Mais j'ai eu une petite dépression quelques mois plus tard et il a décidé – *nous* avons décidé – qu'il valait mieux qu'il continue à s'occuper de tout. Et ensuite, nous nous sommes mariés et c'est devenu *notre* argent.

— Waouh…

Elle se renfonce dans sa chaise et prend une longue gorgée de vin. Il lui faut ça pour faire passer le fait que tous ses soupçons sont confirmés.

— C'est moins grave que ça en a l'air, dis-je, gentille et protectrice. Il me donne de l'argent de poche et une somme pour les courses. Et puis, d'ailleurs, l'argent ne m'a jamais intéressée.

— Une somme pour les courses ? fait-elle, les yeux écarquillés. De l'argent de poche ? On n'est plus en

Le serveur revient prendre nos commandes et je fais tout un cinéma comme quoi je n'ai pas faim, que je voulais juste sortir un peu de la maison. Je vois sa tête, son inquiétude et je devine jusqu'où elle est allée dans le cahier. Je devine la vraie raison de ce déjeuner. Et je dois fournir un terrible effort sur moi-même pour ne pas sourire, ne pas rire de la perfection géniale de cette journée. À quel point j'ai tout bien préparé.

— Il faut que tu manges quelque chose, Adèle. Tu maigris. Et puis, ajoute-t-elle nonchalamment, c'est moi qui régale.

J'en fais semblant de bafouiller.

— Oh, merci. Je suis tellement gênée, mais en arrivant ici je me suis rendu compte que j'ai oublié mon portefeuille. Je suis vraiment tête en l'air.

Elle nous commande deux assiettes de raviolis aux champignons – en prenant l'initiative, ce qu'elle n'aurait jamais fait à l'époque où nous nous sommes rencontrées – et attend le départ du serveur pour demander :

— Tu es sortie sans argent ? Ne serait-ce pas plutôt David qui surveille tes dépenses ?

Elle est directe, ma Loulou, je peux lui accorder ça. Je prends un air troublé, comme pour essayer de cacher quelque chose, et je marmonne que c'est ridicule, franchement, jusqu'à ce qu'elle attrape une de mes mains qui s'agitent n'importe comment. Un geste de solidarité, d'amitié, d'amour. Elle m'aime sincèrement, je crois. Pas autant que mon mari, toutefois.

— J'ai lu un passage dans le cahier qui m'a un peu inquiétée, reprend-elle. Et n'hésite pas à m'envoyer balader, ça ne me regarde pas après tout… est-il exact que tu lui as confié la gestion de ton héritage ? Après j'ai eu envie de prendre mon après-midi. De faire quelque chose de défendu.

Elle ne sait pas mentir. C'est assez mignon dans la mesure où elle se tape mon mari depuis le tout début de notre amitié. Le serveur revient avec son verre et deux menus et nous faisons toutes les deux semblant de les examiner pendant qu'elle avale plusieurs gorgées de vin.

— Donc, tu as vu l'autre porte ?

J'ai demandé ça à mi-voix comme une conspiratrice alors qu'il n'y a personne d'autre à cette terrasse. Je veux qu'elle se sente proche de moi.

— Où ? À quoi ressemblait-elle ?

— Dans l'étang derrière mon ancienne maison. J'étais là-bas…

Elle rougit un peu.

— … avec Adam, en train de jouer et à l'instant où j'allais partir, elle est apparue sous l'eau. Elle luisait.

Elle ne me dit pas toute la vérité sur son rêve – David devait y être aussi, si j'en crois sa rougeur. Je n'en ai rien à foutre. Si elle avait imaginé trois David en train de la baiser par la bouche, le con et le cul, j'en aurais rien eu à foutre. Seule la porte compte.

— Comme si elle était en argent, ajoute-t-elle. Et puis, elle a disparu. Tu as déjà eu ça ?

Je secoue la tête.

— Non. C'est bizarre. Je me demande à quoi elle sert.

Elle hausse les épaules.

— C'était peut-être ma cervelle qui déraillait.

— Peut-être.

Mais mon cœur bat très vite. Je pense déjà à tout ce que j'ai à faire avant qu'elle ne l'ouvre.

au fond de moi, là où elle ne peut pas me toucher, parce que nous ne pouvions nous permettre une autre dispute. Pas tout de suite. Et voilà, comme par miracle, que je reçois le texto de Louise. La seconde porte. Je souris en savourant mon vin, même si, seule à cette table, je dois avoir l'air d'une folle. Elle a vu la seconde porte. Déjà. Ça change tout. Il faut que tout soit en place avant qu'elle ne l'ouvre. Avant qu'elle sache.

Je vibre littéralement d'excitation quand je la vois arriver au coin de la rue et venir vers moi. Elle a l'air bien, super bien, et je suis très fière d'elle. Même sa démarche a changé maintenant qu'elle est plus mince, plus tonique, et ses pommettes – si elles ne sont pas aussi félines que les miennes – servent enfin à quelque chose sur son ravissant visage. Mes propres muscles me font mal du manque d'exercice, mon dos est raide de tension. Je me fane pendant qu'elle s'épanouit. Pas étonnant que David soit en train de tomber amoureux d'elle. Ça fait mal de se dire ça. Comme toujours.

— Du vin ? dit-elle avant de sourire.

Elle est troublée. Son sac glisse quand elle veut l'accrocher au dossier de la chaise.

— Pourquoi pas ? La journée est belle et tu m'as fait une jolie surprise.

Je vois ses yeux sur ma figure, aux endroits où les contusions n'ont pas encore tout à fait disparu. Elles s'effacent vite, à présent, comme si, d'une certaine manière, elles savaient que leur travail était terminé. Je fais signe au serveur de nous apporter un autre verre.

— Comment ça se fait que tu sois libre ?

— Ah, un problème avec mon ballon d'eau chaude, dit-elle, le ton léger. Le plombier vient plus tard, mais

30

Adèle

Sur ma chaise au soleil, je sirote un verre de sancerre frais et interdit en attendant Louise. Louise. C'est stupéfiant comme cette femme incroyable affecte mon humeur. Hier soir, quand David s'est pointé dans son petit appartement minable à peine sorti du bureau, j'ai eu si mal que j'ai eu envie de la tuer, même si elle a pitoyablement fait de son mieux pour me défendre et le renvoyer à la maison. C'était un peu tard, non ? Et le pire, c'est que David avait choisi d'aller la voir au lieu de venir me retrouver, après tout ce que j'avais fait pour lui avec le Dr Sykes. J'aurais pu *ruiner sa carrière*, et il n'en a même pas tenu compte. Il n'a eu aucune gratitude. Quand il est rentré, il a été se soûler dans son bureau avant de s'écrouler dans la chambre d'amis. Même pas un merci.

J'aime David. Vraiment, follement, profondément, si ringard que ça puisse paraître, mais j'ai une force qu'il n'a pas. Oui, les choses doivent changer, et c'est moi qui vais devoir me salir les mains pour y arriver. J'ai donc ravalé ma souffrance. Je l'ai repoussée tout

— Je tiens à toi, dit-il. Vraiment. Je pense à toi sans arrêt. Je ne peux pas faire autrement. C'est comme si je menais une vie séparée avec toi dans ma tête.

Les mots se déversent de sa bouche et tout ce que j'arrive à me dire, c'est que je n'ai pas besoin de ça tout de suite, pas avant de *savoir*.

— Je crois... je crois que je suis en train de tomber amoureux de toi. Mais je sais que je dois d'abord remettre de l'ordre dans ma vie. Dans ce foutoir. Je n'en dors plus la nuit à essayer de trouver comment faire. Je sais que tu ne comprends pas et je ne t'aide pas à comprendre, mais c'est quelque chose que je dois faire seul. Je vais m'y mettre. Aujourd'hui. Et je sais aussi que tu as le droit de m'en vouloir. Je tenais juste à te dire ça. C'est tout.

Le sang afflue à mon visage et dans mes pieds... et partout entre les deux comme s'il essayait de sortir de mon corps. Maintenant ? Il dit ça maintenant ? Il m'a bien pris la tête et là il me balance qu'il est en train de tomber amoureux de moi ? Bon Dieu. Je ne sais pas quoi penser. Je ne sais pas quoi éprouver. Mais Adèle attend et je dois au moins lui soutirer un peu de vérité avant de pouvoir réfléchir à ça. Il faut que je sache quel genre d'homme il est, ce qu'il est réellement, sous cette peau. Dans sa tête.

J'acquiesce en silence, la gorge serrée, et je le laisse planté là, attrapant mon sac sous mon bureau au passage et me ruant dehors au grand air sans même dire à Sue que je pars.

— Bien sûr, dit-il.

Mes paumes sont moites tandis qu'il me dévisage et, pour la première fois, il m'est étranger. Ce n'est pas mon David, ni le David d'Adèle, c'est peut-être le *David de David,* celui qui obtient toujours ce qu'il veut. En silence, je remercie mille fois Adèle d'avoir accepté le déjeuner. Je n'aurais pas pu attendre jusqu'à lundi. Il faut que je sache et elle est la seule qui puisse me le dire. Je commence à assembler le puzzle de leur mariage et je n'aime pas l'image qu'il révèle.

— J'espère que ce n'est pas trop grave, dit-il. Un ballon peut revenir cher à changer.

Une pause puis :

— Si tu as besoin de…

Je le coupe encore une fois.

— J'ai une assurance.

Allait-il vraiment me proposer de l'argent ? Lequel ? Le sien ou celui d'Adèle ?

— Très bien.

Il est sec. Ma froideur l'agace. Il a même l'air blessé, mais je ne sais pas si j'en ai quelque chose à faire.

— Merci.

Je me dirige vers la porte. Mes membres bougent bizarrement, car je sais qu'il m'observe.

— Louise.

Je me retourne. Il a enfoncé les mains dans les poches de son pantalon et ça me rappelle notre première discussion dans cette pièce, la tension électrique entre nous. Elle est toujours là, m'attirant vers lui ; désormais, elle est aussi chargée de doutes et de soupçons. Elle est abîmée, comme le visage d'Adèle.

— Je sais que mon mariage est moche. Je le sais. Et je ne devrais pas faire le con avec toi comme ça. Ce que tu as dit hier soir…

Je le coupe, froidement :

— Je ne suis pas venue parler d'hier soir.

J'ai l'impression d'avoir été plongée dans de l'eau glacée. Je ne pense qu'à une chose : retrouver Adèle pour qu'elle confirme mes soupçons.

— J'ai besoin de mon après-midi. Mon ballon ne marche plus et le plombier vient d'appeler pour dire qu'il peut venir entre deux et six heures. Sue n'a pas grand-chose cet après-midi, elle veut bien s'occuper de tes rendez-vous et s'installer à mon bureau.

Il doit recevoir quatre patients et j'en suis bien contente. Il ne rentrera pas chez lui de bonne heure. Il ne risque pas de nous surprendre.

J'ai textoté à Adèle dès qu'il est arrivé au boulot, sachant qu'elle serait seule. Je ne lui ai pas dit de quoi il s'agissait, je ne voulais pas qu'elle s'inquiète ou qu'elle ait peur.

> Une deuxième porte est apparue dans mon rêve cette nuit. C'était très bizarre. Sans poignée. Je ne pouvais pas l'ouvrir. Tu as déjà eu ça ? J'ai mon après-midi, si tu veux qu'on déjeune quelque part.

Un ton léger, tranquille, alors que mes doigts tremblants avaient du mal à trouver les touches. Elle a répondu oui sur-le-champ, proposant un petit bistrot avec une terrasse situé dans une ruelle à l'écart et assez éloigné du cabinet. Elle non plus n'a pas envie qu'on nous voie ensemble.

à David de tout lui avoir piqué – au moins, c'est le truc le moins CHIANT qu'il ait jamais fait –, mais elle n'aurait pas dû le laisser faire. Le fric, ça fout les gens en l'air. David aurait dû en avoir pas mal avec la ferme, si son père avait pas merdé grave. C'est drôle comme il en a plein aujourd'hui. Grâce à Adèle.

Je parie qu'il va pas le lui rendre si facilement quand on sortira d'ici. Je suis sûr qu'il trouvera des excuses. David, le pauvre petit fermier qui a maintenant des millions plein les poches. J'en rigole tellement c'est dingue. Et ça me fout tellement les boules que je ne me rendors plus quand je me réveille la nuit. Et puis, ça m'a fait réfléchir : qu'est-ce qui est vraiment arrivé aux parents d'Adèle ? Je veux dire, le mec, comme par hasard il roulait dans le coin au beau milieu de la nuit juste à temps pour la sauver ? Et il roulait pas par là juste à temps pour allumer le feu ?

Il s'en est plutôt bien sorti, si vous voyez ce que je veux dire. Notre séjour est presque terminé, mais si Adèle s'imagine que je vais laisser tomber, que je vais plus penser à cette histoire, elle se goure. Je vais veiller sur elle. Parce que, pas une seconde, je crois que David...

— Je suis désolé, dit-il.

Nous sommes dans son cabinet de consultation, séparés par son bureau. Je suis en train de trembler. Je tremble depuis que j'ai reposé le cahier ce matin.

— Je sais que j'avais bu, mais j'étais sincère quand j'ai dit que j'allais régler tout ça, continue-t-il.

Il est calme. Pensif. Et il doit avoir mal au crâne.

je ne croyais pas ça possible qu'on puisse tenir à quelqu'un. C'est ça, l'amour ? Alors, peut-être que j'aime Adèle à ma manière.

Est-ce qu'elle m'imagine dans ses rêves, ou est-ce que c'est toujours David, l'emmerdeur légendaire ? Je me fais beaucoup de souci (AH ! AH) à cause de lui. Je vois absolument pas pourquoi elle le kiffe à ce point. À mon avis, elle ne le voit pas comme il est réellement. Elle lui fait CONFIANCE, à ce qu'elle dit. Ben voyons. Je parie qu'il adore ça. Elle lui fait tellement confiance qu'elle lui a refilé le contrôle de tout son fric. Une fortune, putain, et lui seul a la signature. Voilà ce que venait foutre ici son avocat. Elle a fini par me l'avouer. Comme je m'y attendais. Elle aime pas les secrets. Et c'en est où maintenant ce bordel ? Facile, David passe tout son temps dans sa fac à la con, à courir après sa centaine de diplômes et à se taper la grande vie, pendant qu'elle moisit dans cet asile après lui avoir filé sa propriété, son fric et tout le reste.

J'y crois pas. J'ai failli lui gueuler dessus, mais elle était trop gênée de m'avoir tout déballé. Et désormais, c'est fait. Elle a dit que c'était temporaire, qu'elle n'avait pas envie de penser à ça pour l'instant et puis qu'ils allaient se marier de toute façon. Mais putain je connais personne qui refile tout son fric à quelqu'un d'autre. Même pas en rêve. Je veux dire, pourquoi faire un truc pareil ? C'est plus de l'amour, c'est de la connerie. Elle connaît pas les gens, pas comme moi je les connais. Elle a été protégée toute sa vie. Ce qu'elle capte pas, c'est que c'est chacun pour soi. Je reproche pas vraiment tout. Peut-être parce que je pense sans cesse à elle. Pas parce que je veux la baiser, mais pour quelque chose de bien mieux que ça. Quelque chose de pur. On se défonce beaucoup dans mes rêves. C'est ce que je préfère. Je peux planer autant que je veux sans avoir la trouille de la redescente.

Adèle a retrouvé le sommeil. Tous les soignants de Westlands nous adorent... comme s'ils y étaient pour quelque chose, comme s'ils nous avaient guéris – on est leurs patients les plus bandants. Mais je suis heureux. Qu'elle dorme. Je sais qu'elle ne ment pas parce que je vais l'espionner dans sa chambre ; je la regarde dormir pendant quelques minutes toutes les nuits. Putain, je me fais peur en relisant ça. Mais elle est ma Belle au bois dormant et je veille sur elle. C'est assez apaisant et je n'ai plus autant besoin de dormir à présent que je suis clean et que mon sommeil n'est plus rempli de terreurs nocturnes. Juste au début avant que je ne prenne le contrôle. Parfois, pour le plaisir, je choisis de les laisser durer un peu. Pour jouer à me faire peur. Je sais qu'elles ne peuvent plus me faire de mal, parce que c'est moi qui décide dorénavant.

Ouais, c'est bon qu'elle dorme correctement. Elle a pas mal de sommeil à rattraper après des semaines à essayer de rester tout le temps éveillée. Il faut qu'elle laisse toute cette merde derrière elle. C'est bizarre de se faire du souci pour quelqu'un. Ça m'était encore jamais arrivé. Pour personne. Pas pour ma famille à la con en tout cas, et à peine pour moi. Avant Adèle, tout le monde était gris. Les gens n'avaient aucune importance. En fait,

Je pousse un gémissement et je me lève boire un verre d'eau, brancher la bouilloire. Je suis parfaitement éveillée après m'être couchée de si bonne heure et ça ne servirait à rien de vouloir dormir encore une heure ou deux. Quand l'eau bout, j'essaie de me débarrasser de ce rêve si réel. Je jette un œil dans la chambre d'Adam, soulagée de savoir qu'il sera bientôt là. À son retour, je ferais mieux de mettre aussi un terme à mon amitié avec Adèle. Suivre le conseil de Sophie. Me libérer d'elle et de David, et en finir avec cette pagaille dans laquelle je me suis fourrée.

Je prends une douche pour me nettoyer le crâne des restes de ma légère gueule de bois, puis je m'habille et me prépare pour le travail. Sauf que quand je m'assois pour prendre une deuxième tasse de thé, il est à peine sept heures. Des rayons de soleil viennent faire briller la poussière sur la télé et la deuxième porte du rêve, celle qui scintille, me revient en mémoire. Je vais chercher le cahier dans le tiroir de la cuisine. Rob l'a peut-être vue, lui aussi. Les battements de mon cœur s'accélèrent. Après cette nuit, je ne devrais plus lire ce truc. J'ai provoqué assez de dégâts pour continuer à m'enfoncer dans leur passé. Cependant, c'est plus fort que moi. Il faut que je sache. Et la seconde porte est mon excuse.

C'est si facile. Je peux aller où je veux. Là où j'en ai envie. En général, c'est surtout des endroits imaginés, car je ne suis jamais allé nulle part et pas question que je choisisse de rentrer à la maison. Où que je me retrouve, Adèle est toujours là. Je ne l'imagine même pas vraiment, elle apparaît, c'est chatoient à mesure qu'ils se précisent, argentés dans l'eau sale. Je fronce les sourcils, perplexe. C'est mon rêve – je suis en train de le contrôler – et pourtant je ne sais pas ce que c'est. Je m'avance, sur la surface de l'étang, marchant sur l'eau comme Jésus – et j'ai envie de rire, dans mes rêves je suis Dieu – pour venir m'accroupir à côté de la forme. Je plonge la main dans le liquide qui ondoie ; la chose brillante ne bronche pas. C'est alors que je vois qu'il s'agit d'une autre porte et ses bords brillent un peu plus comme pour le confirmer. Je cherche la poignée, il n'y en a pas. Une porte sans poignée que je n'ai pas évoquée. Je ne sais pas pourquoi elle est là.

Je l'observe encore quelques instants, puis David m'appelle de nouveau, et Adam aussi. Ils m'attendent pour manger et je veux les rejoindre. La porte scintillante disparaît et il n'y a plus que l'étang sous moi.

Je me réveille de bonne heure, après cinq heures, déshydratée à cause du vin. Je suis déçue. Le rêve que j'avais créé était si parfait, nous trois formant une famille heureuse. En dépit de la soif, je me sens reposée, exactement comme Adèle l'avait dit. Et je me dégoûte un peu : c'est elle que j'aurais dû imaginer dans mon rêve. C'est elle qui mérite ma loyauté. Elle a toujours été gentille avec moi, alors que David est un ivrogne infidèle et Dieu sait quoi d'autre. Il n'empêche, si j'en crois mon rêve, j'ai follement envie de lui. Je ne lui ai peut-être pas permis de me baiser dans mon lit, mais il m'a bien baisé la tête. Et pas juste baiser. Dans mon rêve, j'ai fait en sorte qu'il m'aime, que je l'aime et que nous formions une famille, pas le moindre signe d'Adèle nulle part. Je l'ai effacée de notre existence.

je n'arrête pas non plus de revoir l'œil d'Adèle. Toute sa peur et ses secrets révélés par ces traînées bleues et vertes. Qu'il l'ait frappée ou pas, il y a quelque chose d'anormal dans leur mariage. Rien de tout ceci n'est normal, et je suis sans doute la pire des trois.

Je me sens prise au piège. Je ne sais pas quoi faire. Alors, je fais la seule chose que je puisse faire : je bois. La tête bourdonnante à cause de l'alcool, je ferme les yeux. Adam sera bientôt ici et je retrouverai mon cocon avec lui, notre sécurité. Je me concentre sur mon garçon. La seule personne que je puisse aimer sans culpabilité ni récrimination. Je m'endors.

Cette fois, quand les tentacules d'ombre se tendent vers moi et que j'ouvre la porte de la maison de poupée, je ne vais pas dans ma maison d'enfance, mais dans celle où Ian et moi vivions au début de notre mariage. Quand nous étions encore heureux. Je suis dans le jardin, c'est une journée magnifique, parfaite. Le soleil brille, il ne fait pas trop chaud et je joue avec Adam. Sauf qu'il a six ans, mon Adam, comme maintenant, ce n'est pas le petit bébé qu'il était quand nous habitions là-bas. Nous sommes au bord de l'étang, essayant d'attraper des têtards. Nos pieds sont trempés et boueux, et nous rions tous les deux en enfonçant nos filets et nos pots de confiture dans la vase.

L'odeur de viande qui cuit au barbecue flotte dans l'air et, avant même de penser consciemment à lui, j'entends David qui nous appelle parce que les burgers sont prêts. Nous nous retournons, tout joyeux, et Adam court le rejoindre. Je vais le suivre quand, du coin de l'œil, je vois quelque chose qui scintille dans l'étang. Une forme sous la surface dont les contours

— Je vais régler ça, marmonne-t-il depuis la porte. D'une manière ou d'une autre. Je te le promets.

Je ne lève pas les yeux. Je ne lui donne rien. Je suis peut-être une salope et une hypocrite, mais trop c'est trop. Je veux cet homme, mais pas comme ça. Je ne peux plus continuer ainsi. Vraiment plus. Je suis déchirée entre Adèle et lui. Ils me déchirent.

Après son départ, je me sers un autre verre et je combats une stupide envie de pleurer en appelant Adam. Même sa joie bouillonnante ne me remonte pas le moral alors qu'il me raconte leur journée au parc aquatique, le toboggan qu'il a dévalé avec Ian. L'autre moitié de mon cerveau se repasse la conversation avec David. Bien sûr, je réagis quand il le faut et c'est agréable d'entendre mon bébé, mais je suis soulagée quand il me dit qu'il doit y aller. J'ai besoin de silence. Je me sens vide, épuisée, triste, et tout un tas d'autres trucs dont je ne veux rien savoir. C'est notre première dispute et peut-être la dernière. Je réalise aussi, trop tard, que je ne crois pas qu'il ait frappé Adèle. Pas au fond de moi. Plus maintenant.

Même s'il n'est pas encore neuf heures, je rampe sous la couette, mon verre à la main. Je voudrais tout oublier pendant un moment. Dormir. Demain matin, tout sera peut-être arrangé, comme par magie. Bien que je me sente engourdie, je regrette un peu de l'avoir mis dehors alors que nous pourrions être ensemble dans ce lit. Dans ce lit avec *mon* David, pas celui d'Adèle. Je n'arrête pas de revoir son expression quand il a compris que je me demandais s'il avait frappé sa femme. Cette atroce déception. Mais

Il est amer. Dur. Il ne regarde que son verre.

— Cependant, il faut que quelque chose change, reprend-il, l'élocution un peu ralentie. Je dois juste trouver comment. Comment me débarrasser d'elle *sans danger*.

— Tu devrais peut-être lui parler, dis-je dans une tentative de me montrer loyale envers mon amie dans ce moment de totale déloyauté. C'est ta femme. Elle doit t'aimer.

Il éclate de rire, d'abord franchement puis avec quoi... du dégoût ?

— Oh oui, elle m'aime. Pour ce que ça vaut.

Je songe à ma fragile amie qui ne pense qu'à répondre au téléphone, à prendre ses cachets, à préparer des dîners et ça me fout en colère. Comment peut-il la traiter ainsi ? Avec un tel mépris ? S'il ne l'aime pas, alors il devrait la libérer pour qu'elle puisse en aimer un autre. Quelqu'un qui la traiterait comme elle le mérite.

— Rentre chez toi, dis-je froidement. Rentre chez toi et règle tes problèmes avec ta femme. Moi, je ne peux rien faire pour l'instant.

Sans souffler mot, il me scrute, le regard rendu vitreux par l'alcool. Est-ce qu'il conduit ? Je m'en fous. C'est lui que ça regarde. Dans l'immédiat, je veux juste qu'il se barre.

— Va-t'en, je répète. Et arrête de boire. Tu es dans un état lamentable.

J'ai envie de pleurer, pour lui, pour Adèle et pour moi. Pour moi, surtout. Je ne veux pas me disputer avec lui. Je veux le comprendre.

Je ne le regarde pas quand il part et je ne bouge pas quand il me serre la main au passage.

— Je ne saurais pas par où commencer. Franchement. Et cela ne te concerne pas. Je ne veux pas que cela te concerne. Je ne veux pas...

Il hésite, cherchant le mot juste.

— ... je ne veux pas que tu sois *souillée* par ça.

— Qu'est-ce que ça peut bien vouloir dire ? Écoute, je ne compte pas que tu la quittes pour moi. Je sais bien que je ne suis pas importante pour toi...

Il me coupe.

— Pas importante pour moi ? Tu es la seule bonne chose que j'ai. Voilà pourquoi je dois être aussi prudent. Voilà pourquoi je ne veux pas te parler de mon mariage ou de ma vie. Je ne veux pas de ça *entre* nous. *En* nous.

Il vide son verre d'un trait, comme si c'était de l'eau. Comment peut-on boire autant sans avoir envie de vomir ? Verre après verre, et si vite. Son apitoiement sur lui-même n'est pas attirant, mais il tient à moi et ça, c'est bon. Je me sens plus forte.

— Essayons de m'oublier une seconde, dis-je. Tu es à l'évidence malheureux chez toi. Alors, pars. C'est ce que mon mari a fait et ça ne m'a pas tuée. Ça m'a fait mal, oui, mais j'ai survécu. La vie continue.

Et maintenant ma remplaçante va donner un bébé à Ian et je suis comme un fantôme dans ma propre existence.

Je garde ça pour moi et je conclus :

— Je ne vois pas où est le problème.

— Tu ne peux pas voir où est le problème. Il faudrait que tu nous connaisses. Que tu nous connaisses réellement. Et je ne suis même pas sûr que nous nous connaissions encore l'un l'autre.

— Je veux dire, ce n'est pas très équitable pour elle, non ? Ce que tu es en train de faire ?

— Il faut vraiment que tu me demandes si je l'ai frappée ? insiste-t-il, saisissant ce qui est au centre de toutes ces foutaises. Tu me connais si mal ?

Je manque d'éclater de rire.

— Si je te connais ? Comment pourrais-je te connaître ? Toi, tu me connais. Je suis un livre ouvert. Tu sais à peu près tout de moi. Mais toi ? Rien. Que dalle. Tu es un livre fermé et je ne sais même pas s'il y a quelque chose d'écrit dedans.

Il s'affaisse, comme si sa colonne vertébrale venait de se disloquer.

— Bien sûr que je ne l'ai pas frappée. Elle dit qu'elle s'est fait ça en ouvrant un placard. J'ignore si c'est vrai, tout ce que je sais, c'est que je n'y suis pour rien.

Le soulagement déferle en moi. Au moins, ils donnent tous les deux la même explication.

— Anthony est venu chez moi dimanche soir, continue-t-il, j'étais sous la douche. En voyant le visage d'Adèle, il a inventé cette histoire pour attirer mon attention ou pour me faire du mal… ou pour une raison que lui seul connaît.

C'est peut-être vrai. Ça semble vrai. Et maintenant, je me sens très mal d'avoir douté de lui, douté d'elle, mais comment faire avec toutes ces questions enfermées dans ma tête ? Comment faire avec eux, avec nous, avec tout ce qui se passe ?

— Pourquoi ne me parles-tu jamais de toi ? De ta vie ?

Il contemple son vin.

229

Et là, il me regarde, perçois mes doutes et son visage se décompose.

— Bordel, Louise…

— Quoi ?

Je suis sur la défensive. Maintenant qu'il est en face de moi, je me sens stupide d'avoir cru qu'il était capable de ça. Même Adèle a dit qu'il ne l'avait pas frappée. Mais il se passe tellement de choses en ce moment dans ma vie que je n'y comprends plus rien.

— Tu ne penses pas sérieusement que j'ai frappé ma femme ?

— Je ne sais pas quoi penser, dis-je. Tu ne parles jamais de ton mariage. De ta femme. Tu fais *ça*…

D'un geste, je désigne mon misérable petit appartement, comme si c'était l'appart qu'il se tapait et pas moi.

— … quand ça t'arrange, du moins. On parle, d'accord, mais jamais de ton mariage. Tu te refermes dès que j'essaie de te demander quoi que ce soit. Et tu as toujours l'air si malheureux que je ne comprends pas pourquoi tu es encore avec elle. Tu n'as qu'à divorcer, merde !

Je ne retiens plus rien, ça déborde : tout ce que je refoule – ma confusion, ma souffrance – jaillit avec rage de mes lèvres. J'ai vu la blessure d'Adèle. Je sais à quel point elle est fragile. Je sais pour les coups de téléphone. Je ne peux rien dire de tout ça, alors que j'ai tant besoin qu'il m'explique. Et donc, tout ce que je peux faire, c'est rester coincée dans ce foutoir, ce truc qu'il appelle *nous*. Et dont il ne connaît que la moitié.

Il me fixe comme si je venais de le poignarder. Je continue :

jours qu'il m'accorde à peine un regard et le voilà qui débarque. Je m'écarte. Qu'il aille se faire foutre. J'étudie sa main autour de son verre. Grande. Forte. Je revois le coquard d'Adèle. Pour une fois, je vais être l'amie qu'elle croit que je suis.

— Mais pas comme ça, répond-il. Pas quand nous pouvons être nous.

— Nous.

Le mot n'est qu'un son quand je le répète.

— Difficile de dire que ce *nous* existe, non ?

Je m'adosse au comptoir de la cuisine plutôt que de le conduire dans le salon ou dans la chambre comme d'habitude. Je n'ai pas parlé à Adam aujourd'hui et il n'est pas question que je le rate, pas pour un mari-infidèle-qui-bat-peut-être-sa-femme. Soudain, je me sens fatiguée. Adam revient d'ici une semaine, cette folie devra s'arrêter de toute manière. Ce sera peut-être un soulagement.

Il fronce les sourcils, percevant enfin ma mauvaise humeur.

— Tu vas bien ?

Je hausse les épaules. Mon cœur bat trop fort. Je déteste les conflits. J'ai tendance à bouder et à me murer dans le silence comme une gamine vexée plutôt que de cracher ce qui ne va pas. J'avale mon vin et je respire un grand coup. Et merde. C'est peut-être la seule occasion que j'aurai de parler de leur mariage. J'ai le droit de savoir.

— Sue m'a dit ce qu'il s'est passé. Avec les parents d'Anthony Hawkins. Ce qu'ils sont venus dire…

— Dieu merci, c'est réglé. Je n'avais pas besoin de ça aujourd'hui.

227

C'est lui. Même pas six heures et il est devant ma porte pour la première fois de la semaine. Je croyais qu'il ne reviendrait jamais. Je suis si surprise que je ne trouve rien à dire et je le laisse entrer. Il a apporté du vin qu'il ouvre sur-le-champ. Il va prendre un verre dans le placard.

En proie à un tourbillon d'émotions contradictoires, je marmonne :

— Fais comme chez toi.

— Si seulement, répond-il avec une espèce de petit rire triste – ou en s'apitoyant sur son sort, difficile à dire. Quelle journée de merde, ajoute-t-il en laissant échapper un soupir. Quelle vie de merde.

Il boit vraiment beaucoup. Je m'en rends compte à présent que je me suis calmée sur ce plan-là. A-t-il l'alcool méchant ? Est-ce que c'est ça, son problème ? Je l'observe. Un coup à boire, un coup dans la gueule.

— Je ne peux pas rester très longtemps, dit-il en me prenant par les épaules pour m'attirer contre lui. Mais il fallait que je te voie. Je ne cesse de me dire d'arrêter, je me jure d'arrêter, mais je ne peux pas.

— Tu me vois toute la journée.

Je suis raide dans ses bras. Est-ce du cognac que je sens ? Une idée terrible me frappe. Est-ce qu'il boit au bureau ? Il m'embrasse le sommet du crâne et sous la gnôle et l'after-shave, je capte son odeur que je ne peux m'empêcher de trouver délicieuse. Adorable. La nuit, quand je suis seule dans mon lit, c'est elle que j'appelle, qui me tient compagnie. Pourtant, s'il s'imagine qu'on va aller au pieu tout de suite, ou même plus tard, il se met la queue dans l'œil. Ça fait plusieurs débarqué et qu'ils se trouvaient en ce moment même avec David dans le bureau du Dr Sykes.

— Anthony dit qu'il a vu le Dr Martin frapper sa femme. En plein visage !

Il y avait une telle jubilation dans sa voix que j'ai eu l'impression que c'était moi qu'on venait de cogner. Un ragot pour elle, une nouvelle prise de tête pour moi. Je n'ai pas vu David après ça. Je suis restée assise à mon bureau, l'esprit envahi de pensées et d'inquiétudes informes. Je n'avais qu'une seule envie : foutre le camp, ce que j'ai fait à cinq heures tapantes. Je voulais un verre de vin. Je voulais réfléchir.

Sauf que je ne sais pas quoi penser. Le vin est frais, légèrement piquant. Avec mon verre et ma vapoteuse, je vais m'asseoir sur le balcon pour faire entrer un filet d'air frais dans l'appartement étouffant. Adèle dit qu'elle s'est pris une porte de placard ; Anthony, quant à lui, affirme que David l'a frappée. Pourquoi Anthony mentirait-il ? Et si c'est vrai, comment a-t-il pu assister à la scène ? Peut-être en les observant à travers une fenêtre ? David l'a adressé à un autre médecin. Je me disais que c'était parce que Anthony s'était trop attaché à lui. Or il se peut aussi qu'il ait vu quelque chose que David ne voulait pas qu'il voie.

J'ai la nausée. Je bois encore. J'ai déjà la tête un peu lourde. Je n'ai pas mangé grand-chose aujourd'hui et maintenant je n'ai plus aucun appétit.

Je suis tellement perdue dans mes pensées que la sonnerie de la porte d'entrée retentit deux fois avant que je ne l'entende. Je file ouvrir.

— Salut.

29

Louise

Avant même de poser mon sac, je me sers un verre. J'ai des fourmis dans la tête. Je ne sais plus quoi penser.

À la pause déjeuner, je suis sortie marcher pour étirer mes jambes douloureuses après le jogging d'hier soir et pour m'éclaircir les idées. J'avais passé la matinée à fixer la porte du bureau de David en attendant qu'il m'invite à entrer pour m'expliquer ce qui se passe. J'ai été sur les nerfs toute la journée. Il m'a ignorée comme si nous étions des adolescents et non des adultes responsables. Je ne comprends pas pourquoi il ne peut pas dire qu'il ne veut plus me voir. C'est lui qui a commencé cette histoire, après tout. Pas moi. Pourquoi est-il incapable de me *parler* ? J'ai le ventre tellement noué que même si je le voulais je ne pourrais rien avaler. À part du vin.

Après ma promenade, j'avais décidé d'aller le voir pour régler ça une fois pour toutes, mais à mon retour il n'était pas dans son bureau. Sue, tout excitée, m'a expliqué que les parents d'Anthony Hawkins avaient

Tu vas bien ? Ce garçon a besoin d'aide, c'est évident !!
Bises.

Il est probable qu'ils se trouvent encore dans la même pièce et il est même possible que Sykes voie mon message s'afficher. Une autre preuve d'innocence, s'il en fallait une. Et aussi un rappel à mon mari que quand une merde nous tombe dessus, on forme une équipe et qu'il en sera toujours ainsi. Même si cela ne réparera pas notre mariage – même moi je sais que c'est impossible –, ça devrait le calmer à mon égard.

La sonnette retentit, trois petits coups stridents. Frénétiques. Le garçon qui vient ramper, j'imagine.

Excellent.

Je ris une nouvelle fois, comme si tout ça m'amusait encore.

— Pauvre David, reprends-je. C'est bien le dernier homme sur cette terre qui ferait du mal à une femme. Je vous en prie, dites à la famille de ce garçon que j'espère qu'il recevra toute l'aide dont il a besoin.

Cette histoire pourrait m'être très profitable, me dis-je après avoir raccroché. David sera soulagé par ma petite comédie. Après tout, je viens de le disculper. Avec un peu de chance, il me laissera respirer et reprendra ses soirées sordides avec la fourbe Louise. En revanche, s'il continue à m'étouffer, je pourrai toujours évoquer la possibilité d'avouer au Dr Sykes que j'ai menti, que son associé a bien frappé sa tendre épouse. Une menace, contrairement à d'autres, que je ne mettrai jamais à exécution, mais David la croira réelle. Pourquoi le détruirais-je ? Oui, nous sommes riches. Toutefois, il a toujours eu besoin de sa carrière et ce n'est pas moi qui la lui enlèverais. Plus que tout le reste, cela l'anéantirait.

Plus important encore, cette histoire va me servir avec Anthony. Il va être dévasté que ses parents soient venus raconter ça au cabinet, me faisant courir un risque supplémentaire à moi, cette femme qui l'obsède, aux prises avec son mari violent. Je vais pouvoir m'en servir pour obtenir ce dont j'ai besoin. Cerise sur le gâteau, s'il essaie d'en parler à qui que ce soit, plus personne ne le croira désormais. Encore un fantasme de la part de ce pauvre garçon.

J'envoie aussitôt un texto à David.

en moi. Je ne ferais jamais rien qui puisse porter préjudice à sa carrière. Pourquoi le ferais-je ? Je veux qu'il réussisse. Je sais à quel point c'est important pour lui.

— Soyons clairs, dis-je. Il n'y a eu aucune dispute. Et nous n'aurions jamais eu des mots devant un étranger. Encore moins un patient.

Eu des mots. L'expression est impeccable, très BCBG – comme le Dr Sykes –, et elle exprime parfaitement mon indignation. Le bon docteur doit être mortifié maintenant. J'enfonce le clou :

— Ce jeune homme est venu chez nous et a demandé à voir David. J'étais en train de débarrasser la cuisine après le dîner. Je lui ai dit que David était allé se coucher avec une migraine et puis c'est tout. Voilà toute notre conversation. Il a dû voir le bleu sur mon visage et imaginé toute une histoire. Peut-être, se sentant rejeté par mon mari, a-t-il voulu se venger ?

Je connais cette envie. C'est quelque chose que le jeune Anthony et moi avons en commun.

— C'est bien ce que j'ai pensé, dit le Dr Sykes. Néanmoins, quand il a raconté à ses parents ce qu'il avait vu... enfin, ce qu'il *prétendait* avoir vu, ils se sont sentis moralement dans l'obligation de me prévenir.

Il semble libéré d'un poids. Peut-être a-t-il eu des doutes. Ce qui ne me surprendrait pas. Il est si facile de semer ces germes dans l'esprit des gens. On ne connaît jamais réellement les autres, après tout.

— Naturellement, dis-je. Et, s'il vous plaît, remerciez-les de leur sollicitude, mais il n'y a vraiment aucun sujet d'inquiétude. À part peut-être ma maladresse.

parce que Louise était là. Je l'ai dégagé en vitesse, tout en lui laissant entendre que j'étais contente de le voir. Il s'inquiétait pour moi, apparemment. Comme c'est gentil.

Je devrais commencer à déjeuner en ville plutôt qu'ici avec Louise au cas où il rôderait autour de la maison. Elle pourrait le voir.

En arrivant au cabinet lundi, David a immédiatement adressé Anthony à un nouveau thérapeute. Le gamin était tellement perturbé qu'il avait dû le suivre pour savoir où il habite. Plus d'une fois, peut-être. Je l'imagine très bien passer plusieurs soirées à guetter notre maison depuis le bout de la rue, essayant de trouver le courage de faire son approche. Selon David, Anthony est un junkie parce qu'il est obsessionnel. Et il aurait développé une fixation sur lui. Difficile de lui reprocher ça. Moi aussi, j'aime David à la folie et ce, depuis l'instant où j'ai posé les yeux sur lui pour la première fois. Il semblerait cependant que les obsessions d'Anthony soient plus capricieuses. Un seul regard sur mon beau visage abîmé et sa « fixette » s'est transférée sur moi. Et me voilà maintenant en train de défendre mon pauvre mari contre des accusations de violences conjugales.

Le Dr Sykes, reconnaissons-le, est immensément gêné d'avoir dû évoquer un tel sujet avec moi. Il a branché le haut-parleur : j'entends le léger écho caractéristique. David est-il là en train d'écouter ? J'imagine sa tête quand ils ont décidé de m'appeler. Il devait être assez paniqué... n'ayant aucune idée de la façon dont j'allais réagir, ni de ce que j'allais dire. Ce qui m'agace un peu. Il devrait avoir davantage confiance

28

Adèle

— Oh, franchement ? dis-je. Vous êtes sérieux ? C'est une vraie question ?

Mon rire est un délicieux tintement et le Dr Sykes commence à se détendre au bout du fil.

— Pardonnez-moi. Je sais que ce n'est pas un sujet comique, mais David ? Ça, c'est comique. Oui, j'ai un hématome sur le visage, et c'est entièrement par ma faute. Une maladresse dans la cuisine. Il a sûrement dû vous le dire ?

Pour être sincère, je trouve ça assez drôle tandis que le Dr Sykes continue à bafouiller dans mon oreille. Quoi de plus normal qu'un junkie qui exagère et, bien sûr, Anthony veut me *sauver*. Il a donc embelli ce qu'il a vu. Ce qui est parfait, merveilleux. J'ai bien dit à David qu'il avait sonné à notre porte dimanche soir – évidemment que je le lui ai dit. Il l'aurait découvert au cours d'une séance avec le garçon, de toute façon. Toutefois, je ne lui ai pas dit que j'ai fait en sorte d'avoir l'air effrayé. Ni qu'Anthony est venu une deuxième fois, ce qui a failli me mettre dans l'embarras pas à propos de Rob. Je ne veux rien dire qui pourrait lui donner l'envie de reprendre le cahier. Je comprends si peu ces deux personnes qui sont devenues si importantes dans ma vie que ce regard sur leur passé m'est devenu essentiel. Et puis si ça ne la dérange pas, il n'y a pas de mal, non ?

tantinet trop rondouillarde, ou suis-je autre chose à ses yeux ?

— Donc, ça ne te dérange pas ?
— Non. En fait, tu peux même le garder. J'aurais dû le jeter depuis longtemps. C'est une époque à laquelle nous essayons de ne pas trop penser.

Je peux le comprendre. Elle venait tout juste de perdre ses parents dans un incendie, ça devait être assez terrible. Pourtant, je reste intriguée par la vie qui se dessine entre ces pages.

— Êtes-vous toujours amis avec Rob ?

Elle ne parle jamais de lui et c'est quand même assez bizarre : ils semblaient si proches à Westlands.

— Non, dit-elle en baissant les yeux vers son assiette.

Pas besoin de nuage cette fois pour projeter une ombre sur son visage.

— Non, répète-t-elle. David ne l'aimait pas trop. Je ne sais pas où il est maintenant.

Dans la maison, la sonnerie de la porte d'entrée retentit et Adèle s'excuse avant de filer voir qui c'est. Le moment est brisé. « David ne l'aimait pas trop. » Un autre signe du besoin de contrôle de David que je dois faire en sorte d'ignorer. Cela étant, je me prends peut-être trop la tête, comme d'habitude. Il n'a pas franchement fait le siège de mon appartement cette semaine et il ne m'accorde pas non plus une folle attention au travail. C'est peut-être terminé pour lui. Je m'en veux que cette idée me fasse autant souffrir.

Adèle revient en marmonnant quelque chose à propos d'un vendeur à domicile, « il y en a partout en ce moment avec cette crise économique », et je n'insiste

Robert Downey Jr. Cela dit, il faudra quand même qu'on se couche.

On éclate de rire toutes les deux et je suis prise d'un élan d'affection pour elle. C'est mon amie. Et je suis la dernière des salopes. Elle n'a pas beaucoup d'amis et celle qu'elle a tant aidée couche avec son mari. Un type qui la traite comme de la merde. Génial. Soudain, sans trop savoir pourquoi, je pense à Rob.

— Dans son rêve, Rob est allé sur une plage, dis-je. Il t'a imaginée là-bas avec lui.

J'hésite à lui parler du cahier au cas où elle se souviendrait de tous les détails qu'il contient. Elle pourrait vouloir le reprendre. Mais avec tout le mal que je lui fais, j'aimerais au moins faire *un* truc de bien. Je ne veux pas continuer à le lire si elle n'est pas d'accord.

— Tu es sûre que ça ne te dérange pas que je lise tout ça ? C'est très personnel. C'est assez bizarre de découvrir ton passé à travers quelqu'un d'autre.

— C'était il y a très longtemps, dit-elle doucement.

Un nuage passe au-dessus de nous et projette une ombre assez triste sur son beau visage, puis elle s'illumine de nouveau.

— Je savais qu'il valait mieux que tu le découvres par le récit de quelqu'un qui avait réussi. Je ne suis pas douée pour expliquer les choses.

Je me rappelle la première fois où je l'ai vue avant de filer me cacher aux toilettes. Je la trouvais si élégante, si sûre d'elle, si différente de cette femme fébrile qui ne cesse de se déprécier. C'est étrange à quel point nous paraissons tous si différents de ce que nous sommes vraiment. Comment me voit-elle ? Comme une espèce de blonde mal fagotée et un

— Et tu ne t'es pas réveillée ? Quand tu as compris que tu contrôlais tout ? Rob, il lui a fallu plusieurs fois avant de pouvoir rester dans le rêve, je crois.

— Non, j'étais bien.

Mon ventre se dénoue et je mange un poivron fourré à la ricotta avant de continuer, heureuse de pouvoir partager mon expérience.

— Je me suis promenée dans la maison, j'ai goûté la tarte aux pommes de maman qui était au frigo, puis je suis allée dans mon ancienne chambre, je me suis couchée et je me suis endormie.

— Tu es allée te coucher ?

Elle me regarde, mi-incrédule, mi-moqueuse.

— Tu aurais pu aller n'importe où et, toi, tu vas te coucher ? Oh, Louise.

Elle secoue la tête en rigolant et cette fois elle ne grimace pas. Grâce à moi, elle va un peu mieux.

— Mais j'ai super bien dormi, dis-je. Ces dernières nuits ont été incroyables. Sincèrement, tu as changé ma vie. Je ne me rendais pas compte de mon état d'épuisement.

Elle glisse un morceau de pita avec du houmous dans sa bouche et elle secoue la tête en mâchant, toujours amusée.

— Tu es allée te coucher.

— Je sais.

Cette fois, c'est moi qui ris.

— Tu te sentiras tout autant reposée quoi que tu fasses, dit-elle. Crois-moi. Tu peux aller n'importe où, avec n'importe qui. C'est ton rêve. C'est toi qui contrôles.

— Hmmm, n'importe où avec n'importe qui ? dis-je en haussant un sourcil. Je me vois déjà avec

— Je me sens tellement bien, dis-je. C'est fou la différence que font quelques bonnes nuits de sommeil. J'ai de l'énergie à revendre à présent.

— Allez, raconte ! Comment as-tu fait ?

Je hausse les épaules.

— C'est arrivé, c'est tout. C'était hyperfacile. Je me suis endormie en lisant le cahier que tu m'as donné dans lequel Rob trouve sa porte du rêve. Ça a dû filtrer dans mon inconscient. J'étais dans mon cauchemar habituel, Adam perdu dans cette immense et vieille maison abandonnée et qui m'appelle. J'essaie de le retrouver, les tentacules noirs se détachent des murs pour s'enrouler autour de ma gorge…

Je me sens à moitié idiote de raconter tout ça. Ça paraît si ridicule, mais elle est captivée.

— … et puis, tout d'un coup, j'ai arrêté de courir et je me suis dit : « Je ne suis pas forcée d'être ici. C'est un rêve. » Et alors, elle était là sur le sol devant moi.

— La porte ?

— Oui. C'était la porte de mon ancienne maison de poupée quand j'étais gosse. Rose avec des papillons peints. Mais beaucoup plus grande, comme si elle avait grandi avec moi. Et elle était là, surgie de nulle part. En la voyant, j'ai pensé à la maison de mes parents avant qu'ils se barrent en Australie pour tenter de sauver leur mariage. Je me suis agenouillée, je l'ai ouverte et je suis entrée. Je me suis retrouvée là-bas. De retour dans cette maison. Exactement comme elle était quand j'étais enfant.

— Qu'est-il advenu de la porte ?

— J'ai levé les yeux et elle n'était plus là. Je savais que j'avais réussi.

comment elle aurait pu la frapper en plein visage si c'est bien elle qui l'a ouverte. En tout cas, pas avec la force nécessaire pour provoquer une telle blessure. Cette contusion est déjà vieille de plusieurs jours.

Je suis tout près de poser la question – *C'est David qui t'a fait ça ?* –, puis je me dégonfle. Je ne suis pas certaine de vouloir le savoir. Pas ici, pas maintenant. Je serais incapable de masquer ma culpabilité et je finirais par lui avouer ce qu'il se passe entre nous. Je ne peux pas faire ça. Je ne peux pas. Je les perdrais tous les deux. Et puis, elle est trop fragile en ce moment. Ça la briserait.

Au lieu de ça, et toujours avec cette envie de vomir, je prends la bouteille d'eau gazeuse parfumée à la fleur de sureau et deux verres que j'emporte dehors dans le jardin. L'air frais me donne une folle envie de fumer une vraie cigarette. Je dégaine ma clope électronique.

— Alors, raconte ! dit-elle en me rejoignant avec deux assiettes pleines qui ont l'air délicieuses, même si je n'ai aucune envie de manger. Tu y es arrivée ?

— Ouais.

Je lâche un long filet de vapeur. La nicotine me calme un peu. Pour la première fois de la journée, je lis une joie sincère sur son visage et elle tape dans ses mains comme une gosse.

— Je savais que tu réussirais. Je le savais.

Je souris. Je ne peux pas m'en empêcher et je chasse David de mon esprit. Provisoirement. Je *compartimente*. Dans l'immédiat, c'est Adèle et moi. Son mariage ne me regarde pas. Et puis, égoïstement, depuis que je me suis réveillée dimanche matin, je meurs d'envie de lui raconter.

elle en permanence ? Et pourquoi n'est-il pas aussi jaloux de moi quand je ne suis pas avec lui ? Peut-être est-il encore trop tôt dans notre relation pour ça. J'ai vu ces films où les hommes sont charmants au début, avant que la violence n'arrive. Ça fait bizarre d'associer David et violence dans la même phrase. Et si c'était encore plus simple ? Et s'il ne tenait pas assez à moi pour avoir besoin de connaître mes moindres faits et gestes ?

— Quel placard ?

Nous sommes dans la cuisine. Une part de moi me dit de la fermer et de laisser tomber, mais c'est plus fort que moi. Elle me dévisage sans comprendre tout en sortant les assiettes et en commençant à préparer un repas façon tapas le plus naturellement du monde. Bien sûr, pas question pour elle de laisser le chou râpé et le houmous dans leurs boîtes qu'elle se contenterait de poser sur la table, comme le feraient des gens normaux.

— Tu sais, celui...

J'agite la main devant ma joue.

— Ah ! Ça...

Son regard cherche frénétiquement le long de la rangée de placards.

— Celui-ci. Au-dessus de la bouilloire. C'était archi-stupide. Je voulais un ibuprofène et l'eau était en train de bouillir. J'avais de la vapeur dans les yeux, si bien que je ne voyais pas ce que je faisais. Quelle idiote.

J'acquiesce et je souris, mais mon cœur bat très fort. Je sais qu'elle ment. Elle a choisi au hasard. Pour se cogner la pommette avec cette porte, il aurait fallu qu'elle se penche énormément. Je ne vois pas dors enfin la nuit, ce qui est la meilleure chose qui me soit jamais arrivée. Je ne veux pas qu'elle soit malheureuse, qu'elle souffre. Cependant, mes sentiments pour David sont réels eux aussi. Suis-je une imbécile ? Et si c'était un homme violent ? Vais-je bientôt moi aussi me retrouver avec un œil au beurre noir ? Ça paraît irréel.

Est-il capable de la frapper ? C'est la question que je me pose en descendant de la voiture. *Pour de bon ?* Sûrement pas. Adèle dit peut-être la vérité : il s'agit d'un simple accident domestique. Et c'est peut-être pour ça qu'il n'est pas venu chez moi. Il veillait sur elle. Parce qu'il se sentait coupable à cause de notre relation ? La tension se relâche dans mon ventre tandis que je m'accroche à cette explication en la suivant dans la maison. Un simple accident, c'est tout.

Il y a un tapis de course emballé dans le hall et elle rit – un bruit de verre brisé – quand je le découvre. Elle dit que David lui en a fait cadeau, mais qu'ils vont le renvoyer. Elle veut continuer à aller à la salle.

J'accuse le coup pendant que mon esprit ajoute cette nouvelle pièce au puzzle. Était-ce censé être un cadeau attentionné, ou bien avait-il un motif plus sinistre ? Essayait-il de la claquemurer un peu plus dans la maison ? Si elle ne va plus à la salle, c'est une raison de moins de sortir et une occasion de moins de faire de nouvelles rencontres. Est-ce ce qui a causé la dispute ? A-t-elle voulu s'affirmer, ce qui a provoqué la réaction violente de David ? Et à présent, bourré de remords, il bat en retraite et renvoie le tapis ? Mais s'il est jaloux à ce point de la façon dont elle passe son temps, pourquoi couche-t-il avec moi ? Pourquoi n'est-il pas avec

— Je vais juste à la salle, dit-elle après avoir pris la communication (on dirait presque qu'elle s'excuse). Oui, c'est ça. Non, je rentre tout droit à la maison. C'est promis. D'accord, je t'appelle à mon retour. Salut.

— Eh bien, voilà qui était romantique, dis-je sèchement en ouvrant la fenêtre.

Il fait chaud dans la voiture et j'ai une légère nausée après avoir vu son œil et entendu cette conversation. C'est atroce. Je suis dans un drôle d'état. Furieuse. Bouleversée. Désorientée. Une chose est sûre, ce n'est pas pour ranimer son mariage que David m'évite ces derniers temps.

— Vous vous êtes disputés ?

Je ne dis pas bagarrés. Elle penserait que je lui demande si David l'a frappée, alors que c'est exactement ce que je lui demande, même si ça me paraît inimaginable. Pas *mon* David, en tout cas. Le David d'Adèle, je ne le connais pas. C'est un étranger.

— Oh non, dit-elle sans me regarder alors qu'elle gare la voiture. Non, pas du tout. C'est juste... le mariage, tu sais ce que c'est.

Je ne sais pas. Et c'est une découverte pour moi. Je ne sais rien de leur mariage qui me paraît très différent de la plupart des mariages et en tout cas du mien. On s'entendait bien, Ian et moi, avant sa liaison. On avait bien nos embrouilles, mais je n'ai jamais eu peur de lui. David et Adèle, ça n'a rien à voir. Les coups de fil, sa nervosité à elle, ses sautes d'humeur à lui, les cachets et maintenant ça. Jusqu'à quand vais-je feindre de ne rien voir sous prétexte qu'il n'est pas comme ça avec moi ? J'aime Adèle. Grâce à elle, je brûlant de la voiture. Il s'est passé quelque chose. Je la scrute pendant qu'elle met le clignotant. Elle semble diminuée, hagarde même. Ses cheveux ont perdu leur éclat. Pour la première fois, j'ai l'impression que c'est moi qui resplendis, pas elle. Quelques bonnes nuits de sommeil m'ont changée. Je suis bourrée d'énergie. Ça fait une éternité que je ne me suis pas sentie aussi bien, aussi fraîche, et je voudrais fêter ça avec mon amie. En la voyant si *petite,* ma joie me rend un peu coupable.

— Je me disais qu'on pourrait laisser tomber le sport pour aujourd'hui, continue-t-elle. Je ne suis pas vraiment d'humeur. Et c'est une belle journée. Allons déjeuner dans le jardin, tu me parleras des rêves.

Elle sourit et je vois sa grimace. C'est à peine un frisson, je devine néanmoins que son œil lui fait encore mal.

— D'accord.

Mon esprit tourne à toute allure. Qui peut se cogner le visage en ouvrant la porte d'un placard ? Avec une telle force ? Est-ce seulement possible ? *Des appels téléphoniques. Des cachets. Des coups.* J'ai le ventre glacé. Tous ces signes que je voudrais tellement ignorer et qui, tous, montrent que David a un terrible problème. Adèle adore le sport. Pourquoi ne veut-elle pas aller à la salle ? Y aurait-il d'autres traces sur son corps qu'elle aurait peur que je voie dans le vestiaire ?

Je voudrais dire quelque chose, pour vérifier qu'elle va bien, et c'est alors que son portable posé sur le tableau de bord se met à sonner. Je n'ai pas besoin de demander qui c'est.

vu ? Dans ce cas, il aurait sûrement débarqué pour me demander des comptes. Peut-être a-t-elle enregistré mon numéro sous un faux nom ? Et lui aussi, d'ailleurs. Mais alors, j'aurais dû avoir des nouvelles d'Adèle. À moins qu'il ne lui ait repris le téléphone.

Hier au travail, il était très réservé, pas de sourire discret, aucun de ces regards entendus que nous partagions ces derniers temps. Du coup, en me couchant le soir, seule encore une fois, j'avais l'impression qu'ils m'avaient larguée tous les deux. J'ai dû me retenir, au prix d'un effort terrible sur moi-même, pour ne pas envoyer un message à David. C'était étrange de découvrir à quel point ma vie est vide sans eux et, résultat, j'étais encore plus inquiète. J'ai *besoin* d'eux. C'est douloureux de subir la froideur de David, et ne pas avoir de nouvelles d'Adèle m'affole. Ont-ils parlé de moi entre eux ? Eux et moi. C'est toujours eux et moi. Ou plutôt, moi entre eux. Piégée entre eux.

Mais maintenant, en la voyant, je comprends pourquoi elle m'a évitée. J'en suis malade. Elle a bien essayé de dissimuler l'œil au beurre noir avec du maquillage, sans y parvenir tout à fait. Des traînées pourpres et vertes sur sa pommette parfaite. D'une certaine façon, le fond de teint les rend encore plus évidentes.

— Oh, ce n'est rien, dit-elle en se concentrant sur la route devant elle – ou faisant semblant de se concentrer pour ne pas me regarder. Un accident idiot. Une porte de placard ouverte trop vite. Je suis si maladroite, parfois.

Bien qu'elle s'efforce de prendre un ton léger, je ne suis pas dupe. Mes jambes sont moites sur le siège

27

Louise

— Que s'est-il passé ?

Je suis sidérée. Nous sommes mercredi et c'est la première fois que je vois Adèle cette semaine. Et maintenant, je sais pourquoi.

J'étais persuadée d'avoir de ses nouvelles le lundi matin, d'abord parce que la gym fait désormais partie d'une nouvelle routine, et ensuite parce que j'étais trop excitée d'avoir pris le contrôle de mes rêves. J'étais convaincue qu'elle le serait, elle aussi. Je me disais qu'elle voudrait *tout* savoir. Or ça a été le silence complet. J'ai bien envisagé de lui envoyer un message, mais je ne voulais pas paraître trop demandeuse. Et puis, c'est elle qui a payé mon passe d'invitée à la salle. Ne pouvant y aller sans elle, je ne voulais pas avoir l'air de penser que c'était normal.

Au début, je n'ai été qu'un peu vexée. En revanche, le lundi soir alors que j'étais seule chez moi et que David ne venait pas lui non plus, j'ai commencé à m'inquiéter. Et si mon texto du week-end avait mis Adèle dans une situation gênante ? Et si David l'avait

Je fais bien en sorte de paraître terriblement angoissée, puis je referme la porte. À travers le verre dépoli, je vois qu'il s'attarde un peu, puis sa silhouette disparaît.

Je m'adosse au bois. Anthony. Son nom a un goût d'ambroisie. Mes épaules se détendent enfin tandis que ma honte devant l'échec de la nuit dernière s'estompe. Peut-être que ça va marcher après tout.

trouve une utilité à la nuit dernière. Je regarde par-dessus mon épaule, comme si j'étais nerveuse, avant de répondre.

— Il est allé se coucher avec une migraine. Je suis désolée.

Je parle à mi-voix. Par paresse, j'avais renoncé à trop m'habiller pour le dîner. C'est une chance. Même avec le coquard, je lui aurais paru trop splendide, trop inatteignable. Je porte une longue robe d'été avec des bretelles spaghettis et mes cheveux ne sont pas attachés. Ses yeux se sont attardés sur moi et je connais ce regard. Je l'ai vu chez beaucoup d'hommes. Surprise, envie et désir. J'ai cet effet-là sur eux. Je crois qu'il a déjà oublié David.

— Je suis sa femme, dis-je, et, pour faire bonne mesure, j'ajoute : Je ne peux pas vous parler maintenant.

Les mains maigres du jeune garçon tremblent et un de ses pieds martèle les marches. Il ne s'en rend même pas compte. Il porte un tee-shirt noir et je vois les marques sur ses bras. Je sais ce qu'elles signifient.

Je me penche vers lui, offrant du même coup une vue plongeante sur mes seins, pour chuchoter :

— Il faut que vous partiez. Je vous en prie.

Je lève la main en direction de mon visage, vers mon œil au beurre noir.

— Le moment est mal choisi.

— Y a-t-il un problème ? demande-t-il.

Son accent est si snob, l'antithèse de son look.

— Je vous en prie, partez, je répète. Je crois qu'il vient.

205

pense à moi, ou à lui. Je me demande si tout mon plan ne va pas merder.

Le dîner, à ce qu'il semble, est terminé. Je le regarde partir. Puis, quand j'entends ses pas lourds dans l'escalier, je finis son vin. Je contemple la table. La porcelaine. La nourriture délaissée. Cette vie pour laquelle je me bats si fort. Les élancements recommencent tandis que je ravale mes larmes. Je prends une longue inspiration tremblante. Je ne pleurais jamais avant. Je ne sais pas ce qui m'est arrivé. J'ai changé. Cette idée me donne envie de pleurer de rire. Au moins, j'ai gardé mon sens de l'humour.

J'ai mis la cocotte à tremper quand la sonnerie de la porte d'entrée retentit. Un petit coup bref et insistant. Je passe dans le hall et je lève les yeux vers l'escalier. La douche coule toujours. David n'a rien entendu. Je retiens mon souffle. Qui cela peut-il être ? Personne ne vient nous voir à l'improviste. Nous n'avons pas d'amis. Sauf Louise. Elle ne viendrait pas ici. N'est-ce pas ? L'heure n'est pas venue pour elle de se confesser. Ça compliquerait tout.

J'entrouvre à peine la porte. Le jeune homme se tient nerveusement sur la deuxième marche du perron, comme s'il avait peur de monter jusqu'en haut.

— Oui ? demandé-je doucement en ouvrant un peu plus.

— Est-ce que le Dr Martin est là ? Je m'appelle Anthony. Dites-lui que c'est Anthony. Je suis un de ses patients.

Jusqu'à présent, il gardait les yeux baissés, mais là il les lève et je me vois telle qu'il doit me voir. Une beauté fragile avec un œil au beurre noir. Soudain, je sur du long terme ? Pendant qu'il profitera de mon argent et de sa liberté ? Ça me donne envie de pleurer.

— Je crois que j'avais oublié de prendre tous mes cachets.

C'est un risque. Je ne veux pas qu'il revienne du travail pour s'assurer que je les avale. J'ai besoin d'avoir les idées claires.

— Ça va s'équilibrer, dis-je. Tu le sais.

On nous croirait revenus au tout début sauf que maintenant son amour pour moi n'est plus là pour le soutenir en attendant que je me ressaisisse. Ce puits-là s'est tari.

— Tu sais que tu ne pourras jamais me quitter, David, dis-je, et c'est bon de prononcer son prénom à haute voix. Tu le sais.

C'est une menace. Ça l'a toujours été.

Et soudain, il est là, le passé qui se pose entre nous à côté du rôti intact, des poireaux à la crème, des carottes glacées et des trois différentes sortes de pommes de terre, et je sais que, en dépit de tout, je suis en train de faire ce qu'il faut pour sauver mon mariage.

— Oui, dit-il en repoussant sa chaise, je sais.

Il sort sans me regarder.

— Je vais me doucher et me coucher tôt, lance-t-il à la porte.

— Je repeindrai la chambre, dis-je pour adoucir mes derniers mots, si tu reviens y dormir.

Là, il me lance un regard par-dessus son épaule et hoche la tête de façon à peine perceptible, mais je lis le mensonge dans ses yeux. Il n'y a qu'un lit qu'il a envie de partager et ce n'est pas le mien. Je me demande ce que Louise fabrique en ce moment. Si elle

203

— J'ai dit ça pour t'apaiser. Je ne le pensais pas. Tu voulais un nouveau départ et je me suis employé à t'en donner un.

Comment peut-il avoir l'audace de prétendre une chose pareille ? Il baise sa secrétaire. Tu parles d'un nouveau départ. Je repose mes couverts à mon tour, les disposant soigneusement sur le rebord de l'assiette. Encore un dîner gâché.

— J'admets avoir commis quelques erreurs, dis-je. Et je le regrette profondément. Tu sais que j'ai des problèmes. Je crois que le déménagement n'a rien arrangé.

Il secoue la tête.

— Je ne peux pas te sur... je ne peux pas veiller sur toi en permanence. Je te le demande encore une fois. Où étais-tu hier soir ?

Surveiller. Voilà le mot qu'il allait dire. Il ne peut pas me surveiller.

— Je suis sortie me promener et j'ai perdu la notion du temps.

Nous nous dévisageons et je prends un air innocent. Ça ne marche pas.

— Sincèrement, ajouté-je, et je le regrette aussitôt.

C'est le mot qu'on utilise quand on ment. « Sincèrement, c'est juste une amie. » C'est ce que David avait dit quand nous vivions à Blackheath. D'accord, il ne l'a peut-être pas baisée, n'empêche qu'elle était plus qu'une *amie*.

— Ça ne peut pas continuer, dit-il.

De quoi parle-t-il ? De nous, de moi ? Veut-il me faire enfermer quelque part ? Encore une autre de ces *résidences* chics où on pourra *m'aider,* mais cette fois de terre. La vapeur réveille les élancements dans ma pommette. J'ai masqué le bleu avec du fond de teint. David s'imagine sans doute que c'est pour lui. Il se trompe. C'est pour me le cacher à moi-même. J'ai honte de ma propre faiblesse.

Je dresse la table avec notre plus beau service, j'allume des chandelles et je dispose tous les plats sur la nappe avant de l'appeler. Je lui sers un verre de vin alors que le mien est rempli de San Pellegrino. Je ne sais pas trop si je m'impose tout ça pour lui faire plaisir ou pour me consoler après la laideur de la nuit dernière. Je guette un signe d'approbation, or c'est à peine s'il remarque mes efforts.

Nos assiettes sont pleines, mais nous ne mangeons pas vraiment, ni lui ni moi. J'essaie d'entamer une discussion sur son travail bénévole – comme si j'en avais quoi que ce soit à foutre. Il me coupe.

— Que se passe-t-il, Adèle ?

Je le dévisage, l'estomac noué. Il n'est pas inquiet, il est froid. C'est l'idéal pour mon plan, c'est ce que j'ai prévu, toutefois ce n'est pas ce dont j'ai envie. Et encore moins aussi tôt. Je tâche de trouver une réponse, mais les mots ne viennent pas. J'espère simplement que je suis belle dans la lueur des chandelles, même avec cette contusion qu'il s'efforce de ne pas voir. Il repose son couteau et sa fourchette.

— Ce qui s'est passé avant notre déménagement, c'était...

— C'était ta faute. Tu le sais. Tu l'as dit toi-même.

J'ai retrouvé ma voix, même si elle est geignarde et grinçante. Des ongles sur un tableau.

— Ce ne sont que des couleurs, David, dis-je, répétant encore la même réponse. Elles me plaisent.

Il me lance de nouveau ce regard, comme si j'étais une extraterrestre débarquée d'une lointaine planète qu'il ne pourra jamais comprendre. Je hausse les épaules. Je ne peux rien faire d'autre.

— Ne repeins pas la chambre d'amis.

J'acquiesce.

— J'espère que ton installation n'y est que temporaire.

Voilà comment nous parlons. Sans la moindre communication. Peut-être que c'est lui qui aurait besoin de tous ces cachets, au lieu de passer ses journées à s'abrutir d'alcool. Ce n'est pas bon pour lui. Ce n'est pas bon pour l'avenir. Il faut qu'il arrête, mais je ne suis pas en position d'imposer quoi que ce soit. Peut-être quand tout ceci sera terminé ? Peut-être qu'alors il me laissera l'aider.

Il se réfugie dans son bureau, marmonnant un truc à propos de son travail. La conversation est terminée. J'imagine que me voir lui a donné envie de boire. Je ne veux pas réfléchir à ça.

Je m'abstiens de lui signaler que je sais qu'il a là plusieurs bouteilles qu'il s'imagine avoir bien cachées. Au lieu de cela, je me consacre à ce que je fais de mieux : je prépare le rôti d'agneau pour le dîner. Il y a toujours quelque chose de réconfortant dans le fait de manger un rôti et nous en avons besoin tous les deux.

Je l'assaisonne avec du romarin et je fourre la chair grasse avec des anchois. J'émince, fais sauter et mijoter l'accompagnement de légumes et de pommes

26

Adèle

Il respecte sa parole et ne reste que deux heures dehors. Je suis docile quand il rentre. Même si le texto de Louise m'a remonté le moral, les événements de la nuit précédente et mon échec abyssal me hantent encore. Autant de preuves que je ne suis pas infaillible. Ma confiance est en miettes maintenant et la solitude pire que jamais.

— J'ai mis tes affaires dans la chambre d'amis, dis-je avec l'air soumis de circonstance quand il me trouve dans la cuisine.

Il replace la clé de la porte de la cuisine dans la serrure. Au moins, il a la décence de paraître gêné d'avoir enfermé sa femme. Il reste ainsi à me tourner le dos pendant un moment, puis il me fait face. Il semble aussi abattu que moi.

— Pourquoi as-tu utilisé ces couleurs pour repeindre notre chambre et le couloir ?

Il a déjà posé cette question un nombre incalculable de fois. J'apprécie qu'il dise *notre,* comme si nous étions encore *nous.*

La tête lui tourne déjà et si elle en prend encore elle risque d'être malade. Malgré tout, elle aime cette sensation bizarre sur sa peau et cette envie permanente de rigoler. Tout est drôle. Elle sourit à Rob et il lui sourit. Ils n'ont pas besoin de se dire quoi que ce soit. Au bout d'un moment, elle pose la tête sur son bras. Il est maigre et noueux, si différent de David avec ses épaules larges et ses biceps taillés à la ferme. La montre de David pendrait au poignet de Rob exactement comme elle pend au sien. Mais c'est bon de s'appuyer contre lui. Elle se sent en sécurité.

Elle ne pourrait jamais avoir un moment comme ça avec David et ça la rend un peu triste. David rêve rarement et il n'a pas de terreurs nocturnes. David ne l'écoute pas quand elle essaie de lui en parler. David ne serait jamais capable de faire ce que Rob vient de réussir. C'est une réalité. N'empêche, elle se sent merveilleusement bien que quelqu'un d'autre y arrive. Et pas n'importe qui : un ami. Quelqu'un avec qui elle peut vraiment partager ça. En partie, au moins.

peut-être David. Elle lui reprend le joint des mains et elle inspire. Une douce brise lui caresse les cheveux, elle a l'impression de voler. Elle rit un peu, comme ça, pour rien. Voler. Peut-être qu'elle parlera à Rob de l'avocat. Ils ont leur propre secret désormais. Comme s'il comprenait ses pensées, Rob lui demande :

— Où vas-tu quand tu rêves ? Tu sais… qu'y a-t-il derrière la porte pour toi ?

— Ça dépend…

C'est difficile à expliquer. La première porte remonte à très loin pour elle. C'est différent maintenant, et ça l'est depuis quelques années déjà. Pour lui, c'est tout nouveau.

— … ça dépend de mon humeur, ajoute-t-elle.

Cela fait cinq nuits que Rob a réussi pour la première fois et, à présent, c'est déjà comme s'il l'avait toujours fait. Elle sait qu'il ne ment pas – non pas qu'elle pense qu'il pourrait mentir – parce que tous les psys parlent de progrès à son sujet. Ils se sentent fiers. C'est le *golden boy* de Westlands depuis qu'il dort sans hurler. Ils croient l'avoir guéri. Comme ils s'imaginent réussir avec elle aussi. Si seulement ils savaient. Ça n'a rien à voir avec eux. Il y a des portes à ouvrir dans l'esprit, mais pas comme ils le pensent. Pas du tout. Comment réagiraient-ils à la vérité ? Ils auraient sans doute besoin de se faire soigner. Cette idée la fait s'esclaffer. Elle commence à penser comme Rob.

— C'est comme d'avoir le monde au bout des doigts, dit-il.

— Ouais. Et finis les cauchemars.

— Amen, ajoute-t-il en lui passant le pétard qui est presque terminé, mais elle s'en fout.

choses que ses parents trouvaient importantes. Que David trouve importantes. Avoir un projet. Une carrière. Rob est comme le vent. Ici, là, partout. Destination inconnue. Ce doit être merveilleux d'être comme ça.

— Un des infirmiers. Je l'ai convaincu de m'en trouver.

— Lequel ?

Elle le scrute. Elle n'est même pas capable d'imaginer comment elle a fait pour en arriver là.

— Quelle importance ? Ils sont tous pareils, dit-il en fixant la nuit dehors. L'un d'entre eux, c'est tout.

Ils sont enfermés dans une des salles de bains. La fenêtre à guillotine est remontée et ils sont serrés l'un contre l'autre, penchés dehors. C'est elle qui est allée dans l'aile des garçons alors que Rob s'était porté volontaire pour la rejoindre. Elle a tenu à le faire. Prendre ce risque. Éprouver quelque chose. Se glisser discrètement dans les couloirs jusqu'au grand escalier central, se faufiler sous la lumière solitaire du bureau de garde du surveillant de nuit, puis monter dans l'aile interdite de Westlands. C'était exaltant. En arrivant ici, elle était à bout de souffle et hilare ; maintenant, avec l'herbe qui lui brûle les poumons, c'est encore plus génial.

Elle se demande qui est son fournisseur parmi les infirmiers et pourquoi il ne veut pas le lui dire. Est-ce parce qu'elle n'a pas voulu lui expliquer la raison de la venue de l'avocat ? Il n'a rien demandé, mais elle le connaît assez pour savoir que ce n'est pas par manque de curiosité. Bien sûr qu'il est curieux. C'est la personne la plus intelligente qu'elle connaisse, à part

25

AVANT

La fumée est puissante et douce et, quand elle envahit ses poumons, c'est un tel choc qu'elle tousse à en avoir les larmes aux yeux. Ils en rient tous les deux, même si dans sa poitrine, c'est comme pendant les journées qui ont suivi l'incendie.

Rob lui reprend le joint pour inhaler longuement. Il souffle des anneaux de fumée.

— Voilà, ma chère, fait-il avec un accent très snob, comment il faut s'y prendre.

— Comment tu as réussi à l'avoir ?

Elle essaie encore et cette fois parvient à ne pas tousser. L'effet est quasi immédiat. Une sensation de légèreté et de chaleur dans la tête. Agréable.

Il tortille un sourcil vers elle.

— Je sais me rendre irrésistible.

— Non, sans rire. Comment ?

Pour elle, Rob est pure énergie. Elle est même un peu amoureuse de lui, elle le sait. Il est si différent. Elle n'a jamais rencontré quelqu'un qui se fout autant de tout ce qui est censé être important. Toutes les et j'ouvre les robinets. J'enlève ses chemises de notre penderie pour les ranger dans celle, plus petite, de la chambre d'amis. Par couleurs, comme il préfère. Je les touche avec toute la gentillesse dont je ne peux plus me servir quand je suis avec lui. Des doutes me saisissent. Cette solitude est effroyable.

Je sors le portable de la boîte à chaussures au fond du placard, caché sous une paire de Jimmy Choo en satin, puis je me déshabille et je m'enfonce dans l'eau chaude qui bouillonne. Je garde le téléphone à portée de main, sur le couvercle des toilettes. Il va peut-être essayer de me rappeler. Me dire qu'il est désolé. Qu'il veut tout arranger. Autant d'espoirs vains. Cela fait trop longtemps que nous avons quitté ce chemin-là.

Je ferme les yeux pour laisser l'eau me détendre les muscles. Les battements de mon cœur se transmettent dans ma joue, un rythme régulier, apaisé par la drogue qu'il m'a fait prendre. Curieusement, c'est assez agréable. Je suis au bord du sommeil quand le buzz de la vibration me fait sursauter. C'est un texto. De Louise. Je contemple l'écran. Elle ne m'envoie jamais de messages pendant le week-end.

J'ai réussi !!!!!

Je fixe les mots, puis je souris en dépit de la douleur sur mon visage. Elle a réussi. Elle y est arrivée. Mon cœur s'emballe, dans ma poitrine et dans ma pommette. J'aime Louise. Vraiment. Je pourrais exploser de fierté.

Soudain, je n'ai plus sommeil.

au-dessus du lavabo pour m'examiner dans le miroir. Le bleu est assez impressionnant, fleurissant sur toute ma pommette. Ma peau a gonflé et quand je la touche, même doucement, c'est douloureux. Hier soir, c'était juste une marque rouge. Aujourd'hui, le coquard revendique sa place sur mon visage. Pourtant, mon œil n'est pas fermé, ce qui est un soulagement. Tout aura sûrement disparu d'ici une semaine.

C'est trop injuste. Son inquiétude devant ce bleu qui gonflait s'est volatilisée à la seconde où mes achats ont commencé à arriver ce matin. Et là, c'était fini : il s'est remis en colère et n'a cessé de me poser les mêmes questions qu'hier soir auxquelles je n'ai toujours pas voulu répondre. Il voulait savoir où j'avais été. Pourquoi j'étais dehors quand il est rentré à la maison. Ce que j'avais fait.

Évidemment, je ne pouvais pas lui dire où j'étais *vraiment* – je comptais être de retour avant lui, mais mon mauvais timing est une autre erreur à ajouter au fiasco d'hier soir –, toutefois j'aurais peut-être dû lui donner quelque chose. Ou pas. J'apprécie assez d'avoir ce petit pouvoir sur lui. Je suis peut-être sa prisonnière, mais ce qu'il veut savoir est enfermé dans ma tête. Je m'en contenterai.

Maintenant que je ne dois plus l'affronter, la fatigue revient. Je suis à bout.

Je n'ai pas mal qu'au visage. Mes bras et mes jambes aussi me font souffrir. Mes muscles hurlent d'avoir été autant sollicités. J'ai même mal aux côtes.

J'ai besoin d'un bain. J'ai besoin de laver tout ça et de réfléchir. Je monte lentement les marches, traînant mon dégoût de moi-même et la pitié que je m'inspire, apathique. Ce qui ne me dérange pas. Un peu de sommeil me fera du bien.

Son téléphone bipe : la voiture qui vient le chercher est là. Que ce soit volontaire ou non, il ne me reprend pas *mon* téléphone et c'est un soulagement. Je l'avais caché, au cas où, mais c'était un risque et j'en prends déjà trop à ce stade. Le téléphone me servira plus tard.

— Nous parlerons à mon retour, dit-il en se dirigeant vers la porte.

Qu'est-ce que c'est creux. On ne parle plus. Ni de nous ni de *ça*. Il s'immobilise et se retourne vers moi. Je me dis qu'il va ajouter quelque chose… il ne le fait pas.

J'entends la clé qui tourne dans la serrure et j'ai l'impression qu'on vient de sceller ma tombe. C'est très étrange de savoir que je ne peux pas sortir. Cela fait un bon moment que je n'ai pas éprouvé un tel sentiment d'impuissance. Et si un incendie se déclarait ? Et si la maison se mettait à brûler pendant mon sommeil ? Je suis sous l'effet des médicaments. Je pourrais oublier une casserole sur le feu. Y a-t-il seulement pensé ? Ce n'est pas comme s'il n'y avait jamais eu d'incendie dans notre vie avant. Peut-être qu'il s'imagine que j'ai assez de ressources ces temps-ci pour m'en sortir sans lui. Et c'est vrai, il serait assez facile de casser une vitre si je le décidais.

Je reste debout dans le silence à regarder la fenêtre, à penser à des flammes, à laisser les idées venir, jusqu'à ce que les élancements autour de mon œil me ramènent au présent. J'ai pris *ses* cachets, mais en fait j'ai surtout besoin d'ibuprofène.

J'en avale deux avant d'aller dans la salle de bains du rez-de-chaussée. J'allume la lumière, je me penche

Avec moi, il a renoncé. Je suis tout juste bonne à avaler des cachets, encore et encore. Je comprends pourquoi il m'a pris mes clés quand il va à la porte de la cuisine qui donne sur le jardin et qu'il la verrouille. Je lâche un rire incrédule.

— Tu m'enfermes ?

Je n'y crois pas. Ça fait un moment que notre mariage est devenu une prison, nous en sommes conscients tous les deux, mais de là à devenir mon geôlier ?

— C'est pour ton bien.

Au moins, il a la décence de rougir et de ne pas croiser mon regard.

— ... Et juste pour ce matin. Je ne peux pas... je ne peux pas...

Il cherche les mots.

— ... je ne peux pas me permettre d'être distrait...

Il fait un geste vague vers le couloir, puis vers moi.

— ... par tout ça.

Il détourne les yeux. Il ne supporte pas de me regarder.

— ... Repose-toi un peu. Il faudra peut-être qu'on change de nouveau ton traitement. Je verrai ça demain.

Je ne l'ai plus écouté après ce mot, *distrait*. Ce qu'il veut dire, c'est qu'il ne peut pas se permettre de passer son temps à se demander où je suis et ce que je fais. Même notre petite routine des appels téléphoniques ne lui suffit pas.

Si tu ne veux plus être distrait, arrête de baiser ta grosse vache de secrétaire. Voilà ce que j'ai envie de lui hurler. Les comprimés qu'il m'a fait prendre devant lui commencent à agir, je me sens légèrement mais le compte American Express de David a dégusté. Une nouvelle machine à café – le modèle le plus cher. Un nouveau four à pain – pareil. Des bijoux en pagaille. Un appareil photo très haut de gamme. Un hachoir-mixeur avec tous les accessoires. Et la *pièce de résistance** : un tapis de course hyperperfectionné. Des milliers de livres.

Comme une gamine, je prends mon sac à main suspendu au dossier d'une des chaises de la cuisine et je le lui tends. Je le regarde sortir la précieuse carte de mon portefeuille et la découper.

— Je croyais que c'était censé être un nouveau départ, marmonne-t-il en jetant un coup d'œil dans le couloir qui ressemble au jour de notre emménagement, avec des cartons partout. Je vais tout renvoyer... Sauf le tapis de course, si tu y tiens.

Je sais ce qu'il pense. Il s'imagine que, grâce à ça, il va me cloîtrer encore un peu plus dans la maison.

— Tu peux le rendre, dis-je.

Il ne peut pas annuler mon inscription à la salle de gym. On a payé pour l'année. C'était moins cher comme ça et, à l'époque, je voulais lui faire plaisir. Notre *nouveau départ*.

Je le dévisage. Reste-t-il encore en lui une minuscule braise d'amour pour moi ? Il le faut. Il le faut. Il fouille de nouveau dans mon sac pour y prendre mes clés de la maison.

— Je dois aller au siège de l'association. Je n'ai pas le choix. Ils ont installé un cabinet de consultation, mais je n'y resterai que deux heures.

Bien sûr, il doit sortir. Le travail passe en premier. Il veut toujours aider les gens. Sauf nous. Sauf moi.

24

Adèle

Elle est juste atroce. Atroce. Il n'y a pas d'autre mot pour décrire cette matinée. Les cris se sont arrêtés, mais ce silence de mort est encore pire. J'ai envie de vomir. Je tremble. Je ne sais plus quoi dire, s'il y a encore quelque chose à dire. Et tout est ma faute.

— Je vais m'installer dans la chambre d'amis. Pour le moment. Pour un moment. Je pense que ça vaut mieux. Jusqu'à ce que nous décidions quoi faire.

Sa voix est calme, comme si c'était une consultation, mais il est livide. Je le connais. J'ai envie de pleurer, mais je ne le fais pas. Je reste impassible. Je ne veux pas qu'il sache le mal qu'il me fait.

— Où est la carte de crédit ? demande-t-il, les yeux froids.

Les choses que j'ai commandées sur Internet ont commencé à arriver à huit heures du matin et tout était là à neuf heures. J'avais tout planifié à la perfection, payant des frais supplémentaires pour une livraison dans une tranche horaire précise. J'avais fait en sorte que les achats ne me prennent pas très longtemps, *pas faire ça. C'est quelque chose qui n'est qu'à nous, elle et moi...*

Mes yeux me brûlent et je dois relire cette dernière phrase parce que le vin m'embrouille la tête. Je ferme les yeux. Une seconde à peine. Le cahier me glisse des mains. Il faut que je me lave les dents, me dis-je vaguement, et je m'endors.

monte dans les tours. Je ne me suis jamais senti aussi bien. C'était magique. Vraiment magique, pas comme quand je plane. Ça me démange d'aller le dire à Adèle, mais les filles sont dans l'autre moitié du bâtiment et je ne peux pas prendre le risque de me faire pécho là-bas. Ils me foutraient dehors. En arrivant ici, j'aurais été heureux qu'ils le fassent, plus maintenant. Je vibre, carrément. Je rigole comme un con rien que d'écrire tout ça. Je ne lui dirai pas que je l'ai ajoutée sur la plage avec moi, qu'elle est apparue aussitôt comme si c'était normal. Comme si je pouvais pas m'imaginer heureux sans elle. Ça fout un peu la trouille et je sais pas comment elle réagirait à ça.

On est à peu près au milieu de notre séjour maintenant. Que se passera-t-il quand on partira ? J'imagine pas que Docteur David voudra de moi dans les parages. Adèle dit qu'il m'aimera, mais elle ne connaît pas les gens comme je les connais et ce mec me paraît du genre à vouloir tout contrôler.

J'ai toujours pas capté cette histoire d'avocats. J'ai pas insisté : elle était bizarre après ça. Elle finira par me le dire. Je sais amener les gens à parler. Aux séances, à présent, j'écoute plus que je ne parle. Tout le monde a envie de parler de soi. C'est fondamental. Peut-être que je devrais me faire embaucher ici. (JE BLAGUE.)

Les oiseaux se réveillent dehors. Je n'arrive toujours pas à croire que ça a marché. Toutes ces conneries, se pincer, compter ses doigts, ça a marché. J'ai contrôlé mon rêve, merde. David ne sait pour former une petite porte avec une poignée ronde, comme dans un dessin de gosse.

Les monstres derrière moi se rapprochent, mais je m'en fous. J'ouvre ma nouvelle porte. Je pense à une plage. Pas celle de ces vacances minables à Blackpool où il pleuvait tous les jours et où Ailsa faisait sa crise parce qu'elle n'avait pas eu le droit de faire venir son petit copain boutonneux, mais une plage très chic comme dans les vitrines d'agences de voyages.

Je tourne la poignée et je franchis le seuil.

Fin de la terreur nocturne. Je suis sur une plage blanche, une brise chaude dans les cheveux, le sable brûlant entre mes orteils tandis que les vagues tièdes me lèchent les pieds. Je suis en short et en tee-shirt. Je suis calme. J'ai envie de rire. Je voudrais qu'Adèle voie ça et soudain, elle apparaît : une Adèle-de-rêve. L'eau est d'un bleu surnaturel, mais c'est comme ça que j'ai toujours imaginé l'océan. J'y ajoute des dauphins. J'ajoute un serveur qui nous apporte des cocktails géants. Ils ont l'air bizarre. J'ai jamais bu de cocktail, et celui-là a un goût de milk-shake à la fraise, comme j'en ai envie. J'ai la tentation d'ajouter une seringue et une dose, mais je ne le fais pas. Dans le rêve, je ris et Adèle-de-rêve rit aussi. Puis je n'arrive plus à le tenir et je me réveille.

J'AI RÉUSSI. Putain, j'y crois pas. J'ai réussi ! Je peux désormais être le roi de mes rêves. La prochaine fois, ce sera encore mieux. Je le sais. Je suis trop vidé pour me rendormir. Il est quatre heures du matin et tout le monde ronfle, mais mon cœur dans leurs bouches. J'entends du métal qui racle les marches de béton et j'ai du mal à grimper, comme si mes pieds s'enfonçaient dans de la mélasse. Impossible d'accélérer. J'arrive sur un palier et je regarde derrière moi.

Ils sont deux étages plus bas, mais ils foncent, une meute mi-humaine, mi-bestiale. À la place des doigts, ils ont de longs couteaux aiguisés qu'ils traînent derrière eux. Ils veulent me découper, me débiter en tranches et me bouffer. Je suis trop fatigué pour continuer à essayer de monter et je regarde la porte qui sépare la cage d'escalier des appartements. Du hip-hop à fond quelque part. Il y a une vitre crasseuse sur la porte et à travers je vois Shanks. Normal, c'est pas le genre à rater ça. Il me fixe depuis l'autre côté du verre sale et il remue un doigt-couteau comme pour me dire que c'est fini.

Je suis coincé. Ils vont me choper, je le sais. Leurs doigts vont me déchiqueter. C'est normalement là où le rêve se fige et seulement parce que Ailsa est venue me secouer pour me réveiller. Mais pas cette fois. Cette fois, le rêve continue.

Des portes.

Des doigts.

Je baisse les yeux vers mes mains. J'ai un petit doigt en trop. Je suis là, sur le palier, et j'ai envie de me marrer. Je suis en train de rêver et je le sais. Les raclements métalliques s'estompent tandis que je me concentre. Je regarde la porte du palier, mais je sais que ce n'est pas celle-là que je veux. Je me tourne vers le mur tagué de graffitis moches et paresseux. Mentalement, je redessine les lignes

... Ça commence comme d'habitude. Je suis en train de fuir et ils sont tous après moi. Les dealers de la cité, ma conne de mère qui s'est barrée depuis longtemps, Ailsa, ce mec que j'ai démoli dans une ruelle simplement à cause du manque, parce que j'étais trop petit et que j'avais la rage. C'est eux, je sais que c'est eux, mais aussi c'est pas eux. C'est des versions monstrueuses d'eux, tels que je les vois dans ma tête : des yeux enfoncés dans les orbites, la peau flasque, des dents pointues et sanglantes à force de me sucer, de me mettre à sec du simple fait de leur existence. J'ai des marques sur les bras là où m'man et Ailsa m'ont attrapé et mordu avant que je leur échappe. Pas besoin d'un psy pour savoir ce qu'elles représentent. Ils appelleraient ça de la culpabilité. À cause de mon addiction et des conséquences pour ma famille. Ils n'ont aucune idée de ce qui se passe dans ma tête. Les marques, les morsures, le sang qu'on me suce, c'est à cause de ça qu'ils veulent m'envoyer en désinto. Pour m'obliger à abandonner le seul truc que j'aime dans cette existence de merde.

Je cours dans la tour. Pas celle où je vis avec Ailsa, celle où créchaient ma mère et « Shanks », son p'tit copain pédophile, avant qu'il mette les voiles. Ça pue tellement la pisse dans les ascenseurs que même quand ils fonctionnent on se dit merde et on préfère prendre l'escalier. J'y suis maintenant dans le rêve et je les entends derrière moi, qui m'appellent, qui m'insultent. « On sait qu't'es là ! Va pas t'imaginer qu'on sait pas ! » hurle ma mère. Leurs voix sont humides, trop de dents pointues compare nos corps ? Ah non, j'espère bien que non. Les questions bourdonnent dans ma tête et je renonce à les combattre.

Je sors le cahier du tiroir de la cuisine. C'est mon lien avec eux et, puisqu'ils sont installés dans ma tête, je peux aussi bien m'offrir une petite plongée dans le passé d'Adèle, même si ces pattes de mouche sont très pénibles à déchiffrer. Et puis, j'ai effectué mes exercices beaucoup plus régulièrement ces deux derniers jours, ça m'aidera peut-être à comprendre.

J'éteins la télé et j'emporte mon verre de vin dans la chambre. Je me sens fatiguée et ça bourdonne un peu dans ma tête, alors que je n'ai pas tant bu que ça. C'est le régime qui me met minable. J'essaie de ne pas me dire à quel point je le suis déjà.

Je garde mon tee-shirt et jette le reste de mes affaires par terre avant de me mettre au lit. Les yeux déjà lourds, je m'offre encore un bon gorgeon. Je ne me suis pas brossé les dents. Je le ferai quand j'aurai fini mon verre – le mélange menthe-vin, c'est pas terrible –, mais il est plus probable que je m'endormirai avant. Je le ferai dans quelques heures quand mes rêves me réveilleront. Je suis trop rock'n'roll ! Je me dis ça en souriant à moitié d'être si peu rock'n'roll : au lit avant dix heures. J'allume la lampe de chevet et j'ouvre le cahier. Au début, la petite écriture pointue me pique les yeux, puis, petit à petit, j'en apprends les formes. Le passé d'Adèle et de David. Ton sommeil, me murmure ma voix intérieure. Tu lis ça pour t'aider à dormir. Ben voyons, je me réponds. On sait, toi et moi, que c'est un mensonge.

pas fait de jogging parce que mes nuits sans sommeil m'épuisent, mais j'ai réussi à m'imposer une longue marche et malgré une atroce envie de pain, je me suis contentée de poisson et de légumes pour le dîner avant d'appeler Adam et Ian qui m'ont raconté tous les trucs délicieux qu'ils étaient en train de bouffer. Mon estomac s'est mis à gargouiller. Non, à gronder.

Donc, je ne vais pas me punir en me privant aussi de vin. On a le droit d'être pompette, ce n'est pas ça qui va me remettre sur le noir chemin de la suralimentation. De toute manière, les placards sont vides et je suis trop feignante pour sortir à une heure pareille. Et puis, j'ai besoin de boire pour dormir. J'ai l'impression que mes terreurs nocturnes empirent. Ce qui n'a rien de surprenant dans la mesure où je baise le mari de ma nouvelle amie. Ce mot, *baise,* je le prononce avec dureté dans ma tête, au point de me faire sursauter. Ouais, pas étonnant que mon sommeil soit troublé.

Je zappe entre les chaînes pour trouver une distraction. Une grotesque émission de télé-crochet. Un vieil épisode d'*Inspecteur Frost.* Rien d'intéressant. Je bois encore un peu et mon esprit dérive de nouveau vers Adèle et David. Il y a toujours un bout de mon cerveau qui pense à eux. Est-ce qu'il pense à moi ? Est-ce qu'*elle* pense à moi ? J'en éclate presque de rire, tellement c'est tordu. Au moins, si je ne dors pas cette nuit, je pourrai faire la grasse matinée.

Je vais me resservir dans la cuisine. Si j'arrête maintenant, il restera encore une petite moitié de la bouteille, ce qui est bien mieux que d'habitude. David boit-il chez lui ? Sont-ils sortis dîner ? Sont-ils en train de faire l'amour en feignant d'y croire ? Est-ce qu'il monde. Crois-moi. Célibataires, sympas et tout. Je te jure devant Dieu que si tu n'as pas mis ton profil en ligne la prochaine fois que je te vois, tu vas avoir des problèmes. D'accord ?

— D'accord.

Je mens sans vergogne pour qu'elle me lâche.

— Bon, faut que j'y aille, Lou… Ella est en train de piquer une crise. Tiens-moi au courant. Je suis là si tu as besoin de moi.

Elle raccroche, tandis que ses mots résonnent dans ma tête. « Plaque-les tous les deux. » Facile à dire pour elle. Entre sa famille et ses mecs, elle ne manque ni d'attention ni de compagnie.

Je ne la reverrai sans doute pas avant le retour d'Adam et, à ce moment-là, j'aurai renoncé à David, donc tout sera résolu. Non pas que je doive faire plaisir à Sophie. Quand elle me parle de ses coucheries, j'écoute, j'acquiesce et je garde mes jugements pour moi. Pourquoi n'en fait-elle pas autant ? Elle croit me connaître, mais c'est faux. Je n'imagine pas Adèle m'expliquant la vie comme ça. Adèle m'écouterait et me soutiendrait – comme une véritable amie.

Je me rends compte à quel point cette dernière idée est dingue, étant donné la situation, alors je chasse délibérément Sophie de ma tête et je me sers un autre verre de vin, y ajoutant des glaçons pour le faire durer plus longtemps. Je ne me culpabilise pas trop parce que je me suis gardé une réserve de calories pour cette fin de journée et, soyons honnête, ça aurait pu être bien pire aujourd'hui. Pas si simple de continuer le régime pendant le week-end, même si maintenant que je sens la différence, c'est un peu plus facile. Je n'ai

— Je sais, je sais, dis-je. Et je vais arrêter.

— Arrêter avec qui ? Elle ou lui ? J'ai comme l'impression que tu couches avec les deux.

Une hésitation.

— Tu *couches* avec les deux ?

Là, je souris un peu, même si je lui en veux.

— Non, bien sûr que non. C'est juste que… je ne sais pas… chaque fois que je veux arrêter avec un des deux, je n'y arrive pas.

— Tu veux un conseil ?

Une petite voix dans le fond l'interrompt.

— Une seconde, Louise.

Elle s'éloigne, quitte notre conversation.

— Quoi ? dit-elle, irritée. Je te l'ai dit, Ella, Maman est au téléphone. Va voir Papa. Eh bien, recommence.

Elle revient dans mon oreille.

— Désolée, Lou. Les gosses…

Ma gorge est serrée. Je ne suis pas certaine de vouloir de son conseil. Je voudrais plutôt qu'elle rigole avec moi et me dise que tout va bien, que ça doit être génial, non ? J'ai le pressentiment que ce n'est pas ce qui va se passer. Je ne me trompe pas.

— Si tu veux un bon conseil, ma belle, continue-t-elle, plaque-les tous les deux. Tu ne peux pas être son amie à elle parce que tu seras toujours celle qui s'est tapé son mari et ça, c'est la merde. Et tu ne peux pas être sa maîtresse parce qu'il est marié à une femme qui est devenue ton amie et ça, c'est encore plus la merde. Avoir une liaison, c'est garder des secrets et tu n'es pas faite pour ça – ce qui, dans ma bouche, est un compliment. Tu vaux mieux que ça, Lou. Mets-toi sur Tinder. Il y a des tas d'hommes canon dans le

23

Louise

— C'est pas vrai ! Tu te défonces ou quoi ? Comment t'as pu te mettre dans un merdier pareil ? Et c'est moi, la grande spécialiste, qui te dis ça.

Au bout du fil, Sophie ne laisse aucun doute quant à sa désapprobation. Je regrette déjà mes confidences.

— Franchement, Louise, qu'est-ce qui t'a pris ? Et pourquoi ne m'as-tu rien dit ?

— J'étais occupée, marmonné-je.

Qu'est-ce qui lui donne le droit de me juger comme ça ? Surtout elle.

— Sans déconner... et sans parler du truc patron-secrétaire qui n'est déjà pas terrible. Je suis contente que tu sortes de ton train-train, sauf que c'est pas exactement ça que j'avais en tête.

Elle essaie de tempérer ses accusations en faisant de l'humour, mais je continue à rougir tout en arpentant le salon. Elle ne m'a appelée que parce que son plan pour la soirée est tombé à l'eau et qu'elle est coincée avec Ella. Elle n'a sans doute même pas remarqué que ça fait une éternité que je ne lui ai pas envoyé de texto.

Je regarde l'horloge. Huit heures et demie. Dehors, la journée d'été commence à s'effacer. David ne rentrera pas avant dix heures. Il ne voulait pas que je l'attende pour dîner, je n'ai donc pas à m'inquiéter. J'ai bien un endroit où aller et il ne servirait à rien de remettre encore une fois à plus tard. Il faut que je me prépare. Pour être dans l'état idéal. D'une certaine façon, j'attends ça avec impatience.

Je dois juste faire preuve de la plus extrême prudence.

J'ouvre la lettre et je contemple les colonnes de descriptions et de dépenses avant de jeter un œil au mot qui les accompagne. Rien d'inhabituel ou de surprenant, mais ces courriers ne le sont jamais. Nous n'allons plus à Fairdale House et personne n'a vécu là-bas depuis qu'une aile a brûlé. Je relis avec davantage d'attention. Quelques réparations réalisées sur le bâtiment principal. Des clôtures entretenues. Des caméras de surveillance en état de marche. Aucun nouveau dégât sur la propriété. Gaz et électricité toujours branchés, factures réglées. Les évacuations sont en bon état. Les loyers ont été payés par les fermiers qui exploitent les champs. Les frais en été sont toujours moindres qu'en hiver. Inutile de chauffer contre le froid d'Écosse. Pour être honnête, je crois que la plupart des gens ont oublié jusqu'à l'existence du manoir : le château de la Belle au bois dormant caché derrière ses haies.

Je pose tout ça sur le comptoir de la cuisine là où David le verra, comme si je l'avais négligemment laissé là. Ça va l'agacer. Je n'aurais pas dû l'ouvrir. En voyant le sigle de la compagnie, j'aurais dû tout de suite déposer la lettre sur son bureau. Le courrier est adressé à nous deux, mais on sait bien que c'est lui qui s'occupe de l'argent. Je ne suis que la jolie poupée : la femme au destin tragique dont il faut prendre soin.

Les avocats ont arrêté de nous demander si nous comptions vendre. C'est impossible. Même si, peut-être, dans le futur... mon estomac fait des bonds à l'idée de ce qui pourrait arriver. Si, par exemple, notre secret était révélé, réduit à néant. En être libérés. Voilà qui me donne des vertiges, mais aussi une force immense.

De retour à la maison, je nous ai préparé un déjeuner léger et puis il est parti. Jouer les sauveteurs bénévoles. Une espèce de type habillé de façon déplorable est venu le chercher dans une vieille bagnole. Ils se ressemblent tous, ces bons Samaritains. Voilà un truc qui n'a pas changé depuis Westlands. Comme si porter des vêtements minables les rendait meilleurs. Au moins, cette histoire de travail social n'était pas un mensonge complet, même si je sais qu'il s'est servi au moins une fois de cette excuse pour aller chez Louise.

Après son départ, j'ai envisagé d'envoyer un texto à ma chère amie pour lui proposer un café quelque part – je commençais à déprimer dans la maison vide – avant d'y renoncer. Je ne sais pas dans quels coins il va ces jours-ci et, quoique le quartier soit très animé, les coïncidences existent. Je ne peux prendre le risque qu'il nous voie ensemble en passant en voiture devant un bar, simplement parce que je ne supporte pas la solitude.

Alors, j'ai fait le ménage pendant une heure ou deux, frottant les salles de bains jusqu'à ce qu'elles brillent et que je sois à bout de souffle… et que retentisse le claquement de la boîte aux lettres en bas pour le courrier du samedi après-midi, en retard comme d'habitude.

Quand j'ai vu l'enveloppe, le sigle familier de la compagnie dans le coin et l'adresse soigneusement manuscrite, j'ai pensé que j'avais eu raison de ne pas provoquer une dispute avant son départ. Voilà qui va largement suffire à l'énerver. Dans mon esprit, le passé est comme des sables mouvants dans lesquels David s'enfonce inexorablement. Ma tristesse revient.

22

Adèle

Bien que nous ayons passé la soirée à la maison comme n'importe quel autre couple – dîner, télé, conversation minimale –, David est allé dormir dans la chambre d'amis. Il a accusé la chaleur… dans cette grande et vieille maison où les murs épais conservent une relative fraîcheur dans les pièces. Il n'a pas eu un regard vers moi quand il est monté se coucher. Ce n'était pas totalement inattendu, mais j'ai quand même eu l'impression de me faire poignarder les entrailles avec une écharde de mon cœur brisé.

Quand je l'ai entendu dans la cuisine ce matin, j'ai quitté mon lit et j'ai filé directement à la salle de gym pour éviter de me retrouver face à lui de l'autre côté de cette faille âpre et invisible qui nous sépare. J'avais besoin de me défouler. J'ai couru sur le tapis réglé sur un parcours pénible avant de m'imposer des séries comme je n'en avais encore jamais fait sur les machines, tout ça sans en retirer le moindre plaisir. J'ai l'impression de perdre mon temps. Quelle importance ? Est-ce que *moi-même* j'ai une importance ?

retourne m'effondrer sur ma chaise. Je devrais rompre. Je le sais.

Je regarde l'horloge. Cinq heures, bientôt. Je détourne les yeux et je regarde encore. Le temps ne bouge pas. Il faut que je jette le café, que je finisse des trucs administratifs pour lundi et ensuite ce sera l'heure de rentrer, pour moi aussi.

J'envisage un jogging ce soir, mais je suis trop fatiguée par mon manque de sommeil. Je me pince et je murmure :

— Je suis réveillée.

à s'attacher à des gens qu'il vient de rencontrer. Je rentre dans ce schéma.

— Je peux gérer les appels, dis-je.

Je veux ainsi faire remarquer que je suis plutôt bonne dans mon boulot. J'apprécie aussi le fait qu'il se fasse du souci pour moi. Et puis, je suis un peu inquiète pour lui.

— Est-il dangereux ?

— Je ne le pense pas, dit-il avant de sourire. Il est juste un peu troublé. Cependant, si risque il y a, ce n'est pas à vous d'y faire face.

Sue est dans la cuisine et elle peut nous voir de là-bas tandis qu'elle rince les mugs dans l'évier. Je ne peux donc pas lui demander ses plans pour le week-end – même si je ne tiens pas particulièrement à les connaître. Adèle est toujours là entre nous. Maintenant que cette conversation de travail est terminée, il me souhaite maladroitement un bon week-end et se dirige vers la porte.

Il se retourne avant de partir, un rapide coup d'œil par-dessus l'épaule. Un dernier regard. Mon ventre pétille de bonheur avant de se tordre de jalousie. Il rentre chez lui pour passer le week-end avec elle. Est-ce qu'il va penser à moi pendant ces deux jours ? Je sais que ça lui est déjà arrivé, puisqu'il a débarqué chez moi samedi dernier, mais *comment* pense-t-il à moi ? Envisage-t-il de la quitter pour moi ? J'aimerais tant savoir ce que je suis pour lui. Où tout cela nous mène-t-il ? Si ça nous mène quelque part... À ce stade, il devrait quand même commencer à aborder ce sujet avec moi. Nous ne sommes plus des gosses. Je me sens de nouveau complètement minable et je situation, de tout ce qui devrait me rendre malade, ce sont ces coups de fil qui me rongent le plus. Qu'est-ce qui se passe entre ces deux-là ? Quelle sorte d'amour partagent-ils ? Est-ce seulement de l'amour ? Une pointe d'envie se plante dans mon ventre.

À la fin de la journée, le dernier des patients parti et le week-end béant devant nous, David sort de son bureau, veste et mallette à la main. Je ne m'attends pas qu'il traîne – il ne l'a jamais fait et ça paraîtrait bizarre –, je ressens quand même une légère déception.

— Est-ce qu'Anthony va bien ?

Je demande ça autant parce que je m'inquiète pour ce garçon que parce que je veux garder David encore un peu. Il ne peut pas me donner de détails, je le sais, mais ça ne fait rien.

— S'il rappelle, faites en sorte que ce soit bref, dit-il. Je lui ai donné un numéro direct pour l'instant en dépannage, mais, s'il n'arrive pas à me joindre, il pourrait se rabattre sur votre ligne. N'entamez en aucun cas une discussion à caractère personnel avec lui.

Je hoche la tête, légèrement désorientée. Que se passe-t-il ?

— D'accord.

Mais mon visage est plein de questions et il le voit.

— Il est obsessionnel. J'imagine que l'héroïne le soulageait un peu sur ce point... avant de devenir une nouvelle obsession. J'avais espéré qu'il ne s'attacherait pas si rapidement. Je me suis trompé.

— Il fait une fixation sur vous ?

— Peut-être. Et je ne veux pas qu'il la transfère sur vous s'il ne parvient pas à m'avoir. Ce n'est pas qu'il me trouve particulièrement spécial. Il a tendance totalement accaparé par Anthony. Ce qui me plaît chez lui. Il y a des médecins ici – en dépit du fait qu'ils sont excellents dans leur boulot – qui se dissocient complètement de leurs patients. Peut-être cela vaut-il mieux, peut-être est-ce une attitude plus professionnelle, mais David n'est pas comme eux. Cela dit, je doute que les autres picolent tous les soirs. C'est un type étrange. Je me demande – parce que je suis comme ça, toujours à me demander – quels sont ses démons. Comment quelqu'un qui sait si bien écouter les autres, les sortir de leur trou, peut-il être aussi nul avec lui-même ?

Je mange ma salade sur mon bureau, puis je m'apprête à laisser le vendredi après-midi s'écouler tranquillement. Anthony rappelle deux fois, tout en confirmant qu'il vient juste d'avoir David. Mais il a oublié quelque chose et il faut à tout prix qu'il lui parle. Je le coupe poliment, ne voulant pas me faire entraîner dans une conversation pour laquelle je n'ai aucune qualification.

À deux heures et demie, je vois le voyant de la ligne 1 de David s'allumer. L'appel ne dure qu'une minute à peine et je sais qu'il est pour Adèle. J'ai bien essayé de ne pas le surveiller comme ça, mais je ne peux pas m'en empêcher. À heure fixe tous les jours. Onze heures et demie et deux heures et demie. Des appels brefs. Pas assez longs pour une vraie conversation professionnelle. Chaque fois, je pense à la panique d'Adèle à la salle de gym. J'ai passé assez de temps avec elle maintenant pour connaître l'effet de ces appels à l'autre bout de la ligne... même si elle disparaît toujours dans une autre pièce ou dans le couloir pour les prendre. De toutes les choses moches dans ma

— Dans ce cas, je veillerai à ce qu'il vous rappelle dès qu'il le pourra.

Son souffle me gratte l'oreille.

— Et vous êtes certaine d'avoir mon bon numéro de portable ? Je ne veux pas qu'il appelle quelqu'un d'autre.

Je récite les chiffres affichés sur l'écran et il raccroche enfin. J'ajoute ce dernier appel à ma liste de messages pour David, en souhaitant qu'il sorte très vite de son cabinet pour me débarrasser d'Anthony. Je suis un peu inquiète, à vrai dire. Pour ce que j'en sais, leurs séances se déroulent bien et il y en a une autre prévue lundi. Anthony vient trois fois par semaine, au moins, à sa propre insistance. J'espère qu'il ne fait pas une espèce de rechute.

Finalement, les deux médecins émergent et je passe la liste à David.

— Je sais que c'est l'heure de déjeuner, mais je pense que vous devriez le rappeler. Il semblait assez agité.

— Son élocution était-elle imprécise ?

— Non. Non, je ne crois pas.

— Je l'appelle tout de suite. Pouvez-vous me trouver les numéros de ses parents, de ses avocats et de son généraliste ?

J'acquiesce. Nous sommes redevenus le patron et la secrétaire, ce qui n'a rien de sexy, malgré les clichés.

— Je vous les envoie par mail.

— Merci.

Il regarde encore la note en repartant vers son bureau. J'espère plus ou moins qu'il va se retourner et me sourire, mais il ne le fait pas. Son esprit est

Tout est une horrible trahison, voilà ce que je voulais lui dire avant qu'il ne parte. Tout. Et puis je n'ai pas réussi à me décider. Comment aurais-je pu ? Je ne veux pas que ça s'arrête. Voilà la vraie vérité. La déplaisante vérité. Je veux le beurre, l'argent du beurre… et le cul du crémier. Je veux mon amant *et* ma nouvelle meilleure amie.

— Vous êtes de bonne humeur, dis-je.

Il est sur le point de répondre, un demi-sourire aux lèvres, les mains enfoncées dans les poches de son pantalon, ce qui lui donne une dégaine qui me fait complètement craquer, quand le Dr Sykes survient.

— David ? Je peux vous dire un mot ?

Je souris avant de sortir, fermant la porte sur eux. Le *moment* entre nous est terminé et ça vaut sans doute mieux ainsi. Il faut que je me ressaisisse. Ça ne peut pas durer et je ne dois surtout pas m'attacher. Ce n'est que du désir. Ça passera. Ça ne peut pas devenir plus que ça. Je ne veux pas que ça devienne plus que ça. Pourtant, tout ce raisonnement sonne assez creux. Mon cœur bat trop vite pour qu'il y ait ne serait-ce qu'un fond de vrai là-dedans.

À l'heure du déjeuner, j'en suis à mon sixième appel d'Anthony Hawkins, chacun plus agité que le précédent. J'essaie de toutes mes forces de garder mon calme tout en tentant de lui faire quitter la ligne.

— Comme je vous l'ai dit tout à l'heure, monsieur Hawkins, je passerai vos messages au Dr Martin dès qu'il sera disponible. S'il s'agit d'une urgence, puis-je vous recommander…

— Je veux parler à David. Il faut que je lui parle.

Je pense encore parfois à la panique d'Adèle quand elle a cru rater un de ses appels et à toutes ces pilules et à tous ces cachets dans son placard. Peut-être ne faut-il rien y voir de très sinistre ? Elle est peut-être effectivement nerveuse. Elle a elle-même admis avoir eu des problèmes par le passé. Ce qui voudrait dire que David cherche plus à la protéger qu'à la contrôler, non ? Qui sait ce qui se passe réellement derrière des portes closes ? Mais je ne peux interroger David, pas sans révéler que je connais Adèle et alors là, il sera plus que convaincu que je suis une folle qui est jalouse d'eux... sans compter que ce serait vraiment trahir Adèle. Quelle merde. Cependant, ce n'est pas ça qui empêche mon cœur de s'affoler quand il apparaît sur le seuil.

— Bonjour, dis-je.
— Et bonjour à vous.

Au cabinet, on a décidé sans même s'en parler de se vouvoyer. En dépit de son air fatigué, son sourire est chaleureux et sincère. Je sens les taches rouges qui apparaissent sur mon visage. C'est ridicule. Nous travaillons ensemble tous les jours. Je devrais être habituée au fait de le voir, mais ce matin c'est différent. Quelque chose a bougé hier soir quand nous sommes restés allongés dans le lit à parler. Bien sûr, ça n'a pas duré – la culpabilité familiale est vite revenue entre nos corps en train de refroidir. Les hommes sont bizarres. Comme si la trahison, c'était moins de coucher que de rire et de se sentir proche. Ce qui n'est pas si faux, après tout. C'est ce dont j'ai le plus souffert quand Ian me trompait, une fois que j'ai arrêté de faire une fixette sur le sexe. Peut-être est-il plus difficile de compartimenter le rire.

que personne n'en souffre ? Tout le monde a ses petits secrets, non ? Adèle, David, moi. Tant que ça reste comme ça, pourquoi ne pourrais-je m'offrir ce plaisir ? Les avoir tous les deux.

Sue m'étudie encore, certaine que je lui cache quelque chose, et je ne peux pas le lui reprocher. Je sais que j'ai les yeux brillants.

Je finis mes œufs avant de regarder mes mains et de compter mes doigts. J'espère qu'Adèle va bien. Se sont-ils disputés hier soir ? Est-ce pour cela qu'il est venu ? Ou a-t-il prétexté son travail bénévole ? Il y a des moments où je pense plus souvent à eux qu'à moi. Il avait bu, mais il n'était pas soûl en repartant. Il n'aurait sans doute eu aucun mal à le cacher. Je commence à penser qu'il est assez doué pour dissimuler son état. Peut-être devrais-je tâcher de lui en parler. De son problème de boisson. Peut-être que c'est ce qui cloche dans leur mariage ? Adèle ne boit pas du tout. Quand nous avons déjeuné, j'ai pris un verre de vin, mais pas elle. Je devrais aussi ralentir là-dessus. Moins de vin, moins de kilos.

Je laisse donc Sue à son deuxième rouleau au bacon et je vais démarrer la machine à café dans le bureau de David. C'est idiot, mais c'est un peu comme si je m'occupais de sa maison. J'ai des papillons dans le ventre et je ne peux pas contenir mon excitation. Bien que j'aie toujours aimé mon travail, maintenant il me procure un plaisir inattendu. Je me retrouve parfois à regarder ses mains pendant qu'il signe une ordonnance ou une lettre et je me rappelle comment elles m'ont touchée. Là où elles ont été.

fais bouillir les œufs par six et je les garde au frigo. Le bacon sent bon, mais j'éprouve un plaisir étrange à le refuser. Comme si j'avais enfin du contrôle sur quelque chose. Ce n'est pas tant le bacon – il y a d'autres plaisirs dont je ferais mieux de me passer –, mais c'est un début. Je m'excuse auprès de Sue :

— Désolée. J'aurais dû te prévenir par texto. Je vais te rembourser.

— Pas question, répond-elle en déposant mon thé devant moi. Tu as bonne mine en ce moment. Tu es resplendissante.

Elle me dévisage avec curiosité.

— Je ne suis pas enceinte si c'est ce que tu veux savoir !

Malgré cette joie toute récente dans ma vie, l'idée de *grossesse* n'est jamais très loin de mon esprit.

— J'allais te demander s'il n'y avait pas un homme dans ta vie.

— Je n'ai pas cette chance.

Et j'éclate de rire en écalant mon œuf.

— Eh bien, continue comme ça et tu devras repousser des hordes de mâles en chaleur. Une jolie fille comme toi ne devrait pas rester célibataire. Il est temps que tu te remettes à sortir.

— Peut-être, dis-je. Pour l'instant, je me concentre sur moi.

Je souris toujours, même si je me sens un peu mal à l'idée d'expliquer ma situation à Sue, avec son mariage éternel et ses habitudes bien installées. Elle me trouverait folle et odieuse. Ce que je suis. Mais pour la première fois depuis je ne sais plus quand, je suis heureuse. Et puis, est-ce si terrible, au fond ? Tant son fils ? Faire comme si c'était normal qu'un homme marié vienne à la maison et reparte après avoir tiré son coup ? J'essaie de me persuader de ça, consciente cependant que je me fais des illusions. Mon souci principal, c'est qu'Adam est trop jeune pour garder un secret et que, si jamais il passe au bureau pour une raison ou pour une autre, je n'ai aucune envie qu'il tombe sur le monsieur qui vient de temps en temps voir maman le soir. C'est carrément sordide. Pire, c'est stupide et complètement égoïste. Mais quand David me touche, je revis. J'aime son odeur sur moi. Le contact de sa peau. J'aime son sourire. Je suis comme une adolescente avec lui. Et quand je suis avec Adèle, j'ai l'impression de compter. D'être importante pour elle.

Je sens la taille de mon pantalon glisser légèrement pendant que je cherche les clés du cabinet. Oui, j'ai bel et bien minci. Peut-être que, à eux deux, David et Adèle vont me redonner une vie.

— Je ne savais pas trop si tu en voulais un.

Sue a fait bouillir de l'eau et elle me présente un rouleau au bacon. Je vois la graisse de ketchup à travers l'emballage.

— Pas de problème si tu n'en veux pas, enchaîne-t-elle. Je trouverai toujours quelqu'un à qui ça fera plaisir. À moins, dit-elle avec un sourire, que je le mange moi-même.

— Non, merci, dis-je, heureuse de briser une autre routine. Je me réserve pour demain.

J'ai faim après l'amour de cette nuit, et j'ai deux œufs durs dans mon Tupperware. La préparation est la clé d'un régime : Adèle m'a appris ça aussi. Je m'aider, de la trahir. Oui, je sais à quel point ça paraît dingue de dire ça.

Je suis en avance – pour une fois, ces jours-ci – et plutôt que d'entrer tout droit dans le cabinet, je décide de faire le tour du pâté de maisons pour profiter de cette belle matinée. En plus, ça accroît mon nombre de pas : la nouvelle appli sur mon téléphone insiste discrètement pour que j'atteigne les dix mille. Une autre idée d'Adèle. C'est vraiment une amie géniale. Et le pire, c'est que si on se retrouvait ensemble dans une de ces émissions débiles de témoignage à la télé, je passerais pour une vraie salope. Ce que je suis peut-être. En tout cas, je me comporte comme une salope. Je le sais. Cela dit, rien n'est jamais tout noir ou tout blanc, non ? J'aime beaucoup Adèle. C'est la meilleure amie que j'aie eue depuis une éternité et elle est si différente. Si élégante, si sympa... et elle s'intéresse à *moi*. Avec Sophie, c'est comme si je devais la supplier de me trouver une place dans son agenda mondain. Ce n'est pas comme ça avec Adèle. Depuis Adèle, je n'ai presque pas envoyé de textos à Sophie. Je ferais mieux de me contenter de Sophie, je le sais. Toutefois, je veux plus que ça. Je veux Adèle et David. Je les veux tous les deux. Ce qui explique aussi pourquoi j'évite de parler à Sophie. Pour m'épargner une sacrée engueulade. Je ressors ma cigarette électronique.

De toute manière, me dis-je en revenant en vue du cabinet, le sexe ne durera pas. Adam sera de retour dans deux semaines et je ne permettrai plus à David d'entrer chez nous le soir. Imaginons qu'Adam rencontre Adèle ? Qu'il lui parle de David ? Et puis, quel genre de mère voudrait donner un exemple pareil à je ferai comme avec une vraie clope, je ne m'en servirai que sur le balcon.

Mon pas est plus léger alors que je me remplis les poumons de l'air de ce matin d'été, et je me sens heureuse. Je ne devrais pas. Ma vie est un foutoir pas possible, par ma faute, mais j'arrive à ne pas y penser. J'éprouve même une joie coupable du fait qu'Adam ne soit pas là. Même s'il me manque en permanence, j'ai un peu de liberté en ce moment. Je peux être une femme, pas juste *la mère d'Adam*.

Ce matin, verdict de la balance : un kilo en moins. C'est non seulement le dixième jour sans tabac, c'est aussi le dixième jour sans pâtes, sans pommes de terre et sans pain et c'est hallucinant comme je me sens bien. Adèle avait raison. Les glucides sont les agents du démon. N'en user que les jours de fête. C'est aussi tellement plus facile de suivre un régime quand Adam n'est pas à la maison. Steaks, poisson et surtout salades. Des œufs pour le petit déjeuner. Je n'ai même pas tant faim que ça, mais c'est en partie parce que mon ventre est, la plupart du temps, noué de désir et de remords. Je vais peut-être bien perdre ces trois kilos en fin de compte. J'ai même un peu baissé la conso de vin et je comptabilise tout ce que je bois dans le total de mes calories de la journée. Et, si ce truc sur les rêves pouvait marcher, j'aurais enfin une vraie nuit de sommeil. Il faut absolument que je réussisse à m'imposer les exercices toutes les heures, que je respecte cette discipline, plutôt que de bien commencer et puis d'abandonner petit à petit au cours de la journée. Je suis déterminée à fournir les efforts nécessaires. Sinon, j'aurais l'impression, après tout ce qu'Adèle fait pour

21

Louise

Ça fait dix jours qu'Adèle m'a donné la cigarette électronique et une semaine que je n'ai pas fumé une vraie clope. Je ne peux m'empêcher d'éprouver une certaine fierté en la rangeant dans mon sac avant de partir au travail. J'aurais déjà dû m'y mettre depuis longtemps. Je les voyais partout, mais comme tout le reste dans ma liste des choses à faire, arrêter de fumer était toujours reporté au lendemain. Je pouvais difficilement ne pas essayer une fois qu'Adèle me l'a payée, surtout dans ces circonstances. Je ne m'attendais pas à aimer ça, je ne pensais pas que ça marcherait, or c'est agréable de se réveiller sans cette odeur de tabac dans les cheveux. Pareil avec mes vêtements. Adam va être content, et Ian aussi, non pas qu'il compte vraiment, mais en même temps je ne tiens pas à être le genre de mère que la deuxième femme critique parce qu'elle fume. Maintenant, c'est fini. Bon, d'accord, je vapote probablement trop – c'est si facile de s'en servir dans l'appartement –, mais j'ai décidé qu'au retour d'Adam

— Ouais. C'est compliqué.

Enfin, elle lui offre un sourire éblouissant. Un sourire à lui faire fondre le cœur. Un sourire pour proclamer que tout va bien.

— Et toi, continue à te pincer. Si tu n'y parviens pas d'ici peu, je vais finir par croire que tu ne fais pas de vrais cauchemars.

Il lui rend son sourire.

— D'accord, Yoda. Toutefois, sache que si je le fais, c'est pour toi. Cela dit, j'vais peut-être me branler d'abord.

— Quelle vulgarité.

Ils sourient tous les deux pendant qu'elle part, ce qui la rend heureuse. Elle sait que Rob s'inquiète. Qu'il trouve que David a beaucoup trop d'ascendant sur elle. Il n'aimerait pas du tout ce qu'elle est sur le point de faire.

Bah, elle pourrait aussi fumer un joint sans le lui dire. Ce ne serait pas un si gros secret. Juste un petit moment d'amusement qu'elle garderait pour elle. Si ça se trouve, elle n'aimera pas ça. Elle baisse les yeux vers la montre de David qui pend à son poignet. Il est deux heures passées.

— J'ai ta parole, dit Rob. On va se défoncer ensemble. Génial.

Elle entend déjà les rouages de son cerveau qui se mettent en branle : comment faire pour que ça devienne une réalité ? Elle se demande comment il serait s'il avait vécu sa vie à elle. Peut-être serait-il allé dans une grande université après avoir décroché une bourse. Peut-être aurait-il été le fils que ses parents auraient préféré avoir.

— Il faut que j'y aille, dit-elle, et il lève les yeux, surpris.

— T'as une séance ?

Elle secoue la tête, gênée. Elle ne lui a pas encore parlé de ça.

— Non, ce sont mes avocats. Ils viennent me voir. Pour parler de certains trucs. Des histoires d'héritage, ce genre de choses…

Elle ne sait pas pourquoi elle est aussi troublée.

— … voir comment s'est passée la réparation des dégâts de la maison. Veiller à ce qu'une entreprise de sécurité installe des alarmes ou je ne sais quoi sur le domaine.

— Ils viennent ici pour ça ?

Les rouages font de plus en plus de bruit.

Elle se lève en laissant ses cheveux tomber devant son visage.

problèmes, j'ai eu droit à des cours à domicile pendant un moment.

— Chaque nouvelle couche sous ta peau sans défaut se révèle plus intéressante. Des cours à domicile ? Merde, pas étonnant que tu sois tombée amoureuse du garçon de ferme.

Elle ne réagit pas à cette petite pique. Elle sait qu'il la trouve déjà trop dépendante de David. C'est autant dans ce qu'il dit que dans ce qu'il ne dit pas.

— Il va falloir rectifier ça. Tu vas adorer.

Elle rit, fort. À l'entendre, il n'y a rien de plus normal que la drogue. C'est peut-être vrai pour lui. Et ça ne lui réussit pas si mal, après tout.

— De l'herbe au moins, insiste-t-il.

— Bon, d'accord.

Sur le coup, elle veut bien jouer le jeu tout en sachant qu'il y a peu de chances que ça arrive à Westlands. Elle peut faire semblant d'être libre et sauvage comme lui sans devoir l'être réellement. Quoique... pourquoi ne pas essayer ? se demande-t-elle alors. Se rebeller. Se comporter pour une fois comme une jeune de son âge.

Qu'en penserait David ? Elle tente de chasser cette question. Elle connaît la réponse. David ne serait pas content. Pourquoi faut-il que sa première pensée à propos du moindre truc soit toujours : « Qu'en penserait David ? » Ce n'est pas normal. Elle devrait être un peu plus comme Rob. Impertinente. Indépendante. Pourtant, le simple fait de penser ça est comme une trahison. David l'aime et elle l'aime. David lui a sauvé la vie.

— C'était si moche ? C'est pour ça que tu prenais de la poudre ?

Il sourit.

— Non. Je prenais de la poudre parce que c'était bon. Quant à la famille, je vis essentiellement avec ma sœur. Ailsa. Elle a trente ans.

Il voit sa réaction devant l'écart d'âge.

— Ouais, je suis arrivé un peu tard, ce qui est une façon polie de dire que je suis une erreur. Bon, à présent, je vis chez elle. Elle est tarée, mais pas comme moi. Elle se prend pour un vrai don de Dieu. C'est assez débile... Pas la peine de s'étaler.

— Tu es mon ami, dit-elle en lui flanquant un coup dans ses maigres côtes. Peut-être mon seul véritable ami en dehors de David. Bien sûr que j'ai envie que tu t'étales.

— Ce serait dommage, ma tragique princesse du bois dormant, parce que tu es bien plus fascinante que moi.

— Je te l'accorde.

Elle rougit un peu. Elle aime quand il l'appelle comme ça, même si elle ne devrait pas, avec ses parents morts. C'est presque comme se moquer d'eux.

Il pousse un immense soupir.

— Putain, je crève d'envie de me défoncer.

— Je ne me suis jamais droguée... même avec de l'herbe.

C'est au tour de Rob d'être surpris.

— Sans déconner.

— Ouais, j'ai jamais déconné, littéralement. On vit – *on vivait* – au milieu de nulle part. Un car pour aller à l'école, un autre pour en revenir. Et puis, après mes

— Quand est-ce que ça va marcher ? demande-t-il. J'en ai plus que ma claque de compter mes doigts. Un de ces jours, je vais en trouver onze.

— Tant mieux, dit-elle. Si ça arrive, tu sauras que tu es en train de rêver. Alors, tu pourras te représenter la porte et l'ouvrir pour qu'elle t'emmène là où tu en as envie. Patience, jeune Jedi.

— Si t'es en train de te foutre de moi, ma vengeance sera douce et terrible.

— Où vas-tu emmener tes rêves ? demande-t-elle. Quand tu pourras créer la porte ?

C'est confortable d'être allongée près de lui. Pas comme avec David, sans la chaleur de la passion, sans les battements de son cœur. Là, c'est différent. C'est calme, réconfortant.

— Est-ce que tu iras chez toi ? insiste-t-elle.

Il éclate de rire. Pas son rire chaleureux et contagieux, mais cet aboiement très bref qu'il réserve à l'ironie. Elle sait ces choses, maintenant.

— Putain, non. Cela dit, je pourrais rêver de bouffe. Ils connaissent pas les saveurs, ici. Mmmm.

Il essaie de détourner la conversation, elle en est consciente. Elle a toujours cru qu'il ne parlait pas de sa famille par égard pour elle, parce qu'elle a perdu la sienne. Soudain, elle a l'impression d'être une mauvaise amie. Entre eux, c'est toujours d'elle qu'il est question : de son deuil, comment faire pour qu'elle s'en remette, pour qu'elle s'en sorte. Il ne s'ouvre jamais vraiment. Il la *divertit* avec ses histoires de drogué, et c'est à peu près tout. Il ne partage rien de profond. Aucune émotion.

Ils sont étendus sur le dos, les yeux rivés au plafond. Elle roule sur le côté, se hisse sur un coude.

20

AVANT

La pluie qui martèle les fenêtres lui donne envie de somnoler. Adèle est allongée dans son lit avec Rob qui sort de sa séance de thérapie. Elle devrait être en salle d'art, mais elle en a marre de peindre. Elle est allée au yoga pour faire plaisir aux infirmiers – ça devait soi-disant l'aider à se détendre et c'est bien ce qui s'est passé tant elle s'y est ennuyée. Ce qu'elle voudrait, en réalité, c'est être dehors avec Rob. Peut-être sur la lande, pour changer du lac. Même s'ils ne sont pas censés sortir du domaine sans un « leader de groupe », ils pourraient sans doute se débiner sans se faire remarquer. Comme dit Rob, c'est ça qui est bien avec les hippies : ils ont trop confiance. Ils ne ferment même pas les portes pendant la journée.

— Je suis réveillé, dit Rob en se pinçant. Mais à peine. C'est fou ce qu'on s'emmerde.

Elle s'esclaffe et soupire. Elle avait espéré que l'orage nettoie le ciel, au lieu de cela il s'est transformé en averse grise et continue. Il a raison, on s'emmerde.

— Tu es sûre que tu travailles au bon endroit ? demande-t-il. C'est notre métier d'entrer dans la tête des gens.

— C'est pour ça que je reste derrière mon bureau et que je ne m'allonge pas sur le divan.

— Je parie que je pourrais te convaincre de t'allonger sur le mien.

— Arrête de frimer, ça te va pas.

Je lui balance un coup de coude dans les côtes et on rit tous les deux.

— Sérieusement, dit-il au bout d'un moment, si tu veux de l'aide pour tes terreurs nocturnes, je te promets que je ne te refilerai pas un bouquin aux théories fumeuses en te laissant te débrouiller toute seule. Je te rappelle que j'ai fait médecine.

— Quel soulagement, dis-je en m'efforçant de prendre un ton léger alors que je pense au cahier d'Adèle.

S'il savait…

Je regrette presque qu'il ne soit pas parti.

— Tu devrais peut-être retrouver cette petite fille. Voir si elle a encore besoin de ton aide.

J'ai marmonné ces deux phrases dans un murmure.

Après ça, il ne dit plus rien.

fille, c'était la première fois que je tâchais de venir en aide à quelqu'un de cette manière : dans sa tête, un endroit où il ne suffit pas de coller un pansement, où les scalpels ne peuvent pas aller.

Il me serre un peu plus contre lui. Même s'il ne s'est pas à proprement parler livré, je sens que c'était un effort sincère de sa part.

— Et c'est un boulot intéressant, continue-t-il. Entrer dans la tête des gens pour voir ce qui les fait avancer.

Il baisse les yeux vers moi.

— Pourquoi tu fronces les sourcils ?

— Je ne fronce pas les sourcils.

— Oh si. Ou alors tu viens d'attraper quarante ans de rides.

À son tour, il fronce les siens de façon comique, ce qui rend un peu plus léger ce moment qui n'aurait pas dû être aussi lourd.

— Je ne sais pas. Je me dis juste qu'en général il vaudrait mieux laisser notre cerveau tranquille. Je n'aime pas l'idée qu'on trifouille dans mon esprit.

Je le pense réellement, mais si j'ai froncé les sourcils, c'est aussi à cause d'Adèle. La façon qu'il a de raconter son histoire. Une petite fille qu'il a connue. Sans être un mensonge, ce n'est pas non plus tout à fait la vérité.

Il me sourit et je ne peux m'empêcher de savourer la solidité de son torse alors que je lève les yeux vers lui. Un fils de fermier. Peut-être évite-t-il de la mentionner pour m'épargner, mais ce n'est pas comme si j'étais une espèce d'ingénue qui ne comprenait pas la situation.

qu'elle et je n'aime pas l'impression que cela me donne. Celle d'être victorieuse.

— Quand j'étais adolescent à la ferme, il y avait une petite fille qui me suivait partout. Elle était très seule. Ses parents étaient riches – ils possédaient tout le domaine – et ils la gâtaient tout en l'ignorant, si tu vois ce que je veux dire. Ils étaient très occupés. Souvent trop pour passer un peu de temps avec elle. Elle bavardait pendant que je travaillais dans les champs, elle me racontait ses terreurs nocturnes qui empêchaient toute la famille de dormir. Quand j'ai compris à quel point ça la perturbait, j'ai voulu l'aider. J'ai déniché un livre sur le sommeil et les rêves dans une librairie d'occasion et je le lui ai donné.

Je me raidis légèrement en pensant à Adèle me parlant de ce livre. Il est évident que c'est elle la petite fille dont il parle. La culpabilité revient, accompagnée de curiosité. Pourquoi ne dit-il pas que sa femme avait des terreurs nocturnes ? Je sais bien qu'il est marié. Pourquoi ne fait-il *jamais* référence à elle ?

— Le livre l'a aidée ?

— Je ne crois pas. C'était un truc très new age si je me rappelle bien, bourré d'inepties. C'était aussi beaucoup trop adulte pour qu'elle y comprenne vraiment quelque chose. Je crois que ses parents ont fini par le lui enlever pour l'envoyer suivre une thérapie. Elle n'avait que huit ou neuf ans à l'époque. J'étais fils de fermier, sauf que mon père passait plus de temps à boire qu'à travailler la terre. Chaque fois qu'il avait un accident avec une machine, c'était moi qui le recousais. Je voulais déjà être médecin à l'époque, même si ça paraissait utopique. En donnant ce livre à la petite boit, on baise et il me dévisage avec une telle mélancolie que ça me brise le cœur. C'est idiot. C'est de la folie. Mais ça m'excite. Ça me fait vibrer. Ça me permet de m'oublier un peu. Pour me sentir moins moche, j'essaie de me convaincre que c'est juste *l'homme-du-bar*, tout en sachant que je me fais des illusions. Il y a quelque chose qui m'attire chez eux deux.

J'aurais dû avouer à David que je connais Adèle, mais le moment de le lui dire est passé depuis longtemps. Si je le fais maintenant, j'aurai l'air d'une folle. Je n'arrive pas non plus à me résoudre à mettre un terme à mon amitié avec Adèle. Elle est trop vulnérable. Et elle me montre un autre aspect de David qui m'intrigue autant qu'elle, ou presque. Tous les jours, je décide de me débarrasser d'un des deux et tous les jours je repousse au lendemain.

Je suis déjà, d'une façon bizarre, un peu amoureuse d'Adèle. Elle est si belle, si tragique, si fascinante et si gentille avec moi. Et puis, il y a David : un sombre mystère. Il est doux et passionné au lit, mais il ne parle jamais de son mariage en voie de décomposition. Je sais que je devrais abandonner l'un des deux, mais c'est comme s'ils formaient un bloc inséparable, un bloc auquel je me suis greffée. Plus je craque pour David, plus je suis fascinée par Adèle. C'est un cercle vicieux.

J'ai commencé à essayer de compartimenter. Comme lui. Je les ai séparés. Adèle est mon amie et David mon amant, *pas* son mari qui la surveille. Ce n'est pas parfait, quoique pour le moment ça marche. Ou presque. Il y a les journées avec Adèle et les nuits avec David. Je me demande si je ne le vois pas plus

19

Louise

— Pourquoi es-tu devenu psychiatre ?

Je n'arrive pas à croire que je suis allongée dans ses bras. C'est la première fois qu'il reste au lieu de foncer laver ses remords sous la douche avant de filer. Ce soir, nous avons réellement parlé, de mon divorce, de mes terreurs nocturnes, des plans ridicules que Sophie essaie de me trouver depuis des années. Nous avons ri et c'était bon d'entendre ce son sortir de lui.

— Tu veux vraiment le savoir ?
— Oui.

Je hoche la tête contre son torse. Bien sûr que je veux savoir. Je veux tout savoir de lui. Même si je m'étais juré que ça ne recommencerait plus, c'est la troisième fois en dix jours qu'il débarque chez moi, dont une pendant le week-end. Et bien que je lui dise chaque fois de rentrer chez lui, que ça ne peut pas continuer, je le laisse quand même franchir la porte et venir dans mon lit. C'est plus fort que moi. Dès que je suis avec lui, toutes mes bonnes résolutions s'envolent. Pire encore, je suis impatiente de le voir. On

DEUXIÈME PARTIE

sur sa capote. Cette façon de se frotter la peau avec le gel en dosette qu'il avait dans sa poche, la même marque que celui qu'il utilise à la maison, pour éviter que je renifle son odeur à elle. La culpabilité et le désir de Louise. J'ai de nouveau envie de vomir.

pas le lui reprocher. Pas vraiment. Elle l'a rencontré avant de me connaître : son désir avait déjà été éveillé. Au moins, elle n'a rien tenté au travail alors que cette première soirée au bar a dû être un sacré événement dans sa petite vie minable. Elle me plaît pour ça. Bien sûr, elle s'est entichée de lui. Comment lui en vouloir de le trouver fascinant alors que je l'aime autant ?

Mais c'est arrivé plus vite que je ne m'y attendais. Elle lui plaît plus que je ne l'aurais cru et ça me sidère.

Je ne dois pas craquer. Il faut que je retrouve cette force qui a toujours été la mienne. Louise rend David heureux et c'est tout ce qui compte, même si j'ai envie de foncer au cabinet, de la traîner par les cheveux dans la rue et de lui hurler qu'elle a fait preuve d'une faiblesse écœurante en écartant si facilement les cuisses pour mon mari infidèle. Mais non, il *faut* qu'elle le rende heureux. Je dois me ressaisir et en profiter.

Je bois mon café froid et je me force à sortir sous le soleil. L'air sur mon visage brûlant me fait du bien. Il est encore tôt, la fraîcheur de l'aube subsiste. J'espère que je ne m'y prends pas de travers, que ma foi en Louise n'est pas mal placée. Qu'elle est bien tout ce que je crois qu'elle est. Sinon, ça pourrait devenir très compliqué. Je ne m'attarde pas là-dessus. Je dois garder une attitude positive.

Avant tout, il faut que je dorme. Du vrai sommeil. Je suis à bout, émotionnellement et physiquement. Hélas, dès que je ferme les yeux, c'est eux que je vois. Sa tristesse pitoyable alors qu'il est assis sur son canapé minable. Leur baise d'ivrognes. Les larmes d'auto-apitoiement dans la douche après qu'il a tiré la chasse et alors que je faisais semblant de dormir, comment je sentais la colère et la haine irradier de son corps, au point que je n'en arrivais plus à respirer. Je ne lui dis pas que je n'ai pas voulu le voir ce matin avant qu'il parte travailler et qu'au lieu de ça, je pleurais sur mon oreiller en me retenant de vomir. Que j'ai toujours envie de vomir.

Je ne lui dis pas toutes ces choses parce que, malgré toute ma rage, je ne veux pas qu'elle se sente encore plus mal. Je ne veux pas perdre ma nouvelle amie, celle qui vient de me trahir. Tout ça, je dois le broyer. Ça ne sert à rien et ce n'est pas ce qui fera que David m'aime.

Cela dit, ça a quand même été une surprise. Je ne pensais pas que leur relation évoluerait si vite. C'est moi qui ai provoqué la dispute hier. Ça n'a pas été difficile. Trop de choses bouillonnaient sous la surface entre nous : les murs de la chambre vert forêt, le chat, ce qui est arrivé avant notre déménagement, et toujours, toujours, le secret dans notre passé qui nous lie. Je pensais qu'il irait se soûler quelque part, pas qu'il foncerait droit chez Louise. Pas encore. Pas hier soir.

De nouvelles larmes. J'en ai un puits sans fond en moi et je tente la respiration lente pour les contrôler. Je savais que ça allait être difficile. Je ne dois pas me laisser abattre. Au moins, Louise a essayé de dire non. Elle a bon cœur. C'est quelqu'un de bien. Elle a parlé de moi, elle a essayé de le faire partir. Et puis, elle était soûle. On ne se maîtrise plus aussi bien quand on a bu, on a tous connu ça. Je déteste qu'elle ait couché avec lui, je déteste le mal que ça me fait, mais je ne peux ferme d'un œuf « fermier », mais c'est tout. C'est moi qui apprécie la décadence en matière de goûts alimentaires et il me l'autorise.

Je regarde la cigarette électronique, avec sa batterie et ses cartouches de rechange. Elle n'est peut-être pas dans l'état émotionnel idéal pour se sevrer, mais elle va essayer. Je le sais. C'est une fille qui aime faire plaisir. Je ressens une nouvelle pointe d'amertume. Une petite fille *obèse* qui aime faire plaisir. Je réprime l'envie d'expédier cet onéreux gadget contre le mur.

Penser à elle me fait pleurer encore une fois. Je suis dans la cuisine inondée de soleil et mon nez dégouline de morve. Pas question de me regarder dans le miroir aujourd'hui. Je ne veux pas voir ce beau visage qui n'a pas suffi, qui me trahit. Mon café reste sur la table, intact et froid, et, le regard brouillé, je fixe le téléphone portable que je serre entre mes doigts. Je respire un grand coup, puis je me décide à taper le texte préparé dans ma tête.

J'espère que tu vas bien et que ce n'est pas trop dur sans Adam :-(J'ai un cadeau pour te remonter le moral ! On va à la salle lundi ? Et on déjeune après ? Même si on ne part pas en vacances fabriquons-nous un corps de rêve ! Bises. A

Je ne mentionne pas la dispute avec David hier soir, ni comment il a filé et comment il est enfin rentré en tâchant de faire le moins de bruit possible pour aller dormir dans la chambre d'amis. Je ne lui dis pas comment il est venu dans ma chambre au milieu de la nuit pour rester planté devant moi à m'observer en silence

18

Adèle

J'ai payé cet achat avec la carte de crédit, noyé au milieu des courses du supermarché. Normalement, je garde tous les tickets de caisse au cas où il me les demanderait, mais cela fait bien deux ans qu'il ne l'a plus fait. S'il recommence, je dirai que j'ai perdu le reçu. Je ne pourrai pas me procurer tout ce dont j'aurai besoin de cette manière, pour le moment, toutefois, la carte de crédit m'est bien utile. Je ne pouvais pas me servir de l'argent liquide pour les courses parce que j'ai déjà payé le passe mensuel de Louise à la salle. Il faudra que j'ajuste mes dépenses en conséquence... pour utiliser l'expression préférée de David.

Ce qui signifie que je vais devoir consentir à quelques sacrifices sur la nourriture. Du poulet de supermarché élevé au grain plutôt que celui du boucher bio. De toute manière, il ne remarquera pas la différence, même si, sous toutes ces couches sous lesquelles il se cache, il est resté un vrai gars de la campagne : il arrive encore à reconnaître un œuf frais de la d'être heureux, n'empêche qu'*il me connaît*. Après hier soir avec David, c'est un étrange réconfort.

Je ris avec mon petit garçon pendant quelques minutes, puis il fonce ailleurs et Ian me dit que tout va bien, qu'il fait beau et qu'il n'y a eu aucun retard. La conversation polie habituelle, mais qui me fait du bien. Voilà ma vraie vie, même si elle me paraît très précaire tandis que j'en frôle les bords. Voilà la vie avec laquelle je dois faire la paix.

Quand ce terrible merdier que je suis en train de fabriquer explosera, au moins j'aurai encore Adam. Et Ian. Nous sommes liés par notre enfant.

Après avoir raccroché, je me sens mieux et la douche élimine le pire de ma gueule de bois. Je regarde mes mains sous l'eau qui coule et je compte mes doigts. Je me pince et je me dis que je suis réveillée. J'essaie de ne pas penser à David alors que je suis en train de me laver de lui. Aujourd'hui, ça sera pantalon et maquillage minimum. Ce qui s'est passé hier soir, quoi que ça puisse être, ne se reproduira pas. Pas question. Il faut que je fasse ce qui est juste. C'est-à-dire, ne pas choisir David.

je compte mes doigts. Je ne suis pas très disposée à me relever pour aller surveiller l'horloge dans la cuisine. Je ferai ça au boulot. Mais ce « rituel » n'est pas une pénitence suffisante. Pas pour ce que j'ai fait. Jouer la bonne élève ne rachète pas ma trahison. Seigneur, qu'est-ce que j'ai mal au crâne. David et Adèle – je ne sais vraiment pas ce qu'ils sont pour moi. Un amant, à présent ? Une nouvelle amie ? Ni l'un ni l'autre ? Ils me fascinent – individuellement et en tant que couple. Peut-être que ce n'est que ça en réalité. Ben voyons, *que* ça, à condition d'oublier la catastrophe qui va nous tomber dessus. Je ne peux pas les garder tous les deux. Impossible. Il faut que je choisisse.

Mon téléphone, toujours dans ma chambre à coucher, se met à sonner et mon cœur s'emballe.

— *Bonjour, Maman**, dit Adam avant d'éclater de rire. Je suis en France et j'ai pas encore mangé d'escargots, mais Papa a dit que ce serait bien que je t'appelle avant que tu partes travailler…

En cet instant, en écoutant son babil excité et matinal qui me fait monter les larmes aux yeux, je pourrais embrasser Ian. Il sait, au fond de lui, à quel point ça a été dur pour moi de laisser mon bébé partir avec eux, surtout maintenant que le mot *grossesse* est parmi nous. Il sait à quel point c'est important pour moi de l'entendre sans être celle qui a appelé. Il sait que je ne veux pas paraître demandeuse, même si Adam est mon bébé et qu'il le sera toujours. Il sait que je suis fière et que quand je suis blessée, je suis capable de me mordre la joue jusqu'au sang plutôt que d'avouer quoi que ce soit. Il me connaît. Je peux le détester de m'avoir traitée comme il l'a fait, je peux le détester du rêve. Je suis épuisée. Il est trop tard pour retourner dormir et, pendant un bref instant, j'envisage d'appeler pour dire que je suis encore malade. Non, je refuse d'être comme ça. Et si je m'absente un deuxième jour de suite, Sue va s'inquiéter. Plus que tout, je veux que les choses redeviennent normales. Faire comme si hier soir n'était jamais arrivé. Je suis vraiment dégueulasse, mais au moment même où je me dis ça, le souvenir de nos ébats me donne encore des fourmis. Je n'ai pas joui – ça ne m'arrive jamais la première fois –, mais il a réveillé mon corps et il va falloir un moment avant qu'il ne s'endorme à nouveau dans ma vie sans amour.

Avec un café, je passe dans le salon et je vois le cahier par terre. La culpabilité revient. Adèle a essayé de m'aider et je me suis tapé son mari. Oui, j'ai fait ça.

Il faut que je mette ce qui s'est passé avec David dans une boîte dans ma tête pour le séparer d'Adèle, parce que sinon je risque de faire un truc parfaitement stupide, comme, par exemple, de tout lui dire pour soulager ma conscience. Ça ne soulagera rien du tout et pour elle ce sera pire encore. Je pense à Sophie et à ses liaisons, au fait que celui ou celle qui est trompé reste dans l'ignorance et que, si on y réfléchit bien, la vie des gens n'est en général qu'un empilage de secrets et de mensonges. Sous la peau, on ne peut jamais véritablement voir qui est l'autre. En solidarité avec Adèle, je me pince.

— Je suis réveillée.

Je me sens idiote en entendant ces trois mots retentir dans l'appartement vide. Ce truc est complètement crétin, pourtant je persévère. Je regarde mes mains et

— Je n'aime pas que… ça ne devrait pas affecter le travail.

« Il compartimente. » C'est ce qu'a dit Adèle. Si seulement elle savait à quel point.

— Vas-y, je répète, et cette fois il part.

Bon, me dis-je quand la porte se referme et que je me retrouve soudain seule, terriblement seule, *c'est fait*. Un nouveau fond atteint. Même Sophie n'aurait pas été jusque-là. Malgré toute ma sollicitude pour Adèle, mes inquiétudes sur sa façon de la traiter, j'ai quand même couché avec lui à la première occasion.

Je me sers un verre d'eau, j'avale un ibuprofène et je me traîne au lit. Je ne veux pas y penser. Je ne veux pas penser à eux. Je ne veux pas penser à moi. Je veux juste dormir.

Je me réveille dans la cuisine devant le robinet qui coule, avec mes bras qui s'agitent devant mon visage pour chasser mon rêve. Je suffoque, ma tête est brûlante. Il fait déjà jour. Je cligne des paupières plusieurs fois, haletante. Pendant un moment, la lueur du soleil matinal se tord comme des flammes autour de moi. Puis, lentement, je reviens au monde. Le cauchemar cependant reste encore très vivace. Toujours le même. Adam disparu. Les ténèbres qui s'animent et m'emprisonnent. Mais, cette fois, il y avait une petite différence. Dès que je me rapprochais de la voix d'Adam, que j'ouvrais une porte dans le bâtiment abandonné, je trouvais Adèle ou David dans une pièce en feu, tous les deux me criant quelque chose que je n'entendais pas.

Il est six heures du matin et je suis une vraie merde. Mon ventre rumine ma gueule de bois et les braises

— Il faudrait que j'y aille, dit-il.

J'acquiesce en essayant de sourire. C'est plutôt une grimace.

— À demain, au bureau.

Je me dis qu'il va se ruer dehors, et pendant un moment on dirait bien qu'il va le faire, puis il se retourne et m'embrasse.

— Je suis désolé, dit-il. Je sais que c'est con.

Je pense au gentil sourire d'Adèle et je veux lui dire que je me sens aussi coupable que lui de l'avoir trahie, mais c'est impossible.

— Oublie ça. C'est fait. On ne peut pas le défaire.

— Je ne veux pas le défaire. Néanmoins, les choses sont...

Il hésite.

— ... difficiles. Je ne peux pas t'expliquer.

Ce n'est pas si difficile, ai-je envie de dire. Les gens se trompent toujours pour des raisons égoïstes et lamentables. Ce sont les excuses que nous donnons qui sont compliquées. Mais je me tais. J'ai des élancements dans la tête, comme si mes émotions essayaient de s'en échapper.

— Il faut que tu y ailles... dis-je en le poussant vers la porte.

Je ne veux pas qu'il dise un truc qui me fera me sentir encore plus mal.

— ... Et ne t'inquiète pas, je ne ramènerai pas ça au bureau.

Il paraît soulagé.

— Tant mieux. Parfois, elle... Je ne sais pas comment...

Il n'y arrive pas, mais je le laisse continuer :

il m'attire contre lui, sa bouche est sur la mienne et l'électricité jaillit de mes orteils à mon crâne. Je crois que je marmonne qu'on devrait s'arrêter, mais en même temps je lui arrache ses vêtements et on titube vers la chambre à coucher. Une fois, une seule fois. Ensuite, ce sera réglé. Je n'en aurai plus envie, ni besoin.

Après, quand nous avons retrouvé notre souffle et que nous ne savons pas encore très bien comment être avec l'autre, il va prendre une douche en vitesse pendant que j'enfile ma vieille robe de chambre pour aller débarrasser les verres et les bouteilles dans le salon. J'ai mal à la tête. Sous l'effet du vin et du sexe mêlés, je me sens plus soûle que je ne devrais. *Il se lave de moi.*

J'essaie de ne pas penser à Adèle qui l'attend chez eux avec un repas dans le four. Je frissonne encore de son contact, même si mon cœur est vide. Cela faisait si longtemps que j'ai l'impression que mon corps vient de se réveiller. Ce n'était pas génial – nous étions tous les deux trop soûls –, mais c'était intime et chaleureux. Il n'a pas cessé de m'observer pendant qu'on baisait. Il me regardait vraiment, et c'était *l'homme-du-bar*, pas *mon-patron-mari-d'Adèle*. Je n'ai laissé ni mes yeux ni mes mains s'attarder sur les cicatrices qu'il s'est faites en la sauvant d'un incendie.

Quand il arrive dans la cuisine, il est rhabillé et il n'arrive pas à croiser mon regard. Je me sens minable. C'est mérité. Il s'est douché sans se mouiller les cheveux. La capote jetée aux toilettes. Il s'est débarrassé de tout signe d'infidélité.

— Je ne veux pas parler de mon mariage, finit-il par dire. Je ne veux pas penser à mon mariage.

Il me touche les cheveux, une mèche s'enroule toute seule autour de son doigt et c'est comme si je prenais feu. Le vin, le départ d'Adam, la solitude et l'horrible sentiment de victoire parce qu'il est chez moi ne font qu'alimenter mon désir. J'ai envie de lui. C'est plus fort que moi. Et lui aussi a envie de moi. Il se penche. Ses lèvres effleurent les miennes, légères comme un papillon, une exquise excitation. Je ne respire plus.

— Je dois…

Gênée, je hoche la tête vers le couloir, puis je me lève pour aller dans la salle de bains.

Je passe aux toilettes avant de m'asperger le visage. Je ne peux pas faire ça. Je ne peux pas. Et tout en me disant ça, je me lave rapidement et je remercie le ciel de m'être rasé les jambes et de m'être fait le maillot avant la séance à la salle de gym avec Adèle. Je suis bourrée. J'ai pas les idées claires. Demain, je me détesterai. Je pense à toutes ces choses, mais elles sont noyées sous mon désir éthylique. Adam est parti pour un mois. Lisa est enceinte. Pourquoi ne pourrais-je avoir au moins ça, ne serait-ce qu'une fois ? Mon visage est congestionné dans le miroir.

Ce soir, c'est tout, me dis-je. Ça n'arrivera plus. Si ça se trouve, il est déjà parti, rentré chez lui. Il a compris son erreur et il est rentré dans sa maison parfaite auprès de sa femme parfaite. *Ça serait bien*, me dis-je, et tout mon corps dément ce mensonge. *Je ne peux pas. Je ne dois pas.*

Quand j'ouvre la porte, il est là dans le couloir à m'attendre et, avant je ne puisse dire quoi que ce soit,

— Longtemps, dit-il, les yeux braqués sur ses pieds. Depuis toujours, en fait.

Je pense à leur histoire. Telle qu'elle me l'a racontée. Il l'a sauvée des flammes. Pourquoi est-ce que je ne vois pas cet amour pour elle maintenant ? Mais, en fait, pourquoi me le montrerait-il ?

— Elle est médecin, elle aussi ? demandé-je.

Mensonges, vérités et tests.

— Non, non, pas du tout. Je ne sais pas ce qu'elle est. Elle ne travaille pas.

Il dit ça en contemplant son vin qu'il fait tourner dans son verre avant de boire encore une longue gorgée.

— Et elle ne me fait plus du tout rire depuis très longtemps.

Il lève les yeux et son visage est si proche du mien que je crois que mon cœur va éclater.

— Alors, pourquoi rester avec elle ?

C'est une véritable trahison vis-à-vis d'Adèle, mais je veux le pousser à bout. Voir s'il va craquer, être pris de remords, partir ou je ne sais quoi. Toutes mes bonnes résolutions sont en train de s'écrouler. S'il reste encore un tout petit peu, je sens que je vais faire une autre bêtise.

— Si vous êtes si malheureux, vous devriez peut-être vous séparer, dis-je. Ce n'est pas si dur une fois que c'est fait.

Il aboie un rire bref comme si c'était le truc le plus insensé qu'il aurait entendu de la journée, une journée passée à écouter des idées folles, puis il reste silencieux, les yeux dans son verre. Qui est cet homme qui se cache sous tant de charme et d'esprit ? Pourquoi cette morosité d'ivrogne ?

Ça me fait penser à ce qu'a dit Sophie, à propos des maris meilleurs amis, et je me sens triste et perdue. Que veut-il de moi ?

Comme je ne dis rien, c'est lui qui parle :

— Cet appartement est agréable. On le sent habité.

Il perçoit ma gêne.

— Vous comprenez ce que je veux dire, ajoute-t-il. On sent qu'une famille vit ici.

— Dans une vraie pagaille.

— Je n'arrête pas de penser à vous.

Il dit ça avec tant de regrets... et pourtant mon cœur fait des bonds. Il pense à moi. Je me demande aussitôt ce qu'il pense, quand et à quel rythme pendant que ma conscience chuchote *tu connais sa femme, tu aimes bien sa femme, il est sujet à d'étranges sautes d'humeur, son mariage est très bizarre*. Toutefois, ça n'empêche pas mon ventre de remuer, ça n'empêche pas la chaleur et le désir.

— Je n'ai rien de très spécial, dis-je, les nerfs à fleur de peau d'être si près de lui. Et votre femme est très belle.

— Oui, dit-il. Oui, elle l'est.

Il boit encore et moi aussi. Où tout ceci nous mène-t-il ? Cela nous conduit-il là où je crois ? Je devrais lui dire de partir, je le sais. Au lieu de ça, je reste assise à bloquer les frissons qui parcourent mon corps.

— Vous êtes... reprend-il en me regardant, et j'ai envie de fondre. Vous êtes *délicieuse*.

— Depuis combien de temps êtes-vous ensemble ?

Il faut calmer les choses. Il faut que je *me* calme. Je devrais lui dire que je la connais. Je devrais, mais je ne le fais pas. Ça mettrait un terme à tout ça, quoi que ça soit. Et puis, il ne s'est toujours rien passé.

Ainsi qu'à mon corps qui n'arrive pas à se calmer si près de lui.

Il avale son verre d'un trait et se ressert et, même dans mon état assez éloigné de la sobriété, je me dis qu'il fait ça avec une sacrée expertise. Est-ce un de leurs problèmes ? Son alcoolisme ? Se met-il souvent dans cet état ?

— Je me demande si ce n'est pas le destin, dit-il. Qu'on se soit rencontrés dans ce bar.

J'éclate de rire, sauf que c'est une sorte de gloussement fatigué qui sort de ma gorge.

— Je dirais que c'était plutôt la malchance.

Il me regarde alors, il me regarde vraiment, droit dans les yeux, et il ne paraît pas remarquer que je suis décoiffée, que je ne suis pas maquillée, et qu'en gros je ressemble à une poubelle.

— C'est comme ça que vous le voyez ?

Quelque chose pétille dans mon ventre. Je n'y peux rien. Il me fait de l'effet. C'est comme si on avait rangé mon cerveau dans une boîte et que mon corps – restons pudique – avait pris le relais.

— À bien y réfléchir, c'est pas franchement génial pour moi. J'ai enfin rencontré un homme qui me plaît et il est marié.

C'est dragueur et hypocrite. Une porte à moitié ouverte par une fille à moitié soûle. J'aurais pu dire que c'était une erreur qui ne se reproduira jamais. J'aurais dû.

— Cela faisait très longtemps que je ne m'étais pas senti aussi détendu avec quelqu'un, dit-il. Nous avons vraiment ri, n'est-ce pas ? Les gens devraient pouvoir rire ensemble. Et le rire devrait pouvoir durer toujours... quoi qu'il se passe par ailleurs.

— Vous devriez probablement rentrer chez vous, dis-je.

Il fronce les sourcils et regarde autour de lui comme s'il venait de remarquer qu'il manque quelque chose.

— Votre fils est couché ?

— Non. Il est avec son père pour un mois. Ils sont partis tout à l'heure.

Je bois une autre longue gorgée de vin alors que j'ai déjà la tête qui tourne malgré l'afflux d'adrénaline provoqué par l'arrivée de David.

— Ah.

Il est peut-être un chouia ivre, mais il n'est pas stupide, et je vois qu'il comprend soudain la vraie raison de ce congé maladie. Il ne peut pas y faire grand-chose, à moins de raconter au Dr Sykes qu'il s'est pointé chez moi, bourré, et que ça ne l'a pas empêché d'accepter un autre verre. Ça m'étonnerait qu'il en ait envie.

— Ça doit être sympa de vivre en famille.

— Je n'ai plus de famille...

Il y a un peu trop d'amertume dans cette phrase. *Lisa est enceinte.*

— ... je suis une mère célibataire à Londres où c'est *si* facile de se faire de nouveaux amis quand on a passé trente ans. Ou pas.

Je lève mon verre.

— Vive la rock'n'roll attitude. Et vous, ajouté-je, vous pourriez avoir des gosses. Vous êtes assez jeunes tous les deux.

Je dis ça de façon presque agressive – pour bien lui rappeler qu'il est marié. Et me le rappeler à moi aussi.

que mon corps en train de frire va me trahir alors que je m'efforce de paraître si cool.

— J'avais peur que vous ne soyez pas venue à cause de moi.

Il enchaîne sans me regarder :

— Vous voyez... parce que j'ai été si con avec vous. Tout le monde là-bas dit que vous n'êtes jamais malade.

C'est en partie vrai. C'est un bon boulot, tout près de chez nous. Je préfère m'y traîner avec la grippe plutôt que de risquer de le perdre. Et puis, ça me change des mères de l'école et des enfants. Trois fois par semaine en compagnie de vrais adultes. J'ai un peu honte de m'être fait porter pâle. J'aurais dû être honnête, mais à entendre Adèle, ça paraissait si raisonnable. Et puis, c'est pas comme si tout le monde dans ce pays ne le faisait pas de temps en temps.

— J'ai trouvé votre téléphone et votre adresse dans votre dossier, mais je me suis dit que si j'appelais vous me raccrocheriez au nez.

Il me guette du coin de l'œil : sur la défensive, triste et soûl. *Splendide.* Le genre d'homme qu'on a envie de guérir. Le genre d'homme dont on a envie qu'il vous guérisse. Qui est-il en fait ? Pourquoi se soucie-t-il autant de mon absence d'une journée ? Et pourquoi raccrocherais-je au nez de mon patron ? Je pense au placard rempli de médicaments, aux coups de téléphone et au doux sourire d'Adèle. Cherche-t-il à me contrôler moi aussi ? Ou bien est-ce juste mon esprit déformé qui trouve tous les hommes suspects parce que j'en veux à Ian d'être heureux avec quelqu'un d'autre ? Pouah, je me déteste quand je réfléchis trop comme ça.

lequel je me suis laissé entraîner. *Au fait, votre femme et moi on est copines.*

— Je vous en prie.

Je m'écarte et c'est alors que je me rends compte qu'il n'est pas tout à fait sobre, lui non plus. Peut-être pas complètement bourré, mais il y a du flou dans son regard et sa démarche n'est pas aussi sûre qu'elle le devrait. Il traînaille dans la cuisine et je l'envoie au salon pendant que je prends un autre verre et une bouteille neuve dans le frigo avant de le rejoindre. Le cahier qu'Adèle m'a donné est sur la table basse près du canapé. En m'asseyant, je le glisse très vite par terre, là où il ne peut pas le voir. Je me sens assez mal. Qu'est-ce qu'il vient faire ici ? Me virer ? Vais-je être la victime de ses sautes d'humeur ?

Il est assis au bord du canapé, assez incongru dans le désordre de ma vie. Je me souviens de sa maison, de son immensité, de sa propreté et je me tasse sur moi-même. Il y a de la poussière sur la télé que je n'ai pas essuyée depuis une éternité et l'ouragan Adam a laissé derrière lui des traces évidentes : jouets abandonnés, jeux de console étalés dans un coin. Je lui tends le verre et la bouteille neuve avant de remplir le mien avec ce qu'il reste dans l'autre. J'aurai la gueule de bois au boulot demain. Cela dit, j'ai bien l'impression que je ne serai pas la seule. Et puis, ce sera vendredi et je n'aurai pas à me soucier de réveiller Adam pour l'école. Cette pensée me donne une impression de vide et je bois encore un peu plus.

— Comment avez-vous eu mon adresse ?

Ça fait bizarre d'être assise près de lui comme ça. J'ai l'impression d'être sur une chaise électrique et hors du salon. C'est Adam, bien sûr. Il a changé d'avis. Il ne veut plus partir un mois entier et il a exigé à cor et à cri qu'Ian le ramène à la maison. Auprès de moi, sa mère. Maman. Le centre de son univers. En dépit de ses glapissements surexcités quand il est parti tout à l'heure, Paddington coincé sous le bras, mon esprit embrumé par l'alcool s'est tellement convaincu que mon fils est revenu que je reste sidérée quand j'ouvre la porte. Je ne comprends pas.

— Ah. C'est vous.

— Salut.

Ce n'est pas Adam. C'est David. David est à ma porte, adossé au cadre comme s'il avait besoin de ça pour tenir debout. Mes yeux le voient, mon cerveau, lui, n'arrive pas encore à le croire. David est ici.

— Vous avez appelé pour dire que vous étiez malade. Je suis passé prendre de vos nouvelles.

Il a l'air gêné, ce qui étrangement le rend encore plus séduisant, et je deviens soudain très, très consciente du verre de vin dans ma main. Mais qu'est-ce qu'il fabrique ici ? Pourquoi est-il venu ? Pourquoi ne suis-je pas maquillée ? Pourquoi suis-je décoiffée ? Et pourquoi c'est à ça que je pense comme la dernière des crétines ?

— C'était une migraine. Ça va déjà beaucoup mieux.

— Je peux entrer ?

Mon cœur démarre un sprint et je rougis. Je ressemble à rien. Non pas que ça devrait avoir de l'importance. Ça n'a aucune importance. Sans compter que j'ai été prise en flagrant délit de mensonge pour le travail. Et, sous tout ça, il y a ce secret débile dans *de l'appart et qu'elle puisse se taper qui elle veut quand elle veut.*

Adèle est différente. Je veux bien essayer ces conneries pour elle. Les rêves ne me gênent pas vraiment. Parfois, je les aime bien, même si c'est un peu tordu. Ils me donnent l'impression d'être plus vivant que je le suis dans la vraie vie. Les gens sont si chiants. Si prévisibles. Ils en ont que pour leur gueule. Moi compris. Mais qu'est-ce qu'ils espèrent ? Ils ont vu où j'habite ? Les gens sont inévitablement merdiques et ils méritent d'être traités comme de la merde. Sauf Adèle. Adèle est aussi belle dedans que dehors. Bien sûr, maintenant que j'ai écrit ça, elle ne pourra plus jamais lire ce cahier. Je ne veux pas qu'elle se moque de moi. Je peux être marrant et intelligent, mais je sais aussi que je suis maigre et boutonneux et que j'ai cet appareil à la con dans la bouche. Elle comprendrait pas. Elle penserait que je veux juste la baiser (ce que je ne veux pas, vraiment pas). Je crois que c'est juste que j'aime pas les gens, en général. Pour moi, ils existent pas, pas complètement, mais j'aime bien Adèle. J'aime être avec elle. Je suis heureux avec elle et quand elle est là, le manque est moins fort. On est amis. On est peut-être même meilleurs amis. J'ai jamais eu de meilleur ami. Adèle Rutherford-Campbell est ma première meilleure amie. Et, bizarrement, j'adore ça.

Quand la sonnerie de la porte retentit, je me lève si vite que je manque de renverser la bouteille et son contenu. J'oublie aussitôt le cahier pour me précipiter je fixe le nom de cet inconnu. J'ai toujours aimé les livres avec des noms sur la page de garde, comme ceux qu'on trouve chez les bouquinistes et qui ont dû servir de cadeaux autrefois. Ces vœux griffonnés qui cachent des histoires entières derrière ces quelques mots. Celui-ci n'est pas différent. Qui est ce garçon ? Adèle et David sont-ils toujours amis avec lui ? A-t-il trouvé ce truc aussi stupide que moi quand Adèle a essayé de l'aider la première fois ?

Je tourne la page, m'attendant à y trouver d'autres instructions, mais l'écriture très serrée au stylo bille qui a du mal à respecter les lignes est plus que cela. On dirait un compte rendu, une sorte de journal. J'ouvre le vin, me sers un grand verre et je m'installe, curieuse de cette capsule temporelle en papier, cette bribe du passé d'Adèle, et je commence à lire.

Si je continue à me pincer comme un con, mes bras vont être tellement couverts de bleus que les infirmiers vont s'imaginer que je me came de nouveau (putain, j'aimerais bien), mais au moins ça fait passer le temps dans cet endroit de merde. Deux jours à compter mes doigts, à regarder les horloges et à me massacrer la peau et que dalle. D'après Adèle, faut être patient. Au moins, elle dit ça en souriant. Sans elle, je m'emmerderais tellement ici que je serais prêt à me foutre dans le lac. J'ai fait la désinto, putain. Pourquoi ils m'ont expédié ici ? Pour me punir une deuxième fois ? Je reconnais bien là cette salope d'Ailsa. C'est gratuit, alors vas-y. Je suis sûr qu'elle a convaincu le médecin de m'envoyer ici pour que je dégage

17

Louise

Mes remords d'avoir pris un jour de congé maladie injustifié sont complètement balayés par la vague de tristesse provoquée par le départ d'Adam. Il se rue dehors en m'infligeant cette douleur si banale que seuls les enfants, tout à leur excitation, peuvent provoquer. Dès que la porte se referme, notre minuscule appartement me paraît immense et vide. Comme si la terre entière avait déménagé, me laissant seule derrière elle. Je ne sais pas quoi faire de moi. J'erre ici et là jusqu'à ce que la tentation de la bouteille soit trop forte. En cherchant le tire-bouchon, j'aperçois dans le tiroir le cahier qu'Adèle m'a donné. Je le contemple un long moment avant de le sortir.

À l'intérieur de la couverture, en haut à droite, un nom est soigneusement calligraphié. ROBERT DOMINIC HOYLE. Ces trois mots m'intéressent davantage que la liste d'instructions sur la page opposée. « Me pincer et me dire JE SUIS RÉVEILLÉ une fois par heure. » Pour le moment, je les ignore – au moins, ces trucs n'ont rien d'insurmontable, je peux les faire – et

— D'accord, d'accord. Mais c'est bien parce que c'est toi.

Il lui adresse un clin d'œil et ils se sourient. En cet instant, la chaleur ne provient pas que du soleil, mais aussi de quelque part en elle.

fréquents. Devenir l'amie de Rob l'a sauvée d'elle-même. Il est en train de la ramener à la vie.

— Ils ont raison, tu sais, dit-il. Tu es folle.

Elle lui flanque une tape sur l'épaule et éclate de rire.

— C'est la vérité. Tu vas voir. C'est comme avec le temps. Il ne se déroule jamais normalement dans un rêve. C'est pour ça qu'on a besoin d'une montre.

Il sourit.

— Je suis réveillé. Tu vois ? Je commence.

Il remue ses doigts en les fixant.

— C'est pas la peine de le faire en permanence.

— Si je dois avoir l'air d'un cinglé, dit Rob, autant avoir l'air d'un vrai cinglé.

Adèle regarde sa propre main. La peinture bleue sous les ongles, la montre de David qui brille dans le soleil. Rob avait raison : le personnel soignant est content de ses nouveaux tableaux d'eau – si on peut les appeler comme ça –, pourtant ça ne l'aide pas à faire la paix avec sa famille. Il lui arrive d'imaginer le vieux puits abandonné dans les bois derrière la maison de ses parents. Elle se voit en train d'y déverser son passé. Peut-être qu'un jour elle le trouvera métaphoriquement rempli et qu'elle pourra enfin le sceller et passer à autre chose. Et dormir. Comme avant. Elle regrette cette époque où elle était comme un souffle de vent derrière ses yeux. Ça fait partie d'elle et la culpabilité ne suffit pas à l'effacer complètement.

— Fais-le, c'est tout, Rob, dit-elle. Tu me remercieras.

16

AVANT

— Me pincer et me dire que je suis réveillé ? Toutes les heures ? Et tu veux que je fasse ça ici ? Comme si on ne nous prenait pas assez pour des dingues.

— Ça n'aura plus aucune importance.

— Si tu le dis... Et c'est quoi, le truc avec les doigts ?

L'endroit près de la rivière sous l'arbre est devenu le leur et, quand le temps le permet, ils viennent y paresser sous les branches dans la chaleur.

— Quand on rêve, nos mains paraissent différentes. J'ai appris tout ça dans un livre que David m'a donné quand j'étais petite. Mes parents me l'ont repris. Ils disaient que c'étaient des bêtises – et je crois que David était un peu du même avis –, mais ils se trompaient. J'y ai appris tout ce que je vais t'apprendre.

Elle est presque contente et, même si les moments comme celui-ci sont fugitifs et qu'elle est encore remplie de chagrin et de remords, ils sont de plus en plus cahier. Lis-le. Crois-moi, si tu fais l'effort, finies les terreurs. Tu ne feras plus que des rêves incroyablement réalistes que *tu auras choisis*. Des rêves lucides.

Je prends le cahier pour regarder la première page. Les mots sont nets et soulignés.

Me pincer et me dire JE SUIS RÉVEILLÉ une fois par heure.
Regarder mes mains. Compter mes doigts.
Regarder une horloge (ou une montre), détourner les yeux, la regarder de nouveau.
Rester calme, concentré.
Penser à une porte.

— C'est à toi ?

Je le parcours. Les feuilles suivantes sont couvertes d'une écriture griffonnée à la hâte, le soin apporté au premier mantra visiblement perdu. Vers la fin, de nombreuses pages ont été arrachées.

— Presque, dit-elle. Il appartenait à quelqu'un que j'ai bien connu. J'étais là quand il a appris comment faire.

verre ou deux. Les Français le font bien. Non. Pas penser à la France. *Enceinte.*

— Ce médecin avait tort, dit Adèle. Certains se souviennent de leurs terreurs nocturnes. Des personnes comme toi et moi. Tu sais à quel point nous sommes rares ?

Je ne l'ai encore jamais vue aussi animée. Elle me fixe, très concentrée. Intense. Le dos rigide. Je secoue la tête. Je n'y ai jamais vraiment beaucoup réfléchi. Je suis comme ça, c'est tout.

— Moins de un pour cent des adultes sont sujets à des terreurs nocturnes et seul un infime pourcentage de ceux-ci s'en souviennent. Des gens comme toi et moi.

Elle sourit, un pur bonheur.

— C'est quand même remarquable, ajoute-t-elle, que deux personnes aussi rares se soient trouvées !

Elle paraît si contente que mon sentiment de culpabilité revient. Je devrais rentrer. Retourner à ma vie et quitter la sienne. Je ne veux pas de son aide. Cependant, je suis curieuse. Elle a parlé de problèmes d'anxiété, pas de sommeil. Si elle est bel et bien comme moi, le sommeil aurait dû être en tête de sa liste. Je regarde le petit cahier posé sur la table.

— Alors, comment peut-il m'aider ?

— Il faut apprendre à contrôler tes rêves.

J'éclate de rire. Je ne peux pas m'en empêcher. Ça ressemble à une des conneries new age sur la méditation et je suis cynique de naissance.

— Les contrôler ?

— C'est ce que j'ai fait. Je sais que ça peut paraître idiot, n'empêche que ça a changé ma vie. Prends ce pouvoir des rêves, puis j'ai fini par faire une thérapie comme tout le monde.

— À la mort de tes parents ?

— Non, avant. Quand j'étais très jeune. Après la mort de mes parents, j'ai eu d'autres troubles du sommeil, mais cela n'avait rien à voir. Depuis quand en souffres-tu ? Tu as vu quelqu'un ?

J'ai l'impression de recevoir un coup de poing dans le ventre. Seigneur, regardez-nous. Les mêmes terreurs nocturnes, elle et moi. Le même goût déplorable en matière d'hommes.

— Depuis toute petite, dis-je en me forçant à prendre un ton léger. Comme toi, j'imagine. Ma mère m'a emmenée chez le médecin. Apparemment, c'était censé passer en grandissant. Au lieu de ça, je m'y suis habituée. C'était atroce avec les petits copains. Je me baladais la nuit les yeux ouverts comme une folle dans un film d'horreur, je les frappais avant d'éclater en sanglots déchirants.

Je souris, même si ces souvenirs n'ont rien de drôle. Ian trouvait ça épuisant. Je crois encore que c'est en partie pour ça qu'il m'a quittée.

— Je suis retournée voir un médecin, qui m'a dit que ce n'étaient pas de véritables terreurs nocturnes vu que je m'en souvenais, donc il ne m'a pas donné grand-chose. Des somnifères qui m'ont un peu aidée, mais avec lesquels j'étais une loque le lendemain. Et puis, je n'aime pas en prendre si j'ai bu un peu de vin.

J'évite de préciser *et je bois tous les soirs*. Elle n'a pas besoin de le savoir. Ce n'est pas comme si je me *soûlais* tous les soirs. Il n'y a rien de mal à boire un

— Peut-être. Un peu. Mais nous sommes très concentrés sur sa carrière.

— Lui, ça se comprend. Toi, en revanche, tu dois t'ennuyer.

Je ne sais pas pourquoi je lui demande tout ça. Je ne sais pas pourquoi je veux l'aider. Peut-être parce qu'il y a quelque chose de vulnérable en elle.

— Je cuisine. Je m'occupe de la maison toute seule. Je déteste l'idée que quelqu'un d'autre vienne s'en charger. Je dois être une épouse traditionnelle, je suppose. J'aime le rendre heureux, c'est tout.

Que répondre à ça ? Je sens la sueur qui suinte sous mes cuisses. Pendant qu'elle est à la maison en train de faire la cuisine et le ménage, ou qu'elle va à la salle de gym pour garder un corps parfait, il va se soûler dans les bars et il roule des patins à des mères célibataires déprimées et un peu trop enrobées.

— Oh, mon Dieu, j'ai oublié !

Elle est déjà en train de filer comme une gazelle et je me demande : *Quoi encore ?* Elle a raté un autre des devoirs imposés par David ? Que diable se passe-t-il dans cette maison ? Quand elle revient, rayonnante, c'est en brandissant un vieux cahier de brouillon.

— Je voulais te le donner quand nous étions à la salle et j'ai oublié à cause du téléphone. C'est pour t'aider avec tes terreurs nocturnes.

Comment fait-elle pour se souvenir de ça ? J'en ai parlé quand nous prenions le café, c'est vrai, mais très brièvement. En passant.

— J'en avais moi aussi. Elles étaient terribles. David a essayé de m'aider à sa façon. Il m'a donné un livre qu'il avait trouvé chez un bouquiniste sur le je n'ai plus du tout envie d'être ici. Rien de tout ça n'est une bonne idée. Je m'étais imaginé qu'ils partageaient un mariage parfait ; après avoir vu cette magnifique demeure, je ne suis plus aussi envieuse. Je n'envie même pas Adèle avec toute sa beauté et son élégance. Pas plus que ça. Cette maison me fait l'effet d'une cage dorée. Que peut-elle y faire toute la journée ? Ma vie est peut-être une longue liste de corvées épuisantes, mais au moins j'ai de quoi m'occuper.

— Emportons tout ça dehors pour profiter du soleil, dit-elle.

Je comprends que le sujet est clos.

La nourriture est un régal et, après tout cet exercice, je suis affamée. Mieux encore : Adèle ne mange pas du tout comme je l'aurais cru. Je me disais que c'était une de ces femmes qui s'exclament : « Oh, cela ira ! » après trois feuilles de salade, or elle bouffe d'aussi bon cœur que moi. Il ne nous faut pas longtemps pour engloutir presque tout ce que nous avons apporté et elle doit aller rechercher du pain.

— Pourquoi n'avez-vous pas d'enfants ?

La question m'est sortie de la bouche. Je ne comprends pas pourquoi ils n'en ont pas. Ils sont riches, elle ne travaille pas et ils sont ensemble depuis très longtemps.

Elle avale une gorgée de thé avant de répondre.

— Nous ne les avons pas désirés au même moment, j'imagine. David en voulait au début, pour ma part, je n'étais pas prête. À présent, c'est le contraire.

— L'horloge interne s'est mise en branle ?

Elle hausse les épaules.

sortir dans le jardin fumer une cigarette en vitesse, elle revient. Je n'ai pas entendu un seul rire pendant qu'elle était au téléphone, cependant elle paraît plus détendue.

— J'ai rempli la théière, dis-je.
— Super.

Elle ne va pas évoquer le coup de fil et je ne demande rien.

— Prends des assiettes dans ce placard. Il y a du houmous, des viandes froides et de savoureux poivrons fourrés dans le frigo.

Tandis que je suis un peu sidérée par la quantité et la qualité des trucs stockés dans leur immense Smeg en inox, elle sort des pitas du panier à pain, avant d'ouvrir furtivement le placard qui le surmonte. Je jette un œil par-dessus mon épaule et je me fige.

— Eh ben, quelle pharmacie.
— Oh, j'ai de petits problèmes d'anxiété, dit-elle en la refermant très vite. Une nervosité naturelle, j'imagine. C'est pour ça que j'aime tant l'exercice. Ça m'aide à brûler toute cette tension.
— Tu en prends combien par jour ?

Il y avait des tas et des tas de boîtes de comprimés et je ne peux m'empêcher de penser qu'avaler autant de cachets ne fait de bien à personne.

— Juste un ou deux. Ce que David me prescrit. Je les prendrai tout à l'heure. Après manger.

Je suis en train de la mettre mal à l'aise, mais mon visage a toujours été comme un livre ouvert. Adèle me paraît assez normale. Ce qui l'est moins, ce sont les coups de téléphone et les cachets. Et sur prescription de son mari ? Je ne sais si c'est très éthique. Soudain, pas du tout imaginé capable de ça. Je ne l'avais pas non plus imaginé marié.

— Bon, dis-je en croisant les bras. Parce qu'on pourrait croire que c'est un peu dingue, une surveillance pareille.

Elle rougit et met quelques sachets de thé à la menthe dans une théière.

— Il préfère s'assurer que je vais bien, c'est tout.
— Pourquoi ? Tu es une femme adulte.

Le téléphone couine et nous sursautons toutes les deux.

— Tu devrais peut-être ne pas répondre, dis-je. Le rappeler plus tard.

Elle me regarde, les yeux comme des billes de nerf, et je me sens mal. Ce ne sont pas mes affaires. Je souris.

— Je plaisante. Je ne ferai pas de bruit.

Elle file dans le couloir, le portable déjà à l'oreille. La bouilloire se met à siffler et je verse l'eau dans la théière. Je n'entends pas tout ce qu'elle dit, même si je tends l'oreille pour capter quelques mots. Maintenant, je suis bel et bien une intruse, mais c'est plus fort que moi. Je suis trop curieuse. Et c'est trop bizarre. David a peut-être quelques années de plus qu'elle, mais pas assez toutefois pour se transformer en une espèce de figure paternelle. Sa voix flotte jusqu'à moi.

« Je n'ai pas oublié. Je vais le prendre tout de suite. Je viens juste de rentrer de la gym, c'est tout. Non, tout va bien. Je suis en train de faire du thé. Je t'aime. »

Qu'y a-t-il dans sa voix ? De la peur ? de la gêne ? rien du tout ? Difficile à dire. Peut-être est-ce là leur façon habituelle de se parler. Alors que j'envisage de indéniablement tache au milieu de tout ce luxe. Pourquoi a-t-elle un vieux téléphone aussi pourri ? Et pourquoi avoir à ce point tenu à rentrer chez elle ?

— Tu vas bien ? Qu'a-t-il de si important, cet appel ?

— Ah, ça va te paraître idiot.

Ses épaules sont légèrement voûtées et elle se concentre sur le remplissage de la bouilloire avec de l'eau filtrée dans une carafe spéciale pour éviter de croiser mon regard.

— C'est David, explique-t-elle. Il s'inquiète si je ne réponds pas quand il appelle.

Je suis perdue.

— Comment sais-tu qu'il va t'appeler ?

— Parce qu'il appelle tous les jours à la même heure.

Ma gêne d'être chez eux, mon pincement au cœur pour David, tout ça s'efface tandis que je la contemple. Cette superbe et élégante jeune femme fonçant chez elle, complètement paniquée, pour ne pas rater le coup de fil de son mari ?

— Tu dois être à la maison quand il appelle ? Et ça arrive souvent ?

— Ce n'est pas ce qu'on peut croire, dit-elle, ses yeux m'implorant. Juste deux fois par jour. Et avec le portable, je n'ai plus à être à la maison.

Est-ce de la panique ou simplement de la peur ? En tout cas, ça me fait l'effet d'une gifle. Que sais-je au juste à propos de David ? Une soirée passée à boire et j'en ai déduit toute sa personnalité. Un fantasme. Je me souviens de sa mauvaise humeur hier. Je ne l'avais les murs de brique vieux et solides. Cette bâtisse est là depuis au moins un siècle et elle tiendra encore largement cent ans de plus.

Je jette un coup d'œil dans une pièce : c'est un bureau. Une table près de la fenêtre, un classeur à tiroirs. Un grand fauteuil. Des livres sur des étagères, tous avec une solide reliure noire, pas des lectures de vacances. Ensuite, c'est un superbe salon, stylé mais pas encombré. Clair et aéré. Tout est impeccable, immaculé. Les battements de mon cœur résonnent dans ma tête. J'ai l'impression d'être une intruse. Que penserait David s'il savait que je suis venue ici ? C'est une chose de prendre un café avec sa femme, c'en est une autre d'être dans sa maison. Peut-être qu'il ne supporterait ni l'un ni l'autre. Et Adèle non plus, si elle savait ce qui s'est passé avec son mari. Elle me détesterait. Elle me haïrait. Le pire, c'est qu'ici, où je ne suis pas à ma place, j'ai un pincement au cœur en pensant à *l'homme-du-bar*. Je ne veux pas qu'il me déteste. Il va falloir que je lui dise. Que je clarifie la situation.

Quelle idiote ! Je n'aurais jamais dû laisser cette histoire aller aussi loin avec Adèle. Comment m'en sortir maintenant ? Je ne peux pas partir comme ça. Je dois au moins rester déjeuner. Et puis, je l'aime bien. Elle est sympa. Pas distante, ni coincée.

— Le voilà !

Je la suis dans la cuisine qui est aussi grande que mon appartement tout entier et vaut sans doute beaucoup plus cher. Toutes les surfaces brillent, pas la moindre tache, ni le moindre rond laissé par un mug. Adèle brandit le petit Nokia noir. Qui, lui, fait

15

Louise

Dans la voiture, j'essaie de faire la conversation, lui disant que je ne peux pas rester très longtemps parce que Adam revient de l'école à cinq heures. Je dois être chez moi au plus tard à quatre heures et demie. Elle marmonne des approbations, sans cesser de surveiller l'horloge du tableau de bord tout en conduisant beaucoup trop vite dans la circulation de Londres. Pourquoi est-elle si pressée ? Quel est cet appel qu'elle a si peur de rater ? Son front est plissé d'inquiétude. Elle ne se détend qu'au moment où nous entrons dans la maison. Ce qui est assez ironique, car le fait d'en franchir le seuil me met franchement mal à l'aise. Je ne devrais pas être ici. Absolument pas.

— Dix minutes tranquilles, dit-elle en souriant. Viens.

C'est une demeure magnifique. Splendide. Un parquet – en lattes de chêne bien épais, pas du stratifié – recouvre le hall d'entrée où un escalier s'envole avec élégance sur un côté. Le genre d'endroit où on a vraiment la place de respirer. L'air y est frais entre

— C'est vraiment l'heure ? Attends…

Je m'accroupis à toute vitesse pour fouiller dans mon sac.

— Ça va ? s'enquiert Louise. Tu as oublié quelque chose au vestiaire ?

Je fronce les sourcils.

— Non, ce n'est pas ça. Mon téléphone. J'ai oublié mon téléphone. Je n'ai pas l'habitude d'en avoir un, tu vois, mais il est deux heures et si je ne réponds pas…

C'est mon tour de parler trop vite. Je lève les yeux en me forçant à sourire. Rien de bien convaincant.

— Écoute, et si on allait déjeuner à la maison ? Les salades ici sont bonnes, mais j'ai des choses succulentes au frigo et nous pourrons profiter du jardin.

— Euh, je ne sais pas…

Il est clair qu'elle n'a pas très envie de venir chez moi – chez David. Je la coupe.

— Je te raccompagnerai après. Ça sera sympa.

Je souris encore, m'efforçant d'être belle, éclatante, éblouissante.

— D'accord, dit-elle enfin, quoique toujours perplexe. Allons-y. Mais je ne pourrai pas rester très longtemps.

Je l'aime vraiment bien. Forte, chaleureuse, drôle.

Et si manipulable.

— Il n'arrivait pas à dormir et il a eu envie de me voir. Il devait repartir à la fac quelques jours plus tard. J'ai eu beaucoup de chance, je crois. J'essaie de ne pas trop penser à tout ça.

De son côté, Louise est encore perdue dans l'histoire et je sais que c'est un peu difficile pour elle. Il ne l'a pas sauvée des flammes. Elle doit avoir l'impression d'être un deuxième choix. Elle en a peut-être l'habitude. Pourtant, même si elle l'ignore, elle possède cette espèce d'éclat naturel que les gens s'évertuent toujours à ternir. J'ai bien l'intention de le lui rendre.

Toute cette discussion à propos du feu me rend la vapeur insupportable.

— Je vais me rafraîchir dans la piscine, dis-je. Ça te dirait qu'on prenne une salade au restaurant tout à l'heure ? Elles sont délicieuses. Saines *et* savoureuses.

— Et comment, dit-elle. À ce rythme, tu vas me faire récupérer la taille de mes vingt ans en un clin d'œil.

— Et pourquoi pas ?

— Ouais, pourquoi pas.

Elle m'adresse un sourire enthousiaste tandis que je quitte enfin cette atmosphère surchauffée. Dès que je suis dehors, je savoure mon bonheur. Je l'aime bien. Sincèrement.

Je nage vite et fort. L'eau est d'une fraîcheur exquise sur ma peau, mes brasses sont longues, puissantes. Je me rattrape un peu sur mon entraînement perdu. J'ai besoin de cette montée d'adrénaline. J'aime ça.

Nous sommes en route pour la cafétéria, douchées et cheveux séchés, quand j'aperçois l'horloge sur le mur. Il est deux heures.

ils n'étaient pas très *aimants,* si tu vois ce que je veux dire. Avec l'âge, j'ai commencé à apprécier cette distance entre nous. Je pouvais mettre de la musique aussi fort que je voulais et faire entrer David dans la maison la nuit sans qu'ils s'en rendent compte, alors c'était très bien.

— Et ?

Elle m'écoute, captivée. Je devine qu'elle est impatiente d'arriver au cœur de l'histoire : *David.* Ce qui me convient parfaitement. Même si je ne sais rien de l'incendie à proprement parler. Je ne sais que ce qu'on m'en a dit.

— Pour faire court, mes parents avaient reçu quelques personnes ce soir-là et les enquêteurs pensent qu'ils étaient assez ivres après leur départ. Durant la nuit, un incendie s'est déclaré. Quand David est arrivé vers deux heures du matin, il a foncé dans ma chambre pour me sortir de là. Le feu s'était propagé dans toute une aile du bâtiment. L'aile où nous vivions. J'étais inconsciente. Mes poumons étaient remplis de fumée et David a été brûlé au troisième degré au bras et à l'épaule. On a dû lui faire des greffes de peau. Je pense que c'est en partie pour cela qu'il a choisi psychiatrie plutôt que chirurgie. Les nerfs de sa main ont été endommagés. En dépit de ses brûlures, il a quand même essayé d'y retourner pour mes parents, mais c'était impossible. Sans lui, je serais morte moi aussi.

— Waouh, dit-elle. C'est hallucinant. Je veux dire, c'est terrible, évidemment, mais c'est aussi assez hallucinant.

Une hésitation, puis :

— Que faisait-il là-bas au milieu de la nuit ?

— Dix ans, dis-je. Depuis que j'ai dix-huit ans. Je l'ai aimé dès l'instant où mes yeux se sont posés sur lui. C'était lui et lui seul. Je le savais.

— C'est très jeune, dit-elle.

— Peut-être. J'imagine. Tu sais qu'il m'a sauvé la vie ?

En dépit de la chaleur abrutissante, elle est très attentive à présent.

— Comment ça ? Tu veux dire littéralement ou métaphoriquement ?

— Littéralement. La nuit où mes parents sont morts.

— Oh, mon Dieu. Je suis navrée.

Elle a l'air si jeune, ses mèches blondes repoussées en arrière, dégoulinant sur ses épaules. Je me dis qu'avec quatre kilos de moins sa silhouette va être à mourir.

— Non, ça va. Ça remonte à loin maintenant.

— Que s'est-il passé ?

— En fait, je ne me souviens de rien cette nuit-là. J'avais dix-sept ans, presque dix-huit. Je dormais chez mes parents dans notre domaine du Perthshire.

— Tes parents avaient un domaine ? Un vrai domaine à la campagne, comme des aristocrates ?

— Ouais. Le manoir s'appelait Fairdale House.

Je sens que je deviens encore plus fascinante pour elle : la belle princesse perdue.

— Je t'ai bien dit que je n'ai pas vraiment besoin d'un travail, dis-je en haussant les épaules comme si j'étais gênée. Quoi qu'il en soit, ma chambre n'était pas proche de la leur. Nous aimions avoir notre espace. *Eux,* surtout. Ils m'aimaient, bien sûr, mais paraître idiot, car ce gamin m'épuise. Avoir un mois à moi toute seule, c'est un peu un rêve éveillé…

Tout cela est dit très vite, elle ne peut plus s'arrêter :

— … Le trimestre se termine demain à midi et son père vient le chercher à cinq heures et demie. Tout a été organisé si rapidement, je ne m'y suis pas encore faite.

Soudain, elle se redresse, les yeux écarquillés.

— Oh, merde ! Je voulais demander un jour de congé et j'ai complètement oublié. Il va falloir que je les appelle et que je les supplie.

Bien sûr qu'elle a oublié. Elle a d'autres choses en tête.

— Détends-toi, dis-je. Fais-toi porter malade. Pourquoi perdre une journée de salaire ?

Elle grimace.

— Je ne sais pas trop, dit-elle avant de me jeter un coup d'œil. Ton mari était de très mauvaise humeur hier, je ne veux pas envenimer les choses.

Je regarde mes genoux.

— Ça lui arrive parfois, dis-je avec ce qui doit passer pour de la maladresse, avant de relever les yeux pour lui adresser un sourire. Que tu sois malade n'y changera rien. Et ce n'est qu'une journée. Elle est importante pour toi et elle ne signifie absolument rien pour eux.

— C'est pas faux.

Nous restons silencieuses un moment, puis elle demande :

— Cela fait combien de temps que vous êtes mariés ?

La question est inoffensive. Dans une amitié ordinaire, elle aurait été posée depuis longtemps. Or ce que nous avons, Louise et moi, n'est pas ordinaire.

— Mais tu te sentiras mieux.

— C'est déjà le cas, je crois, dit-elle. Merci de m'aider. Et de ne pas te moquer de moi.

J'éprouve un élan d'affection pour elle. Elle s'est bien débrouillée, à vrai dire. En tout cas, elle s'est appliquée. Je n'ai pas couru aussi vite ni aussi longtemps que d'habitude, pour ne pas la dégoûter. Aujourd'hui, l'idée était de la familiariser avec l'exercice plutôt que de gérer mon propre entraînement. Et puis, après avoir passé presque toute la journée d'hier au lit, mes articulations étaient raides ; c'était bon de bouger, même si l'effort n'était pas très intense. Nous avons commencé par un peu de cardio, puis je lui ai montré les différentes machines de musculation et elle les a vaillamment toutes essayées tandis que je m'occupais de les programmer pour elle de façon que ses muscles restent curieux sans s'épuiser.

— Tu sais, j'aimerais bien avoir une copine de gym, dis-je comme si l'idée venait à peine de germer dans ma tête. Pourquoi ne pas m'accompagner les jours où tu ne travailles pas ?

J'attends un peu, puis je baisse la tête et la voix :

— Et de temps en temps le week-end, si je viens seule. Tu vois, sans David.

Elle me dévisage, avec un mélange d'inquiétude et de curiosité, mais elle ne demande pas la raison de tous ces secrets. Je sais qu'elle ne le fera pas. Nous ne sommes pas encore assez proches.

— Ce serait sympa, dit-elle au bout d'un moment. Le mois va être long. Adam part en France avec son père. Je sais que c'est génial pour lui, moi, en revanche, je me sens déjà un peu perdue. Ce qui peut ne fait pas partie de ses défauts. Et c'est tant mieux, car je voulais voir son appartement.

— C'est bien la première fois cette année que j'ai un vrai jour de repos comme ça, murmure-t-elle avec un petit rire.

J'ai les yeux fermés, moi aussi, pour vérifier mon plan des pièces de sa maison. Le salon : une télé, un canapé crème avec un plaid beige jeté sur de vieux coussins, une petite brûlure de cigarette sur le bras gauche. Moquette bleue. Résistante à l'usure. À l'épreuve des gosses. La chambre à coucher principale. Petite, mais avec assez d'espace pour un lit double. Papier peint incontournable derrière le lit. Une penderie blanche. Une commode, blanche elle aussi, couverte de produits de maquillage. Des bijoux cheap qui débordent d'un petit sac – le genre qu'on vous donne gratuitement avec une crème pour le visage ou un assortiment de cadeaux. Une robe de chambre suspendue à un crochet au dos de la porte – molletonnée et autrefois blanche, à présent rêche et fatiguée d'avoir été trop lavée, avec des taches de café ou de thé sur les manches.

J'ai appris à relever les détails. Ils sont importants quand on a besoin de *voir* un lieu. C'est un appartement compact. La chambre d'Adam – je ne l'ai pas vraiment étudiée, celle-ci – est beaucoup plus petite et bourrée de machins de toutes les couleurs, mais elle est certes accueillante. Habitée.

— Et puis, continue Louise et je l'écoute maintenant que je suis sûre d'avoir tout bien catalogué dans ma tête, être assise à ne rien faire, c'est toujours plus agréable que de se remuer comme une malade. Demain, j'aurai mal partout.

14

Adèle

— Oh, qu'est-ce que c'est bon ! Je pourrais rester là-dedans jusqu'à la fin de mes jours.

À côté de moi, Louise repose la tête sur le bois et laisse échapper un soupir de contentement. Nous sommes assises sur la plus haute marche du sauna, enveloppées d'une brume odorante, la peau luisante de gouttes d'eau et de sueur.

— Je n'arrive jamais à tenir plus de dix minutes, dis-je. Tu dois aimer la chaleur.

Eh oui, on se tutoie désormais. Difficile d'être nues dans la même pièce sans que cela suscite une certaine familiarité. Même une pièce remplie de vapeur étouffante. C'est agréable, néanmoins, toute cette tension qui se dilue et abandonne mon corps qui, du coup, n'a d'autre choix que de se détendre. Ça a été deux heures géniales. Louise était délicieusement gênée quand j'étais chez elle et il était clair qu'elle ne tenait pas à ce que j'entre – son sac était près de la porte –, mais j'ai insisté pour avoir droit à la visite guidée. Elle pouvait difficilement refuser, d'autant que l'impolitesse mon cœur s'affole. Une sueur gênante me chatouille les paumes.

— Bon, je tenais à m'excuser.

La douceur a disparu de sa voix et il s'éloigne. Regrettant mon attitude, me trouvant idiote de me buter comme ça, j'ai envie de le rappeler. Puis je me souviens du rendez-vous avec Adèle demain et je me retrouve prisonnière de ce secret. Faut-il le lui dire maintenant ? Je fixe sa porte close. Non. Je vais m'en tenir à mon plan. Si ma relation avec Adèle semble susceptible de durer, alors je verrai.

J'ai besoin d'un café. Non, de quelque chose de plus fort, mais un café suffira pour l'instant. Comment ma vie est-elle soudain devenue si compliquée ?

spécial. Je suis passée par là. Je comprends. Anthony et moi, on est des bonnes poires, apparemment.

À son retour, je fais semblant de taper une lettre. Même s'il paraît plus calme lui aussi, comme si une journée consacrée à s'occuper des problèmes des autres avait résolu les siens, je demeure froide. Je ne comprends pas pourquoi je me suis laissé intimider. Et j'aimerais bien ne pas me sentir aussi nerveuse – ni aussi excitée – en sa présence.

— Anthony Hawkins reviendra pour une autre séance, vendredi, à quinze heures quarante-cinq, dit-il. Je l'ai noté dans l'agenda.

J'acquiesce.

— Dois-je facturer la demi-heure supplémentaire d'aujourd'hui ?

— Non, c'est ma faute. Je n'ai pas voulu l'interrompre une fois qu'il s'est mis à parler.

Qu'en dirait le Dr Sykes ? Ce cabinet n'a pas pour habitude de faire des cadeaux. Je laisse courir. C'est gentil de la part de David, ce qui ne fait qu'ajouter à mon trouble. Cet homme est rempli de contradictions.

Il repart vers son bureau, puis il fait demi-tour.

— Écoutez, Louise, dit-il très vite, je suis désolé d'avoir été aussi grossier ce matin. J'étais d'une humeur massacrante, mais ce n'est pas une raison pour passer mes nerfs sur vous.

Il semble si sincère. J'essaie de rester distante.

— En effet, ce n'est pas une raison, dis-je. Cela étant, ça n'a pas vraiment d'importance, je ne suis que votre secrétaire.

Je ne voulais pas être aussi froide et il a un geste de recul. Je baisse les yeux vers mon écran alors que

Génial ! Donnez-moi votre adresse, je passerai vous prendre. Vers midi ?

L'image de la superbe Adèle dans mon salon me serre le ventre, plus encore que celle de la gym.

Je peux vous retrouver là-bas ? je réponds.
Ce serait dommage. J'ai la voiture.

Sans échappatoire, je tape mon adresse à contre-cœur en me disant de ne pas oublier de passer l'aspi ce soir en rentrant. C'est idiot, bien sûr. Je suis une mère célibataire à Londres – elle doit bien se douter que je ne vis pas dans un manoir –, pourtant je sais que je me sentirai gênée. Sans doute pas autant qu'à la salle de gym, mais bon, ce sera un test pour savoir si cette nouvelle amitié a de l'avenir. Et puis ce sera le clou final dans le cercueil de cette non-histoire entre David et moi. Ce n'est qu'une journée, tout ira bien, me dis-je. Qu'est-ce qui pourrait mal se passer ?

Le rendez-vous déborde d'une demi-heure. Quand Anthony sort enfin du bureau, il est plus calme. Il est encore agité, mais dans un genre détendu. Tandis que David parle aux Hawkins en les raccompagnant, Anthony ne cesse de lui adresser des regards emplis d'une admiration gênée qu'il tente de cacher à ses parents. Je me demande ce que David a bien pu lui faire pour qu'il s'ouvre aussi vite. Puis je me souviens de ma propre expérience : j'étais d'assez mauvais poil en arrivant dans ce bar. Il vous donne l'impression d'être

Pire encore, il est à nouveau possible que je revive cette souffrance.

Je ne la connais peut-être pas très bien, mais Adèle est charmante. Je l'aime bien. Et c'est agréable que quelqu'un m'envoie un texto pour me demander de faire quelque chose, plutôt que l'inverse. Je devrais accepter. Par politesse. Si on s'entend bien, alors j'expliquerai tout à David : j'avais décidé de lui dire aujourd'hui que nous nous étions rencontrées, sa femme et moi, puis j'ai renoncé à cause de sa mauvaise humeur. C'est la bonne solution. Je me sens déjà mieux.

Je n'ai qu'une réserve. Pourquoi n'a-t-elle pas suggéré un déjeuner ou un verre quelque part ? L'idée de me retrouver dans une salle de gym me donne envie de retourner me planquer aux toilettes. Ça fait des années que mon seul exercice consiste à courir après Adam. À l'évidence, Adèle est en forme, à côté d'elle je vais être ridicule. Je ne suis même pas sûre d'avoir une tenue de gym potable... et qui m'aille encore.

Je suis sur le point d'inventer une excuse bidon pour me défiler, quand je me souviens de ma résolution du week-end : sous l'effet conjugué de l'alcool et d'une immense pitié pour moi-même, j'ai décidé de perdre quelques kilos pendant les vacances d'Adam. De me trouver une vie. Je textote avant même de m'en rendre compte.

D'accord, mais je suis pas du tout en forme alors ne vous moquez pas de moi !

Je suis assez contente de moi. Au diable, David. Je ne fais rien de mal. La réponse arrive aussitôt.

pas ? Il vaudrait mieux ne pas répondre. Cependant, ce serait grossier et, du coup, je me sentirais mal à l'aise avec les deux. Merde, merde et merde. Je commence à écrire à Sophie pour lui demander son avis, mais j'efface dès le premier mot. Je sais comment elle va réagir et, si je lui parle d'une éventuelle amitié avec Adèle, il n'y aura plus moyen de revenir en arrière. Il faudra tout lui raconter au fur et à mesure. Je ne veux pas que ma vie lui serve de divertissement.

Je relis le texto. Je dois répondre. Accepter. Je veux dire, le baiser avec David, c'était juste un moment d'ébriété. Une erreur stupide de la part des deux parties à oublier. Adèle pourrait devenir une amie. J'ai l'impression qu'elle a besoin de moi. Elle se sent seule, c'est sûr. Sa solitude déferlait par vagues hier quand j'étais face à elle. Et moi aussi, même si je me refuse à l'admettre, je me sens seule... et terrifiée à l'idée que cette solitude s'installe dans ma vie. Qu'il n'y ait plus que ça.

Adèle et moi sommes toutes les deux solitaires et, si superbe et charismatique soit-elle, je me demande à quoi ressemble leur mariage s'il passe son temps à sortir, à se soûler et à draguer d'autres femmes. Il a affirmé que ça ne lui arrivait jamais, sauf qu'ils racontent tous ça, non ? Il ne pouvait pas dire autre chose. On doit travailler ensemble, ce que ni lui ni moi ne savions alors. Ouais, il était sympa l'autre jour, mais il a été horrible aujourd'hui. Cette gentillesse, c'était peut-être pour éviter que j'aille tout raconter au Dr Sykes. En y repensant, je devrais plutôt être du côté d'Adèle. Je sais ce que c'est de vivre avec un homme qui vous trompe. Je sais que ça m'a brisée.

Quand la porte se referme sur eux, les épaules de Mme Hawkins s'effondrent et sa façade se lézarde. J'ai de la peine pour elle. Quoi qu'Anthony ait fait ou pas, ses parents en paient le prix. Il n'y a pas si longtemps, il n'était qu'un petit garçon comme Adam. Aux yeux de sa mère, il l'est sans doute encore. Je leur prépare deux tasses de thé – la porcelaine des clients, pas les mugs du personnel – et je leur dis que le Dr Martin est très respecté. Je ne vais pas jusqu'à prétendre qu'il va aider leur fils – nous n'avons pas le droit de faire des promesses –, je voulais seulement dire quelque chose et je vois la gratitude dans le regard de la femme, comme si elle voulait serrer mes mots contre elle pour se rassurer.

L'incertitude du monde me fait penser à Adam. Dans un moment de paranoïa maternelle, je crains soudain qu'il n'y ait eu un problème à l'école, que les lignes du cabinet n'aient toutes été occupées. Je fouille au fond de mon sac pour jeter un œil à mon portable. Il n'y a pas d'appel en absence – tout va bien, conformément à la routine –, en revanche, j'ai reçu un texto. D'Adèle. Oh, merde. Pourquoi ne lui ai-je pas dit ?

Si vous ne travaillez pas demain, on pourrait faire quelque chose ensemble ? Aller à la salle de gym ? Il y a un sauna et une piscine, de quoi vraiment se détendre. Je peux vous obtenir un passe pour la journée. Ce serait sympa d'avoir de la compagnie ! A

Je fixe l'écran. Merde. Je fais quoi maintenant ? Je ne pensais pas qu'elle me recontacterait. Mes doigts sont figés au-dessus du clavier. Et si je ne répondais

Malgré toute son amabilité forcée, il n'a pas plus envie d'être ici que son fils.

Anthony Hawkins est maigre, trop maigre, et il est bourré de tics. Ses yeux, emplis d'une colère primale, semblent en permanence chercher leur place en face des trous. On dirait ces yeux qui bougent sans cesse de certains jouets d'enfant, flottant sans jamais se fixer ou alors scrutant quelque chose que personne d'autre ne voit. Même si je ne savais pas déjà qu'il est héroïnomane, pas besoin d'être un génie pour s'en rendre compte. Il pourrait servir de pub à une campagne contre l'addiction. Il semble au bord de l'explosion et je sens que c'est surtout à cause de la peur. Je garde néanmoins mes distances. La peur n'est pas une barrière contre la violence et je prends toujours mes précautions avec un patient envoyé par le tribunal.

— J'ai pas envie, marmonne-t-il quand David se montre et l'invite à entrer dans son bureau. Putain, j'ai zéro problème.

Son vocabulaire sort tout droit d'un lycée public.

— Vos parents peuvent attendre ici, dit David, avec une gentillesse non exempte de fermeté.

Aucun signe de sa mauvaise humeur de la matinée, mais il ne m'accorde aucun regard.

— Ça ne durera qu'une heure, ajoute-t-il avant d'offrir à Anthony son sourire si charmeur, désarmant. Vous ne risquez pas grand-chose. À part peut-être, et avec un peu de chance, d'éviter la prison.

Voilà qui suscite l'intérêt du garçon. Ses yeux cessent leur danse de junkie pour se poser sur David. Il le suit sans se départir de sa méfiance. Avec la tête d'un condamné à mort.

aussi. Je n'ai rien fait de mal. Comment ose-t-il me parler sur ce ton ? M'intimider comme ça ?

Plus je fulmine, plus la culpabilité que je pouvais ressentir pour avoir pris un café avec Adèle s'estompe. Et puis, que s'est-il passé avec David, somme toute ? Un baiser idiot ? Rien de plus, et chaque jour qui passe ça ressemble de plus en plus à un rêve de quelque chose qui ne s'est jamais produit. Un fantasme. De toute manière, Adèle et moi aurions fini par nous rencontrer. À la soirée de Noël, par exemple. Alors, quelle importance que je sois tombée sur elle par hasard ?

— Je te l'avais bien dit, déclare Sue en m'apportant mon thé oublié. Ne le prends pas pour toi. Ah, les hommes. Au fond, ce sont tous des bébés grincheux. Surtout, ajoute-t-elle à mi-voix, les enfants gâtés.

Je ris, même si j'ai encore mal.

Encaisse, Louise, me dis-je en allumant l'ordinateur pour commencer ma journée. *Contente-toi de faire ton boulot. Tu n'entendras plus jamais parler d'Adèle, et David n'est que ton patron.*

La famille Hawkins arrive dans l'après-midi et il est clair que le patient, Anthony, vingt et un ans, préférerait être ailleurs. Un nuage de senteurs accompagne ses parents : fond de teint de luxe, eau de Cologne, parfum. La cinquantaine aisée. Ils sont bien habillés : lui en costume, elle en jupe et chemisier de créateur. Je discerne la fatigue autour des yeux de la mère. Je les conduis dans la salle d'attente qui ressemble au salon d'un club exclusif et elle s'assied tout au bord d'un immense fauteuil. Son mari reste debout, les mains dans les poches, et me remercie bruyamment.

— Putain de bordel de merde, vous ne pourriez pas frapper ?

Je ne crois pas avoir jamais vu un regard noir jusqu'à aujourd'hui. Maintenant, je sais ce que c'est. Malgré ses yeux bleus. Sa colère me fait l'effet d'une gifle.

Je me mets à bredouiller :

— J'ai frappé. Désolée. Je vais chercher une éponge.

— Je m'en occupe, aboie-t-il en tirant quelques mouchoirs en papier d'une boîte sur le bureau. Une éponge mouillée ne fera qu'empirer les choses.

— Au moins, il n'y en a pas sur la moquette, dis-je sur un ton qui se veut enjoué. On va quand même pas pleurer pour un peu de café renversé.

Là-dessus, il me dévisage et il est comme un étranger. Froid. Distant.

— Vous vouliez quelque chose ?

Le charme naturel et la chaleur ont disparu. Ma gorge se noue. Il n'est plus question de lui parler de la rencontre avec Adèle. Pas quand il est dans un tel état. Je n'arrive pas à croire qu'il puisse se mettre dans une colère pareille alors que je n'ai rien fait. Est-ce une autre facette de sa personnalité ? Un doute s'insinue dans mon cerveau. Est-ce pour cela qu'Adèle ne veut pas qu'il connaisse ses amis ?

— Je venais brancher la machine à café, dis-je. Mais je vois que vous vous en êtes déjà occupé.

Je tourne les talons et sors avec raideur, refermant néanmoins la porte avec délicatesse derrière moi. J'aurais préféré la claquer, mais je tiens à mon boulot. Je m'installe à mon bureau en tremblant de colère, moi

— On a tous nos mauvais jours, dis-je. Il n'est peut-être pas du matin.

— Alors, il ne devrait pas venir si tôt. On dirait qu'il veut prendre ta place de première arrivée.

Elle n'a pas tort. Je hausse les épaules en souriant, mais mon cœur bat trop fort. Adèle lui a-t-elle parlé de notre café ? M'a-t-il rangée dans la catégorie folle obsessionnelle ? Est-il sur le point de me renvoyer ? Je me sens coupable vis-à-vis de lui. J'ai beaucoup trop de soucis dans ma vie pour garder un secret pour les beaux yeux de sa femme. Ce n'est pas comme si je la connaissais vraiment et *il est mon patron*. En plus, je n'ai guère eu le choix pour ce café. C'est elle qui a demandé. Que pouvais-je lui dire ? Je me souviens de son visage, inquiet et gêné, quand elle m'a implorée de ne pas lui parler de notre rencontre et j'ai un instant de doute. Elle semblait si vulnérable. Pourtant, il faut que je lui dise. Il le faut. Il comprendra. Bien sûr qu'il comprendra.

Plutôt que de parcourir les notes que Maria a laissées, impeccablement dactylographiées et imprimées comme toujours, je veux me débarrasser de ce poids. Je vais donc frapper à sa porte, boursouflée d'angoisse. J'entre sans attendre sa réponse. Avec confiance. C'est le seul moyen d'en finir.

— Il y a quelque chose que je dois…

— Merde !

Il était en train d'enlever le couvercle en aluminium d'une boîte de café de luxe – pas celui qu'on consomme habituellement ici, mais un truc qu'il a dû rapporter de chez lui – et, en se retournant brusquement, il a aspergé la machine d'un jet de poussière brune.

13

Louise

David est déjà au bureau quand j'arrive au travail. Alors que je suspends ma veste, Sue hausse les sourcils en secouant la tête.

— Quelqu'un s'est levé du pied gauche ce matin.

Pendant un instant, je crois qu'elle parle de moi, parce que je dois avoir l'air fatigué et ronchon. J'ai été réveillée par mes terreurs nocturnes, après quoi je suis restée allongée dans le lit à réfléchir à la grossesse de Lisa – je ne parviens pas encore à y penser comme au nouveau bébé d'Ian – et à ce mois sans Adam. Du coup, à sept heures du matin, j'avais déjà bu trois cafés et fumé deux cigarettes, ce qui n'a rien arrangé. L'état de Lisa a ramené à la surface ces terribles émotions que j'ai dû affronter quand Ian m'a quittée et son bonheur présent me fait l'effet d'une nouvelle trahison, ce qui est stupide, mais c'est ainsi. Toutefois, Sue ne parle pas de moi. Il s'agit de David.

— Il n'a même pas dit bonjour, continue-t-elle en me servant un thé. Et moi qui le trouvais si charmant.

Voilà ce qu'il faut à Louise. Le plus vite possible. Elle est mon secret et bientôt nous aurons notre secret.

Il ne rentre pas si tard finalement, à sept heures cinq. La cuisine remplie de bonnes odeurs – j'ai passé l'après-midi à lui préparer un délicieux curry thaï –, je l'entraîne à l'étage pour lui montrer les couleurs dans la chambre à coucher.

— Qu'est-ce que tu en penses ? Je n'arrive pas à me décider entre *Feuille verte d'été* sur la gauche et *Brume forestière* sur la droite.

Ce ne sont pas les vrais noms, mais il n'en sait rien. Je viens de les inventer sous l'inspiration du moment. J'en fais peut-être un peu trop. On dirait qu'il ne m'entend pas. Il fixe les bandes qui brillent dans le soleil couchant. Il voit en elles tout ce que j'y vois.

— Pourquoi ces couleurs ? demande-t-il.

Sa voix est neutre. Plate. Morte. Il se tourne pour me dévisager et je vois ses yeux froids. Tout ce qui pèse entre nous.

Parfait, me dis-je, me préparant à la rage ou au silence qui va suivre, au combat à venir.

Voilà, ça commence.

l'ignore pour me concentrer sur ma recherche. Il est ici quelque part. Je l'y ai caché, sachant que David ne s'intéresserait pas à ces reliques qui n'appartiennent qu'à moi.

Il est bien là, tout au fond, sous tout ce bazar, et intact. Le vieux cahier. Les ficelles du métier, pour ainsi dire. Il est mince – j'ai arraché les dernières feuilles il y a plusieurs années car certaines choses doivent rester secrètes –, mais la reliure tient toujours. En l'ouvrant, je suspends mon souffle. Les pages sont fraîches et légèrement froissées après toutes ces années passées dans l'obscurité et l'humidité, ce qui leur donne une texture de feuilles d'automne. L'écriture sur la première page est appliquée – nette et soulignée. Des instructions issues d'une autre vie.

Me pincer et me dire JE SUIS RÉVEILLÉ une fois par heure.

En les regardant, c'est comme si ces mots venaient tout juste d'être écrits. Je nous vois assis sous l'arbre, la brise est merveilleuse, le lac parcouru d'ondes. C'est net et *présent*, pas un souvenir remontant à une décennie. Une douleur vive et étrange me poignarde le ventre. Je respire profondément pour la supprimer.

Je replace les cartons exactement comme ils étaient et j'emporte le cahier en haut, le tenant comme un parchemin ancien et fragile qui pourrait se réduire en poussière si on l'exposait à la lumière. Pas comme un cahier de brouillon premier prix rescapé de Westlands. Je le dissimule dans une des poches extérieures de mon sac de gym, là où on ne le verra pas.

Il fait frais sous terre, loin des fenêtres et du soleil. Une ampoule solitaire brille au-dessus de moi pendant que j'examine les boîtes, à la recherche de celle qui m'intéresse. Personne ne se soucie de l'apparence d'une cave. D'une certaine manière, la pourriture des murs nus en dit beaucoup sur l'âme d'une maison.

Je fouille avec prudence, ne voulant pas salir mes vêtements. Contrairement à quelques gouttes de peinture, la saleté donnerait lieu à des questions. David sait que je ne la supporte pas. Je ne veux pas qu'il me demande d'où provient cette tache. Je ne veux pas lui mentir plus que nécessaire. Je l'aime.

Je trouve ce que je cherche contre le mur du fond si humide, où la lumière a tant de mal à arriver. Une pile de quatre grosses caisses plus usées et bien plus anciennes que les autres avec leur carton plus costaud et leurs flancs qui s'affaissent. Ce qu'elles contiennent n'a jamais été déballé. Des boîtes solides recelant des restes de vies. Tout ce qui a été sauvé dans l'aile incendiée d'une maison.

Je pose la première de la pile par terre avec soin et je l'ouvre. Des chandeliers en argent. De la vaisselle. Une jolie boîte à bijoux. Je passe à la suivante. Il me faut un moment. Il est dissimulé sous un bric-à-brac de livres, d'albums et de photos qui ont évité les flammes, mais qui puent encore le brûlé. Pas la fumée. La fumée a une odeur agréable. Ici, ça sent mauvais, la destruction, quelque chose de noirci et d'amer. Je chasse les photos éparses qui frémissent entre mes mains. Sur l'une d'elles, j'aperçois mon visage, plus plein, irradiant de jeunesse et souriant. À quinze ans, peut-être. Le visage d'une étrangère. Je secrets. Et je n'ai pas le temps de le surveiller. Pas aujourd'hui, en tout cas. J'ai d'autres projets.

Je lui dis que j'ai choisi des couleurs pour la chambre à coucher et qu'elles devraient lui plaire. Il fait semblant d'être intéressé. J'ajoute que j'ai bien pris mes comprimés pour qu'il n'ait pas à me le demander. S'il le pouvait, il viendrait à la maison me voir les avaler. Au lieu de ça, il doit accepter mes mensonges. Il me veut docile. J'ai apprécié nos quelques jours de quasi-tranquillité, mais ça ne peut pas durer. Pas si je veux sauver notre amour. Dans l'immédiat, je me prête au jeu, tout en prenant les choses en main. Il faut juste en avoir le courage. Je l'ai déjà fait. Je peux le refaire.

Après l'appel, je retourne dans la chambre étendre plusieurs bandes de différentes couleurs sur tout un mur. Le soleil vient les moucheter. Quand on s'éloigne, elles évoquent une forêt. Des feuilles. J'aurais peut-être dû prendre aussi des marrons pâles, et des jaunes. Trop tard. Les verts suffiront. Je regarde le mur et je pense à des feuillages et à des arbres, comme lui quand il les verra. Il est même possible qu'il ne pense qu'à ça. *L'arbre qui cache la forêt.*

Je me lave les mains, me débarrassant des irritantes gouttes séchées qui s'accrochent à ma peau, avant de descendre à la cave. Les déménageurs, sur l'ordre de David, y ont rangé plusieurs cartons. Sans me demander où je voulais les mettre, car il savait que ça m'était égal. Plus ou moins. Le passé est le passé. Pourquoi sans cesse vouloir rouvrir des tombes ? Je n'ai pas regardé ce qu'ils contiennent depuis des années.

12

Adèle

L'énergie revient après son appel de l'après-midi. Il dit qu'il va rentrer tard. Apparemment, il doit rencontrer deux associations grâce auxquelles il pourra aider des patients démunis.

Tout en murmurant les réponses adéquates à ses moitiés de phrases maladroites, en moi-même je pense à ces junkies fauchés dans leurs tours pourries, à leur réaction quand David – la façade bourge qu'il s'est si péniblement forgée pendant ses années de médecine lui colle vraiment à la peau désormais – viendra leur demander de raconter leurs problèmes. J'imagine les rires après son départ. Bah, c'est lui qui tient à se flageller ainsi et cela convient à mes plans. Car j'ai des plans maintenant. Une constatation qui me fait pétiller le ventre.

Pendant un instant, ça me désole presque pour lui et puis je me souviens que ça pourrait très bien être une craque. Il va peut-être aller se soûler ou rencontrer quelqu'un ou je ne sais quoi. Ce ne serait pas la première fois, nouveau départ ou pas. Il a déjà eu ses

— Tu as une bonne voix. Tu sembles mieux.

Il est perplexe. Légèrement inquiet, comme s'il avait du mal à croire en cette amélioration, ce qui n'est pas surprenant. Lors de son dernier appel, elle parvenait à peine à enchaîner deux mots à la suite. C'était dix jours plus tôt et beaucoup de choses ont changé depuis.

— Je vais mieux, dit-elle. Je crois que tu avais raison. Cet endroit me fait du bien. Oh... ajoute-t-elle comme si elle venait d'y penser, je me suis fait un ami. Il s'appelle Rob. Il a mon âge. Il est très drôle, il me fait tout le temps rire des gens ici. Je crois que nous nous aidons l'un l'autre.

Elle parle trop vite, mais c'est plus fort qu'elle. Elle est aussi un peu nerveuse. Comme si, après tout ce qui s'est passé, Rob était en quelque sorte une trahison envers David. Ce qui est idiot, parce que c'est complètement différent. Ce n'est pas parce qu'elle aime David qu'elle ne peut pas être amie avec Rob.

— Il faudra que tu le rencontres un jour. Il te plaira beaucoup, à toi aussi.

— Et on pourrait se marier, dit-elle en souriant. Le plus tôt possible.

Comme dit Rob, pourquoi ne serait-elle pas heureuse ? Pourquoi se sentirait-elle si mal à l'idée d'être heureuse ?

« Tu ne peux pas te fiancer à ton âge. À dix-sept ans, on ne sait pas ce qu'on veut. Et il est trop vieux. Il faut être un drôle de type pour avoir envie, à vingt-deux ans, de se mettre à la colle avec une adolescente. »

Son père se trompait, bien sûr. Elle voulait David depuis toujours. Tout était là, dans ses yeux bleus, dès le premier instant où elle y avait plongé. Sa mère n'avait jamais dit grand-chose, sauf quand elle remarquait que sa ferme était « au bord de la saisie à cause de son ivrogne de père qui a réussi à tout rater, et avec sa mère qui les a abandonnés, il n'héritera pas du moindre penny. Il sort d'une "mauvaise graine". » Autant de manières de dire « qui n'est pas digne de notre parfaite petite fille », sans jamais le faire de façon explicite. Sa mère n'avait peut-être pas tort, il n'empêche qu'Adèle sait que cela n'a aucun rapport avec qui est vraiment David.

Elle l'aimait déjà quand elle était une fillette de huit ans qui jouait dans les champs en le regardant travailler et elle l'aime encore maintenant. Il va être médecin. Il n'a plus besoin de se soucier de sa dette étudiante. Il sera son mari et elle a son héritage. La désapprobation de son père et de sa mère n'a plus aucune importance, elle refuse de se sentir coupable. Ses parents sont partis et, comme dit Rob, vouloir partir comme eux n'y changera rien. Elle n'a pas d'autre choix que d'avancer.

Les portables ne sont pas autorisés dans le centre, les contacts avec le monde extérieur doivent être contrôlés. Et puis, de toute manière, le signal ne passe sûrement pas ici, dans ce coin perdu, mais il appelle régulièrement. Cette semaine, il était à l'hôpital, encore à cause de son bras. Quand elle se rue dans le petit bureau et s'empare du vieux combiné accroché au mur, la montre qu'il ne peut plus porter oscille à son poignet tel un énorme bracelet. Elle est trop grande et trop masculine pour elle, mais elle s'en fiche. Avec elle, elle a l'impression d'être avec lui.

— Salut ! dit-elle, essoufflée, repoussant ses cheveux qui tombent sur son visage.

— Où étais-tu ? demande-t-il.

C'est un mauvais début et il semble distant.

— Je commençais à craindre que tu te sois enfuie ou je ne sais quoi.

Il fait comme si c'était une plaisanterie, cependant l'inquiétude est là, qui bouillonne sous la surface. Elle rit et elle perçoit sa surprise au bout du fil. Elle n'a pas ri avec lui depuis que c'est arrivé.

— Où veux-tu que je m'enfuie ? Il n'y a que la lande par ici. Et on a vu *Le Loup-garou de Londres,* tu te rappelles ? Je ne vais pas errer là-bas toute seule. Comment ça s'est passé à l'hôpital ? Ils vont te faire une greffe de peau ?

— C'est ce qu'ils disent. Ça ne fait pas vraiment mal. Au début, oui, sur les bords, mais ça s'est beaucoup calmé. Ne t'inquiète pas pour moi. Concentre-toi sur toi. Pense simplement à te rétablir et à rentrer à la maison. Tu me manques. Ce serait un nouveau départ en quelque sorte. Loin de tout ça.

11

AVANT

David attend au bout du fil depuis au moins dix minutes quand ils la trouvent enfin, perchée dans l'arbre près du lac, rigolant avec Rob. Le visage pâteux de Marjorie, l'infirmière, est atterré alors qu'ils se balancent, insouciants, entre les branches. Elle leur crie de descendre *tout de suite*. Adèle n'a pas vraiment besoin qu'on l'y encourage – elle est tout excitée à l'idée de parler à David ; Rob marmonne un commentaire ironique à propos des assurances et des clients victimes de chutes mortelles, avant de faire semblant de déraper sur l'écorce, ce qui arrache un hurlement à Marjorie : une grave entorse au vœu de calme et de tranquillité en vigueur à Westlands.

Ils se moquent d'elle comme de vilains écoliers, tandis qu'Adèle se faufile déjà à toute allure en bas de l'arbre, indifférente aux égratignures sur son ventre là où le tee-shirt remonte. Elle court sur l'herbe et s'engouffre dans le bâtiment sans ralentir dans les couloirs. Elle est toute rouge et ses yeux brillent. David l'attend. Cela fait si longtemps depuis son dernier coup de fil.

des préparatifs. Je sais que Louise ne parlera pas de notre rencontre à David. Elle n'est pas comme ça. De toute manière, elle sait que ce ne serait bon pour aucune de nous deux.

Ç'a été un jeu d'enfant de tomber sur elle, grâce au plan que David avait rapporté à la maison, visiblement annoté grâce à elle et à sa connaissance du quartier. J'ai fait des repérages dimanche après-midi pendant que nous roulions dans le coin, passant devant chaque endroit marqué, voyant comment les jolies boutiques se transformaient en l'espace de quelques rues en bazars minables ou en magasins aux vitrines remplacées par des planches. Le passage souterrain où personne à part des junkies n'oserait se risquer. La grappe d'HLM en mauvais état à deux ou trois kilomètres à peine de notre splendide maison. J'ai aussi vu l'école primaire aux murs couverts de peintures multicolores et décorés avec des fleurs. J'ai lu la note de David accolée à l'endroit.

Après, c'était simple.

Une collision fortuite.

Elle ne s'est doutée de rien.

Je regarde à peine les essais de couleurs sur le mur de la chambre à coucher – divers tons de vert aux noms bien sûr très chics. *Pâle Eau du Nil*, Vert de Terre*, Vert Tunsgate, Vapeur d'Olive.* Des teintes qu'on aurait du mal à visualiser en se fiant uniquement à leur appellation. Elles me plaisent toutes. Ensemble, elles évoquent les nuances des feuillages dans un bois. Je n'arrive pas à me décider, à en préférer une, mon cerveau est trop occupé à envisager les choses que Louise et moi pourrions faire ensemble.

Elle ne travaille que trois jours par semaine. Ce qui nous laisse plein de temps pour des trucs de filles. La gym ? Absolument. Je pourrais l'aider à perdre ces kilos en trop et à se raffermir. Peut-être aussi la convaincre d'arrêter de fumer. Ce serait bien, je ne peux pas me permettre que mes cheveux ou mes vêtements sentent la cigarette. Ça nous trahirait. David comprendrait que j'ai une nouvelle amie.

Nous pourrions boire du vin dans le jardin ensemble ou peut-être dans un de ces petits bistrots sur Broadway et parler et rigoler comme aujourd'hui. Je veux tout savoir d'elle. Elle me fascine. Je me perds déjà à imaginer à quel point nous allons nous amuser ensemble.

J'abandonne mes pots de peinture pour aller me préparer un thé à la menthe. Je jette un des comprimés de David dans l'évier de la cuisine et je fais couler l'eau pour m'assurer qu'il disparaisse complètement.

Je prends mon thé dans le jardin, au soleil. C'est à peine le début d'après-midi. J'ai encore un peu de temps avant le prochain appel et je veux profiter de ce merveilleux moment de loisir pour réfléchir et faire

10

Adèle

J'avais oublié le goût du bonheur. Pendant si longtemps, tout tournait toujours autour de David – comment éviter qu'il déprime, comment l'empêcher de boire, comment faire pour qu'il m'aime –, si bien que quelque part au milieu de tout ça mon propre bien-être avait disparu. Même avoir David ne me comblait pas. Et c'est quelque chose que je n'aurais jamais cru possible.

Mais maintenant, il y a des feux d'artifice en moi. Des éclats de joie colorés. Maintenant, j'ai Louise. Un nouveau secret. Elle est drôle et intelligente. Un souffle d'air frais après les vents arides des sempiternelles femmes de médecins. Elle est plus mignonne qu'elle ne le croit et, sans ces quatre ou cinq kilos, elle aurait une silhouette fantastique. Pas sèche et garçonne comme la mienne, mais plantureuse et féminine. C'est aussi une fille coriace qui rigole d'événements qui, chez d'autres, auraient suscité des demandes larmoyantes de sympathie et de pitié. Franchement, elle est assez formidable.

me dis que c'est une bonne chose de l'avoir rencontrée. Elle me plaît. Je crois. Elle est gentille sans être mielleuse. Elle est assez naturelle. Pas du tout aussi hautaine que je l'avais cru en voyant les photos. Et maintenant que je la connais, je ne vais peut-être plus trouver son mari aussi canon. Je vais peut-être enfin cesser de penser à ce baiser. Le sentiment de culpabilité revient. D'accord, c'est une femme sympathique, mais je ne pouvais quand même pas lui dire que son mari m'avait embrassée dans un bar, non ? Leur mariage ne me regarde pas. De toute manière, je ne la reverrai sans doute jamais.

— Eh bien, c'était un plaisir de faire votre connaissance, dis-je. La prochaine fois, je prendrai garde à ne pas vous renverser. Bonne chance avec la déco.

Notre moment de proximité passé, nous redevenons deux quasi-étrangères assez maladroites.

— C'était agréable, dit-elle, et soudain elle me touche la main. Vraiment…

Une brève hésitation. Elle inspire très vite.

— … Ça va vous paraître idiot…

Elle est nerveuse, un petit oiseau blessé.

— … mais je préférerais que vous ne parliez pas de cette matinée à David. Que vous ne lui disiez pas que nous nous sommes rencontrées. Il n'aime pas trop mélanger le travail et la vie privée. Il…

Elle cherche le mot.

— … *compartimente*. Je ne voudrais pas qu'il… eh bien, ce serait plus facile s'il n'en savait rien.

— Certainement, dis-je malgré ma surprise.

Elle a raison, ça paraît idiot – non, pas idiot, bizarre. David est si charmant et détendu. Pourquoi cela le gênerait-il ? Et si c'était le cas, alors qu'est-ce que c'est que ce mariage ? Il devrait être heureux qu'elle se soit fait une amie. Pourtant, curieusement, je suis soulagée. Ça vaut sans doute mieux pour moi aussi. Si je me pointe au bureau demain en disant que j'ai pris un café avec sa femme, il pourrait s'imaginer que je suis une espèce de folle qui s'est mis en tête de les harceler. En tout cas, c'est ce que moi je penserais.

Elle sourit, soulagée. Ses épaules se détendent et tombent de trois centimètres, plus languides encore.

Une fois qu'elle est partie et que je suis en route vers la maison pour aller récurer la salle de bains, je terreurs nocturnes et à quel point c'est rigolo d'être une mère célibataire. Le tout raconté à grands coups d'anecdotes comiques.

À onze heures et demie, près de deux heures après nous être tamponnées, nous sommes interrompues par la sonnerie d'un vieux Nokia. Adèle sort très vite l'appareil de son sac.

— Salut, répond-elle avant d'articuler « Pardon » à mon intention. Oui, je vais bien. Je suis sortie chercher des échantillons de peinture. Et je me suis arrêtée boire un café. Oui, j'en prendrai aussi. Oui, je serai à la maison…

C'est David, forcément. Elle lui répond avec des phrases brèves, à mi-voix, la tête penchée comme si elle était dans un train où tout le monde pourrait l'entendre. Ce n'est qu'après que je prends conscience qu'elle n'a pas parlé de moi, ce qui est un peu étrange.

— Ce n'est pas un téléphone, dis-je en regardant son petit machin noir. C'est une relique. Il date de quand ?

Adèle rougit. Pas de taches disgracieuses chez elle, juste une jolie teinte cuivrée qui magnifie sa peau.

— Il fait ce qu'il doit faire. Hé… et si on échangeait nos numéros ? Ce serait sympa de se revoir un de ces jours.

Ce n'est que de la politesse, bien sûr, alors je récite mon numéro qu'elle tape soigneusement. Nous ne nous reverrons plus. Nous sommes trop différentes. Après le coup de fil, elle est plus calme et nous commençons en même temps à rassembler nos affaires pour partir. Je n'arrête pas de la regarder. Je la trouve fragile, délicate. Ses gestes sont adorables et précis. Même après sa chute, elle est impeccable.

C'est en partie égoïste : si elle envisage de travailler avec son mari, je suis foutue.

Elle secoue la tête.

— Vous savez, à part quelques semaines chez une fleuriste qui se sont très mal terminées, il y a de ça plusieurs années, je n'ai jamais travaillé. Ce qui doit vous paraître assez stupide. J'admets que c'est bizarre et un peu embarrassant, néanmoins…

Elle hésite.

— … eh bien, j'ai eu quelques problèmes quand j'étais plus jeune, des choses que j'ai dû surmonter et il m'a fallu un moment. Maintenant, si je voulais entamer une carrière, je ne saurais pas par où commencer. David a toujours veillé sur moi. Nous avons de l'argent et si j'avais un emploi, j'aurais l'impression de le voler à quelqu'un qui en a vraiment besoin et qui travaillerait sans doute beaucoup mieux que moi. Je pensais que nous aurions des enfants, mais ça n'est pas arrivé. Pas encore, en tout cas.

L'entendre prononcer son nom est bizarre. Ça ne devrait pas et pourtant ça l'est. J'espère qu'elle n'est pas sur le point de m'avouer comment ils font tout leur possible pour fonder une famille – ce matin, je ne pourrais pas l'encaisser. Dieu merci, elle change de sujet, m'interrogeant sur Adam et moi. Soulagée de ne plus entendre parler de David ou de grossesse, je me retrouve à lui raconter l'histoire de ma vie à ma façon – trop vite, trop franche – en rendant les pires moments assez drôles et les meilleurs plus hilarants encore. Adèle rigole pendant que je fume toujours plus et que je gesticule en fonçant à travers mon mariage, mon divorce, mes crises de somnambulisme, mes

Même si on n'est pas né dans cette ville, on finit toujours par y passer.

Elle secoue la tête et frissonne légèrement, en se mordillant la lèvre et en détournant les yeux.

— Non. Je n'ai jamais eu beaucoup d'amis, à vrai dire. J'ai eu une fois un meilleur ami…

Elle n'achève pas sa phrase et, pendant une seconde, j'ai l'impression qu'elle n'a même plus conscience de ma présence, puis ses yeux reviennent sur moi et elle enchaîne, sans plus de précision :

— Mais c'est la vie.

Elle hausse les épaules. Je pense à mes propres amitiés et je comprends. Les cercles ont tendance à rétrécir avec l'âge.

— J'ai fait la connaissance des femmes des associés et, bien qu'elles soient apparemment très sympathiques, continue-t-elle, toutes sont beaucoup plus âgées que moi. J'ai aussi reçu des propositions de travail pour des œuvres de bienfaisance.

— J'ai rien contre les œuvres de bienfaisance, mais ça ne vaut pas une bonne soirée au pub.

Je dis ça comme si ma vie était une immense fiesta et pas comme si je passais la plupart de mes soirées dans mon minuscule appartement en compagnie d'une bouteille et d'une clope. J'essaie de ne pas penser à ma dernière bonne soirée dans un bar : celle où j'ai embrassé son mari. *Tu ne peux pas être sa copine.*

— Mais, Dieu soit loué, je vous ai rencontrée, dit-elle en souriant avant de mordre dans son gâteau.

Elle le mange avec délectation. Du coup, je me sens moins coupable d'engloutir le mien.

— Pensez-vous prendre un travail ? demandé-je.

— Non, pas franchement. D'accord, je vous suis.

Nous nous retrouvons pour finir dans la cour du Costa Coffee avec des cappuccinos et des tranches de gâteau à la carotte qu'elle a tenu à nous offrir. Il est près de dix heures et la fraîcheur du matin s'estompe, le soleil nous réchauffe : je plisse les paupières et louche un peu alors qu'il me brille dans les yeux au-dessus de son épaule. J'allume une cigarette et je lui en propose une ; elle ne fume pas. Évidemment. Pourquoi fumerait-elle ? Cependant, mon vice ne paraît pas la déranger et nous nous engageons dans une conversation polie. Je lui demande comment se passe son installation. Elle dit que leur nouvelle maison est magnifique, qu'elle veut redécorer certaines pièces pour les rendre un peu plus gaies ; d'ailleurs, ce matin elle comptait aller voir des échantillons de peintures. Elle ajoute que leur chat est mort, ce qui n'est pas terrible comme départ, mais que maintenant que David a commencé à travailler, ils prennent leurs habitudes. Elle ne se repère pas encore très bien. Elle doit s'habituer à son nouveau quartier. Tout ce qu'elle dit est charmant, avec un petit côté timide et désarmant. Elle est adorable. Et moi qui aurais tant aimé que ce soit une fieffée salope. Je me sens affreusement mal. Je voudrais être à cent kilomètres de cette femme, mais elle est fascinante. Le genre de personne qu'on ne peut s'empêcher de regarder. Un peu comme David.

— Vous avez des amis à Londres ?

En lui demandant ça, je me dis que je ne prends pas de grands risques. Tout le monde a un ou deux vieux amis qui rôdent dans la capitale : des anciens copains ou copines d'école qui vous ont ajouté sur Facebook.

même pas mis un coup de mascara avant de sortir. Avec son chignon flou, son fin pull vert sur un pantalon en toile vert pâle, elle est chic mais sans ostentation. Une vision en pastel qui devrait faire un peu ringard et qui ne l'est pas. On la verrait bien sur un yacht dans le sud de la France. Elle est plus jeune que moi, pas encore trente ans peut-être, mais c'est une vraie femme. Et moi, j'ai l'air d'une souillon. David et elle doivent former un couple splendide.

— Je m'appelle Adèle, dit-elle.

Même son nom est exotique.

— Louise. Excusez ma tenue. Le matin, c'est toujours la cavalcade et quand je ne travaille pas, j'ai tendance à m'octroyer une demi-heure supplémentaire au lit.

— Oh, je vous en prie, dit-elle. Vous êtes très bien.

Elle hésite une seconde et j'attends qu'elle me sorte un prétexte quelconque pour s'en aller et reprendre le cours de sa journée, sauf que :

— Écoutez, ça vous dirait d'aller prendre un café ? Je suis sûre d'avoir vu un bar dans le coin.

Voilà qui n'est pas une bonne idée. Je le sais. Toutefois, elle me dévisage avec tant d'espoir et je suis tellement curieuse. C'est la femme de *l'homme-du-bar*. David est marié à cette magnifique créature et, pourtant, il m'a embrassée. Mon cerveau me dit de trouver une excuse et de partir. Je fais donc le contraire.

— Un café ? Génial. Mais pas là-bas. Dans dix minutes, ce bar sera rempli de mères revenant de l'école. À moins que vous n'ayez un faible pour les bébés qui hurlent et les séances de tétées…

Elle éclate de rire.

Ce n'est que quand elle est debout, si mince et si grande, que je me rends compte, horrifiée, que c'est elle. *Elle.*

— C'est vous, dis-je.

Ça m'est sorti de la bouche avant je ne puisse me retenir.

Ma matinée vient de virer de moche à horrible et j'ai les joues en feu. Elle me dévisage, troublée.

— Pardonnez-moi... Nous sommes-nous déjà rencontrées ?

Je profite d'un convoi de poussettes pour masquer ma gêne et quand il est enfin passé, j'affiche un sourire qui se veut franc.

— Non, non, pas vraiment. Mais je travaille pour votre mari. À temps partiel. J'ai vu votre photo sur son bureau.

— Vous travaillez avec David ?

J'acquiesce. J'aime comment elle dit *avec* et pas pour.

— Je viens justement de le quitter. J'ai eu envie de marcher un peu, dit-elle. Le monde est petit, comme on dit.

Elle ponctue sa remarque par un sourire. Elle est vraiment belle. L'aperçu que j'avais eu d'elle ne lui rendait pas justice – il faut dire que j'étais en train de détaler aux toilettes – et j'avais espéré qu'elle était juste photogénique. Eh bien, non. À côté d'elle, je me fais l'effet d'un vilain bout de lard. Je coince une mèche derrière mon oreille, comme si cela pouvait tout à coup me rendre présentable.

Je porte un vieux jean et un sweat à capuche avec une tache sur la manche. Pire encore, je ne me suis a pensé, je tiens à participer à ces vacances en famille dont je ne fais pas partie.

Pendant une seconde et demie, j'envisage de faire un cadeau à Lisa, de la layette. Non, c'est beaucoup trop tôt. Leur futur enfant n'a rien à voir avec moi. Et pourquoi accepterait-elle quoi que ce soit de la part de l'ex-femme ? De la mère du premier enfant ? De celle qui n'était qu'un brouillon. Qu'est-ce qu'Ian lui a dit à mon sujet ? M'a-t-il donné tous les torts ?

Une fois qu'Adam a disparu dans le bâtiment, je ne me sens pas de me laisser entraîner dans une conversation sur les vacances avec une des autres mères. Du coup, je baisse la tête et je décide de filer. Et puis, je meurs d'envie d'une cigarette et je veux avoir tourné au coin de la rue avant de l'allumer. D'accord, mes vêtements empestent probablement le tabac, cependant ce n'est pas une raison pour passer en jugement public devant l'école.

Je perçois la collision avant qu'elle ne se produise. Ma tête qui se redresse brusquement, le choc d'un corps contre le mien, un petit cri étranglé et moi qui titube en arrière. Je reste debout mais pas l'autre femme. Je vois d'abord ses chaussures, ses pieds emmêlés. De délicats petits talons, pas très hauts. Sans la moindre éraflure. Je passe en pilote automatique et je l'attrape, pour l'aider à se relever.

— Je suis vraiment désolée. Je ne regardais pas...

— Non, c'est ma faute, murmure-t-elle, une voix délicieuse. C'est moi qui ne regardais pas.

— Bon, alors nous sommes toutes les deux des idiotes, dis-je en souriant.

Et, surtout, qu'il y en a encore qui *me* trouvent séduisante. Le bon côté des choses, tout ça.

En dépit de ce discours de motivation au beau milieu de la nuit et de la joie et de l'amour sur le visage d'Adam quand je lui dis que son voyage en France se réalisera, je me sens encore malheureuse en le voyant, depuis le portail de l'école, foncer dans la mêlée sans un regard derrière lui. Normalement, ça me rend heureuse. J'aime cette confiance chez lui. Mais aujourd'hui, cet oubli immédiat me semble le symbole de ce que sera mon futur. Tout le monde courant en avant et moi, plantée derrière la grille, saluant des gens qui ne regardent plus derrière eux. Moi qui reste seule. Je réfléchis à ça une seconde et c'est tellement prétentieux que je ne peux m'empêcher de rire de moi. Adam est entré dans l'école comme il le fait tous les jours. Ian est heureux. Et alors ? Qu'il le soit n'implique pas que je doive être malheureuse. Néanmoins, il y a toujours ce mot *enceinte* qui semble suspendu là, devant moi. Et j'ai les yeux qui piquent à cause du manque de sommeil. Je ne me suis pas rendormie cette nuit.

Entourée par les hurlements et les rires des enfants, et par les bavardages des mamans, je regrette – malgré « le problème David » – de ne pas aller travailler aujourd'hui. Je passe en revue tout ce que j'ai à faire d'ici la sortie de l'école et ce n'est pas une surprise de constater que l'idée de récurer la baignoire n'améliore pas fondamentalement mon humeur. Il vaudrait mieux que j'achète un nouveau maillot de bain à Adam et quelques affaires d'été. Bien que je sois sûre qu'Ian y de sauvignon dans mon ventre trop rond. Avant de me raviser, j'envoie un texto à Ian pour lui dire que je suis d'accord pour les vacances. Adam peut y aller. Je le regrette aussitôt, mais je n'ai pas vraiment le choix. Si je dis non, Adam m'en voudra et je ne peux pas l'empêcher de faire aussi partie de cette autre famille. M'acharner à le garder uniquement pour moi ne fera que l'éloigner. Je me sens plus forte maintenant que je suis un peu bourrée. Tout ça me paraît désormais une bonne idée.

Plus tard, je me réveille dans le noir devant le lit d'Adam. Je respire par hoquets haletants tandis que le monde revient autour de moi. Il dort profondément, serrant toujours Paddington contre lui. Je le contemple un moment, laissant son calme m'envahir. Comment me voit-il les fois où il se réveille dans ces occasions-là ? Comme une espèce de folle qui ressemble à sa mère ? Pour un garçon qui ne fait jamais le moindre cauchemar, ce doit être assez troublant, même s'il affirme le contraire.

Peut-être devrais-je suivre une thérapie pour mes terreurs nocturnes. Un jour, peut-être. *Je m'allonge sur le divan, docteur ? Ça vous dit de vous allonger avec moi ? Non, bien sûr, vous êtes marié. Et si on parlait de* vos *problèmes ?*

Je n'arrive même pas à m'arracher un sourire. Adam va être absent un mois. Lisa est enceinte. Le monde me laisse en plan. Je rampe entre mes draps trempés de sueur et je me dis d'arrêter. Il y a bien pire dans la vie. Au moins, ce qui s'est passé avec David prouve qu'il y a encore des hommes que je peux trouver séduisants.

Je devrais le laisser partir. Je le sais, néanmoins j'ai encore envie de pleurer quand je me sers un verre avant de m'écrouler dans le canapé. Un mois entier. Il pourrait tellement changer. Il aura grandi, c'est sûr. Bientôt, l'époque des câlins sera terminée. Il n'aura plus envie de me tenir la main et d'être juste mon bébé. En un clin d'œil, il sera devenu un adolescent, comme l'annonce son attitude de ce soir. Puis il grandira encore et il partira mener sa propre vie, tandis que je serai sans doute encore dans ce minable appartement à essayer de joindre les deux bouts dans une ville trop chère pour moi avec ma poignée d'amis à temps partiel. Je suis consciente que, dans mon apitoiement sur moi-même, j'exagère et qu'en réalité je m'évertue encore à saisir toutes les implications de ce mot, *enceinte*. Je ne pensais pas qu'Ian ferait un autre enfant. La première fois, ça n'avait pas paru l'intéresser beaucoup.

J'ai été sa femme brouillon. Adam et moi avons été sa famille brouillon. Quand l'histoire de sa vie sera écrite, nous y figurerons à peine en tant qu'ébauches.

Voilà ce que je me dis soudain. C'est une idée étrange et triste, et je n'aime pas les idées étranges et tristes, alors je bois un peu plus et je m'efforce d'envisager comment remplir ces semaines de solitude. Je pourrais m'offrir un week-end. Me mettre au jogging. Perdre ces quelques kilos qui se sont installés dans mes cuisses et autour de ma taille. Porter des talons hauts. Devenir quelqu'un d'autre. Ça fait un peu beaucoup pour un mois, mais je suis prête à tenter le coup. Ou du moins, je le suis tant que j'ai une demi-bouteille

— Tu es sûr ?

Il ne me regarde pas, mais s'accroche à Paddington. Beaucoup trop fort. Toute cette rage et cette souffrance contenues. Son visage est sombre, colérique.

— Je veux aller en France avec Papa. Je veux manger des escargots. Et nager dans la mer. Je ne veux pas rester ici et aller au centre de loisirs pendant que tu es tout le temps au travail.

— Je ne suis pas tout le temps au travail.

Sa fureur et ses paroles me font mal, parce qu'il y a un fond de vérité là-dedans. Je ne peux pas prendre des jours de congé pour lui consacrer du temps comme le font d'autres mères.

— Tu y es presque toujours.

Il souffle un peu et me tourne le dos. Paddington, le doudou toujours prisonnier dans ses bras, me contemple par-dessus son épaule, l'air presque gêné.

— Tu ne veux pas que j'y aille parce que tu es méchante.

Je le fixe un moment, accablée. C'est vrai. Tout est vrai. Adam passerait de super vacances en France. Ce ne serait que pour quatre semaines et, d'une certaine façon, ça me rendrait la vie plus facile. Toutefois, cette perspective me fait toujours l'effet d'un couteau planté dans le ventre. Plus facile oui, mais aussi plus *vide*.

En dépit de la rigidité de son dos, je dépose un baiser sur sa tête, m'efforçant de ne pas remarquer sa tension. J'inhale la délicieuse odeur de propre qui lui est si particulière. Je serai toujours sa mère, me dis-je. Lisa ne pourra jamais me prendre ça.

— J'y réfléchirai, dis-je, très doucement, du seuil de la chambre, avant d'éteindre les lumières.

Ce qui me rend encore plus malade. Ça fait une éternité que je lui promets de l'y emmener, sans jamais en avoir trouvé l'occasion. Quand vous êtes le parent à plein temps, il n'y en a plus guère pour grand-chose, du temps.

Son bain est bref et pas drôle. Il ignore mes tentatives d'explication, pourquoi je pense que ces vacances en France ne sont pas une bonne idée, pourquoi il vaudrait mieux qu'il les passe ici… Il se contente de me toiser sous ses cheveux mouillés. Comme si, à six ans, il savait déjà quand je lui raconte des histoires. Ce n'est pas qu'il n'est encore jamais parti un mois entier. Ce n'est pas que je pense qu'il vaudrait peut-être mieux qu'il n'y aille qu'une semaine parce qu'il risque de se sentir seul là-bas. Ce n'est pas que Papa et Lisa ont peut-être besoin d'espace maintenant que le bébé va arriver… C'est simplement que je ne veux pas perdre la seule chose qu'il me reste. *Lui*. Ian ne va pas aussi me prendre Adam.

— Tu détestes Papa et Lisa, gronde-t-il alors que j'enveloppe son merveilleux petit corps dans une serviette. Tu les détestes et tu veux que je les déteste.

Il se rue dans sa chambre, me laissant à genoux dans la salle de bains, ses affaires mouillées dans les mains, choquée. Est-ce réellement ce qu'il croit ? Je voudrais qu'il pique de vraies crises plus souvent. Qu'il pleure, crie, hurle plutôt que de bouder avant de me balancer des mots atroces. *La vérité sort de la bouche…*

— Tu veux *Harry Potter* ?

Je lui demande ça une fois qu'il a mis son pyjama et que la serviette est pendue pour sécher dans la salle de bains.

— Non.

Je me retourne. Adam m'observe depuis l'entrée du salon, l'air incertain.

— Je peux aller en France ?

— Je t'ai dit de faire couler ton bain !

Ma colère revient.

Ian n'avait pas le droit de parler de ces vacances à Adam sans m'en avoir rien dit. Pourquoi faut-il que je sois toujours la méchante des deux parents ?

— Mais…

— Le bain. Et non, tu ne peux pas aller en France. Point final.

Il me jette un regard noir, une petite boule de fureur.

— Pourquoi ?

— Parce que je le dis.

— C'est pas une raison ! Je veux y aller !

— C'est une raison qui me suffit. Et ne me contredis pas.

— C'est une raison idiote. Tu es idiote !

— Adam, ne me parle pas sur ce ton. Maintenant, va faire couler ton bain ou alors tu n'auras pas d'histoire ce soir.

Je n'aime pas quand il est comme ça. Je n'aime pas quand je suis comme ça.

— J'en veux pas de ton histoire ! Je veux aller en France ! Papa veut que j'y aille ! Tu es méchante ! Je te déteste !

Il a un petit dinosaure en plastique et il me le lance à la figure avant de foncer dans la salle de bains. J'entends la porte claquer. Sur ce plan-là, au moins, il tient de sa mère. Je ramasse le dinosaure et je vois le sticker du Muséum d'histoire naturelle.

pas moi ? Pourquoi est-ce toujours moi qui reste seule, qui enfile les journées dans une sorte de remake mortel d'*Un jour sans fin* ?

— Il passera de super vacances, continue Ian. Tu le sais. Et tu auras un peu de temps pour toi.

Je repense à ces dernières quarante-huit heures. Pour l'instant, je n'ai pas envie d'avoir du temps pour moi.

— Non. Et tu aurais dû m'en parler d'abord.

Un peu plus et je tape du pied par terre, comme une sale gosse.

— Tu as raison, je suis désolé, mais on vient juste de l'apprendre. Au moins, réfléchis-y, d'accord ? demande-t-il, la mine peinée. C'est les vacances scolaires. Je sais que c'est une période délicate pour toi. Tu pourras travailler sans avoir à te soucier de lui, ça te fera un break. Tu pourras sortir autant que tu le voudras. Rencontrer des gens.

Il veut dire un homme. Génial. Exactement ce dont j'avais besoin après ce week-end de merde. La pitié de mon ex-mari qui m'a trompée. C'est la goutte d'eau qui fait déborder le vase. Je ne lui redis même pas non. Je lui ferme la porte au nez. Violemment.

Après ça, il sonne deux fois. Je l'ignore. Je suis malade. Furieuse. Paumée. Et le pire, c'est ce sentiment d'avoir tort. Lisa est probablement tout à fait sympathique et Ian ne mérite pas d'être malheureux. Avant ce baiser débile, je ne m'étais même pas rendu compte que j'étais malheureuse. Je pose la tête contre la porte, résistant à l'envie de la cogner contre le bois pour y faire entrer un peu de bon sens.

— Maman ?

aussi. Elle ne veut pas qu'il se sente laissé de côté. Et moi non plus.

Je n'ai plus entendu grand-chose après le mot *enceinte*. Lisa est relativement nouvelle, un vague nom dans ma tête plutôt qu'un être de chair et de sang destiné à faire partie de ma vie à jamais. Elle n'a débarqué dans le paysage qu'il y a neuf mois, à peu près. En me fiant au tableau de chasse d'Adam depuis notre divorce, j'avais présumé qu'elle n'allait pas tarder à en sortir. J'ai un souvenir assez flou de lui me disant que celle-ci était différente, mais je ne l'avais pas pris au sérieux. J'avais tort.

Ils vont fonder une famille.

Cette idée est un couteau plongé dans mon cœur. Ils vivront dans une vraie maison. Lisa récoltera les fruits de l'ascension permanente d'Ian sur l'échelle sociale. Mon petit appartement me paraît soudain suffocant. Je suis injuste, je le sais. Ian paie mon prêt immobilier et n'a jamais soulevé le moindre problème d'argent. Il n'empêche, la douleur balaie toute pensée rationnelle et la perspective qu'ils me prennent Adam pendant l'été pour parfaire leur bonheur idyllique me fait voir rouge, comme si le sang qui gicle de mon cœur transpercé m'était monté dans les yeux.

Je crache :

— Non. Il n'en est pas question.

Je ne le félicite pas. Je me moque de leur nouveau bébé. Le seul qui compte, c'est le mien déjà si grand.

— Allons, Lou, ça ne te ressemble pas.

Il s'adosse au chambranle de la porte et, pendant un moment, je ne vois que sa brioche. Comment a-t-il pu trouver quelqu'un, quelqu'un de vraiment nouveau, et

Il arrive finalement peu après sept heures. Je dois me retenir pour ne pas courir jusqu'à la porte. Quand il fonce sur moi comme un tourbillon, mon cœur rate un battement à cause du bruit et de l'énergie. Il m'épuise parfois, mais c'est mon garçon parfait.

— Pas de jeu, il est tard, dis-je tandis qu'il s'enroule autour de mes jambes. Va prendre ton bain, c'est bientôt l'heure de dormir.

Il grogne, lève les yeux au ciel, se traîne quand même vers la salle de bains.

— Salut, fiston.

— Merci, P'pa, crie Adam, son sac à dos tout près de tomber de son épaule alors qu'il brandit un dinosaure en plastique. À la semaine prochaine !

— La semaine prochaine ?

Je suis perdue et Ian baisse la tête, me donnant un bref aperçu de sa calvitie plus vraiment naissante. Il attend que notre fils soit hors de portée de voix.

— Ouais, je voulais t'en parler. Tu vois, on a proposé à Lisa une maison dans le sud de la France pour un mois. Ç'aurait été idiot de ne pas accepter.

— Et le travail ?

J'ai l'impression d'avoir reçu une claque.

— Je peux travailler de là-bas pendant deux semaines et prendre le reste comme vacances.

Son visage est congestionné comme quand il m'a annoncé qu'il me quittait.

— Lisa est enceinte, lâche-t-il soudain. Elle... *nous* pensons que ce serait une bonne manière de créer un vrai lien entre Adam et elle avant la venue du bébé. Ce qui est difficile quand on ne se voit qu'un week-end sur deux. Et puis, ce serait bien pour lui peine et solitaire qui brise cette belle harmonie des nombres pairs. Je le sais. Ian et moi étions ainsi. Et plus on vieillit, plus tout le monde est marié. Ceux qui ont raté le coche sortent frénétiquement dans l'espoir de rentrer dans le moule. Parfois, c'est comme si tout le monde *sauf moi* était avec quelqu'un.

Le samedi, la radio à fond, je me suis occupée de la maison en essayant de me convaincre que c'était marrant et pas une corvée. Après ça, j'ai regardé la télé, commandé une pizza, bu trop de vin et fumé trop de cigarettes, pour ensuite me haïr de mes excès. Ce qui paraissait si décadent quand je l'avais envisagé se révélait pitoyable à vivre.

Ma résolution de ne pas penser à David n'a pas tenu non plus. Que faisaient-ils de leur week-end ? À quoi passaient-ils leur temps ? À jouer au tennis ? À traîner dans leur jardin évidemment parfait en sirotant des cocktails ? Avait-il songé à moi, ne serait-ce qu'une fois ? Et pourquoi l'aurait-il fait ? Parce que son mariage n'est peut-être pas si génial ? Toutes ces idées allaient et venaient dans ma tête pendant que je regardais vaguement la télé en picolant. J'aurais mieux fait de l'oublier, mais ça, c'est facile à dire. J'ai eu une crise chacune des deux nuits. Le dimanche, à quatre heures du matin, je me suis retrouvée debout dans la cuisine avec le robinet d'eau froide ouvert au-dessus de l'évier, effroyablement proche de la porte ouverte du balcon. J'ai fini par rester au lit jusqu'à dix heures, mangeant les derniers bouts de pizza en guise de petit déjeuner, avant de me traîner chez Morrisons pour les courses de la semaine. Depuis, je suis assise à attendre qu'Adam rentre et ramène un peu de vie dans l'appartement.

9

Louise

Le dimanche après-midi, ayant abandonné tout espoir à propos de mon « week-end rien qu'à moi, décadent et libérateur », je passe le temps à regarder l'horloge en attendant le retour d'Adam. J'ai pris un verre avec Sophie vendredi soir après le travail et je l'ai beaucoup fait rire avec le *scandale du patron,* comme elle l'appelle. J'ai senti néanmoins qu'elle était soulagée que ce ne soit pas allé plus loin et elle m'a délivré sa recommandation ultime : « Évite de faire caca sur ton paillasson. » J'ai failli lui faire remarquer qu'elle couchait *toujours* avec des amis ou des clients de Jay. De toute manière, elle ne pouvait pas rester très longtemps et, après deux verres, j'ai été contente qu'elle s'en aille. Son amusement devant ma situation commençait à devenir irritant.

Le problème avec les couples, c'est que, même s'ils ne sont pas aussi imbus d'eux-mêmes que ne le pensent les célibataires, ils finissent toujours par ne fréquenter que d'autres couples. Personne ne veut d'une roue de secours dans son salon, d'une âme en

— Tu es quelqu'un de bien, David, dis-je, même si c'est dur et que j'ai l'impression de mentir. Vraiment.

Alors, l'atmosphère se fige, une lourdeur passagère dans la pièce, et nous sentons de nouveau tous les deux le ciment qui nous liait autrefois.

— Bon, je vais prendre un de ces trucs, dis-je. Je te laisse à ton travail.

Je continue à sourire en le quittant, comme si je n'avais pas remarqué la gêne soudaine. Pourtant, même avec ces cachets que je n'ai nullement l'intention d'avaler, je me sens beaucoup mieux tout à coup. Un téléphone et une carte de crédit. C'est Noël.

— Oh, j'envisage de faire un peu d'aide sociale. Du travail bénévole. Avec une association de quartier, peut-être. Je ne sais pas encore. C'est en partie pour ça que je voulais que tu aies le téléphone. Tu pourrais en avoir besoin.

Même si ses yeux m'évitent, je souris.

— C'est une excellente idée, dis-je. Sincèrement.

— Cela signifie que je risque d'être moins souvent là. Les week-ends et les soirées. J'essaierai de ne pas trop en faire.

Ses phrases sont courtes. Du coup, je sais qu'il est mal à l'aise. Un long mariage vous enseigne ces petits signes.

— Aucun problème. Je trouve cela très bien de ta part.

— Vraiment ?

Maintenant, c'est lui qui est surpris. J'ai toujours voulu qu'il travaille dans le privé. Un milieu sophistiqué que je trouve apaisant, à l'écart de la crasse et de la saleté. Je l'ai poussé à prendre un cabinet dans Harley Street, là où est sa vraie place. Où nous aurions eu plus de temps pour nous. Il est brillant. Tout le monde le dit. Il l'a toujours été : il devrait être au sommet. Néanmoins, cela me convient. Cela nous convient à tous les deux.

— De toute manière, j'envisageais d'entamer des travaux de décoration. Ce sera plus facile si tu n'es pas dans mes pattes.

Je souris pour qu'il comprenne bien que je plaisante. Je ne suggère pas de chercher un emploi. Par où commencerais-je, de toute façon ? Le dernier remonte à des années et ne risque pas de me valoir de bonnes références.

— La carte est sur mon compte, mais je crois qu'il est temps que tu aies à nouveau la tienne. Pareil pour le téléphone.

C'est un vieux machin, sans Internet j'imagine, avec juste les fonctions basiques, mais qui me remplit d'exaltation. Je n'aurai plus à attendre que David me donne l'argent du ménage. Fini de rester assise à la maison dans l'attente des appels à heure fixe. Mon sourire est cent pour cent authentique.

— Tu es sûr ?

J'ai encore du mal à le croire. Je pourrais presque en oublier les cachets.

Il sourit, content d'avoir rendu sa femme heureuse.

— Je suis sûr. Un nouveau départ, tu t'en souviens ?

— Un nouveau départ.

Et avant de m'en rendre compte, j'ai couru de l'autre côté du bureau pour jeter les bras autour de son cou, les mains encore pleines de ses cadeaux. Peut-être est-il sincère. Peut-être va-t-il essayer plus fort à partir de maintenant.

— Merci, David, chuchoté-je.

Je m'imprègne de son odeur alors qu'il m'enlace à son tour. Sa chaleur. La pression de ses bras. La largeur de son torse sous le léger pull. Cette proximité pourrait me faire exploser.

Quand nous nous séparons, je vois le plan couvert d'annotations qu'il étudiait, la feuille avec son écriture.

— Qu'est-ce que c'est ?

Mon intérêt est feint. Je continue à jouer la bonne épouse qui vit un moment merveilleux.

Quand nous en avons terminé, je m'offre une douche, prenant mon temps sous l'eau brûlante. La journée est un paysage vide qui s'étale devant nous, toutefois elle possède sa propre routine tacite. David travaillera pendant quelques heures puis nous irons peut-être à la salle de gym – une activité à laquelle nous pouvons faire semblant de nous livrer ensemble, alors qu'en fait c'est chacun de son côté – avant le retour, le dîner, la télé et sans doute un coucher de bonne heure.

Lorsque je descends, il est déjà dans son bureau, et il m'appelle. C'est une surprise. Normalement, il veut rester seul quand il travaille. Ce qui ne me dérange pas. Il a les dossiers de ses patients là-dedans et, en dépit de ses problèmes d'alcool, il est par ailleurs d'une conscience professionnelle à toute épreuve.

— J'ai quelque chose pour toi, dit-il.
— Ah.

Voilà un écart surprenant dans nos habitudes. Mais quand il me tend une boîte de comprimés, j'ai un coup de déprime et je me durcis un peu.

— Pour ton anxiété, dit-il. Je pense qu'ils seront meilleurs que les anciens. Un, trois fois par jour. Aucun effet secondaire.

Je les prends. Le nom sur la boîte ne me dit rien, un autre mot que je ne peux prononcer.

— Bien sûr, dis-je.

Encore des cachets. Toujours des cachets.

— J'ai ça, aussi.

Sa voix est pleine d'espoir et je relève la tête.

Une carte de crédit et un téléphone portable.

chacun à sa manière, et je sais qu'il va avoir besoin de quelque chose pour sa gueule de bois. Je me détourne et m'active devant l'évier pour qu'il puisse prendre l'ibuprofène dans le placard à l'abri d'un jugement muet.

— J'ai mis la table dehors, dis-je sur un ton léger, insouciant, en transférant les viennoiseries sur une assiette. Ce serait idiot de ne pas profiter d'une si belle matinée.

La porte du jardin est ouverte et l'air est déjà chaud alors qu'il est à peine neuf heures et demie.

Il jette un regard craintif vers la fenêtre et je devine qu'il tente de repérer le massif de fleurs où j'ai enterré le chat, le jour où j'ai dû me débrouiller sans lui parce qu'il était parti se soûler je ne sais où. Il y pense encore. J'essaie de rejeter ça dans le passé. Il s'accroche à des choses qu'il ne peut changer, pourtant ce qui est fait est fait, que cela nous plaise ou non.

— D'accord, me dit-il avec un demi-sourire. L'air frais me réveillera.

Il fait la moitié du chemin, peut-être en récompense de ma bonne conduite hier soir.

Bien que nous ne nous disions pas grand-chose, j'apprécie notre silence, pour une fois aimable. Je laisse ma robe de chambre en soie glisser un peu pour que le soleil frappe ma jambe nue tandis que je sirote mon café et mange mes croissants, puis je renverse la tête en arrière. À l'occasion, je le sens qui me regarde et je sais qu'il est toujours attiré par ma beauté. Nous sommes presque satisfaits en cet instant. Ça ne durera pas – ça ne *peut pas* durer – mais, dans l'immédiat, je savoure. D'autant plus, peut-être, en raison de ce qu'il risque de se passer.

auraient raison. Pourtant, je pense parfois que je suis peut-être plus intelligente que lui. Il est dur contre mon dos et je me déplace prudemment, me pressant contre lui, l'excitant un peu plus, le serrant entre mes fesses pour le conduire vers l'endroit interdit où je préfère l'avoir. Peut-être qu'endormi il y sera plus enclin. Mais non, il roule sur lui-même et s'écarte, emportant la moitié de la couette. Il murmure, doucement, gentiment… les échos de son rêve qui s'éloignent à mesure qu'il revient dans le monde éveillé. Je résiste à la tentation de le chevaucher, de l'embrasser, de laisser ma passion déborder et d'exiger qu'il m'aime encore.

Au lieu de cela, je ferme les yeux et je feins de dormir jusqu'à ce qu'il se lève et longe le couloir vers l'autre salle de bains. Au bout d'un moment, la douche commence à couler. Ça me fait mal. Je ne peux pas m'en empêcher, malgré toutes mes résolutions. Nous avons une superbe salle de bains attenante à notre chambre, or il a choisi de s'éloigner un peu plus de moi et je sais pourquoi. Ce qu'il est en train d'y faire. C'est moi qui l'ai réveillé en l'excitant et maintenant, plutôt que de me faire l'amour, il « s'occupe de lui ». Quelle expression stupide, mais je n'ai jamais aimé le mot masturbation. Tellement clinique. Je préfère largement se branler, sauf que ce genre de vulgarités ne convient pas à une femme comme moi. Et puis, cela fait si longtemps que je m'entraîne à ne pas employer de grossièretés qu'à présent elles sonnent bizarrement dans ma tête.

Quand il descend, le café est prêt et des croissants sont en train de chauffer. Nous nous étouffons l'un l'autre, de la salle de gym dans l'après-midi et que je fasse plein de musculation pour me calmer. Quand David est rentré du travail, j'étais visiblement de bonne humeur et l'exercice m'avait redonné une mine superbe. La soirée avec tout ce monde s'est déroulée triomphalement, sans le moindre accroc, et cette façade de bonheur radieux que nous affichions nous a conduits tous les deux à y croire de nouveau pendant un petit moment. La nuit dernière, nous avons fait l'amour pour la première fois depuis des mois et, même si ce n'était pas comme je l'aurais préféré, j'ai émis tous les bruits nécessaires et j'ai fait de mon mieux pour me montrer passionnée et docile. C'était si bon de le sentir si proche, de l'avoir en moi, même s'il n'a pas croisé mon regard une seule fois. Il était assez ivre.

J'avais respecté la règle des deux verres maximum, mais pas David. Oh, il n'a pas abusé, il est resté du bon côté d'une gaieté acceptable... jusqu'à ce que nous rentrions à la maison où il s'est servi un énorme cognac qu'il a bu très vite dans l'espoir sans doute que je ne le remarque pas. Bien sûr que je l'ai vu, mais je n'ai rien dit, même si j'en avais largement le droit.

Il était censé ralentir un peu là-dessus, en raison de notre « nouveau départ ». Il sait quand même qu'on ne peut pas être un psychiatre spécialisé dans le traitement des addictions et des obsessions si on a soi-même un problème de boisson. De nous deux, il n'y a que moi, je suppose, qui essaie vraiment de réussir ce nouveau départ.

Dans notre mariage, c'est David qui contrôle tout. Il veille sur moi. Certains, s'ils y regardaient de plus près, pourraient même dire qu'il m'étouffe et ils

8

Adèle

Je ne dors plus, mais je ne bouge pas. Nous sommes tous les deux sur le côté et son bras est retombé sur moi. Malgré ma souffrance, c'est bon de le sentir. Ce poids protecteur. Ça me rappelle les débuts. Sa peau est lisse et luisante, sans poils, là où les cicatrices recouvrent son avant-bras. Il préfère les cacher, mais j'aime les voir. Elles sont la preuve de qui il est vraiment, sous tout le reste. L'homme qui a bravé le feu pour sauver la fille qu'il aimait.

Dès avant six heures, le soleil qui filtre à travers les fentes des volets a dessiné des traits sur le parquet. Ça va encore être une belle journée. Dehors, en tout cas. Sous le poids du bras de David, je repense à hier. Le dîner chez le Dr Sykes a été un franc succès. En général, je trouve les psychiatres ennuyeux et prévisibles, cependant j'ai fait assaut de charme et d'esprit, et je sais qu'ils ont tous craqué. Même les épouses ont dit à David quelle chance il avait de m'avoir.

J'en tire une authentique fierté. Ça n'a pas été facile – il a fallu que je coure huit kilomètres sur le tapis

Dormir, toujours dormir. *Faux*[*1] sommeil, vrai sommeil. L'apparence du sommeil.

Et, au centre de tout, la chose dont elle ne pourra jamais leur parler. Ils l'enfermeraient pour de bon. Et pour toujours. Elle en est sûre.

— Invente des trucs pour qu'ils te laissent tranquille et, moi, je t'aiderai pour tes terreurs nocturnes. Je sais comment faire, contrairement à eux.

Il est intrigué.

— D'accord. Mais, en échange, tu peindras des tableaux d'eau même si tu n'y crois pas. Ça sera marrant de les voir s'exciter parce qu'ils s'imagineront en train de te *sauver*.

— Marché conclu.

— Marché conclu.

Ils se serrent la main et dans le soleil le cœur des marguerites brille comme de l'or. Elle se rallonge dans l'herbe, savourant les chatouillis du bracelet sur son bras. Ils restent ainsi, côte à côte, en silence, appréciant simplement cette journée où personne n'est en train de les juger.

Elle s'est fait un ami. Elle est impatiente de le dire à David.

---

1. Les mots en italique suivis d'un astérisque sont en français dans le texte. *(N.d.T.)*

Il la regarde du coin de l'œil.

— Ils disent que tu ne veux pas dormir. Parce que tu dormais quand c'est arrivé et que tu ne t'es pas réveillée.

Son ton est léger. Ils pourraient être en train de parler de n'importe quoi. D'une série télé. D'une chanson. Pas de l'incendie qui a tué ses parents. Du feu qui a enfin mis un peu de chaleur dans sa maison.

— Je croyais qu'ils n'étaient pas censés parler de nous.

Elle contemple l'eau scintillante. Qui est splendide. Hypnotique. Et qui lui donne sommeil.

— Ils ne comprennent rien, ajoute-t-elle.

Il s'esclaffe de nouveau, une sorte de petit grognement.

— Tu m'étonnes. Ils sont cons comme des bites. Ils connaissent qu'un seul traitement et ils l'appliquent à tout le monde. Mais, dans le cas présent, qu'est-ce qu'ils ne comprennent pas exactement ?

Un oiseau effleure l'eau, son bec effilé tranche la surface. Elle se demande ce qu'il veut à ce point attraper.

— Le sommeil est différent pour moi, finit-elle par dire.

— Comment ça ?

Elle se redresse pour le dévisager. Elle se dit qu'elle l'aime bien. Peut-être y a-t-il un autre moyen de gérer toutes ces conneries. Un moyen qui l'aiderait, lui aussi. Elle ne le lui a pas dit, mais elle aussi, elle s'est déjà retrouvée dans un endroit comme celui-ci. La première fois, à l'âge de huit ans, c'était à cause du somnambulisme et des terreurs nocturnes, maintenant, c'est parce qu'elle ne veut plus dormir du tout.

— J'ai lu des articles sur toi dans le journal, dit-il. Je suis désolé pour tes parents.

— Moi aussi, dit-elle, et elle préfère changer de sujet. Tu es le garçon aux terreurs nocturnes. Le somnambule.

Il s'esclaffe.

— Ouais, désolé. Je sais que je réveille tout le monde.

— C'est récent ?

Elle se demande si elle lui plaît. Elle aimerait rencontrer quelqu'un comme elle. Quelqu'un qui comprenne.

— Non. J'ai toujours été comme ça. Aussi loin que je m'en souvienne. Cela étant, c'est pas pour ça que je suis ici.

Il relève sa manche. Des traces de piqûres un peu effacées.

— Une sale habitude, ajoute-t-il en se réinstallant sur les coudes, les jambes allongées devant lui sur l'herbe.

Elle l'imite. Le soleil est chaud sur sa peau et, pour la première fois, il ne lui fait pas penser aux flammes.

— Ils croient qu'il y a un lien entre les médocs et mes troubles du sommeil, reprend-il. Ils arrêtent pas de m'interroger sur mes rêves. C'est chiant. Je vais commencer à inventer des trucs.

— Un rêve obscène à propos de Mark, peut-être, dit-elle. Ou alors avec cette grosse bonne femme à la cantine qui ne sourit jamais.

Il rit et elle se joint à lui. C'est si bon de parler normalement à quelqu'un. Quelqu'un qui ne s'inquiète pas pour elle. Quelqu'un qui n'est pas en train d'essayer de lui décortiquer la cervelle.